btb

In der Universität von Reykjavík wird die Leiche eines jungen Deutschen gefunden. Der Geschichtsstudent war fasziniert von alten Hexenkulten, und sein Mörder hat ihm ein merkwürdiges Zeichen in die Haut geritzt.
Die isländische Polizei glaubt an einen Drogendelikt und verhaftet einen Dealer. Die Eltern des Opfers misstrauen den Ermittlungen: Sie beauftragen die junge Anwältin Dóra Gudmundsdóttir, den Fall noch einmal aufzurollen. Auf der Suche nach dem wahren Mörder findet Dóra mehr über dunkle Rituale heraus, als ihr lieb ist …

Yrsa Sigurdardóttir, geboren 1963, ist eine vielfach ausgezeichnete Bestsellerautorin, deren Spannungsromane in über 30 Ländern erscheinen. Sie zählt zu den »besten Kriminalautoren der Welt« (Times Literary Supplement). Sigurdardóttir lebt mit ihrem Mann und zwei Kindern in Reykjavík.

Yrsa Sigurdardóttir bei btb

Das gefrorene Licht. Thriller (71441)
Das glühende Grab. Thriller (71837)
Die eisblaue Spur. Thriller (71839)
DNA. Thriller (71575)
SOG. Thriller (71756)
R.I.P. Thriller (71951)
ABGRUND. Thriller (75847)
Schnee. Thriller (75952)
Nacht. Thriller (76241)

Yrsa Sigurdardóttir

Das letzte Ritual

Thriller

Aus dem Isländischen von Tina Flecken

btb

Die isländische Originalausgabe erschien 2005 unter dem Titel
»Þriðja táknið« bei Veröld, Reykjavík.

MIX
Papier | Fördert gute Waldnutzung
FSC® C014496
FSC
www.fsc.org

Penguin Random House Verlagsgruppe FSC® N001967

6. Auflage
Wiederveröffentlichung Oktober 2016
by btb Verlag in der Penguin Random House Verlagsgruppe GmbH,
Neumarkter Str. 28, 81673 München

Published by agreement with Salomonsson Agency
Erstmals auf Deutsch erschienen 2006 im S. Fischer Verlag,
Frankfurt am Main.
Umschlaggestaltung: semper smile, München
Umschlagmotiv: © Jim Smithson/Corbis
Druck und Einband: GGP Media GmbH, Pößneck
MA · Herstellung: sc
Printed in Germany
ISBN 978-3-442-71440-7

www.btb-verlag.de
www.facebook.com/penguinbuecher

DAS LETZTE RITUAL

Anmerkung:

Weil sich alle Isländer üblicherweise mit dem Vornamen anreden, wurde auch in dieser Übersetzung grundsätzlich die Du-Form gewählt. Eine Ausnahme bilden die ersten Gespräche zwischen den Hauptfiguren Dóra und Matthias, die sich auf Deutsch (wenn sie zu zweit sind) oder Englisch (wenn weitere Personen dabei sind) unterhalten und sich daher zunächst siezen.

31. OKTOBER
2005

EINLEITUNG

Der Hausmeister schaute sich verwundert um. Was war das? Durch das geschäftige Hantieren der Putzfrauen tönte ein sonderbarer Laut aus dem Gebäudeinneren. Erst leise, dann immer deutlicher. Tryggvi signalisierte den Frauen, ruhig zu sein, und spitzte die Ohren. Die Frauen blickten einander mit großen Augen an und zwei von ihnen bekreuzigten sich.

Bevor die Putzfrauen eingetroffen waren, hatte Tryggvi das Alleinsein genossen. Er hatte in aller Ruhe bei der Kaffeemaschine auf seinen Morgenkaffee gewartet. Sie konnten jeden Moment kommen. Tryggvi war seit über dreißig Jahren Hausmeister im Gebäude der Historischen Fakultät und hatte in dieser Zeit unglaubliche Veränderungen miterlebt. Am Anfang putzten ausschließlich Isländerinnen, die jedes Wort verstanden hatten. Jetzt musste er die Arbeit mit Händen und Füßen und einfachen Anweisungen erklären. Die Frauen waren alle Einwanderinnen, und bevor die Lehrer und Studenten ins Haus strömten, hätte er sich ebenso gut in Bangkok oder Manila befinden können.

Als der Kaffee fertig war, war Tryggvi mit der dampfenden Tasse ans Fenster des menschenleeren Gebäudes getreten, hatte hinausgeschaut und den schneebedeckten Campus betrachtet. Es war ungewöhnlich kalt und die weiße Welt glitzerte. Es herrschte absolute Stille. Tryggvi hatte an das bevorstehende Weihnachtsfest gedacht und ihm war warm ums Herz geworden. Dann hatte er ein Auto beobachtet, das in den Parkplatz einbog. Der Geist der Weihnacht, dachte Tryggvi. Er hatte gesehen, wie der Fahrer aus dem Wagen gestiegen war, die Autotür zugeknallt hatte und auf das Haus zugestapft war. Tryggvi hatte die Gardine fallen gelassen und war vom Fenster zurückgetreten.

Er hatte gehört, wie der Neuankömmling die Eingangstür öffnete. Von allen Professoren, Dozenten, Lektoren und Sekretärinnen konnte Tryggvi diesen Mann am wenigsten leiden. Er hieß Gunnar, war Geschichtsprofessor und beschwerte sich ständig über die Arbeit des Hausmeisters. Tryggvi konnte Gunnars Überheblichkeit nicht ertragen und fühlte sich in seiner Anwesenheit unwohl. Am Anfang des Semesters hatte Gunnar die Putzfrauen beschuldigt, einen alten, maschinegeschriebenen Aufsatz über die Papar gestohlen zu haben, jene irischen Mönche, die vor der eigentlichen Landnahme in Island siedelten. Zum Glück tauchte der Aufsatz wieder auf und die Sache verlief im Sande. Seitdem fand Tryggvi Gunnar nicht nur unerträglich – nein, er verachtete ihn. Warum sollten asiatische Putzfrauen irgendeinen dämlichen Artikel über irische Mönche stehlen? Tryggvi interessierte sich nicht im Geringsten für die Aufsätze des Professors. In seinen Augen war das ein primitiver Angriff auf diejenigen, die sich nicht wehren können.

Tryggvi war es nicht geheuer, als Gunnar Leiter der Historischen Fakultät wurde. Zumal er sofort mit dem Hausmeister diverse Änderungen besprach, die er für unumgänglich hielt. Unter anderem wollte er, dass die Putzfrauen bei der Arbeit den Mund hielten. Tryggvi versuchte erfolglos, diesen selbstgefälligen Mann darauf hinzuweisen, dass das Plaudern der Frauen niemanden störe, da sich während ihrer Arbeitszeit niemand im Haus befinde. Außer Gunnar natürlich. Warum musste er auch jeden Morgen zu einer Uhrzeit kommen, zu der noch nicht einmal die Busse fuhren. Tryggvi war Gunnars Aufforderung, die Frauen anzuweisen, dass sie bei der Arbeit nicht miteinander reden sollen, nicht nachgekommen – er wusste nicht, wie er ihnen das verständlich machen sollte, und außerdem hatte er einfach keine Lust dazu. Auch wenn ihn die Sprachbarrieren manchmal ärgerten, hatte er die Fröhlichkeit dieser tüchtigen Frauen schätzen gelernt.

An jenem Morgen verhielten sie sich wie immer. Sie betraten gemeinsam die kleine Kaffeestube und wünschten mit starkem Akzent im Chor Guten Morgen. Darauf folgte üblicherweise heftiges Gekicher. Tryggvi musste wie immer lächeln. Die Frauen schälten sich aus ihrer bunten Winterkleidung, während er in einiger Entfernung dastand und sie beobachtete. Ein ganz normaler Tag, der nun eine unerwartete Wendung zu nehmen schien.

Tryggvi drängte sich durch die Gruppe der Frauen zur Tür, die auf den Flur hinausführte. Er hörte, wie sich das Geräusch von einem Stöhnen in ein Schreien verwandelte. Tryggvi konnte weder ausmachen, ob es von einem Mann oder einer Frau stammte, noch war er sicher, ob es überhaupt menschlich war. Konnte ein Tier ins Gebäude gelangt sein und sich verletzt haben? Tryggvi hatte keine Zeit, diesen Gedanken zu Ende zu denken, denn es ertönte ein lauter Knall, wie wenn etwas zu Boden stürzt oder zerbricht. Tryggvi beschleunigte seinen Schritt und betrat den Flur. Der Lärm schien aus der oberen Etage zu kommen. Tryggvi wendete sich schnell zur Treppe und rannte, zwei Stufen auf einmal nehmend, hinauf. Die Frauen folgten ihm und begannen zu jammern.

Die Schreie kamen zweifellos aus den Büros der Historischen Fakultät. Tryggvi spurtete los und die Frauen folgten ihm auf den Fersen. Er riss die Feuerschutztür zum Büroflur auf und bremste abrupt – woraufhin die Frauen eine nach der anderen gegen ihn prallten. Tryggvi starrte geradeaus.

Es war nicht der Anblick des Bücherregals auf dem Fußboden oder des Fakultätsleiters auf allen vieren auf dem Bücherhaufen im Flur, der Tryggvi erstarren ließ. Dort drinnen lag eine Leiche, die halb aus einem kleinen Druckerkabuff hinausragte. Tryggvi spürte, wie sich sein Magen umdrehte. Was zum Teufel waren diese Stofflappen vor den Augen? Hatte jemand etwas auf die Brust gezeichnet? Und die Zunge – was war nur mit der Zunge?

Die Frauen blickten über Tryggvis Schulter und er spürte, wie sie nach seinem Hemd griffen. Er versuchte, sich loszumachen, aber ohne Erfolg. Der Fakultätsleiter streckte Hilfe suchend die Arme aus. Der Mann schien vor Angst völlig aufgelöst zu sein und griff mit der einen Hand nach seinem Herz, aschfahl im Gesicht. Dann kippte er zur Seite. Tryggvi widerstand der Versuchung, die Frauen zu packen und wegzurennen. Er machte einen Schritt nach vorn, woraufhin die Frauen noch nachdrücklicher versuchten, ihn zurückzuziehen, doch er schüttelte sie ab. Er beugte sich hinab zu Gunnar, der offenbar versuchte, ihm etwas zu sagen.

Tryggvi verstand nicht viel von dem zusammenhanglosen Gestammel des Mannes. Er begriff nur, dass die Leiche – es konnte nur eine Leiche sein, so sah kein lebendiger Mensch aus – auf Gunnar gestürzt war, als dieser die Tür zum Druckerkabuff geöffnet hatte. Tryggvi richtete seinen Blick instinktiv auf den entsetzlich zugerichteten Körper.

Guter Gott. Die schwarzen Stofflappen vor den Augen waren gar keine Stofflappen.

6. DEZEMBER
2005

1. KAPITEL

Dóra Guðmundsdóttir wischte hastig einen Cornflakeskrümel von ihrem Hosenbein und zupfte ihre Kleidung zurecht, bevor sie die Rechtsanwaltskanzlei betrat. Gar nicht so übel. Sie hatte das morgendliche Geduldspiel, ihre sechsjährige Tochter und ihren 16-jährigen Sohn rechtzeitig zur Schule zu bringen, überstanden. Neuerdings weigerte sich Dóras Tochter strikt, etwas Rosafarbenes anzuziehen, was nicht weiter problematisch wäre, wenn nicht der gesamte Inhalt ihres Kleiderschranks mehr oder weniger rosa wäre. Ihr Sohn hingegen hatte das ganze Jahr über vergnügt dieselben verschlissenen Klamotten angezogen, vorausgesetzt, auf einem der Kleidungsstücke befand sich ein Totenkopf. Seine Heldentat bestand darin, überhaupt aufzuwachen. Dóra seufzte bei dem Gedanken. Es war nicht leicht, allein mit zwei Kindern zu leben. Aber es war auch nicht leichter gewesen, als sie noch verheiratet gewesen war. Der Unterschied war der, dass zur morgendlichen Routine noch der Streit mit ihrem Ex-Mann hinzugekommen war. Die Gewissheit, dass dies Vergangenheit war, hob ihre Stimmung, und ein Lächeln schlich sich auf ihre Lippen, als sie die Tür öffnete.

»Guten Morgen!«, sagte sie gut gelaunt.

Die Sekretärin entgegnete ihren Gruß nicht, sondern setzte eine beleidigte Miene auf. Immer diese ansteckende Fröhlichkeit, dachte Dóra. Insgeheim verfluchte sie, wie so oft, das Sekretärinnenproblem. Es war für die Kanzlei zweifellos geschäftsschädigend. Dóra konnte sich an keinen Mandanten erinnern, der sich nicht schon einmal über das Mädchen beschwert hatte. Sie war nicht nur unfreundlich, sondern auch ausgesprochen unattraktiv. Ihr Übergewicht war nicht das Schlimmste, sondern die allgemeine Nachlässigkeit bei ihrem Äußeren. Außerdem regte sie sich über alles und jeden auf. Zu allem Überfluss – wie aus purer Gemeinheit – hatten die Eltern das Mädchen Bella genannt. Wenn sie doch nur von sich aus kündigen würde. Sie schien keineswegs mit dem Job zufrieden zu sein und war hier bestimmt nicht am richtigen Platz. Eigentlich konnte sich Dóra gar keinen Job vorstellen, der dem Mädchen liegen würde. Andererseits war es nicht möglich, sie zu feuern.

Als Dóra und Bragi, ihr älterer und erfahrenerer Kollege, sich zusammengetan und die Kanzlei eröffnet hatten, waren sie so begeistert von den Büroräumen gewesen, dass sie sich auf eine Bedingung im Mietvertrag eingelassen hatten – die Tochter des Vermieters sollte als Sekretärin eingestellt werden. Damals konnten sie unmöglich ahnen, worauf sie sich einließen. Das Mädchen hatte ein hervorragendes Zeugnis von den Vormietern, einer Immobilienfirma, bekommen. Dóra war sich mittlerweile sicher, dass die Vormieter aus dem großartig gelegenen Büro am Skólavörðustígur nur ausgezogen waren, um diese Horrorsekretärin loszuwerden. Dóra war davon überzeugt, dass sie Recht bekämen, wenn sie wegen des höchst zweifelhaften Arbeitszeugnisses gegen die Vertragsklausel klagten. Doch damit wäre der gute Ruf, den sie sich bis jetzt erarbeitet hatten, hinüber. Wer wendet sich schon an eine Anwaltskanzlei, die sich unter anderem auf Vertragsrecht spezialisiert hat, aber die eigenen Verträge vermasselt? Selbst wenn sie Bella loswürden – gute Sekretärinnen gab es auch nicht wie Sand am Meer.

»Da hat jemand angerufen«, nuschelte Bella, während sie gebannt auf ihren Computerbildschirm starrte.

»Aha?« Dóra, die gerade ihren Daunenanorak aufhängte, schaute fragend auf und fügte wenig hoffnungsvoll hinzu: »Hast du eine Ahnung, wer es war?«

»Nee. Hat Deutsch gesprochen, glaub ich. Ich hab ihn jedenfalls nicht verstanden.«

»Wollte der Mann vielleicht noch mal anrufen?«

»Weiß ich nicht. Hab aufgelegt. Aus Versehen.«

»Für den unwahrscheinlichen Fall, dass dieser Mann noch einmal anruft, obwohl du eben aufgelegt hast, würdest du ihn mir dann bitte durchstellen? Ich habe in Deutschland studiert und spreche Deutsch.«

»Hrmf«, stieß Bella hervor und zuckte mit den Schultern. »Vielleicht war's auch kein Deutsch. Könnte auch Russisch gewesen sein. Außerdem war es eine Frau. Glaub ich. Oder ein Mann.«

»Bella, wer auch immer anruft – eine Frau aus Russland oder ein Mann aus Deutschland, von mir aus auch ein sprechender Hund aus Griechenland –, würdest du ihn bitte durchstellen, ja?« Dóra wartete nicht auf eine Antwort – damit war sowieso nicht zu rechnen – und ging geradewegs in ihr schlichtes Büro.

Sie setzte sich und schaltete den Computer ein. Ihr Schreibtisch war nicht ganz so unordentlich wie sonst. Sie hatte am Tag zuvor eine Stunde damit zugebracht, Papiere zu sortieren, die sich im letzten Monat angesammelt hatten. Dóra löschte ein paar Spam-Mails und Gags von Freunden und Kollegen. Danach waren noch drei E-Mails von Mandanten übrig, eine von ihrer Freundin Laufey mit der Betreffzeile *Am Wochenende einen draufmachen* und schließlich eine Mail von der Bank. Mist. Sie hatte bestimmt ihre Kreditkarte überzogen. Und ihren Dispo wahrscheinlich auch. Dóra beschloss, die Mail sicherheitshalber nicht zu öffnen.

Das Telefon klingelte.

»Anwaltskanzlei Innenstadt. Dóra am Apparat.«

»Guten Tag, Frau Guðmundsdóttir?«

»Guten Tag.« Dóra tastete nach Papier und Stift. Hochdeutsch. Sie ermahnte sich, die Frau immer zu siezen.

Dóra kniff die Augen fest zu und hoffte, dass ihr Deutsch sie nicht im Stich lassen möge. Sie hatte die Sprache recht gut beherrscht, als sie an der Universität in Berlin ihren Juraabschluss gemacht hatte. Jetzt bemühte sie sich, die Wörter so korrekt wie möglich auszusprechen. »Womit kann ich Ihnen helfen?«

»Ich heiße Amelia Guntlieb. Ich habe Ihren Namen von Herrn Professor Anderheiß erhalten.«

»Ja, er hat mich in Berlin unterrichtet.« Dóra hoffte inständig, wenigstens bei der Wortwahl nicht völlig danebenzuliegen, weil sie spürte, dass sich ihre Aussprache verschlechtert hatte. In Island gab es nicht viele Gelegenheiten, Deutsch zu sprechen.

»Ja.« Nach einer unangenehmen Pause fuhr die Frau fort: »Mein Sohn ist ermordet worden. Mein Mann und ich brauchen Hilfe.«

Dóra dachte fieberhaft nach. Guntlieb? Der deutsche Student, dessen Leiche in der Uni gefunden worden war? Hieß der nicht Guntlieb?

»Hallo?« Die Frau schien nicht sicher zu sein, ob Dóra noch in der Leitung war.

Dóra beeilte sich zu sagen: »Ja, Verzeihung. Ihr Sohn. Ist das hier in Island passiert?«

»Ja.«

»Ich glaube, ich weiß, von welchem Mord Sie sprechen, aber ich muss gestehen, dass ich nur in den Nachrichten davon gehört habe. Sind Sie sicher, dass Sie mit der richtigen Person sprechen?«

»Das hoffe ich. Wir sind mit den polizeilichen Ermittlungen nicht zufrieden.«

»Ach?«, sagte Dóra überrascht. Sie hatte den Eindruck, die Polizei hätte den Fall vorbildlich gelöst. Der Mörder war drei Tage nach der grausamen Tat festgenommen worden. »Sie wissen bestimmt, dass sie einen Mann verhaftet haben?«

»Das ist uns bekannt. Wir sind allerdings davon überzeugt, dass er nicht der Schuldige ist.«

»Warum nicht?«, fragte Dóra ungläubig.

»Wir sind einfach davon überzeugt. Mehr will ich dazu nicht sagen.« Die Frau räusperte sich höflich. »Wir möchten, dass sich eine neutrale Person des Falls annimmt. Jemand, der Deutsch spricht.« Stille. »Sie müssen verstehen, wie schwer uns das fällt.« Wieder Stille. »Harald war unser Sohn.«

Dóra versuchte, Anteilnahme zu zeigen, indem sie ihre Stimme senkte und langsamer sprach. »Doch, doch, das verstehe ich gut. Ich habe selbst einen Sohn. Ich kann mich natürlich unmöglich in die Lage von Ihnen und Ihrem Mann versetzen, aber ich möchte Ihnen mein aufrichtiges Beileid aussprechen. Allerdings bin ich nicht sicher, ob ich Ihnen helfen kann.«

»Ich danke Ihnen für Ihre Anteilnahme.« Ihre Stimme war eiskalt. »Professor Anderheiß glaubt, dass Sie die Eigenschaften besitzen, nach denen wir suchen. Er sagte, Sie seien beharrlich, entschlossen und knallhart.« Stille. Dóra stellte sich vor, der Mann habe das Wort »frech« wohl nicht in den Mund nehmen wollen. Die Frau sprach weiter. »Und zugleich verständnisvoll. Er ist ein guter Freund der Familie und wir vertrauen ihm. Wären Sie bereit, den Fall zu übernehmen? Wir zahlen sehr gut.« Die Frau nannte eine Summe.

Sie war unglaublich hoch, ob mit oder ohne Mehrwertsteuer. Mehr als doppelt so hoch wie Dóras üblicher Stundenlohn. Darüber hinaus bot ihr die Frau ein Zusatzhonorar an, falls die Ermittlungen zur Verhaftung eines anderen Täters führen sollten. Das Zusatzhonorar war höher als Dóras Jahresgehalt. »Was erwarten Sie für diese hohe Summe? Ich bin keine Privatdetektivin.«

»Wir suchen jemanden, der den Fall noch einmal aufrollt, das Beweismaterial begutachtet und die Schlussfolgerungen der Polizei überprüft.« Wieder machte die Frau eine Pause, bevor sie weitersprach. »Die Polizei weigert sich, mit uns zu reden. Das irritiert uns.«

Ihr Sohn ist ermordet worden und das Verhalten der Polizei irritiert sie, dachte Dóra. »Ich überlege es mir. Haben Sie eine Nummer, unter der ich Sie erreichen kann?«

»Ja.« Die Frau nannte die Telefonnummer. »Ich möchte Sie bitten, sich nicht allzu lange Bedenkzeit zu lassen. Ich versuche es woanders, wenn ich bis heute Nachmittag nichts von Ihnen gehört habe.«

»Machen Sie sich keine Gedanken. Ich gebe Ihnen so bald wie möglich Bescheid.«

»Frau Guðmundsdóttir, noch eine Sache.«

»Ja?«

»Wir haben eine Bedingung.«

»Und die wäre?«

Frau Guntlieb räusperte sich. »Wir möchten umgehend über alles informiert werden, was Sie herausfinden. Egal, ob es wichtig oder unwichtig ist.«

»Warten wir mal ab, ob ich Ihnen überhaupt behilflich sein kann, bevor wir die Details besprechen.«

Sie verabschiedeten sich und Dóra legte auf. Großartig, wenn der Tag damit beginnt, wie ein Dienstmädchen behandelt zu werden. Und die Kreditkarte überzogen zu haben. Und den Dispo. Das Telefon klingelte erneut. Dóra nahm ab.

»Hier ist die Autowerkstatt. Hör mal, das sieht doch schlimmer aus, als wir dachten.«

»Wird er überleben?«, fragte Dóra gereizt. Der Wagen hatte beschlossen, nicht mehr anzuspringen, als sie gestern Mittag ein paar Besorgungen machen wollte. Sie hatte mehrmals versucht, ihn in Gang zu bringen, aber ohne Erfolg. Schließlich musste sie aufgeben und der Wagen wurde in die Werkstatt geschleppt. Der Automechaniker hatte sie mitleidig angeschaut und ihr für die Reparaturzeit eine Dreckskarre geliehen. Ein schäbiges Gefährt, das auf der Heckscheibe die Aufschrift *Bibbis Autowerkstatt* trug und dessen Fußräume vor den Rücksitzen und auf der Beifahrerseite mit Müll bedeckt waren, überwiegend Verpackungen von Ersatzteilen und leere Coladosen. Dóra musste sich damit abfinden, denn sie brauchte ein Auto.

»So gerade.« Völlig gefühllos. »Es wird nicht ganz billig.« Darauf folgte ein Redeschwall mit Begriffen aus der Welt der Autoreparatur, von der Dóra nur wenig verstand. Die am Ende genannte Summe bedurfte jedoch keiner näheren Erläuterung.

»Besten Dank. Dann reparier ihn halt.«

Dóra legte auf. Sie starrte gedankenvoll einige Minuten auf das Telefon. Weihnachten stand vor der Tür mit den dazugehörigen Ausgaben, Weihnachtsschmuck, Ausgaben, Geschenken, Ausgaben, Festlichkeiten, Ausgaben, Familienfeiern, Ausgaben und – wie sollte es auch anders sein – noch mehr Ausgaben. Man konnte nicht gerade von Hochbetrieb in der Kanzlei sprechen. Wenn sie diesen Auftrag aus Deutschland annehmen würde, hätte sie genug zu tun. Außerdem würde es ihre Geldprobleme lösen und mehr als das. Sie könnte sogar mit den Kindern in Urlaub fahren. Es gab bestimmt genügend verlockende Reiseziele für ein sechsjähriges Mädchen, einen 16-jährigen Jungen und eine 36-jährige Frau. Sie würde es sich sogar leisten können, auch noch einen 26-jährigen Mann einzuladen, zwecks Förderung der Geselligkeit und Ausgleichs der Geschlechterverteilung. Sie nahm den Hörer in die Hand.

Anstelle von Frau Guntlieb meldete sich ein Dienstmädchen. Dóra fragte nach der Frau des Hauses und hörte kurz darauf klappernde Schritte. Eine kühle Stimme meldete sich.

»Guten Tag, Frau Guntlieb. Hier ist Dóra Guðmundsdóttir aus Island.«

»Ja.« Nach kurzem Schweigen war klar, dass Frau Guntlieb im Moment nicht mehr sagen würde.

»Ich habe mich entschieden und möchte versuchen, Ihnen zu helfen.«

»Gut.«

»Wann soll ich anfangen?«

»Sofort. Ich habe für heute Mittag einen Tisch bestellt. Dort können Sie die Sache mit Matthias Reich besprechen. Er arbeitet für meinen Mann. Er hält sich gerade in Island auf und verfügt über die Ermittlungserfahrungen, an denen es Ihnen mangelt. Er wird Ihnen weitere Informationen geben.«

Der vorwurfsvolle Ton bei dem Wort »mangelt« klang so, als sei Dóra für schuldig befunden worden, stockbesoffen bei einem Kindergeburtstag erschienen zu sein. Sie tat trotzdem so, als sei nichts gewesen. »Ja, ich verstehe. Ich möchte aber noch einmal betonen, dass ich nicht sicher bin, ob ich Ihnen helfen kann.«

»Das wird sich zeigen. Matthias gibt Ihnen einen Vertrag, den Sie unterschreiben müssen. Lassen Sie sich Zeit, lesen Sie ihn gut durch.«

Auf einmal hätte Dóra der Frau am liebsten gesagt, sie solle sich zum Teufel scheren. Sie konnte diese Überheblichkeit und Arroganz nicht ausstehen. Als sie aber dann sich selbst, die Kinder und den 26-jährigen Typen im Urlaub vor sich sah, schluckte sie ihren Stolz hinunter und murmelte etwas Zustimmendes.

»Seien Sie um zwölf Uhr im Hótel Borg. Matthias kann Ihnen die eine oder andere Information geben, die nicht in der Zeitung steht. Einiges davon ist nicht druckfähig.«

Dóra lief plötzlich ein kalter Schauer über den Rücken. Frau Guntliebs Stimme klang barsch und gefühllos, aber gleichzeitig irgendwie zerbrechlich. Vermutlich klang man unter diesen Bedingungen so. Dóra schwieg.

»Haben Sie mich verstanden? Kennen Sie das Hotel?«

Dóra hätte fast laut aufgelacht. »Ja, ich glaube schon. Ich werde dort sein.« Ganz bestimmt.

2. KAPITEL

Dóra schaute auf die Uhr und legte den Fall beiseite, mit dem sie sich gerade beschäftigt hatte. Schon wieder ein Mandant, der nicht wahrhaben wollte, dass er gerade einen Prozess verlor. Sie war zufrieden mit sich, hatte ein paar kleinere Sachen bearbeitet und genug Zeit, sich mit Herrn Matthias Reich zu treffen. Sie wählte Bellas Durchwahl.

»Ich gehe zu einer Besprechung in die Stadt. Ich weiß nicht, wie lange es dauert, aber rechne nicht vor zwei Uhr mit mir.« Das Grummeln am anderen der Leitung interpretierte Dóra als Zustimmung. Mein Gott, warum kann sie nicht einfach »ja« sagen?

Dóra nahm ihre Handtasche und steckte das Notizbuch ein. Alles, was sie über den Fall wusste, stammte aus den Medien. Allerdings hatte sie die Sache nicht besonders aufmerksam verfolgt. Sie erinnerte sich nur an die wichtigsten Punkte: Ein ausländischer Student war ermordet und seine Leiche auf nicht näher beschriebene Weise geschändet worden. Die Polizei hatte einen Drogendealer, der steif und fest seine Unschuld beteuerte, festgenommen. Daraus ließ sich nicht allzu viel schließen.

Während sie ihren Mantel anzog, musterte sich Dóra in dem großen Spiegel. Sie wusste, wie wichtig es war, beim ersten Treffen einen guten Eindruck zu machen, besonders, wenn ihr Gegenüber vermögend war.

Dóra wühlte in ihrer Handtasche, fand endlich den Lippenstift und schminkte sich hastig die Lippen. Sie trug fast nie Make-up und legte morgens nur eine Feuchtigkeitscreme und Wimperntusche auf. Den Lippenstift hatte sie für unerwartete Ereignisse wie jetzt dabei. Er stand ihr gut und steigerte ihr Selbstbewusstsein. Dóra war froh, ihrer Mutter zu ähneln und nicht ihrem Vater, der einmal als Doppelgänger von Winston Churchill posiert hatte. Man konnte zwar nicht behaupten, sie sei wunderschön oder attraktiv, aber mit ihren hohen Wangenknochen und ihren blauen, mandelförmigen Augen konnte man sie zweifellos als hübsch bezeichnen. Sie hatte außerdem das Glück gehabt, die Figur ihrer Mutter zu erben und schlank zu bleiben.

Dóra rief ihren Kollegen einen Abschiedsgruß zu und Bragi entgegnete »viel Glück«. Sie hatte ihm von ihrem Telefonat mit Frau Guntlieb und dem bevorstehenden Treffen mit deren Bevollmächtigtem erzählt. Bragi hatte die ganze Geschichte äußerst spannend gefunden und behauptet, die Tatsache, dass eine Mandantin aus dem Ausland sie kontaktiere, sei ein eindeutiges Zeichen dafür, dass sie auf dem richtigen Weg seien. Er hatte sogar vorgeschlagen, den schlichten Namen der Kanzlei mit einem *International* oder *Group* aufzupeppen. Dóra hoffte, dass Bragi nur einen Witz gemacht hätte, war sich jedoch nicht sicher.

Draußen wehte ein frischer Wind. Im November war es ungewöhnlich kalt gewesen, was auf einen langen, harten Winter hindeutete. Jetzt würden sie für den extrem warmen Sommer bezahlen müssen. Dóra zog sich ihre Kapuze tief ins Gesicht, damit sie nicht mit abgefrorenen Ohren zu ihrer Verabredung käme. Das Hótel Borg lag nicht weit entfernt und es lohnte sich nicht, mit dem Werkstattauto dorthin zu fahren. Wer weiß, was der Deutsche von ihr denken würde, wenn er sah, wie sie die Rostlaube vor dem Hotel parkte. Dann würden ihre schicken Schuhe auch nichts mehr retten können, das war klar.

Es dauerte keine sechs Minuten, bis sie von der Kanzlei an der Drehtür des Hotels angekommen war.

Dóra ließ ihren Blick durch den schönen Speisesaal schweifen. Sie stellte fest, dass es hier kaum noch so aussah wie in den Jahren, als sie die meisten Samstagabende wild feiernd mit ihrer Clique im Borg verbracht hatte – bis auf die großen Fenster, die den Blick auf das Parlamentsgebäude und den Austurvöllur freigaben. Damals hatte sie sich über gar nichts Gedanken gemacht, höchstens darüber, wie ihr Hintern im Outfit des jeweiligen Abends zur Geltung käme.

Der Deutsche schien um die vierzig zu sein. Er saß kerzengerade auf einem gepolsterten Stuhl und seine breiten Schultern verdeckten die schmucke Rückenlehne. Er war leicht ergraut, was ihm eine gewisse Würde verlieh. Er wirkte steif und förmlich und trug einen grauen Anzug und eine ebensolche Krawatte, was die Farbpalette nicht gerade bereicherte. Dóra versuchte, freundlich und aufmerksam zu lächeln, und hoffte, nicht vollkommen idiotisch dabei auszusehen. Der Mann erhob sich, nahm die Serviette vom Schoß und legte sie auf den Tisch.

»Frau Guðmundsdóttir.« Eine harte, kalte Aussprache.

Sie gaben sich die Hände. »Herr Reich«, raunte Dóra mit so guter deutscher Aussprache wie möglich. »Nennen Sie mich bitte Dóra«, fügte sie hinzu. »Das kann man leichter aussprechen.«

»Nehmen Sie Platz«, sagte der Mann und setzte sich. »Und nennen Sie mich Matthias.«

Sie achtete darauf, gerade zu sitzen, und dachte darüber nach, was die anderen Gäste wohl von diesem stocksteifen Duett halten mochten. Vielleicht glaubten sie, es handele sich um das Gründungstreffen des Vereins für Menschen mit Stahlschienen in der Wirbelsäule.

»Darf ich Ihnen etwas zu trinken anbieten?«, fragte der Mann Dóra höflich auf Deutsch. Der Kellner verstand offenbar, was er gesagt hatte, denn er wendete sich zu Dóra und wartete auf die Bestellung.

»Ein Wasser bitte. Mineralwasser.« Sie erinnerte sich daran, wie verrückt die Deutschen auf Mineralwasser waren. Allerdings wurde es auch in Island immer beliebter – vor zehn Jahren wäre niemand mit gesundem Menschenverstand auf die Idee gekommen, in einem Restaurant für ein Glas Wasser zu bezahlen. Es floss ja schließlich unablässig aus dem Wasserhahn. »Ich nehme an, Sie haben mit meinen Arbeitgebern gesprochen, oder besser gesagt mit Frau Guntlieb?«, fragte Matthias Reich, als der Kellner gegangen war.

»Ja. Sie hat mir gesagt, Sie würden mir nähere Informationen geben.«

Er zögerte und leerte sein mit einer klaren Flüssigkeit gefülltes Glas. Die Luftbläschen gaben zu erkennen, dass er ebenfalls Mineralwasser bestellt hatte. »Ich habe eine Mappe mit Material für Sie zusammengestellt. Die können Sie mitnehmen und später durchsehen, aber es gibt noch ein paar Dinge, die ich jetzt mit Ihnen besprechen möchte, wenn Ihnen das recht ist.«

»Selbstverständlich«, antwortete Dóra ohne Zögern. Bevor Matthias fortfahren konnte, sagte sie: »Ich möchte unter anderem gern etwas mehr über die Leute wissen, für die ich arbeiten werde. Das spielt vielleicht für die Ermittlung keine Rolle, aber es ist mir wichtig. Frau Guntlieb nannte eine sehr beachtenswerte Summe als Honorar. Ich habe kein Interesse daran, das Schicksal der Familie auszunutzen, falls sie sich das nicht leisten kann.«

»Sie kann sich das leisten«, entgegnete er und grinste. »Herr Guntlieb ist Direktor und Hauptteilhaber der Anlagenbestand-Bank in Bayern. Die Bank ist nicht überregional tätig, hat aber wichtige Firmenkunden und sehr wohlhabende Privatkunden. Machen Sie sich keine Sorgen.«

»Ich verstehe«, sagte Dóra und wusste nun auch, warum ein Dienstmädchen ans Telefon gegangen war.

»Mit ihren Kindern haben die Guntliebs hingegen weniger Glück gehabt. Sie hatten vier Kinder, zwei Söhne und zwei Töchter. Der ältere Sohn starb vor zehn Jahren bei einem Autounfall und die ältere Tochter war von Geburt an schwer behindert. Vor ein paar Jahren riss die Krankheit sie in den Tod. Jetzt ist ihr Sohn Harald ermordet worden, und die jüngste Tochter, Elisa, ist die Einzige, die sie noch haben. Das hat Herrn und Frau Guntlieb sehr mitgenommen, wie Sie sich bestimmt vorstellen können.«

Dóra nickte und fragte dann zögernd: »Was hat Harald nach Island verschlagen? Ich dachte, es gäbe in Deutschland eine Menge guter Universitäten für Historiker.«

Nach Matthias' Gesichtsausdruck zu schließen, der ansonsten völlig unbewegt gewesen war, handelte es sich um eine schwierige Frage. »Ich weiß es nicht genau. Er hatte Interesse am 17. Jahrhundert, und ich habe herausgefunden, dass er sich auf einem bestimmten Gebiet mit vergleichenden Forschungen zwischen dem europäischen Festland und Island beschäftigt hat. Er kam über ein Austauschprogramm zwischen der Universität München und der Universität Islands hierher.«

»Welche Art vergleichende Forschungen? Ging es um Regierungsformen oder so etwas?«, fragte Dóra.

»Nein, es lag mehr auf dem Gebiet der Religion.« Er nahm einen Schluck Wasser. »Wir sollten vielleicht erst bestellen, bevor wir das vertiefen.« Er winkte dem Kellner, der mit zwei Speisekarten erschien.

»Religion, sagen Sie.« Sie überflog die Karte. »Welche Religion?«

Matthias legte die aufgeschlagene Speisekarte auf den Tisch. »So etwas bespricht man eigentlich nicht beim Essen, aber ich denke, wir müssen es früher oder später tun. Ich bin mir allerdings nicht sicher, ob Haralds Studieninteressen etwas mit dem Mord zu tun haben.«

Dóra runzelte die Stirn. »Ging es vielleicht um eine Pest?«, fragte sie. Das war das Einzige, was ihr in den Sinn kam.

»Nein, keine Pest.« Er schaute ihr in die Augen. »Hexenverfolgung. Folter und Hinrichtungen. Nicht besonders angenehm. Leider hat sich Harald sehr dafür interessiert. Dieses Interesse liegt sogar in der Familie.«

Dóra nickte. »Ich verstehe.« Im Grunde verstand sie gar nichts. »Vielleicht sollten wir das lieber nach dem Essen besprechen.«

»Das ist eigentlich gar nicht nötig. Die wichtigsten Punkte stehen in der Mappe.« Er nahm die Speisekarte wieder zur Hand.

»Später gebe ich Ihnen auch ein paar Kisten mit Haralds persönlichen Dingen, die ich von der Polizei bekommen habe. Darunter befindet sich auch aufschlussreiches Material zu seiner Masterarbeit. Ich warte außerdem auf seinen Computer und andere Dinge, die möglicherweise Hinweise geben können.«

Sie studierten schweigend die Speisekarte.

»Fisch«, bemerkte Matthias, ohne aufzuschauen. »Sie essen hier ja viel Fisch.«

»Ja, das tun wir«, war das Einzige, was Dóra darauf einfiel.

»Ich mag keinen Fisch«, erklärte er.

»Wirklich nicht?« Dóra schloss die Speisekarte. »Ich esse sehr gern Fisch und ich glaube, ich nehme die gebratene Scholle.«

Schließlich entschied er sich für eine Quiche. Als der Kellner wieder gegangen war, fragte Dóra, wieso die Familie davon ausging, dass die Polizei den falschen Mann verhaftet hatte.

»Das hat verschiedene Gründe. Erstens hätte Harald seine Zeit nicht damit verschwendet, sich mit irgendeinem Drogendealer zu streiten.« Er blickte ihr in die Augen. »Harald nahm ab und zu Drogen; das ist bekannt. Alkohol getrunken hat er auch. Er war jung. Aber er war weder drogen- noch alkoholabhängig.«

»Das kommt natürlich drauf an, wie man es definiert«, entgegnete Dóra. »Für mich bedeutet regelmäßiger Drogenkonsum Abhängigkeit.«

»Ich weiß ziemlich viel über Drogenmissbrauch.« Matthias verstummte, beeilte sich aber dann zu sagen: »Nicht aus eigener Erfahrung, sondern durch meine Arbeit. Harald war nicht abhängig – er war zweifellos dabei, es zu werden, aber er war nicht abhängig, als er ermordet wurde.«

Dóra stellte fest, dass sie nicht die geringste Ahnung hatte, warum dieser Mann nach Island geschickt worden war. Wohl kaum, um sie zum Mittagessen einzuladen und sich über isländischen Fisch zu beschweren. »Was genau ist Ihre Tätigkeit für diese Familie? Frau Guntlieb erwähnte, Sie arbeiteten für ihren Mann.«

»Ich kümmere mich um Sicherheitsfragen der Bank. Das beinhaltet unter anderem die Überprüfung der Lebensläufe zukünftiger Mitarbeiter und die Kontrolle verschiedener Sicherheitsbestimmungen in der Firma und bei den Finanzgeschäften.«

»Dabei haben Sie wohl kaum mit Drogen zu tun?«

»Nein. Damit meinte ich meinen vorherigen Job. Ich war zwölf Jahre lang bei der Münchner Kriminalpolizei.« Er schaute ihr direkt ins Gesicht. »Ich weiß einiges über Mordfälle und habe nicht den geringsten Zweifel daran, dass bei dieser Morduntersuchung geschlampt wurde. Ich musste den Ermittlungsleiter nur ein paar Mal treffen, um festzustellen, dass er keinen blassen Schimmer davon hat, was er tut.«

»Wie heißt er?«

Dóra verstand, wen er meinte, obwohl seine Aussprache ziemlich merkwürdig war. Árni Bjarnason. Sie seufzte. »Ich kenne ihn von anderen Fällen. Er ist ein furchtbarer Idiot. Wirklich ungeschickt, ihm die Ermittlung zu übergeben.«

»Es gibt auch noch andere Gründe, warum die Familie glaubt, dass der Drogendealer nichts mit dieser grausamen Tat zu tun hat.«

Dóra schaute auf. »Und welche Gründe sind das?«

»Kurz vor seinem Tod hat Harald eine große Summe Geld von einem Bankkonto abgehoben, das auf seinen Namen läuft. Man hat nicht herausgefunden, was mit dem Geld passiert ist. Es war wesentlich mehr, als Harald für Drogen gebraucht hätte, selbst wenn er sich die nächsten Jahre hätte zudröhnen wollen.«

»War er vielleicht in Drogentransporte verwickelt?«, fragte Dóra und fügte hinzu: »Finanzierung von Drogenschmuggel oder so was?«

Matthias schnaubte. »Ausgeschlossen. Harald brauchte kein Geld. Er war sehr wohlhabend. Sein Großvater hat ihm ein Vermögen vererbt.«

»Ich verstehe.«

»Die Polizei konnte nicht beweisen, dass der Dealer Geld entgegengenommen hat. Das Einzige, was man über Haralds Verbindung zur Drogenszene herausgefunden hat, ist, dass er ab und zu Haschisch gekauft hat.«

Das Essen wurde serviert und sie aßen schweigend. Dóra war ein bisschen verlegen. Mit diesem Mann konnte man nicht gut schweigen. Andererseits hatte Smalltalk ihr nie gelegen, selbst wenn die Stille beklemmend war. Deshalb beschloss sie, lieber den Mund zu halten.

Sie bestellten Kaffee und kurz darauf wurden zwei dampfende Tassen, eine Zuckerdose und ein silbernes Milchkännchen an den Tisch gebracht.

Dóra nippte an ihrem Kaffee und unterbrach dann die Stille. »Haben Sie einen Vertrag, den ich mir anschauen kann?«

Der Mann reckte sich nach einer Aktentasche, die auf dem Stuhl lag, und holte eine dünne Mappe hervor. Er reichte sie Dóra über den Tisch. »Nehmen Sie den Vertrag mit. Wir können morgen die Punkte durchgehen, die Sie ändern wollen. Ich gebe Ihre Anmerkungen dann an Familie Guntlieb weiter. Es ist ein fairer Vertrag und ich glaube nicht, dass Sie viel daran ändern möchten.« Er bückte sich erneut und holte eine zweite, dickere Mappe hervor, die er zwischen sie auf den Tisch legte. »Nehmen Sie das auch mit. Das ist die Mappe, die ich eben erwähnt habe. Es wäre mir wichtig, dass Sie die Unterlagen durchsehen, bevor Sie sich entscheiden. Der Fall hat sehr unangenehme Seiten und ich möchte, dass Ihnen das vorher klar ist.«

»Glauben Sie, damit würde ich nicht zurechtkommen?«, fragte Dóra ein klein wenig beleidigt.

»Das weiß ich ehrlich gesagt nicht. Deshalb bitte ich Sie, die Mappe durchzusehen. Darin befinden sich ziemlich unappetitliche Fotos vom Tatort und alle möglichen Erläuterungen, die auch nicht unbedingt nett sind. Es ist mir gelungen, mit Hilfe einer Person, deren Namen ich nicht nennen möchte, an verschiedene Beweisstücke zu kommen.«

Er legte seine Hand auf die Mappe.

»Hier drin sind auch Informationen über Haralds Leben. Sie

sind streng vertraulich und nichts für zart Besaitete. Ich vertraue darauf, dass Sie diese Fakten für sich behalten, falls Sie beschließen sollten, den Fall nicht anzunehmen. Die Familie möchte nicht, dass das hier an die Öffentlichkeit gelangt.«

Er nahm die Hand von der Mappe und schaute Dóra in die Augen. »Ich möchte das Unglück der Familie nicht noch verschlimmern.«

»Ich verstehe«, antwortete Dóra. »Ich kann Ihnen versichern, dass ich nicht über meine Arbeit ... tratsche.« Sie fixierte ihn und fügte bestimmt hinzu: »Niemals.«

»Gut.«

»Aber da Sie all dies schon zusammengetragen haben – wofür brauchen Sie mich da noch? Sie scheinen Zugang zu Informationen zu haben, die ich sicher nicht bekommen würde.«

»Möchten Sie wissen, warum wir Sie brauchen?«

»Ich glaube, das habe ich gerade gesagt«, konterte Dóra.

Er atmete hektisch durch die Nase. »Ich will Ihnen sagen, warum. Ich bin Ausländer in diesem Land und außerdem Deutscher. Wir müssen mit verschiedenen Leuten sprechen, die mir niemals etwas Wichtiges anvertrauen würden. Ich habe nur ein bisschen an der Oberfläche gekratzt und die meisten Informationen über Haralds Privatleben in Deutschland erhalten. Ich bin kein Mann, mit dem man gern über unangenehme und heikle Privatangelegenheiten spricht.«

»Ja, das ist mir klar«, rutschte es Dóra heraus.

Der Mann lächelte zum ersten Mal. Es überraschte Dóra, wie schön sein Lächeln war, offen und ehrlich, trotz seiner unnatürlich weißen, geraden Zähne. Sie musste zurücklächeln, fügte dann aber irritiert hinzu: »Über welche unangenehmen Dinge soll ich denn mit den Leuten reden?«

Sein Lächeln verschwand so schnell, wie es erschienen war. »Sexuelle Würgespiele, Folter, Okkultismus, Misshandlungen des eigenen Körpers und andere abnorme Verhaltensweisen ernsthaft geschädigter Personen.«

Dóra erstarrte. »Ich bin mir nicht sicher, ob ich weiß, worauf das alles hinausläuft.« Von sexuellen Würgespielen hatte sie noch nie etwas gehört – wenn Würgespiele etwas mit *erwürgen* zu tun hatten, dann würde sie nichtsexuelle Spiele vorziehen, die einzigen, die sie zurzeit praktizierte.

Als sein Lächeln zum zweiten Mal erschien, war es nicht mehr ganz so charmant wie zuvor. »Oh, das werden Sie schon noch herausfinden. Haben Sie da mal keine Sorge.«

Sie tranken ihren Kaffee, ohne weitere Worte zu wechseln, und dann nahm Dóra die Mappe und machte sich bereit, wieder zurück in die Kanzlei zu gehen. Sie verabredeten sich für den darauffolgenden Tag und verabschiedeten sich.

Als Dóra gerade den Tisch verlassen wollte, legte er seine Hand auf ihren Arm.

»Noch eine Sache, Frau Guðmundsdóttir.«

Sie drehte sich um.

»Ich habe vergessen, Ihnen zu sagen, warum ich davon überzeugt bin, dass der Mann, den die Polizei verhaftet hat, nicht der Mörder ist.«

»Warum?«

»Man hat Haralds Augen nicht bei ihm gefunden.«

3. KAPITEL

Dóra hatte normalerweise keine Angst vor Taschendieben, aber auf dem Rückweg von ihrer Besprechung mit Matthias hielt sie ihre Tasche fest umklammert. Sie wollte sich nicht ausmalen, wie es wäre, den Mann anrufen und ihm mitzuteilen zu müssen, die Unterlagen seien gestohlen worden. Sie war froh, als sie die Tür zur Anwaltskanzlei öffnete.

Schwerer Zigarettenqualm schlug ihr entgegen. »Bella, du weißt doch, dass hier Rauchverbot ist.«

Bella hechtete vom Fenster weg und ließ hektisch etwas fallen. »Ich hab nicht geraucht.« Während sie dies sagte, kräuselte sich ein sehr schmaler Rauchstreifen aus ihrem Mundwinkel.

Dóra stöhnte innerlich. »Ach so, dann steht wohl nur dein Mund in Flammen. Mach das Fenster zu und rauch in der Kaffeestube. Das ist gesünder, als aus dem Fenster zu hängen.«

»Ich hab nicht geraucht, ich hab Tauben vom Fensterbrett verscheucht«, protestierte Bella beleidigt. Sie setzte sich an ihren Schreibtisch, ohne Dóra anzuschauen.

Dóra beschloss, es gut sein zu lassen. Die Erfahrung hatte sie gelehrt, dass es wenig Sinn hatte, sich mit dem Mädchen zu streiten. Sie ging in ihr Büro und schloss die Tür.

Die prall gefüllte Mappe, die Matthias ihr gegeben hatte, war schwarz, was in Anbetracht ihres Inhalts auf gewisse Weise passend war. Der Ordner war nicht beschriftet. Es wäre ja auch schwierig gewesen, einen geschmackvollen Titel zu finden. »Leben und Tod des Harald Guntlieb«, murmelte Dóra vor sich hin, als sie die Mappe öffnete und das ordentlich angelegte Inhaltsverzeichnis betrachtete. Die Mappe war mit Trennblättern in sieben Abschnitte unterteilt, in chronologischer Reihenfolge: Deutschland, Wehrdienst, Universität München, Universität Islands, Kontoauszüge, polizeiliche Ermittlung. Der siebte und letzte Abschnitt trug den Titel Obduktion. Sie beschloss, die Mappe chronologisch durchzuarbeiten. Sie schaute auf die Uhr; es war kurz vor zwei. Sie würde es kaum schaffen, sich alles bis fünf Uhr anzusehen. Dann musste sie ihre Tochter Sóley vom Hort abholen. Sie musste sich beeilen. Dóra stellte die Weckfunktion ihres Handys auf Viertel vor fünf. Sie nahm sich vor, bis dahin die wichtigsten Dokumente in der Mappe überflogen zu haben. Sie wollte die Unterlagen ungern mit nach Hause nehmen, obwohl das nicht selten vorkam, wenn viel zu tun war. Der Inhalt dieses Ordners war zweifellos nicht dazu geeignet, in einem Haushalt mit Kindern herumzuliegen. Sie blätterte das erste Trennblatt um und begann mit der Arbeit.

Das erste Blatt war eine beglaubigte Kopie der Geburtsurkunde. Darin stand, dass Frau Amelia Guntlieb am 18. Juni 1978 in München einen gesunden Sohn zur Welt gebracht hatte. Als Vater war Herr Johannes Guntlieb, Bankdirektor, angegeben. Dóra kannte das Krankenhaus nicht. Dem Namen nach handelte es sich nicht um eines der großen städtischen Krankenhäuser, und sie vermutete, es war ein kostspieliges Privatkrankenhaus oder Geburtshaus für gut Betuchte.

Dóra blätterte weiter.

Die nächsten Seiten waren Plastikhüllen mit jeweils vier Fächern. In jedem Fach befand sich ein Foto; die meisten zeigten die Familie Guntlieb bei verschiedenen Gelegenheiten. Zu jedem Foto gehörte ein weißer Papierstreifen mit den Namen der abgebildeten Personen. Als Dóra auf die Schnelle alle Fotos durchblätterte, stellte sie eine Gemeinsamkeit fest: Harald war auf jedem Foto. Neben den Familienbildern gab es auch ein paar Schulfotos von Harald in verschiedenen Altersstufen, frisch gekämmt und herausgeputzt, wie es üblich ist. Dóra grübelte darüber nach, warum diese Fotos in der Mappe waren. Die einzige logische Begründung war, dass die Fotos sie daran erinnern sollten, dass der Ermordete einmal lebendig gewesen war. Sie erfüllten ihren Zweck.

Auf den ersten und ältesten Bildern sah man einen kleinen, gepflegten Jungen, meist mit seinem Bruder, der etwa zwei bis drei Jahre älter war, oder seiner Mutter. Dóra registrierte, wie schön Amelia Guntlieb war. Obwohl die Fotos zum Teil ziemlich unscharf waren, konnte man gut erkennen, dass sie zu den wenigen Frauen gehörte, die immer hervorragend aussehen, auch wenn sie nicht viel dafür tun. Dóra musterte ein Bild von Mutter und Sohn genauer, auf dem Frau Guntlieb dem Jungen das Laufen beibrachte. Das Foto war im Garten aufgenommen worden. Frau Guntlieb hielt Harald an den Händen fest, während er auf die ungeschickte Art eines einjährigen Kindes versuchte zu laufen, ein Bein angewinkelt und nach oben gestreckt. Frau Guntlieb lächelte in die Kamera und ihr schönes Gesicht strahlte vor Glück. Die kühle Stimme, die Dóra am Telefon von der anderen Seite des Ozeans gehört hatte, passte nicht zu diesem Motiv. Der Junge war in dem Alter, in dem das Gesicht mit dicken Bäckchen, Stupsnase und Babyspeck noch nicht richtig geformt ist. Dennoch ließ sich eine wirklich deutliche Ähnlichkeit zwischen Mutter und Sohn ausmachen.

Die nächsten Fotos zeigten Harald im Alter von zwei oder drei Jahren. Jetzt ähnelte er seiner Mutter noch mehr, hatte aber keine mädchenhaften Züge. Seine Mutter war auch auf den Fotos, zuerst schwanger, dann lächelnd, mit einem in dicke Tücher gewickelten Baby im Arm. Auf diesem Bild stand Harald neben dem Stuhl seiner Mutter und reckte sich nach oben, um einen Blick auf den Säugling, seine kleine Schwester, werfen zu können. Seine Mutter hatte ihm den Arm um die Schultern gelegt. Auf dem Zettel unter dem Foto sah Dóra, dass die Kleine nach der Mutter benannt worden war: Amelia, mit dem Zweitnamen Maria. Das musste das Mädchen sein, das an einer angeborenen Krankheit gestorben war. Dem Bild nach zu urteilen, hatte die Familie nicht von Anfang an von der Krankheit gewusst. Die Mutter schien überglücklich und sorglos zu sein. Auf den nächsten Fotos hatte sich jedoch etwas verändert. Frau Guntlieb wirkte abwesend und traurig, ihre Augen waren ausdruckslos. Es gab auch keinen Körperkontakt zwischen ihr und Harald wie auf den früheren Fotos. Der kleine Junge wirkte niedergeschlagen und hilflos. Das Mädchen war nirgends zu sehen.

Dann schien ein Teil der Familiengeschichte zu fehlen, denn die nächsten Bilder waren mindestens fünf Jahre später aufgenommen. Dieser Abschnitt begann mit einem gestellten Familienfoto, das erste, auf dem Herr Guntlieb zu sehen war. Er sah würdevoll aus und war deutlich älter als seine Frau. Alle hatten sich fein herausgeputzt und ein Baby war hinzugekommen, das im Arm der Mutter lag. Dies war eindeutig die jüngste Tochter des Ehepaars, das einzige Kind, das noch lebte. Das kleine, kranke Mädchen war auch auf dem Bild; sie saß im Rollstuhl fixiert, ihr Kopf war zurückgeworfen und ihr Mund geöffnet. Ihr Unterkiefer hing schlaff zur Seite; sie schien ihn kaum unter Kontrolle zu haben. Das Gleiche galt für ihre Gliedmaßen; ein Arm war angewinkelt und die Hand unnatürlich gekrümmt. Ihre Finger waren verkrampft wie bei einer Klaue. Der andere Arm lag leblos in ihrem Schoß. Hinter dem Rollstuhl stand Harald, schätzungsweise acht Jahre alt. Sein Gesichtsausdruck war ganz anders als bei Dóras Kindern in diesem Alter. Die Trübsal des kleinen Jungen war ergreifend. Es musste etwas geschehen sein, und Dóra überlegte, ob sich ein so kleines Kind die Krankheit des Schwesterchens derart zu Herzen nehmen konnte. Vielleicht hatte Harald mit psychischen Problemen zu kämpfen, was bei Kindern nicht selten vorkam. Möglicherweise war der Kleine depressiv, weil die Konkurrenz mit den jüngeren Geschwistern um die Aufmerksamkeit der Eltern seine Kräfte überstieg. Falls das so war, wurde auf den nächsten Fotos deutlich, dass die Eltern damit überhaupt nicht umgehen konnten. Auf keinem der Bilder brachten sie dem Kind körperliche Zuneigung entgegen; der Junge hielt sich immer etwas abseits von der Familie, nur einige wenige Male stand sein Bruder neben ihm. Es war, als habe seine Mutter ihn einfach vergessen oder wolle ihn absichtlich ausgrenzen. Dóra ermahnte sich, nicht zu viel in die Fotos hineinzuinterpretieren. Sie waren lediglich Momentaufnahmen aus dem Leben dieser Menschen.

Es klopfte an der Tür und Bragi, der Miteigentümer und Gründer der Kanzlei, spähte herein. »Hast du zwei Minuten Zeit?«

Dóra nickte und Bragi trat ein. Er war fast sechzig und von großer, kräftiger Statur. Er war nicht nur hoch gewachsen, sondern sein ganzer Körper war massig. Dóra beschrieb ihn immer als insgesamt zwei Nummern zu groß, inklusive Finger, Ohren und Nase. Er ließ sich in den Stuhl auf der anderen Seite des Schreibtischs fallen und zog die Mappe, die Dóra gerade durchsah, zu sich herüber. »Wie war's?«

»Die Besprechung? Ganz gut, glaube ich«, antwortete Dóra und beobachtete, wie Bragi lässig durch die Fotos blätterte, die sie gerade angeschaut hatte.

»Dieser Junge sieht ja furchtbar deprimiert aus«, kommentierte Bragi und tippte auf ein Foto von Harald. »Ist das etwa der Ermordete?«

»Ja«, entgegnete Dóra. »Ziemlich merkwürdige Fotos.«

»Nicht unbedingt. Du solltest mal Fotos aus meiner Kindheit sehen. Ich war ein trauriges Kind. Unglücklich und mit einem Wort: hoffnungslos.«

Dóra nahm ihn nicht ernst. Sie war alle möglichen Kuriositäten von Bragi gewöhnt. Das war bestimmt wieder eine Übertreibung, genau wie die Geschichte, dass er angeblich während seines Jurastudiums jede Nacht im Hafen und an den Wochenenden tagsüber auf Fischfangbooten gearbeitet hatte. Trotzdem kam sie gut mit ihm aus. Er war ihr stets wohlgesinnt und als er ihr vor drei Jahren vorgeschlagen hatte, gemeinsam eine Anwaltskanzlei zu eröffnen, hatte sie dankbar angenommen. Sie hatte damals in einer mittelgroßen Kanzlei gearbeitet und war heilfroh gewesen, dort wegzukommen. Sie vermisste es überhaupt nicht, an der Kaffeemaschine Gesprächen über Lachsangeln und Krawatten zu lauschen.

Bragi schob die Mappe wieder zu Dóra. »Wirst du den Fall übernehmen?«

»Ja, ich denke schon«, war die Antwort. »Ist doch mal was anderes.«

Bragi stand auf, ging zur Tür, drehte sich im Türrahmen noch einmal um und fügte hinzu: »Wie sieht's denn aus, kann Þór dir vielleicht bei der Sache behilflich sein?«

Þór war ein frisch graduierter Jurist, der erst seit gut einem halben Jahr für die Kanzlei arbeitete. Er war etwas sonderbar und nicht sehr gesellig, aber seine Arbeit war absolut vorbildlich, weshalb nichts dagegen sprach, dass er Dóra bei Bedarf zur Seite stünde. »Ich hab auch schon daran gedacht. Er könnte mich in meinen anderen Fällen entlasten, damit ich mich ganz auf diese Sache konzentrieren kann.«

»Kein Problem, regle das einfach so, wie es dir am besten passt.«

Dóra nahm die Mappe wieder zur Hand und blätterte schnell die übrigen Fotos durch. Sie sah, wie Harald heranwuchs und sich in einen attraktiven jungen Mann mit dem hellen Teint seiner Mutter verwandelte. Sein Vater hatte wesentlich dunklere Wimpern und Augenbrauen; ein Gesicht, das nicht lange im Gedächtnis haften blieb. Auf der letzten Seite waren nur zwei Fotos, beide offensichtlich in einem Studio aufgenommen. Das erste war von Haralds Examen an der Uni in München und das zweite vom Beginn oder vom Abschluss seines Militärdienstes, jedenfalls trug Harald eine Uniform der Bundeswehr. Auf den folgenden Seiten befanden sich Kopien von Haralds Zeugnissen aus unterschiedlichen Schuljahren. Es zeigte sich, dass der Junge außerordentlich begabt war. Er hatte ausgezeichnete Noten und Dóra wusste aus eigener Erfahrung, dass man die im deutschen

Schulsystem nicht einfach aus dem Ärmel schüttelte. Der letzte, ebenfalls hervorragende Notenspiegel stammte von der Universität München, wo Harald seinen Magisterabschluss in Geschichte mit Bestnote gemacht hatte. Den Jahreszahlen zufolge gab es eine Lücke zwischen Haralds Schulabschluss und dem Beginn seines Studiums. Dóra blätterte weiter zur Überschrift »Wehrdienst«. Es war ein dünner Abschnitt mit nur wenigen Seiten. Die erste war eine Kopie von Harald Guntliebs Aufnahmebogen bei der Bundeswehr im Jahr 1999. Danach war er anscheinend zum Heer gegangen. Dóra kam es seltsam vor, dass er sich nicht für die Luftwaffe oder die Marine entschieden hatte. Sie war sich sicher, dass er durch den Einfluss seines Vaters die Möglichkeit gehabt hätte, sämtliche Laufbahnen innerhalb der Bundeswehr einzuschlagen. Auf der nächsten Seite befand sich ein Dokument, das besagte, dass Haralds Truppe in den Kosovo geschickt werden sollte. Die dritte und letzte Seite war Haralds Entlassungsurkunde aus der Bundeswehr sieben Monate später. Es gab keine genaue Erklärung, nur den flüchtigen Eintrag »aus medizinischen Gründen«. Auf den Rand der Seite hatte jemand ein elegant geschwungenes Fragezeichen gemalt. Dóra vermutete, dass es von Matthias stammte; soweit sie wusste, war er derjenige, der diese Unterlagen zusammengestellt hatte. Als Erinnerung notierte sie sich, ihn über die genauen Hintergründe von Haralds Ausscheiden aus der Bundeswehr zu befragen. Sie blätterte weiter zum nächsten Kapitel.

Der Abschnitt über die Universität München war nur einen Monat nach Haralds Austritt aus der Bundeswehr datiert. Allem Anschein nach war Harald relativ schnell genesen, falls die Krankheit der wirkliche Grund für seinen Austritt gewesen war. Es folgten einige Seiten, aus denen Dóra nicht richtig schlau wurde; eine Tagesordnungskopie vom Gründungstreffen eines Geschichtsvereins mit dem Namen »Malleus Maleficarum«, ein Empfehlungsschreiben irgendeines Professors Chamiel, der Harald in höchsten Tönen lobte, ein paar Seiten mit Inhaltsangaben zu Geschichtsvorlesungen über das 15., 16. und 17. Jahrhundert. Dóra hatte keine Ahnung, was es damit auf sich hatte.

Am Ende des Kapitels befand sich schließlich ein ausgeschnittener Artikel aus einer deutschen Tageszeitung, in dem es um den Tod einiger junger Leute durch eine abartige Sexualpraktik ging. Nachdem sie ihn gelesen hatte, wusste Dóra, dass diese Praktik daraus bestand, die Luftröhre mit einer Schlinge zuzuziehen und sich dabei selbst zu befriedigen. Das mussten die sexuellen Würgespiele sein, von denen Matthias gesprochen hatte. Dem Artikel zufolge handelte es sich um eine nicht unübliche Praktik bei Leuten, die aufgrund von hohem Drogen- oder Alkoholkonsum Schwierigkeiten haben, zum Orgasmus zu kommen. Auf dem Blatt gab es keine Erklärung dafür, welche Verbindung genau zwischen dem Artikel und Harald bestand, außer, dass einer der Betroffenen an derselben Uni studiert hatte. Der Student wurde namentlich nicht genannt und der Artikel war auch nicht datiert. Dóra blätterte zurück zu Haralds Examensfoto am Ende des ersten Abschnitts. Sie musterte die Aufnahme und konnte eine Rötung an Haralds Hals erkennen, direkt oberhalb des Hemdkragens. Sie nahm das Foto aus der Plastikhülle und studierte es genauer. Das Bild war ohne die Plastikfolie zwar etwas schärfer, aber nicht scharf genug, um sichergehen zu können, dass es sich um Quetschung handelte. Auch danach musste sie Matthias fragen.

Die letzte Seite in dieser sonderbaren Zusammenstellung über Haralds Studienzeit in München war das Deckblatt seiner Magisterarbeit. Es handelte sich um eine Untersuchung der Hexenverfolgungen in Deutschland, vornehmlich der Ermordung von Kindern, die der Hexerei bezichtigt wurden. Dóra lief ein kalter Schauer über den Rücken. Sie kannte Hexenverbrennungen natürlich aus dem Geschichtsunterricht im Gymnasium, konnte sich aber nicht daran erinnern, dass in diesem Zusammenhang von Kindern die Rede gewesen war. Das hätte sie bestimmt nicht vergessen, obwohl sie sich in Geschichte immer furchtbar gelangweilt hatte. Dóra klammerte sich an die Hoffnung, das Resultat der Arbeit sei gewesen, dass keine Kinder verbrannt worden waren. Aber im Grunde wusste sie, dass das nicht stimmen konnte. Sie begann mit dem Kapitel über die Universität Islands.

Darin befand sich ein Brief der Universitätsverwaltung, in dem Harald mitgeteilt wurde, seine Bewerbung für den Masterstudiengang sei angenommen worden und man begrüße ihn zum Wintersemester 2004 an der Uni. Danach kam ein Ausdruck von Haralds Noten in seinen bereits abgeschlossenen Fächern. Dóra sah am Datum, dass die Datei nach seinem Tod ausgedruckt worden war. Vermutlich hatte Matthias sie besorgt. Obwohl es Harald in diesem einen Studienjahr nicht gelungen war, viele Fächer abzuschließen, waren seine Noten wie üblich sehr gut.

Auf dem nächsten Blatt standen fünf Namen, alles Isländer. Hinter jedem Namen waren ein Studienfach und ein Geburtsjahr verzeichnet. Wahrscheinlich Haralds Freundeskreis, da alle in seinem Alter waren. Marta María Eyjólfsdóttir, Frauenforschung, geb. 1981, Brjánn Karlsson, Geschichte, geb. 1981, Halldór Kristinsson, Medizin, geb. 1982, Andri Þórsson, Chemie, geb. 1979 und Bríet Einarsdóttir, Geschichte, geb. 1983. Dóra blätterte weiter, in der Hoffnung, ausführlichere Informationen über die jungen Leute zu finden, aber sie wurde enttäuscht. Als Nächstes kam ein Lageplan vom Universitätsgelände mit den wichtigsten Gebäuden. Die Historische Fakultät, das Árni Magnússon Institut und das Hauptgebäude waren eingekreist, wahrscheinlich von Matthias. Es folgten weitere Ausdrucke von der Homepage der Uni. Dóra überflog den englischsprachigen Text, in dem die Historische Fakultät beschrieben wurde. Darauf folgte eine ähnliche Seite über Studiengänge für ausländische Studenten. Das Ganze war nicht sehr aufschlussreich.

Das letzte Dokument in diesem Abschnitt war eine ausgedruckte E-Mail mit dem Absender hguntlieb@hi.is, offensichtlich Haralds E-Mail-Adresse an der Uni. Die Mail war an seinen Vater geschrieben, datiert kurz nach Haralds Studienbeginn im Herbst

2004. Dóra war entsetzt, wie distanziert der Text klang. Harald sei sehr zufrieden in Island, er habe eine passende Wohnung gemietet usw. Die Mail endete mit der Mitteilung, dass Harald einen Betreuer für seine Masterarbeit gefunden habe, Professor Þorbjörn Ólafsson. In der Arbeit solle es um einen Vergleich der Hexenverbrennungen in Island und Deutschland gehen, unter Berücksichtigung der Tatsache, dass in Island fast ausschließlich Männer der Hexerei bezichtigt wurden, im Gegensatz zu Deutschland, wo die Frauen in der Überzahl waren. Der Brief endete mit einem Gruß und es zog Dóra das Herz zusammen, als sie das PS las. Dort stand: »Wenn du daran interessiert bist, in Kontakt zu bleiben, hast du hiermit meine E-Mail-Adresse.« Klang nicht sehr liebevoll. Vielleicht hatte Haralds Austritt aus der Bundeswehr etwas mit diesem schlechten Verhältnis zu tun. Sein Vater sah, den Fotos nach zu urteilen, nicht besonders verständnisvoll aus und war bestimmt nicht glücklich über einen Sohn, der den Erwartungen nicht gerecht wurde.

Die nächste Seite bestand aus einer kurzen Antwort des Vaters, ebenfalls eine ausgedruckte E-Mail. Sie lautete: »Lieber Harald, ich rate dir, dich von diesem Examensthema fern zu halten. Es ist schlecht und eignet sich nicht zur Formung des Charakters. Geh sparsam mit deinem Geld um. Gruß«, und darunter befand sich eine standardisierte Computersignatur mit dem vollen Namen des Vaters, seiner Position und seiner Adresse. Tatsächlich, dachte Dóra, was für ein Kotzbrocken! Kein Wort darüber, dass er sich freue, von seinem Sohn zu hören oder ihn vermisse, geschweige denn ein »Papa« oder etwas Ähnliches als Unterschrift. Außerdem war es merkwürdig, dass keiner der beiden Grüße von oder an die Mutter oder die jüngere Schwester übermittelt hatte. Dóra wusste nicht, ob Vater und Sohn einander weitere frostige E-Mails geschrieben hatten; zumindest befanden sich keine in der Mappe.

Dóra überflog zum Schluss noch eine Liste, in der sie ganz am Ende auf etwas Bemerkenswertes stieß: *Malleus Maleficarum* –

Verein der Geschichts- und Völkerkundeinteressierten. Dóra schaute von ihrer Lektüre auf. Das war derselbe Name wie auf der Kopie des Gründungstreffens im Abschnitt über die Uni München. Dóra blätterte sicherheitshalber zurück. Bingo! Unter dem Namen des Vereins auf der isländischen Liste war mit Bleistift notiert: *gegründet 2004.* Vielleicht hatte Harald die Gründung des Vereins initiiert? Das war nicht unwahrscheinlich, es sei denn, dieses *Malleus Maleficarum* wäre etwas ganz und gar Typisches für die geschichts- und völkerkundlichen Fächer. Es konnte natürlich alles Mögliche bedeuten; Dóra hatte kein Latein gelernt. Sie blätterte weiter zum Kapitel mit den Kontoauszügen.

Harald Guntlieb verfügte über ein ungeheures Vermögen, von dem laut des letzten Kontoauszugs allerdings nicht mehr viel übrig war. Jemand hatte hohe Auszahlungen hellrot und hohe Einzahlungen gelb angemarkert. Dóra stellte schnell fest, dass die gelb markierten Summen immer gleich hoch waren und immer zum Monatsanfang eingezahlt worden waren. Das war ein hübsches Sümmchen, mehr als Dóra in einem halben Jahr verdiente – wenn viel zu tun war. Es mussten Zahlungen aus dem Fonds sein, den Harald laut Matthias' Aussage von seinem Großvater geerbt hatte. Wahrscheinlich war die Erbschaft auf regelmäßige Überweisungen an Harald ausgelegt, anstatt ihm alles auf einen Schlag zu überlassen. Harald Guntlieb galt offenbar als nicht sehr verantwortungsbewusst. Dóra rechnete aus, dass er bei seinem Tod 27 Jahre alt gewesen war – und immer noch nicht über sein Vermögen hatte bestimmen dürfen. Dennoch hatte sich bis vor einiger Zeit eine so beträchtliche Summe auf dem Konto angesammelt, dass Haralds Lebenshaltungskosten weit unter dem Betrag gelegen haben mussten, der ihm jeden Monat zur Verfügung stand.

Mit den markierten Auszahlungen verhielt es sich jedoch anders. Sie waren unterschiedlich hoch und, soweit Dóra sehen konnte, nicht in regelmäßigen Abständen getätigt worden. Neben den meisten standen Anmerkungen, und da es nicht sehr viele waren, überflog Dóra sie. Einige Notizen waren unmittelbar verständlich, beispielsweise stand *BMW* neben einer hohen Auszahlung Anfang August 2004. Harald hatte sich wohl in Island ein Auto gekauft. Andere waren völlig unverständlich. *Urteil G.G.* stand etwa neben einer beträchtlichen Auszahlung während Haralds Studienzeit in München. Dóra kannte das Wort *Urteil* und kam auf die Idee, Harald könne jemanden dafür bezahlt haben, die Umstände seines Austritts aus der Bundeswehr zu vertuschen. Das Datum passte allerdings überhaupt nicht und sie hatte keine Ahnung, was *G.G.* bedeuten könnte. Neben weiteren Auszahlungen stand *Schädel* und *Gestell*; das letzte Wort kannte sie nicht. Und noch zwei Zahlungsvorgänge erregten ihre Aufmerksamkeit: Neben der einen, die schon ein paar Jahre alt war und 42 000 Euro betrug, stand schon wieder dieser lateinische Begriff *Malleus Maleficarum*. Neben der anderen, die jüngeren Datums und höher war, stand ein Fragezeichen. Das war wahrscheinlich das Geld, von dem Matthias glaubte, es sei verschwunden, ungefähr 310 000 Euro. Nach Dóras Rechnung waren das über 25 Millionen Kronen. Kein Wunder, dass Matthias bezweifelte, das Geld sei für Drogenkäufe draufgegangen. Da hätte der Junge sich ganz schön ranhalten müssen, selbst in Gesellschaft von Keith Richards. Dóra blätterte durch die Aufstellung der Zahlungen mit Haralds Kreditkarte in dem Monat vor seinem Tod. Sie überflog die Liste und sah, dass die meisten Ausgaben in Restaurants und Kneipen, einige auch in Klamottenläden getätigt worden waren, in Supermärkten auffallend selten. Die Restaurants waren alle »hip«, wie ihre Freundin Laufey es ausdrücken würde. Dóra stieß auf eine hohe Zahlung Mitte September an das Hótel Rangá, auf eine Zahlung mit der Anmerkung *Flugschule* sowie auf eine wesentlich niedrigere Summe Ende September – sehr zu ihrem Erstaunen an den Tierpark. Des Weiteren gab es viele kleine Zahlungen an eine Tierhandlung in der Stadt. Vielleicht war Harald ein Tierfreund oder hatte mit einer allein erziehenden Mutter angebandelt. Ein weiterer Punkt, den sie mit Matthias besprechen musste. Das Kapitel über Haralds Finanzen endete mit dieser Liste. Dóra schaute auf die Uhr und sah, dass sie gut in der Zeit lag.

Sie beschloss, die Mappe einen Moment zur Seite zu legen, drehte sich zum Computer und suchte im Internet nach »Malleus Maleficarum«. Das Suchergebnis zeigte über 340 000 Seiten an. Sie stieß sofort auf eine inhaltlich viel versprechende Seite, aus der hervorging, der Begriff bedeute »Hexenhammer« und sei der Titel eines Buches aus dem 15. Jahrhundert. Dóra wählte einen Link, ein englischer Text erschien auf dem Bildschirm. Die Seite war mit einer alten Zeichnung illustriert, auf der eine Frau in einem Umhang an eine Leiter gefesselt war. Zwei Männer mühten sich, die Leiter aufzurichten und sie mitsamt der Frau auf einen großen Scheiterhaufen zu stoßen, der daneben loderte. Die Frau sollte offenbar bei lebendigem Leib verbrannt werden. Sie blickte mit geöffnetem Mund zum Himmel. Dóra war sich nicht sicher, was der Künstler im Sinn gehabt hatte: Entweder sie rief Gott um Gnade an oder sie verfluchte ihn. Ihre Verzweiflung war jedenfalls eindeutig. Dóra druckte die Seite aus und verließ das Zimmer, um sie aus dem Drucker zu holen, bevor Bella sie entdeckte. Dem Mädchen war alles zuzutrauen.

4. KAPITEL

Im Drucker lagen fünf Seiten anstelle von einer, wie Dóra erwartet hatte. Die Homepage beinhaltete offenbar wesentlich mehr Informationen, als auf dem Bildschirm ersichtlich war. Dóra begann auf dem Weg zurück in ihr Büro zu lesen.

Eine kurze Einleitung beschrieb *Malleus Maleficarum* als eines der berüchtigtsten Bücher in der Geschichte der Menschheit. Es wurde erstmals 1486 als Handbuch für Inquisitoren herausgegeben. Diese sollten lernen, Hexen zu erkennen und anzuklagen. Schwarze Magie und verschiedene andere Volksbräuche seien von nun an Gotteslästerung, auf die die Todesstrafe stünde – wer für schuldig befunden würde, solle auf dem Scheiterhaufen verbrannt werden. Das Buch war in drei Teile gegliedert. Im ersten Teil ging es darum, den Leuten einzutrichtern, dass Zauberei und Hexen tatsächlich existierten, ihre Existenz aber widernatürlich sei und Hexen vom Teufel besessen seien. Des Weiteren wurde erstmals behauptet, der Glaube an die Existenz von schwarzer Magie sei bereits Gotteslästerung. Der zweite Teil bestand aus einer Aufzählung sensationeller Geschichten über die Machenschaften von Hexen, wobei Sex mit Dämonen am häufigsten vorkam. Im dritten und letzten Teil wurde die Grundlage für Hexenprozesse gelegt. Es wurde betont, Folter sei zur Förderung von Geständnissen erlaubt und jedermann dürfe als Zeuge gegen die Angeklagten aussagen, ungeachtet seines Rufs oder anderer Umstände, die Zeugen normalerweise ungeeignet oder parteiisch machten.

Die Urheber des Textes waren zwei Dominikanermönche, Jakob Sprenger, damaliger Rektor der Universität zu Köln, und Heinrich Kramer, Theologieprofessor der Universität zu Salzburg und offizieller Inquisitor von Tirol. Letzterer wurde als der eigentliche Verfasser des Buches beschrieben. Seit 1476 war er an vielen Hexenprozessen beteiligt. Das Buch war auf Veranlassung von Papst Innozenz VIII. verfasst worden – der Beschreibung nach ein unangenehmer Zeitgenosse. Er hatte den Anstoß zu den Hexenverfolgungen in Europa gegeben, als er am 5. Dezember 1484 eine apostolische Bulle namens »Summis desiderantes affectibus« unterzeichnete und damit den Inquisitoren die Erlaubnis zur Hexenjagd gab. In der Bulle wurde Zauberei mit Gotteslästerung gleichgesetzt.

Der alternde Papst hatte angeblich versucht, seinen eigenen Tod hinauszuzögern, indem er Milch aus Frauenbrüsten trank und sich fremdes Blut zuführen ließ. Das hatte sein Leben jedoch nicht verlängert, sondern lediglich zum Tod von drei zehnjährigen Knaben durch Aderlass geführt.

Das Buch hatte sich dank der Erfindung des Buchdrucks und der großen Bekanntheit seiner Verfasser, beide hoch geschätzte Gelehrte, schnell verbreitet. Katholiken wie Protestanten beriefen sich in ihrem Kampf gegen die Hexerei darauf. Teile des *Hexenhammers* wurden in die Rechtsprechung aufgenommen – im Heiligen Römischen Reich, dem heutigen Deutschland, in Österreich, Tschechien, der Schweiz, Ostfrankreich, den Niederlanden und Teilen Italiens. Dóra zuckte zusammen, als sie sah, dass dieses Buch immer noch regelmäßig herausgegeben wurde.

Sie legte die Ausdrucke beiseite. Das alles war zwar sehr interessant, aber ein sechshundert Jahre altes Buch würde wohl kaum Licht auf den Mord an Harald Guntlieb werfen. Sie schaute auf die Uhr und stellte fest, dass sie nur noch eine Stunde Zeit hatte. Sie heftete die Seiten zusammen, legte sie weg und nahm wieder die Mappe mit den Informationen über Harald zur Hand. Sie schlug das siebte Kapitel über die polizeiliche Ermittlung auf.

Auf den ersten Blick schien es sehr wenig Material zu sein, um die gesamte Ermittlung zu dokumentieren. Vielleicht hatte Matthias nur einen Teil davon in die Hände bekommen, wobei Dóra es einmalig fand, dass er überhaupt ohne einen offiziellen Antrag an das Material gelangt war. Sie überflog den Inhalt; Kopien der Polizeiverhöre, versehen mit Eingangsstempeln von vor zwei Wochen. Hier fühlte sie sich auf heimischem Gebiet. Es war alles in Isländisch. Matthias hatte offenbar versucht, sich durch die Unterlagen zu buchstabieren. Bei fast allen Protokollen hatte er in der rechten oberen Ecke vermerkt, wer jeweils verhört worden war und in welcher Beziehung er zu Harald gestanden hatte. Die meisten Protokolle stammten von Verhören mit Hugi Þórisson, der in Untersuchungshaft saß und auf die Anklage wartete. Dóra fand es interessant, dass er von vorneherein als Verdächtiger, aber nie als Zeuge verhört worden war – irgendetwas musste also von Anfang an auf seine Schuld hingedeutet haben. Dadurch war er, im Gegensatz zu einem Zeugen, gesetzlich nicht verpflichtet, die Wahrheit zu sagen. Er konnte im Grunde aussagen, was er wollte, auch wenn ihm das bei der Urteilssprechung nicht unbedingt zugute kommen würde – die Richter waren meistens wenig erfreut, wenn Angeklagte behaupteten, sie seien zum Tatzeitpunkt bei Micky Maus zum Essen eingeladen gewesen oder etwas ähnlich Glaubhaftes.

Dóra wurde langsam klar, wie Matthias an die Unterlagen gekommen war. Der Pflichtverteidiger des Tatverdächtigen hat normalerweise Zugang zu den Ermittlungsberichten der Polizei. Hugi Þórissons Rechtsanwalt musste daher über die gesamten Unterlagen verfügt haben. Dóra blätterte schnell durch die Protokolle. Sie suchte ein Verhör, bei dem Hugis Rechtsanwalt zugegen gewesen war, um herauszufinden, um wen es sich handelte. Bei den ersten Verhören war Hugi allein gewesen, aber gegen Ende der Ermittlung hatte er schließlich doch noch den Wunsch nach rechtlichem Beistand geäußert. Ihm war Finnur Bogason zugeteilt worden. Dóra kannte den Pflichtverteidiger und war davon überzeugt, dass er Matthias die Unterlagen gegen angemessene Bezahlung überlassen hatte. Zufrieden mit ihrer Schlussfolgerung, begann sie, die Verhöre durchzulesen.

Die Protokolle waren nicht chronologisch, sondern nach den verhörten Personen sortiert. Einige Zeugen waren nur einmal verhört worden. In dieser Gruppe befanden sich der Hausmeister der Uni, die Putzfrauen, Haralds Vermieterin, der Taxifahrer, der Harald und Hugi an dem schicksalhaften Abend mitgenommen hatte, sowie einige Kommilitonen und Dozenten Haralds. Der Leiter der Historischen Fakultät, der die Leiche gefunden hatte, war zweimal verhört worden, da er beim ersten Mal so erregt war, dass er kein vernünftiges Wort herausbrachte. Dóra bemitleidete den armen Mann; es musste ein schreckliches Erlebnis gewesen sein. Auch beim zweiten Verhör schwang die Panik, die ihn ergriffen hatte, als ihm die Leiche in die Arme gefallen war, in jedem Satz mit.

Als Nächstes kamen diejenigen, die zumindest zeitweise unter Verdacht gestanden hatten. Darunter befand sich natürlich Hugi Þórisson, der steif und fest seine Unschuld beteuerte. Dóra überflog die Hauptpunkte in Hugis Verhör. Er sagte aus, Harald an besagtem Abend bei einer Party im Skerjafjörður getroffen zu haben. Sie hätten die Party gemeinsam verlassen und sich später wieder getrennt, da Harald zurück zur Party, Hugi aber in die Stadt habe gehen wollen. Beim ersten Verhör war Hugi kaum darauf eingegangen, wohin die beiden gemeinsam gegangen seien, erwähnte nur nebenbei einen Spaziergang über den Friedhof. Als ihm beim zweiten Verhör klar wurde, dass man ihn wegen Mordes anklagen wollte, sagte er aus, sie seien zu seiner Wohnung in der Hringbraut gefahren, um Drogen zu holen, die Harald ihm abkaufen wollte. Hugi schwor, Harald danach nicht mehr gesehen zu haben, er habe keine Lust mehr gehabt, rauszugehen, und sei zu Hause geblieben. Genaue Zeitangaben konnte er aufgrund von erhöhtem Alkohol- und Drogenkonsum an besagtem Abend nicht machen. Er behauptete, Harald habe zurück zur Party gewollt. Da Hugi mehrmals gefragt wurde, ob er genauere Angaben machen könne, wo er sich gegen ein Uhr in der Nacht von Samstag auf Sonntag, den 30. Oktober, aufgehalten habe, wusste Dóra, dass diese Uhrzeit bei der Obduktion als Todeszeit festgestellt worden sein musste. Es wurde darauf herumgeritten, warum Hugi Haralds Augen entfernt und was er mit ihnen gemacht habe. Hugi beteuerte wiederholt, er habe keine Augen entfernt. Er besitze keine Augen, außer seine eigenen. Dóra tat der arme Kerl wirklich leid – vorausgesetzt, er sagte die Wahrheit. Obwohl sie den Fall nur oberflächlich studiert hatte, beschlich sie das Gefühl, ein so instabiler Mensch wie dieser Hugi wäre gar nicht in der Lage, nach der langen Einzelhaft und den strengen Verhören noch zu lügen. Haralds Freunde und Bekannte von der Party im Skerjafjörður standen zunächst auch unter Verdacht, wurden dann aber als Zeugen verhört. Es waren insgesamt zehn Leute, darunter vier der fünf Studenten von der Namensliste, auf die Dóra weiter vorn in der Mappe gestoßen war. Der einzige Name, der fehlte, war der des Medizinstudenten Halldór Kristinsson.

Alle Partygäste erzählten dieselbe Geschichte. Die Party hatte um neun Uhr angefangen und war bis etwa zwei gegangen. Dann waren alle in die Stadt gefahren. Harald und Hugi hatten die Gesellschaft schon gegen Mitternacht verlassen, aber niemand schien zu wissen, warum. Die beiden hatten behauptet, nur mal kurz wegzumüssen, und seien mit einem Taxi, das Hugi bestellt hatte, losgefahren. Zwei Stunden später hatten die anderen nicht mehr länger warten wollen und beschlossen, in die Stadt zu fahren. Gefragt, ob sie versucht hätten, Harald und Hugi anzurufen, erzählten alle erneut dieselbe Geschichte. Die Batterie von Haralds Handy sei schon früher am Abend leer gewesen, und Hugi sei bei wiederholten Anrufen auf sein Handy und seinen Festnetzanschluss nicht zu erreichen gewesen. Bei Harald zu Hause habe auch niemand abgehoben, als sie versucht hatten, dort anzurufen. Dann wurden noch ein paar Fragen gestellt, wer wann aus der Stadt nach Hause gefahren sei, aber wegen des Zeitrahmens musste es sich dabei um Scheinfragen handeln. Es stellte sich heraus, dass die Studenten zu unterschiedlichen Zeiten, spätestens um fünf Uhr, nach Hause gekommen waren. Die Letzten waren die Freunde von der Namensliste, wobei der Fünfte, der Medizinstudent Halldór, in der Stadt zu ihnen gestoßen war. Dóra blätterte weiter in der Hoffnung, man habe ihn auch verhört. Er schien der Einzige zu sein, der nicht bei der Party war, als der Mord geschah. Wo ist er gewesen?, fragte sich Dóra.

Die Antwort befand sich weiter hinten im Kapitel. Halldór war verhört worden, und es stellte sich heraus, dass er bis Mitternacht im Landeskrankenhaus in Fossvogur gearbeitet hatte; ein Vertretungsjob neben dem Studium. Deshalb war er nicht bei der Party gewesen. Er hatte Kleidung zum Wechseln dabeigehabt und nachdem er im Krankenhaus geduscht und sich umgezogen hatte, hatte er den Bus in die Innenstadt genommen. Nach eigener Aussage war sein Auto kaputt, und er gab den Namen einer Werkstatt an, in der sein Wagen zu der betreffenden Zeit in Reparatur war. Halldór sagte, er habe zunächst umsteigen und einen Bus in den Skerjafjörður nehmen wollen. Er habe aber den letzten Bus knapp verpasst und daher beschlossen, lieber direkt in die Stadt zu fahren und in einer Kneipe auf die anderen zu warten, anstatt Geld für ein Taxi auszugeben oder zu Fuß zu gehen. Er hatte die Partygäste angerufen und erfahren, dass sie gerade auf dem Sprung waren. Um genau ein Uhr hatte er das Kaffibrennslan betreten und sich ein Bier bestellt. Gegen zwei hatte er endlich die anderen getroffen, die mit einem Taxi in die Innenstadt gekommen waren.

In den Zeugenaussagen verschiedener Dozenten der Historischen Fakultät ging es vor allem um deren Verhältnis zu Harald, und alle sagten das Gleiche – sie hätten ihn privat nicht gekannt und könnten nicht viel über ihn sagen. Es wurde auch nach einem Meeting im Árnagarður am Mordabend gefragt. Man hatte die Bewilligung eines hohen Erasmus-Stipendiums für die Zusammenarbeit mit einer norwegischen Universität gefeiert. Dóra las zwischen den Zeilen, dass es sich bei diesem »Meeting« eher um einen Cocktailempfang gehandelt hatte, der bis in den Abend hineinreichte. Die Letzten waren erst kurz vor Mitternacht gegangen. Dóra kannte nur die Namen des Fakultätsleiters und des Professors, der Haralds Masterarbeit betreut hatte, Þorbjörn Ólafsson.

Die letzten Protokolle stammten von der Vernehmung eines Kellners aus dem Kaffibrennslan und des Busfahrers, der Halldór von Fossvogur in die Stadt gefahren hatte. Der Kellner namens Björn Jónsson sagte aus, er habe Halldór an besagtem Abend zum ersten Mal gegen ein Uhr bedient, dann noch ein paar Mal in der darauffolgenden Stunde und schließlich ein letztes Mal gegen zwei, als Haralds Freunde eingetroffen seien. Er sagte, er könne sich gut an Halldór erinnern, da dieser an jenem Abend ungewöhnlich schnell und maßlos getrunken habe.

Der Busfahrer erinnerte sich an Halldór von seiner letzten Fahrt, es seien nur wenige Fahrgäste im Bus gewesen und er habe sich mit ihm über den Zustand des Gesundheitssystems und den erschreckenden Umgang mit alten Menschen unterhalten. Dóra hatte den Eindruck, dass dieser Halldór ein ziemlich wasserdichtes Alibi hatte, wie auch die anderen aus Haralds Clique, mit Ausnahme von Hugi.

Die Schwarz-Weiß-Kopien der Fotos vom Tatort waren unscharf, vermittelten aber einen guten Eindruck von dem grauenhaften Anblick. Dóra verstand den Schock des Mannes, der die Leiche gefunden hatte, nun noch besser und bezweifelte, ob er sich jemals voll und ganz von diesem albtraumhaften Erlebnis erholen würde.

Als um Viertel vor fünf ihr Handy piepte, beeilte sich Dóra, das letzte Kapitel über die Obduktion durchzublättern. Wie seltsam, dachte sie. Hinter dem siebten Trennblatt kam nichts mehr. Das Kapitel war leer.

5. KAPITEL

Dóra kam rechtzeitig im Schulhort an. Sie begegnete einer der Mütter aus der Klasse ihrer Tochter auf dem Parkplatz. Die Frau musterte das beschriftete Werkstattauto und grinste. Sie ging bestimmt davon aus, dass Dóra sich diesen Bibbi geangelt hatte. Dóra hatte das dringende Bedürfnis, der Frau hinterherzulaufen, die Sache zu erläutern und klarzustellen, dass sie und Bibbi rein geschäftlich miteinander in Verbindung stünden. Sie ließ es aber bleiben und überquerte stattdessen auf direktem Weg das Schulgelände. Sóley ging in die Mýrarhús-Schule, nur ungefähr zehn Minuten mit dem Auto von Dóras Büro im Skólavörðustígur entfernt. Bei der Trennung von Hannes vor gut drei Jahren war es Dóra sehr wichtig gewesen, das Haus in Seltjarnarnes zu behalten, obwohl es nicht leicht für sie war, ihren Ex-Mann auszubezahlen. Sie konnte froh sein, dass die Schätzung des Hauses vor dem großen Immobilienpreisanstieg stattgefunden hatte. Hätten sie sich jetzt getrennt, hätte sie sich das Haus niemals leisten können. Das ärgerte Hannes natürlich unsäglich und er argwöhnte, wie viel Dóra wohl daran verdient hatte. Sie hatten sich nicht gerade im Guten getrennt, versuchten aber, der Kinder wegen respektvoll miteinander umzugehen.

Dóra betrat den Hort und ließ ihren Blick durch den Raum schweifen. Die meisten Kinder waren offenbar schon nach Hause gegangen. Natürlich konnte sie den Gedanken nicht beiseite schieben, nicht genug für ihre Tochter da zu sein. Mutter, Ehefrau und Geliebte – ihr ging ein altes Gedicht durch den Kopf. »Geliebte« traf zurzeit weniger auf sie zu. Sie hatte in den zwei Jahren seit der Scheidung kaum etwas mit Männern zu tun gehabt. Plötzlich empfand sie ein starkes Verlangen, mit einem Mann zusammen zu sein. Sie schüttelte es rasch ab; dies war der am wenigsten geeignete Ort, den man sich vorstellen konnte, um an Sex zu denken. Was war eigentlich mit ihr los?

»Sóley!«, rief die Betreuerin, als sie Dóra erblickt hatte. »Deine Mama ist da.«

Das kleine Mädchen, das seiner Mutter den Rücken zugewandt hatte, blickte vom Perlensticken auf und drehte seinen Kopf in Dóras Richtung. Es lächelte müde und strich sich eine blonde Locke aus dem Gesicht. »Hi, Mama. Guck mal, ich mache ein Perlenherz.« Dóra verspürte einen Stich in ihrem eigenen Herzen und schwor sich, die Kleine morgen früher abzuholen.

Nach einem kurzen Zwischenstopp im Supermarkt betraten Mutter und Tochter endlich das Haus. Gylfi, Dóras Sohn, war offensichtlich schon heimgekommen. Das war an den Turnschuhen zu erkennen, die mitten im Flur herumlagen, und an der Daunenjacke, die er so nachlässig an den Haken neben der Tür gehängt hatte, dass sie sofort wieder auf den Boden gefallen war.

»Gylfi!«, rief Dóra und bückte sich, um die Schuhe in die Schuhablage zu stellen und die Jacke ordentlich aufzuhängen. »Wie oft soll ich dir noch sagen, dass du deine Sachen anständig behandeln sollst, wenn du nach Hause kommst?«

»Ich hör nichts!«, schallte es aus dem Haus.

Dóra verdrehte die Augen. Natürlich hörte er nichts; der Lärm von irgendeinem Computerspiel übertönte ja auch alles. »Dann stell das leiser!«, rief sie zurück. »Das schadet deinen Ohren!«

»Komm her! Ich versteh dich nicht!«, war die gebrüllte Antwort.

»Oh Gott«, murmelte Dóra und hängte ihren Anorak auf. Ihre Tochter räumte alle ihre Sachen ordentlich auf, und Dóra wunderte sich zum hundertsten Mal darüber, wie unterschiedlich die beiden Geschwister waren. Die Tochter war eine richtige Ordnungsfanatikerin, hatte noch nicht mal als Kleinkind viel gesabbert, und der Sohn würde am liebsten in einem Klamottenlager hausen und sich dort abends selig zur Ruhe betten. Eines hatten sie jedoch gemeinsam: Beide waren überaus gewissenhaft, wenn es um die Schule und die Hausaufgaben ging. Das passte zwar gut zu Sóleys Charakter, aber bei Gylfi fand Dóra es immer sehr witzig, wenn er mit seinem langen, ungekämmten Haar und seinen Totenkopfklamotten fast einen hysterischen Anfall bekam, sobald er zufällig mal eine Rechtschreibhausaufgabe in der Schule vergessen hatte.

Dóra stellte sich in den Türrahmen zum Zimmer ihres Sohnes. Gylfi klebte an seinem Computerbildschirm und hämmerte auf der Maus herum. »Um Gottes willen, stell das leiser, Gylfi«, sagte Dóra und musste fast schreien, obwohl sie direkt neben ihrem Sohn stand. »Ich kann bei diesem Geballere meine eigenen Gedanken nicht mehr hören.«

Ohne seinen Blick vom Bildschirm abzuwenden oder das Hämmern auf der Maus merklich zu mindern, führte ihr Sohn seine linke Hand zu einem Knopf am Lautsprecher und stellte leiser. »So besser?«, fragte er, ohne aufzuschauen.

»Ja, besser«, antwortete Dóra. »Stell jetzt das Ding aus und komm essen. Ich hab Spaghetti gekauft.«

»Nur noch dieses Level«, lautete die Antwort. »Zwei Minuten noch.«

»Aber wirklich nur zwei Minuten«, sagte sie und drehte sich auf dem Absatz um. »Nur zur Erinnerung, das geht so: eins. Und dann zwei. Nicht: eins, drei, vier, fünf, sechs und zwei.«

»Schon gut«, maulte ihr Sohn leicht genervt und spielte weiter.

Als das Essen eine Viertelstunde später auf dem Tisch stand, erschien Gylfi und ließ sich auf seinen Platz plumpsen. Sóley saß bereits gähnend vor ihrem Teller. Dóra hatte keine Lust, die Mahlzeit mit einem Streit zu beginnen und Gylfi daran zu erinnern, dass er länger als zwei Minuten gebraucht hatte, um sein »Level« zu beenden. Sie wollte ihm gerade klarmachen, wie wichtig dieses

Familienritual war, als ihr Handy klingelte. Dóra stand auf, um ranzugehen. »Fangt schon mal an zu essen und streitet euch nicht. Ihr seid so süß, wenn ihr nett zueinander seid.« Sie griff nach dem Handy, das auf der Anrichte lag, und schaute auf die Anrufernummer, aber das Display war leer. Während sie aus der Küche ging, betätigte sie die Annahmetaste. »Dóra.«

»Guten Abend, Frau Guðmundsdóttir«, erklang Matthias' trockene Stimme. Er fragte, ob es gerade ungelegen sei.

»Nein, ist schon okay«, log Dóra. Sie vermutete, es wäre Matthias unangenehm, dass sie in Wahrheit gerade beim Abendessen saß. Der Mann war so furchtbar höflich.

»Hatten Sie Zeit, sich die Unterlagen anzusehen, die ich Ihnen gegeben habe?«, fragte er dann.

»Ja, natürlich, allerdings noch nicht bis ins kleinste Detail«, antwortete Dóra. »Ich habe aber direkt gemerkt, dass die Ermittlungsunterlagen der Polizei nicht vollständig sind. Ich würde vorschlagen, wir stellen einen formellen Antrag auf vollständige Akteneinsicht.«

»Unbedingt.« Eine unangenehme Stille trat ein. Im selben Moment, als Dóra noch etwas hinzufügen wollte, sprach Matthias weiter.

»Haben Sie sich entschieden?«

»Sie meinen den Auftrag?«, fragte Dóra.

»Ja«, entgegnete er kurz angebunden. »Werden Sie ihn annehmen?«

Dóra zögerte einen Augenblick, bevor sie bejahte. Wenn sie nicht alles täuschte, hörte sie Matthias vor Erleichterung scharf ausatmen. »Sehr gut«, sagte er ungewohnt keck.

»Den Vertrag habe ich allerdings noch nicht gelesen. Ich hab ihn mit nach Hause genommen und werde ihn heute Abend durchsehen. Wenn er wirklich fair ist und den Normen entspricht, sehe ich keinen Hinderungsgrund, ihn morgen zu unterschreiben.«

»Prima.«

»Ähm, eine Sache ist mir aufgefallen, warum fehlt das Kapitel über die Obduktion?« Dóra wusste, dass dies auch bis morgen Zeit hatte, aber sie wollte trotzdem sofort eine Antwort haben.

»Ich musste einen speziellen Antrag stellen, um diese Unterlagen zu erhalten. Man hat mir nicht alles gegeben – nur eine grobe Zusammenfassung der wichtigsten Punkte. Das war mir ein bisschen zu wenig und ich habe darauf bestanden, den kompletten Bericht zu bekommen«, erklärte Matthias. »Es hat wohl damit zu tun, dass ich kein Angehöriger, sondern nur ein Bevollmächtigter der Angehörigen bin, aber das ist mittlerweile geklärt. Deshalb rufe ich Sie auch jetzt schon an.«

»Wie bitte?«, fragte Dóra, die den Zusammenhang nicht ganz verstand.

»Ich habe morgen früh um neun einen Termin bei dem Gerichtsmediziner, der Harald obduziert hat. Er will mir den Bericht geben und einige Punkte erklären. Ich möchte, dass Sie mich begleiten.«

»Ach so«, entgegnete Dóra verwundert. »Okay, alles klar. Ich komme mit.«

»Gut, ich hole Sie eine halbe Stunde vorher in Ihrem Büro ab.«

Dóra biss sich auf die Zunge, sonst wäre ihr herausgerutscht, dass sie normalerweise nie so früh im Büro sei. »Halb neun. Bis dann.«

»Frau Guðmundsdóttir«, schob Matthias hinterher.

»Nennen Sie mich Dóra, das ist viel einfacher«, fiel Dóra ihm ins Wort. Sie kam sich vor wie eine neunzigjährige Witwe, wenn sie so förmlich angesprochen wurde.

»Okay, Dóra«, sagte Matthias. »Nur noch eine Bitte.«

»Was?«, fragte Dóra neugierig.

»Frühstücken Sie nicht so ausgiebig. Es wird nicht sehr appetitlich.«

7. DEZEMBER
2005

6. KAPITEL

Es gab zweifellos leichtere Dinge auf dieser Welt, als einen Parkplatz am Landeskrankenhaus zu ergattern. Matthias fand schließlich einen in beträchtlicher Entfernung zum Gebäude, in dem sich das Labor der Pathologie befand. Dóra war früh ins Büro gegangen und hatte einen Brief an die Polizei verfasst, in dem sie als Bevollmächtige der Angehörigen um Akteneinsicht bat. Der Brief befand sich bereits in einem Umschlag in Bellas Postfach. Bella würde ihn hoffentlich heute zur Post bringen, aber Dóra hatte zur Sicherheit einen Zettel auf den Umschlag geklebt: *Auf keinen Fall vor dem Wochenende zur Post bringen!* Dóra hatte auch schon in der Flugschule angerufen, um sich nach Haralds Kartenzahlung im September zu erkundigen. Dort erhielt sie die Information, Harald habe eine kleine Maschine mit Pilot gemietet, um an einem Tag nach Hólmavík und zurück zu fliegen. Dóra suchte im Internet nach Hólmavík und fand schnell heraus, was Harald dorthin gelockt haben dürfte – das Hexereimuseum von Strandir. Des Weiteren hatte sie im Hótel Rangá angerufen, um sich nach Haralds Reise an die Südküste zu erkundigen: Er hatte zwei Zimmer für zwei Nächte reserviert und bezahlt – im Reservierungsbuch standen die Namen Harald Guntlieb und Harry Potter. Sehr witzig. Während sie um das Landeskrankenhaus kurvten, erzählte Dóra Matthias von Haralds Ausflügen an die Südküste und nach Hólmavík.

»Na endlich«, sagte Matthias und bog in eine soeben frei gewordene Parklücke.

Sie gingen auf das Haus hinter dem Hauptgebäude zu. Es hatte in der Nacht geschneit und Matthias stapfte voraus auf dem Trampelpfad, der sich im Schnee gebildet hatte. Das Wetter war eisig und ein beißender Nordwind fuhr durch Dóras Haar. Sie hatte morgens beschlossen, ihr Haar offen zu tragen. Jetzt bedauerte sie diese Entscheidung, da der Wind es in alle Richtungen zerrte. Das wird am Ende umwerfend aussehen, dachte Dóra. Sie blieb kurz stehen, drehte den Rücken zum Wind und versuchte, ihr Haar zu bändigen, indem sie sich ihren Schal um den Kopf wickelte. Das sah nicht gerade schick aus, schützte sie aber wenigstens vor dem Wind. Dann folgte sie Matthias mit schnellen Schritten.

Als sie endlich beim Labortrakt angekommen waren, drehte sich Matthias zum ersten Mal um, seit sie das Auto verlassen hatten. Er starrte entgeistert auf den Schal um ihren Kopf. Dóra konnte sich gut vorstellen, wie elegant sie aussah, was er bestätigte, indem er die Augenbrauen hochzog und bemerkte: »Hier gibt es bestimmt eine Damentoilette, die Sie aufsuchen können.«

Dóra hielt sich zurück, obwohl sie große Lust hatte, ihm etwas an den Kopf zu werfen. Stattdessen schaute sie ihn nur grimmig an und wuchtete die Eingangstür auf. Drinnen steuerte sie auf eine Frau zu, die ein leeres Stahlwägelchen vor sich herschob, und fragte sie, wo der Arzt zu finden sei, den sie treffen wollten. Nachdem die Frau sich erkundigt hatte, ob der Arzt sie erwarte, wies sie auf ein Büro am Ende des Ganges. Sie bat die beiden, noch einen Moment vor der Tür zu warten, da der Arzt noch bei der morgendlichen Besprechung sei. Dóra und Matthias setzten sich auf zwei verschlissene Stühle an der Wand des Ganges.

»Ich wollte Sie nicht beleidigen. Entschuldigung«, sagte Matthias, ohne Dóra anzuschauen.

Dóra hatte wenig Interesse daran, mit ihm über ihr Aussehen zu diskutieren, und reagierte nicht. Sie wickelte sich den Schal so würdevoll wie möglich vom Kopf und legte ihn in ihren Schoß. Dann nahm sie einen Stapel abgegriffener Zeitschriften von einem kleinen Tischchen zwischen den Stühlen.

»Wer liest so was eigentlich?«, murmelte sie beim Durchblättern des Stapels.

»Ich glaube, wer hierher kommt, ist nicht auf der Suche nach Lesestoff«, antwortete Matthias. Er saß kerzengerade auf seinem Stuhl und starrte vor sich hin.

Dóra legte die Zeitschriften irritiert beiseite. »Nein, vielleicht nicht.« Sie schaute auf die Uhr und bemerkte ungeduldig: »Wo bleibt der Mann eigentlich?«

»Er wird schon kommen«, war die knappe Antwort. »Ich mache mir allerdings gewisse Sorgen wegen Ihnen und dieser Unterredung.«

»Was meinen Sie?«, fragte sie gereizt.

»Ich glaube, es wird äußerst unangenehm für Sie«, antwortete er und wendete sich ihr zu. »Sie haben keine Erfahrung mit so etwas und ich bin mir nicht sicher, ob das eine so gute Idee war. Am besten erzähle ich Ihnen, was Sie erwartet.«

Dóra sah ihn scharf an. »Ich habe zwei Kinder zur Welt gebracht, mit den dazugehörigen Schmerzen und Blut und Nachwirkungen und Schleim und Gott weiß was. Ich werde das schon überleben.« Sie verschränkte die Arme und drehte sich von ihm weg. »Was haben Sie denn eigentlich alles vollbracht?«

Matthias schien nicht begeistert von Dóras großartigem Erfahrungsreichtum zu sein. »So einiges. Ich möchte Sie lieber damit verschonen; im Gegensatz zu Ihnen habe ich kein Bedürfnis, mich selbst zu beweihräuchern.«

Dóra verdrehte die Augen. Dieser Deutsche war nicht gerade eine Stimmungskanone. Sie beschloss, lieber den »Wachturm« zu studieren, als das Gespräch mit ihm fortzuführen. Sie hatte einen Artikel über den schlechten Einfluss des Fernsehens auf die Jugend der Welt zur Hälfte gelesen, als ein Mann in einem weißen Kittel durch den Gang auf sie zueilte. Er war um die sechzig, hatte graue Schläfen und war sonnengebräunt. Um seine Augen zogen sich weiße Lachfältchen, und Dóra stelle sich vor, er habe sich in der Sonne gut amüsiert.

»Guten Tag«, sagte der Mann und reichte ihnen seine Hand. »Þráinn Hafsteinsson.«

Dóra und Matthias grüßten zurück und stellten sich vor.

»Treten Sie ein«, sagte der Arzt auf Englisch, damit Matthias ihn verstand, und öffnete die Tür zu seinem Büro. »Entschuldigt, dass ich so spät bin«, fügte er auf Isländisch an Dóra gerichtet hinzu.

»Kein Problem«, entgegnete sie. »Da draußen liegen so viele interessante Zeitschriften; ich hätte gern noch ein bisschen länger gewartet.« Sie lächelte ihn an.

Der Arzt warf ihr einen eigenartigen Blick zu. »Ja, stimmt.« Sie betraten das Büro. An den Wänden waren Regale mit Fachbüchern und allen möglichen Zeitschriften und dazwischen standen Aktenschränke. Der Arzt ging zu einem großen, aufgeräumten Schreibtisch, setzte sich und bot ihnen zwei Stühle an. »Also dann.« Während er dies sagte, presste er seine Hände gegen den Schreibtischrand, wie um den eigentlichen Beginn der Sitzung einzuläuten. »Ich schlage vor, wir sprechen Englisch.«

Dóra und Matthias nickten.

Er fuhr fort: »Ich habe in Amerika studiert. Deutsch dagegen habe ich seit meiner mündlichen Abiturprüfung nicht mehr gesprochen und möchte Sie damit lieber verschonen.«

»Wie ich Ihnen am Telefon bereits gesagt habe, ist Englisch wunderbar«, sagte Matthias, wobei Dóra sich bemühte, nicht über seine harte deutsche Aussprache zu lachen.

»Gut«, entgegnete der Arzt und griff nach einem gelben Ordner, der zuoberst auf dem Papierstapel auf dem Tisch lag. »Ich sollte mich wohl zunächst dafür entschuldigen, wie lange es gedauert hat, die Erlaubnis zu bekommen, Ihnen den gesamten Obduktionsbericht zu zeigen.« Er lächelte entschuldigend. »Die Bürokratie ist bei diesen Dingen immer ungeheuerlich, und es ist oft unklar, wie man auf so ungewöhnliche Umstände wie in diesem Fall reagieren soll.«

»Ungewöhnlich?«, bemerkte Dóra.

»Ja«, antwortete der Arzt. »Ungewöhnlich deshalb, weil die Angehörigen einen Bevollmächtigten bestimmt haben, der die Ergebnisse der Obduktion erhalten soll, wobei es sich auch noch um einen ausländischen Staatsbürger handelt. Zeitweise dachte ich, der Tote müsse den Antrag persönlich unterschreiben, damit die Erlaubnis gewährt wird.« Er lächelte ihnen wieder zu.

Dóra erwiderte dieses Lächeln höflich, wobei sie aus den Augenwinkeln sah, dass Matthias' Gesicht erstarrt war.

Der Arzt wendete seinen Blick ab und fuhr fort. »Tja, nicht nur der darauf folgende Papierkrieg machte diesen Fall zu einem ganz besonderen. Das sollte Ihnen klar sein, bevor wir beginnen.« Der Arzt blickte sie an und lächelte wieder. »In der Tat eine der merkwürdigsten und außergewöhnlichsten Obduktionen, die ich je gemacht habe, und ich habe während meines Studiums im Ausland schon allerhand gesehen.«

Dóra und Matthias schwiegen und warteten, wobei Dóra viel wissbegieriger wirkte als Matthias, der zur Salzsäule erstarrt war.

Der Arzt räusperte sich und öffnete den Ordner. »Wir sollten dennoch mit den Dingen beginnen, die man als einigermaßen normal bezeichnen kann.«

»Unbedingt«, stieß Matthias hervor, während Dóra versuchte, ihre Enttäuschung zu verbergen. Sie wollte lieber das Außergewöhnliche hören.

»Also, die Todesursache ist Ersticken durch Blockierung der Atemwege«, erklärte der Arzt und tippte leicht auf den Aktenordner. »Wenn wir fertig sind, gebe ich Ihnen eine Kopie des Obduktionsberichts, wenn Sie möchten. Bei der Todesursache geht es vor allem darum, wie der Tote erstickt wurde, und zwar glauben wir, dass das mit einem Stoffgürtel geschehen ist, nicht mit einem Ledergürtel. Der Täter muss dabei sehr viel Kraft angewendet haben, denn die Wunde am Hals ist beträchtlich. Es ist auch nicht unwahrscheinlich, dass der Druck länger andauerte, als eigentlich nötig war, um das Opfer außer Gefecht zu setzten, aus welchem Grund auch immer – vermutlich blinder Hass oder Raserei.«

»Woher wissen Sie das?«, fragte Dóra.

Der Arzt stöberte in der Mappe und holte zwei Fotos hervor. Er legte sie vor sich auf den Tisch und schob sie dann zu Dóra und Matthias. Sie zeigten Haralds stark verwundeten Hals. »Wie Sie sehen, ist die Haut an den Rändern der Würgemale stellenweise eingedrückt und von der Reibung versengt. Dies deutet darauf hin, dass der Gegenstand eine raue Oberfläche und keine gleichmäßige Form hatte. So wie die Wunde aussieht, muss er ungleichmäßig breit gewesen sein.« Der Arzt hielt inne, während er auf das andere Foto zeigte. »Bemerkenswert sind auch die Anzeichen einer älteren Wunde weiter unten am Hals, bei weitem nicht so schlimm, aber dennoch beachtenswert.« Er schaute die beiden an. »Fällt Ihnen dazu etwas ein?«

Matthias kam Dóra zuvor. »Nein, nichts.« Dóra hielt sich zurück, obwohl sie sich vorstellen konnte, wie diese Wunde entstanden war.

»Mit dem Mord hat das wohl nichts zu tun, aber man weiß ja nie.« Der Arzt schien sich mit Matthias' Antwort zufriedenzugeben, zumindest ging er nicht weiter darauf ein. Er deutete auf das zweite Foto, das ebenfalls Haralds Hals in starker Vergrößerung zeigte. »Dieses Foto ist aufschlussreicher, denn hier sieht man, wie sich ein Metallgegenstand, eine verzierte Gürtelschnalle oder ein anderes unbekanntes Teil des verwendeten Gürtels, in den Hals des Ermordeten gebohrt hat. Wenn Sie genau hinsehen, erkennen Sie, dass es am ehesten die Form eines kleinen Dolches hat – es kann jedoch auch etwas ganz anderes sein; es handelt sich schließlich nicht um einen Gipsabdruck.«

Dóra und Matthias beugten sich über das Foto, um besser sehen zu können. Der Mann hatte Recht. Am Hals befand sich der deutliche Abdruck eines Gegenstandes. Anhand einer Skala neben dem Foto war zu erkennen, dass er ungefähr acht bis zehn Zentimeter lang gewesen sein musste. Die Umrisse am Hals glichen einem kleinen Dolch oder Kreuz. »Und was ist das?«, fragte Matthias und zeigte auf zwei Wunden auf beiden Seiten des Abdrucks.

»Der kleine Gegenstand scheint auf etwas Scharfkantigem befestigt gewesen zu sein. Die Haut wurde durch den Druck eingerissen. Mehr lässt sich daraus nicht schließen.«

»Was ist mit diesem Gürtel oder was auch immer es war?«, fragte Matthias. »Hat man ihn gefunden?«

»Nein«, antwortete der Arzt. »Der Täter muss ihn beseitigt haben. Er glaubte bestimmt, wir würden darauf Gewebeproben von ihm finden.«

»Wäre das möglich gewesen?«, fragte Dóra.

Der Arzt zuckte mit den Schultern. »Wer weiß. Es ist jedenfalls klar, dass solche Gewebeproben jetzt, so lange nach der Tat, kaum mehr von Nutzen sind, selbst wenn wir den Tatgegenstand finden sollten.« Er räusperte sich. »Kommen wir zum Zeitpunkt des Todes. Das ist wesentlich komplizierter.« Der Arzt blätterte in der Akte und nahm ein paar Seiten heraus. »Ich weiß nicht, wie vertraut Ihnen unsere Arbeitsweise ist, das heißt, wie wir welche Schlüsse ziehen.« Er schaute Dóra und Matthias an.

»Darüber weiß ich gar nichts«, beeilte sich Dóra zu sagen. Sie merkte, dass das Matthias auf die Nerven ging. Er sagte kein Wort, was Dóra aber nicht weiter störte.

»Also, wir müssen alle Hinweise sammeln, die sich an oder in der Leiche oder in ihrer direkten Nähe oder an dem Ort, an dem sie gefunden wurde, befinden. Wir nutzen ebenfalls Hinweise aus dem Leben des Verstorbenen, zum Beispiel wann er zum letzten Mal gesehen wurde, wann er zuletzt etwas gegessen hat, welche Gewohnheiten er hatte usw. Das ist besonders bei einem gewaltsamen Tod wie diesem von Bedeutung.«

»Klar«, sagte Dóra und lächelte den Arzt an.

»Diese Informationen oder Hinweise werden dann auf verschiedene Weise benutzt, um die Todeszeit möglichst genau festzulegen.«

»Und wie geht das?«, fragte Dóra.

Der Arzt lehnte sich in seinem Stuhl zurück, sichtlich zufrieden mit ihrem Interesse. »Es gibt zwei Herangehensweisen: Zum einen beurteilt man die Veränderungen an der Leiche. Diese gehen mit einer bestimmten Geschwindigkeit vonstatten, wie zum Beispiel Totenstarre, Körpertemperatur und Verwesung. Zum anderen vergleicht man gewisse Informationen mit bekannten Zeitangaben; wann nahm der Verstorbene die Nahrung zu sich, die sich im Magen befindet, wann wurde sie verdaut usw.«

»Wann starb er?« Matthias kam direkt zum Thema.

»Eine vorschnelle Frage«, entgegnete der Arzt und lächelte. »Ich weiß nicht, ob ich das eben schon erwähnte, aber je eher eine Leiche nach dem Ableben gefunden wird, desto eindeutiger sind die Hinweise. In diesem Fall vergingen etwa anderthalb Tage, was nicht schlecht ist. Zumal sich die Leiche in einem Gebäude befand, wodurch die Raumtemperatur eine relativ bekannte Größe ist.« Er öffnete den gelben Aktenordner und überflog eine Textseite. »Der polizeilichen Ermittlung zufolge wurde Harald zuletzt von einem unbeteiligten Zeugen um 23:42 an besagtem Samstagabend gesehen, als er ein Taxi bezahlte und dieses in der Hringbraut verließ. Daher kann man sagen, dass dies der Anfangspunkt des Zeitrahmens ist, in dem die mögliche Todeszeit liegt. Der Endpunkt des Zeitrahmens ist selbstverständlich der Fund der Leiche um 7:20 am Montagmorgen, dem 31. Oktober.«

Er verstummte und blickte die beiden an. Dóra nickte, um ihm zu signalisieren, dass sie ihm folgen konnte und er fortfahren möge. Matthias war immer noch eine Salzsäule.

»Nachdem die Leiche gefunden und die Polizei am Tatort eingetroffen war, wurde die Körpertemperatur gemessen. Sie war genauso hoch wie die Zimmertemperatur. Dies zeigte sofort, dass nach Eintreten des Todes eine gewisse Zeit vergangen war. Wie schnell die Körpertemperatur abfällt, hängt von verschiedenen Faktoren ab. Bei einer schlanken Person geht es beispielsweise schneller als bei einer dicken Person, da der Temperaturaustausch bei einer schlanken Person verhältnismäßig größer ist.« Der Arzt machte eine ausladende Handbewegung. »Es kommt auch auf die Kleidung und den Zustand der Leiche an, auf ihre Körperhaltung, auf die Luftzirkulation und die Luftfeuchtigkeit im Raum und vieles mehr. All diese Informationen sind Teil der Analyse, die ich eben erwähnt habe.«

»Und was ist dabei herausgekommen?«, insistierte Matthias.

»Eigentlich nichts. Wir konnten dadurch den Zeitrahmen etwas besser eingrenzen. Es ist klar, dass diese Herangehensweise uns nur Hinweise zum Todeszeitpunkt geben kann, wenn die Körpertemperatur sich von der Zimmertemperatur unterscheidet.« Er stöhnte. »Wenn die Leiche die Zimmertemperatur angenommen hat, passt sie sich dieser verständlicherweise an. Wir können allerdings berechnen, wie lange eine Leiche braucht, um die Zimmertemperatur anzunehmen, und daraus folgern, dass dies die minimale Zeit ist, die seit dem Tod vergangen sein muss.« Er ließ seinen Blick das Blatt hinunterwandern. »Hier steht es. In diesem Fall setzte die Analyse den Schlusspunkt des Zeitrahmens so, dass über zwanzig Stunden seit dem Tod vergangen sein mussten.«

»Das ist ja alles sehr interessant, keine Frage«, sagte Matthias. »Andererseits wüsste ich gern, wann Harald höchstwahrscheinlich starb und wie man das herausfand.« Er schaute Dóra dabei nicht an.

»Ja, natürlich, entschuldigen Sie«, sagte der Arzt. »Die Todesstarre deutete darauf hin, dass der Tod mindestens 24 Stunden bevor die Leiche gefunden wurde, eingetreten war, was den Zeitrahmen noch weiter eingegrenzt hat.« Der Arzt blickte abwechselnd von Dóra zu Matthias. »Möchten Sie, dass ich die Todesstarre noch etwas ausführlicher erkläre? Ich kann das kurz zusammenfassen, wenn Sie wollen.«

»Ja, bitte«, antwortete Dóra, während Matthias gleichzeitig sagte: »Nein, danke, nicht nötig.«

»Richten wir uns höflichkeitshalber nach der Dame«, entgegnete der Arzt und schenkte Dóra ein Lächeln. Sie erwiderte es mit größtmöglichem Charme. Matthias warf ihr einen schrägen Blick zu, ziemlich sauer, wie es Dóra schien. Sie ließ sich davon nicht beirren.

»Also«, begann der Arzt, »die Totenstarre beginnt in den Muskeln, die am meisten betätigt werden, und geht dann auf alle Muskeln über. Wenn sie ihren Höhepunkt erreicht hat, ist der Körper steif. Er verharrt in der Position, die er innehat, wenn die Starre auf den gesamten Körper übergeht. Dieser Zustand hält jedoch nicht lange an, denn die Totenstarre geht vorüber und der Körper entspannt sich vollkommen. Unter normalen Umständen erreicht die Starre zwölf Stunden nach dem Tod ihren Höhepunkt und beginnt dann 36 bis 48 Stunden später abzuebben. Bei Fällen wie diesem, wo die Todesursache Ersticken ist, dauert es allerdings etwas länger.« Der Arzt blätterte in den Papieren, zog ein Foto hervor und reichte es ihnen. »Wie Sie sehen, war Haralds Leiche vollkommen steif, als sie gefunden wurde.«

Matthias griff als Erster nach dem DINA4 großen Foto. Er schaute Dóra ausdruckslos an und reichte es ihr. »Es ist ziemlich abstoßend«, sagte er, als sie das Bild entgegennahm.

Abstoßend beschrieb nicht annähernd, was Dóra vor Augen hatte. Das Foto zeigte Harald Guntlieb in einer merkwürdigen Stellung, die Dóra schon von den Fotos aus der Mappe mit den Ermittlungsunterlagen kannte, auf dem Fußboden. Die anderen Fotos waren allerdings so unscharf und schlecht kopiert gewesen, dass man sie im Vergleich mit dem, was sie jetzt sah, fast in der Kinderstunde zeigen könnte. Haralds Arm richtete sich vom Ellbogen aus gerade nach oben, so als wolle er auf etwas an der Decke zeigen. Es gab nichts, was den Ellbogen in dieser Position hielt oder stützte. Trotzdem war Harald Guntlieb definitiv tot. Sein Gesicht war dick und geschwollen und hatte eine seltsame Farbe. Was Dóra jedoch am meisten zu schaffen machte, waren die Augen, oder besser gesagt die Augenhöhlen. Sie gab Matthias das Foto schnell zurück.

»Wie Sie sehen, lehnte die Leiche vermutlich an etwas, wahrscheinlich an einer Wand, und der Arm versteifte sich in dieser Stellung. Sie wissen bestimmt, dass der Mord nicht in diesem Flur stattfand. Die Leiche fiel aus einer kleinen Kammer, als ein Lehrer am Montagmorgen deren Tür öffnete. Aus der Beschreibung des Mannes lässt sich schließen, dass die Leiche dort hineingebracht worden war. Entweder ist sie gegen die Tür gefallen oder so positioniert worden, dass sie herausfallen musste, sobald jemand die Tür öffnete. Wie auf dem Foto zu sehen ist, öffnet sich die Tür zum Gang hin.«

Matthias betrachtete das Foto und nickte schweigend. Dóra hatte genug; sie wollte sich dieses Foto nicht noch einmal anschauen. »Aber Sie haben uns noch nicht mitgeteilt, wann er aller Voraussicht nach gestorben ist«, sagte Matthias und gab dem Arzt das Foto zurück.

»Ja, entschuldigen Sie«, erwiderte der Arzt und blätterte in der Akte. Als er die richtige Seite gefunden hatte, richtete er sich in seinem Stuhl auf. »In Anbetracht des Mageninhalts und des Amphetamingehalts im Blut liegt die angenommene Todeszeit zwischen eins und halb zwei. Der Zeitpunkt der Einnahme von Nahrung und Amphetaminen ist bekannt. Harald hat gegen neun Uhr an jenem Abend Pizza gegessen. Kurz bevor er um halb zwölf die Party verließ, schnupfte er Amphetamine durch die Nase.« Der Arzt reichte Matthias ein anderes Foto aus dem Stapel. »Die Verdauung von Pizza ist verhältnismäßig gut bekannt und dokumentiert.«

Matthias betrachtete das Foto, ohne mit der Wimper zu zucken. Dann sah er mit zweideutigem Gesichtsausdruck auf und reichte Dóra das Foto. Dabei lächelte er zum zweiten Mal an diesem Morgen. »Haben Sie Lust auf eine Pizza?«

Dóra nahm das Foto, das Haralds Mageninhalt zeigte. Es würde wohl eine Weile dauern, bis sie sich zum nächsten Mal eine Pizza bestellte. Sie versuchte, sich nichts anmerken zu lassen.

»Die Untersuchungsergebnisse bezüglich des Amphetamins stammen von einem pharmakologischen Institut. In Haralds Magen wurde auch Ecstasy gefunden, halb verdaut, aber wir wissen nicht, wann es eingenommen wurde, für die Bestimmung des Todeszeitpunktes ist es also nicht von Nutzen.«

»Gut«, sagte Matthias kurz angebunden.

Der Arzt ergriff wieder das Wort. »Man kann davon ausgehen, dass die Leiche ein paar Stunden nach dem Eintritt des Todes transportiert wurde. Das erkennen wir an bestimmten Quetschungen, die sich am tiefsten Punkt des Körpers bilden, sobald der Blutkreislauf unterbrochen wird. Das Blut sammelt sich aufgrund der Schwerkraft. Wir stellten fest, dass sich solche Quetschungen an Stellen befanden, die nicht zueinanderpassten, nämlich am Rücken, an den Pobacken und an der Rückseite der Waden einerseits und an Fußsohlen, Fingern und Kinn andererseits. Die zuerst genannten Stellen waren steifer, was darauf schließen lässt, dass die Leiche zuerst auf dem Rücken lag und dann später in eine aufrechte Stellung gebracht wurde. Des Weiteren zeugen die Schuhe davon, dass die Leiche ein Stück gezogen wurde; vermutlich hat derjenige, der das tat, sie unter den Achselhöhlen gepackt und die Füße hinterherschleifen lassen. Warum, können wir nicht sagen. Die schlüssigste Erklärung ist meiner Meinung nach, dass der Mörder Harald in seiner eigenen Wohnung umbrachte, sich der Leiche aber nicht sofort entledigen konnte, wahrscheinlich wegen Trunkenheit. Warum er sie dann ausgerechnet zum Árnagarður brachte, steht auf einem anderen Blatt. Das ist nicht unbedingt der erste Ort, der einem einfällt, wenn man mit einem derartigen Problem konfrontiert ist.«

»Und die Augen?«, fragte Matthias.

Der Arzt räusperte sich. »Die Augen. Das ist ein weiteres Rätsel, zu dem mir nichts einfällt. Wie der Familie bekannt ist, wurden sie erst nach Haralds Tod entfernt, was meiner Meinung nach für die Angehörigen in gewisser Weise tröstlich ist. Warum dies getan wurde, weiß ich allerdings nicht.«

»Wie entfernt man eigentlich die Augen einer Leiche?«, fragte Dóra und bereute die Frage gleich wieder.

»Da gibt es zweifellos verschiedene Möglichkeiten«, antwortete der Arzt. »Es scheint jedoch, als habe unser Mörder ein flaches Werkzeug verwendet. Alle Hinweise, oder besser gesagt der

Mangel an Hinweisen, deuten darauf hin.« Der Arzt begann, in den Papieren zu blättern.

Dóra beeilte sich, ihn zu bremsen. »Wir glauben Ihnen vollkommen. Wir brauchen keine weiteren Fotos.«

Matthias schaute sie an und grinste. Nach ihrem Gespräch im Gang amüsierte er sich offenbar über Dóras Abscheu. Das ärgerte sie und sie beschloss, es ihm heimzuzahlen. »Sie sagten am Anfang, die Obduktion sei ungewöhnlich und merkwürdig gewesen. Was meinten sie damit?«

Der Arzt beugte sich vor und sein Gesicht erhellte sich. Er hatte sich offensichtlich darauf gefreut, diesen Punkt anzusprechen. »Ich weiß nicht, wie nah Sie Harald Guntlieb stehen; vielleicht ist Ihnen das alles schon bekannt.« Er blätterte in der Akte und zog ein paar Fotos hervor. »Ich meine das hier«, sagte er dann und legte die Fotos vor Dóra und Matthias auf den Tisch.

Es dauerte einen Moment, bis Dóra begriff, was sie vor sich hatte. Sie erschauderte. »Igitt, was ist das eigentlich?«, stieß sie hervor.

»Kein Wunder, dass Sie fragen«, entgegnete der Arzt. »Harald Guntlieb hat so genannte Körperveränderungen an sich durchgeführt – man nennt das üblicherweise Body Modifications, jedenfalls in den Ländern, wo dieses Hobby seinen Ursprung hat. Zuerst dachten wir, die Sache mit der Zunge wäre Teil der Misshandlungen der Leiche, aber dann sahen wir, dass die Wunde verheilt war. Er muss es schon vor einer Weile haben machen lassen – das ist noch viel, viel verrückter als Zungenpiercings, muss ich gestehen.«

Dóra betrachtete die Fotos, eins abscheulicher als das andere. Plötzlich überfiel sie ein Brechreiz und sie erhob sich von ihrem Stuhl. »Verzeihung«, stieß sie mit zusammengekniffenen Lippen hervor und hechtete zur Tür. Als sie im Flur war, hörte sie, wie Matthias mit verwundertem Tonfall zu dem Arzt sagte: »Komisch. Obwohl sie zwei Kinder zur Welt gebracht hat.«

7. KAPITEL

Im Kulturhaus war nicht viel los. Dóra hatte diesen Ort ausgewählt, weil man sich hier in aller Ruhe unterhalten konnte, besser als in den meisten anderen Cafés in der Innenstadt. Dóra und Matthias saßen allein in einem Raum neben dem Hauptsaal des Lokals. Auf dem Mosaiktisch zwischen ihnen lag der gelbe Aktenordner mit dem Obduktionsbericht, den Matthias mitgenommen hatte.

»Nach einer Tasse Kaffee wird es Ihnen besser gehen«, sagte Matthias verlegen und schaute zur Tür, durch die das Mädchen mit der Bestellung soeben entschwunden war.

»Ich bin schon okay«, entgegnete Dóra scharf. Das stimmte sogar; die Übelkeit, die sie im Büro des Arztes überfallen hatte, war vorüber. Nachdem sie aus dem Raum gestürzt war, hatte sie am Flur eine Toilette gefunden und es geschafft, sich mit ein paar Spritzern Wasser wieder auf Vordermann zu bringen. Dóra hatte sich schon immer schnell geekelt und ihr fiel wieder ein, wie sehr sie die Lehrbücher ihres Ex-Mannes verabscheut hatte. Er hatte sie während seines Medizinstudiums immer im ganzen Haus verteilt. Die Bilder in den Lehrbüchern reichten jedoch nicht annähernd an das heran, was sie heute Morgen gesehen hatte. Dóra fügte mit versöhnlicher Stimme hinzu: »Ich weiß auch nicht, was los war. Ich hoffe, ich habe den Arzt nicht beleidigt.«

»Es sind ja schließlich nicht sehr appetitliche Fotos«, stellte Matthias fest. »Die meisten Leute würden so reagieren wie Sie. Machen Sie sich keine Gedanken über den Arzt. Ich habe ihm gesagt, Sie seien gerade von einer Magen-Darm-Erkrankung genesen und daher nicht in der besten Verfassung für solche Anblicke.«

Dóra nickte. »Was zum Teufel war das eigentlich? Ich glaube, das meiste habe ich erkannt, aber im Nachhinein bin ich mir nicht mehr so sicher ...«

»Scheint so, als habe Harald alle möglichen Eingriffe an seinem Körper vornehmen lassen. Der Arzt meint, die ältesten sind mehrere Jahre alt und die jüngsten nur ein paar Monate.«

»Aber warum hat er das getan?«, fragte Dóra. Ihr war unbegreiflich, was einen jungen Menschen dazu veranlassen konnte, sich selbst zu entstellen.

»Gott weiß warum«, antwortete Matthias. »Harald war nie so wie die anderen. Seit ich seine Familie kenne, sympathisierte er immer mit gesellschaftlichen Randgruppen. Erst war es die Umweltbewegung, eine Zeit lang eine Antiglobalisierungsgruppe. Als er schließlich anfing, Geschichte zu studieren, dachte ich, er sei stabiler geworden.«

Dóra schwieg und dachte an die Fotos und den Schmerz, den Harald empfunden haben musste. »Was genau ... –«

In diesem Moment kam die Bedienung mit dem Kaffee und den Snacks, die sie bestellt hatten. Sie bedankten sich und als das Mädchen gegangen war, ergriff Matthias das Wort. »Das waren alle möglichen chirurgischen Eingriffe und Schnitte. Am meisten hat mich seine Zunge schockiert. Sie haben bestimmt bemerkt, dass eines der Fotos Haralds Mundhöhle zeigte.« Dóra nickte und Matthias sprach weiter. »Er hat seine Zunge in der Mitte einschneiden, also der Länge nach spalten lassen. Sie sollte wohl so aussehen wie eine Schlangenzunge, und ich muss zugeben, dass ihm das ganz gut gelungen ist.«

»Konnte er damit noch normal sprechen?«, fragte Dóra.

»Es ist nicht unwahrscheinlich, dass er deshalb ein bisschen lispelte. Das kann man aber nicht mit Sicherheit sagen. Der Arzt behauptet, ein solcher Eingriff sei beileibe kein Einzelfall. Verständlicherweise sehr selten, aber ein Vorreiter war Harald damit zumindest nicht.«

»Er wird es wohl kaum selbst gemacht haben? Wer führt denn solche Eingriffe durch?«, fragte Dóra.

»Es handelte sich um einen relativ frischen Eingriff, vermutet der Arzt. Die Wunde war noch nicht ganz verheilt. Jeder, der Zugang zu Betäubungsmitteln, Zangen und Skalpellen habe, könnte so etwas blitzschnell durchführen: Ärzte, Operationsschwestern, Zahnärzte. Der Betreffende müsste allerdings auch desinfizierende und schmerzstillende Medikamente verschreiben oder zumindest beschaffen können.«

»Mein Gott, da fällt einem ja nichts mehr zu ein«, sagte Dóra. »Und das ganze andere Zeug: die Kugeln, die Narben, die Abzeichen, die Kegel und Gott weiß was alles?«

»Dem Arzt zufolge hat Harald sich verschiedene Metallobjekte unter die Haut implantieren lassen, sodass ihre Konturen zu sehen sind. Unter anderem diese kleinen Kegel oder Zacken auf seinen Schultern. Der Arzt hat insgesamt 32 Objekte entfernt, alles Mögliche bis hin zu den kleinen Kugeln, die Sie an seinen Geschlechtsorganen gesehen haben.« Matthias warf Dóra einen verlegenen Blick zu. Sie nippte an ihrem Kaffee und lächelte, um ihm zu signalisieren, dass ihr das nicht peinlich war. Er redete weiter. »Dann sind da noch die Symbole; sie haben alle mit schwarzer Magie und Okkultismus zu tun. Harald hat immer weitergemacht; es gab nur wenige Körperstellen, die nicht auf irgendeine Weise verziert waren.« Matthias unterbrach sich für einen Moment, um einen Happen zu essen. »Gewöhnliche Tätowierungen scheinen ihm nicht gereicht zu haben, seine Tätowierungen waren Narben.«

»Narben?«, warf Dóra ein. »Hat er Tattoos entfernen lassen?«

»Nein, nein. Es handelt sich um Tätowierungen, die dadurch entstehen, dass die Haut eingeschnitten oder entfernt wird, damit sich Muster oder Symbole aus Narben bilden. Damit trifft man eine ziemlich endgültige Entscheidung. Wenn ich den Arzt richtig verstanden habe, kann man so eine Tätowierung nur durch Hautverpflanzungen rückgängig machen, was wiederum eine noch größere Narbe hinterlässt.«

Dóra war einfach nur verblüfft. Nichts war unmöglich. Als sie jung war, galt es als abgefahren, drei Ohrringe zu tragen.

»Harald wurde übrigens nach seinem Tod noch eine Schnittwunde zugefügt. Zuerst dachte man, es wäre eines der neueren Tattoos, aber dann stellte sich heraus, dass ein Symbol, das einer magischen Rune ähnelt, in seine Brust geritzt wurde.« Matthias zog einen Stift aus der Tasche seines Jacketts und griff nach einer hellen Serviette. Er zeichnete das Symbol und zeigte Dóra dann die Serviette. »Dieses Symbol ist unbekannt. Zumindest ist es der Polizei nicht geglückt, etwas darüber herauszufinden, deswegen hat der Mörder es sich vielleicht einfach an Ort und Stelle ausgedacht. Möglicherweise wurde er gestört und hat das Symbol nicht richtig hingekriegt. Es ist nicht leicht, in Haut zu ritzen.«

Dóra nahm die Serviette und betrachtete das Symbol. Es bestand aus vier Linien, die einen Kasten bildeten, eine Art Mühle. Die Enden der Linien, die über den Kasten hinausragten, wurden jeweils von einer kurzen Linie gekreuzt. Im Inneren des Kastens befand sich ein Kreis, von dem wiederum eine Linie ausging, an deren Ende ein Halbkreis gezeichnet war.

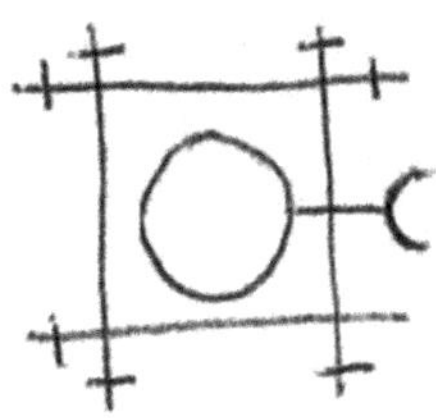

Dóra gab Matthias die Serviette zurück. »Mit magischen Runen kenne mich leider nicht aus. Ich hatte mal eine Rune als Kettenanhänger, aber ich kann mich nicht erinnern, was sie bedeuten sollte.«

»Wir müssen mit jemanden sprechen, der sich damit auskennt. Wer weiß, ob die Polizei nicht einfach zu schnell aufgegeben hat.« Matthias riss die Serviette in kleine Stückchen. »Irgendwas muss sich der Mörder jedenfalls dabei gedacht haben. Die meisten wollen nur so schnell und so weit wie möglich wegkommen, wenn sie einen Mord begangen haben.«

»Vielleicht ist der Mörder geisteskrank«, schlug Dóra vor. »Es zeugt ja wohl nicht gerade von seelischem Gleichgewicht, Runen in eine Leiche zu ritzen und ihre Augen herauszuschneiden.« Sie schüttelte sich. »Oder er stand unter Drogen. Was allerdings auf den armen Jungen hindeuten könnte, der im Knast sitzt.«

Matthias zuckte mit den Schultern. »Vielleicht.« Er trank einen Schluck Kaffee. »Aber vielleicht auch nicht. Wir müssen ihn jedenfalls so bald wie möglich im Gefängnis besuchen.«

»Ich setze mich mit seinem Anwalt in Verbindung«, entgegnete Dóra. »Er wird einem Gespräch bestimmt zustimmen und sollte außerdem froh sein, uns helfen zu können. Wenn es uns gelingen sollte, den wirklichen Mörder zu finden, entlasten wir schließlich seinen Mandanten. Ich habe der Polizei bereits einen Antrag auf Herausgabe der Ermittlungsunterlagen zukommen lassen.«

Matthias nahm sich noch einen Happen und schaute auf die Uhr. »Was halten Sie davon, in Haralds Wohnung vorbeizufahren? Ich habe die Schlüssel, und die Polizei hat schon einen Teil der Sachen, die sie bei der Durchsuchung mitgenommen hatte, wieder zurückgebracht. Wir könnten einen Blick darauf werfen; vielleicht bringt uns das weiter.«

Dóra fand die Idee gut. Sie schickte ihrem Sohn eine SMS und bat ihn, seine Schwester direkt nach Schulschluss im Hort abzuholen. Dóra hatte ein besseres Gefühl, wenn sie wusste, dass ihre Tochter zu Hause war. Daher beauftragte sie manchmal ihren Sohn. Als Dóra gerade erst die Sendetaste betätigt hatte, erschien schon Gylfis Antwort. Sie öffnete die Nachricht und las. »OK – wann kommst du nach Hause?« Dóra schrieb sofort zurück, sie komme gegen sechs. Ob es pure Einbildung war, dass Gylfi in letzter Zeit ziemlich großes Interesse daran hatte, wann genau sie nach Hause käme? Vielleicht wollte er einfach nur in Ruhe sein Computerspiel spielen. Jedenfalls fragte er auffallend häufig danach.

Bevor Dóra das Handy beiseitelegte, rief sie im Büro an, um auszurichten, sie sei in der nächsten Zeit nicht zu erwarten. Niemand nahm ab; stattdessen sprang der Anrufbeantworter nach dem fünften Klingeln an. Dóra hinterließ eine Nachricht und legte auf. Zu Bellas Hauptaufgaben gehörte der Telefondienst, aber bei den wenigen Malen, die Dóra im Büro anrufen musste, wurde nur selten abgenommen. Dóra seufzte. Sie wusste, dass es nichts bringen würde, das Thema schon wieder mit dieser Schnepfe von Sekretärin zu diskutieren. »Okay, ich bin so weit«, sagte sie zu Matthias, der die Zeit genutzt hatte, um seine Mahlzeit zu beenden. Dóra kippte den letzten Schluck Kaffee hinunter, bevor sie aufstand und ihren Mantel anzog.

Sie gingen zur Theke, wo Matthias die Rechnung bezahlte, bevor sie das Café verließen. Er betonte, dass alles auf Kosten der Familie Guntlieb ging. Dóra war sich nicht sicher, ob er das sagte, damit sie bloß nicht glaubte, er habe sie eingeladen und es handele sich um ein Rendezvous, oder ob es einfach eine reine Information war. Sie nickte nur beiläufig und bedankte sich.

Sie traten hinaus in die Kälte und gingen zum Parkhaus, in dem sie den Mietwagen geparkt hatten. Haralds Wohnung lag in der Bergstaðastræti, nicht weit von dem Café in der Hverfisgata entfernt. Dóra kannte sich gut im Þingholtviertel aus, seit sie im Skólavörðustígur arbeitete. Sie konnte Matthias ohne Schwierigkeiten den Weg zeigen – obwohl das Viertel nicht groß war, verfuhr man sich in den engen Gassen schnell, wenn man sich nicht auskannte. Sie parkten direkt vor einem ehrwürdigen, weißen Steinhaus, einer der begehrenswertesten Immobilien im ganzen Viertel. Das Haus war gut gepflegt; Dóra konnte seinen Wert schwer einschätzen. Dies erklärte zumindest die Schwindel erregend hohe Miete, die sie in Haralds Mietvertrag gesehen hatte.

»Waren Sie schon mal in der Wohnung?«, fragte Dóra, als sie zum Seiteneingang des Hauses gingen. Der Haupteingang befand sich an der Straßenseite und führte zu der zweiten Wohnung im Parterre, wo die Hauseigentümer wohnten.

»Ja, sogar mehrmals«, antwortete Matthias. »Bisher war allerdings immer die Polizei dabei. Jemand musste bezeugen, dass sie Unterlagen und Gegenstände für Ermittlungszwecke mitnahmen und später wieder zurückbrachten. Ich bin mir ziemlich sicher, dass wir die Wohnung wesentlich genauer durchsuchen werden als die Polizei. Sie hatten sich schon auf Hugi als Täter eingeschossen und die Wohnung nur noch zum Schein untersucht.«

»Ist die Wohnung denn genauso ungewöhnlich wie ihr ehemaliger Bewohner?«, wollte Dóra wissen.

»Nein, sie ist sehr gewöhnlich«, antwortete Matthias und steckte einen der beiden Schlüssel ins Haustürschloss. Die Schlüssel waren an einer kleinen isländischen Flagge als Schlüsselanhänger befestigt, und Dóra schloss daraus, dass er in einem der Touristenläden in der Stadt extra für diese Schlüssel gekauft worden war. Sie konnte sich Harald nicht so recht bei einer Shoppingtour zwischen Wollpullis und Stoffpapageientauchern vorstellen. »Hereinspaziert!«, rief Matthias und öffnete die Tür.

Bevor Dóra eintreten konnte, kam eine junge Frau um die Straßenecke gelaufen. Sie rief ihnen in nahezu fehlerfreiem Englisch etwas zu. »Entschuldigen Sie«, japste sie und zog ihren kurzen Pullover nach unten, um sich vor der Kälte zu schützen. »Kommen Sie von Haralds Familie?«

Matthias reichte ihr die Hand und sagte auf Englisch: »Ja, guten Tag, wir sind uns schon mal begegnet, als ich die Schlüssel von Ihnen bekommen habe. Matthias.«

»Ja, das dachte ich mir«, entgegnete die Frau, schüttelte Matthias die Hand und lächelte. Sie war sehr attraktiv, schlank, mit schicker Frisur und gepflegtem Teint, eindeutig aus besseren Kreisen. Als sie lächelte, sah Dóra, dass die Frau wahrscheinlich nicht mehr ganz so jung war, wie sie aussah, denn um ihren Mund und ihre Augen bildeten sich kleine Fältchen. Die Frau gab auch Dóra die Hand. »Guten Tag, ich heiße Guðrún«, stellte sie sich vor und fügte dann hinzu: »Mein Mann und ich waren Haralds Vermieter.«

Dóra nannte ihren Namen und entgegnete Guðrúns Lächeln. »Wir wollten uns nur mal kurz umschauen. Ich weiß nicht, wie lange es dauern wird.«

»Oh, kein Problem«, sagte die Frau schnell. »Ich bin nur rausgekommen, um zu fragen, ob es irgendwelche Neuigkeiten gibt, wann die Wohnung geräumt wird.« Sie lächelte wieder, jetzt entschuldigend. »Wir haben ein paar Anfragen, Sie verstehen.«

Dóra verstand das eigentlich nicht, denn soweit sie informiert war, zahlten die Guntliebs immer noch die Miete, und es musste ein Glücksfall sein, eine Wohnung zu diesem Preis zu vermieten, ohne irgendwelchen Ärger mit einem Mieter zu haben. Sie wendete sich Matthias zu, der die Frage der Frau möglicherweise beantworten konnte.

»Das wird leider noch dauern«, antwortete er kurz angebunden. »Der Mietvertrag besteht ja weiter, wenn ich Sie bei unserem letzten Gespräch richtig verstanden habe.«

Die Frau entschuldigte sich eilig. »Doch, doch – verstehen Sie mich bitte nicht falsch – das tut er. Wir würden nur gern wissen, wann die Guntliebs ihn voraussichtlich kündigen werden. Es handelt sich um eine teure Wohnung und es ist nicht so leicht, einen solventen Mieter zu finden.« Die Frau schaute Dóra Hilfe suchend an. »Wir haben nämlich ein Angebot von einer dieser internationalen Firmen, das wir nicht ausschlagen möchten. Sie brauchen die Wohnung für zwei Monate, deshalb möchten wir wissen, was Sie vorhaben. Sie verstehen bestimmt, was ich meine.«

Matthias nickte. »Ich verstehe ihr Problem, aber ich kann Ihnen im Moment leider nichts versprechen«, sagte er. »Es hängt alles davon ab, wie schnell wir Haralds Sachen durchsehen können. Ich möchte sichergehen, dass nichts in Kisten verpackt wird, was von Bedeutung sein könnte.«

Die Frau, die nun vor Kälte bibberte, nickte eifrig. »Wenn ich etwas tun kann, um die Sache voranzutreiben, lassen Sie es mich bitte wissen.« Sie reichte ihnen die Visitenkarte einer Importfirma, die Dóra nicht kannte. Darauf standen der Name der Frau sowie mehrere Telefonnummern, darunter auch eine Handynummer.

Dóra fischte ihre eigene Karte aus ihrem Portemonnaie und reichte sie der Frau. »Nehmen Sie auch meine. Sie oder Ihr Mann können mich anrufen, wenn Ihnen etwas einfällt, das uns vielleicht weiterhelfen könnte. Wir versuchen, Haralds Mörder ausfindig zu machen.«

Die Frau riss die Augen auf. »Was ist denn mit dem Mann, den die Polizei festgenommen hat?«

»Wir haben unsere Zweifel daran, dass er der Mörder ist.« Dóra merkte, wie die Frau bei dieser Neuigkeit erschrak. Deshalb fügte sie schnell hinzu: »Ich glaube, Sie brauchen sich keine Sorgen zu machen – wer auch immer es ist, er wird wohl kaum hierher kommen.« Sie lächelte.

»Nein, darum geht es nicht«, winkte die Frau ab. »Ich dachte nur, der Fall sei abgeschlossen.«

Sie verabschiedeten sich voneinander, und Dóra und Matthias betraten das warme Haus. Im Flur führte eine weiß gestrichene Treppe zur Wohnung in der oberen Etage. Es gab noch eine weitere Tür, die laut Matthias zur gemeinsamen Waschküche führte. Sie stiegen die Treppe hinauf und auf dem Treppenabsatz nahm Matthias den Schlüsselbund mit dem Souveniranhänger und schloss die Wohnung auf.

Das Erste, was Dóra auffiel, als sie über die Türschwelle trat, war, dass Matthias stark untertrieben hatte, als er die Wohnung als »sehr gewöhnlich« bezeichnet hatte. Verwundert schaute sie sich um.

8. KAPITEL

Gunnar Gestvík, Leiter der Historischen Fakultät der Universität Islands, ging mit energischen Schritten durch den Gang zum Büro der Direktorin des Árni-Magnússon-Instituts, wobei er abwesend einem jungen Historiker zunickte, der ihm unterwegs begegnete. Der junge Mann lächelte mitfühlend, und Gunnar wurde schon wieder an seine neu gewonnene Berühmtheit in der Universität und den einzelnen Instituten erinnert. Kaum jemand schien vergessen zu haben, dass er derjenige war, dem die Leiche von Harald Guntlieb in die Arme gefallen war, geschweige denn seinen darauf folgenden Nervenzusammenbruch. Man konnte sagen, dass er noch nie so große Beliebtheit genossen hatte. Die wenigsten, die jetzt einen Umweg in Kauf nahmen, um sich mit ihm zu unterhalten, zählten zu seinen Freunden. Dieser Zustand würde natürlich vorübergehen, aber er hatte es weiß Gott satt, die dummen Fragen der Leute zu beantworten und ihre Neugier zu befriedigen. Er verabscheute den Gesichtsausdruck derjenigen, die sich ein Herz fassten, um ihre Trauer über den verfrühten Tod des jungen Mannes und Mitgefühl für Gunnar auszudrücken, denn es kam immer etwas ganz anderes dabei heraus. Ihre Gesichter glühten vor Sensationslust und Erleichterung darüber, dass ihnen dies nicht selbst passiert war. Hätte er vielleicht doch den Rat des Rektors befolgen und sich einen zweimonatigen Forschungsurlaub nehmen sollen? Er war sich nicht sicher. Das Interesse der Leute würde nach einer gewissen Zeit vielleicht nachlassen, aber am Ende sowieso wieder aufflammen, sobald der Fall vor Gericht käme. Wenn er freinähme, würde er lediglich das Unumgängliche hinauszögern. Zu allem Überfluss entstünde dann eine Quelle für endlose Klatschgeschichten: Er säße in einer Nervenheilanstalt, würde zu Hause stinkbesoffen vor sich hin dämmern oder noch Schlimmeres. Nein, vermutlich war es die richtige Entscheidung, den Urlaub abzulehnen und das Ganze über sich ergehen zu lassen. Die Leute würde das Thema früher oder später langweilen und sie würden sich wie üblich von Gunnar fern halten.

Gunnar klopfte mehr aus Höflichkeit sanft an die Tür der Direktorin und öffnete sie dann abrupt, ohne auf ein »Herein« zu warten. María Einarsdóttir telefonierte, gab Gunnar aber mit einer Handbewegung zu verstehen, er solle Platz nehmen, was er auch tat. Er wartete ungeduldig auf das Ende des Telefonats, das sich um eine nicht gelieferte Tonerbestellung für den Drucker drehte.

Gunnar versuchte, sich seinen Unmut darüber nicht anmerken zu lassen. Als María ihn ein paar Minuten zuvor angerufen hatte, hatte sie von einer wichtigen Angelegenheit gesprochen und verlangt, er solle sofort zu ihr kommen. Er hatte die Arbeit, mit der er gerade beschäftigt gewesen war, beiseitegelegt; falls diese wichtige Sache mit dem Toner zu tun hatte, würde er ihr unverblümt seine Meinung sagen. Er war gerade dabei, sich einige Sätze zurechtzulegen, als sie auflegte und sich ihm zuwendete.

Bevor María das Wort ergriff, betrachtete sie Gunnar nachdenklich – so als wolle sie ihre Sätze sorgfältig auswählen. Sie klopfte mit den Fingern ihrer rechten Hand in einem schnellen Takt gegen die Schreibtischkante und stöhnte. »Mist«, sagte sie schließlich.

Jedenfalls hat sie sich nicht so viel Zeit gelassen, um ihre Ausdrucksweise zu verfeinern, dachte Gunnar und versuchte, sich nicht anmerken zu lassen, wie unpassend er es fand, dass die Direktorin des Árni-Magnússon-Instituts ein solches Wort in den Mund nahm. Seit Gunnar vor vierzig Jahren ein junger Mann gewesen war, hatten sich die Zeiten vollkommen geändert. Damals galt es als erstrebenswert, sich gut auszudrücken – jetzt fanden die Leute es nur noch lächerlich und gestelzt. Gunnar räusperte sich. »Was ist denn so wichtig, María?«

»Mist«, wiederholte sie und fuhr sich mit beiden Händen durch das kurz geschnittene Haar. Es war schon leicht ergraut und ein paar silberne Strähnen schimmerten an ihren Schläfen, als sie sich die Haare aus der Stirn strich. »Eine Urkunde ist verschwunden.« Kurzes Schweigen und dann: »Gestohlen.«

Gunnar zuckte zusammen. Er konnte seine Verwunderung und sein Unbehagen nicht verbergen. »Was meinst du eigentlich? Gestohlen? Aus der Sammlung?«

María stöhnte. »Nein. Nicht aus der Sammlung. Von hier, aus dem Institut.«

Gunnar blieb der Mund offen stehen. Aus dem Institut? »Wie ist das möglich?«

»Das ist eine gute Frage; es ist meines Wissens das erste Mal, dass hier so etwas passiert ist.« Mit scharfer Stimme fügte sie hinzu: »Wer weiß, vielleicht ist noch mehr verschwunden als dieser eine Brief.« Im Árni-Magnússon-Institut wurden ungefähr 1600 Handschriften und Teile von Handschriften aufbewahrt, dazu die ganzen Urkunden und etwa 150 Handschriften aus der Königlichen Bibliothek in Kopenhagen. María starrte Gunnar direkt in die Augen. »Eines ist klar: Wir werden jedes einzelne Dokument überprüfen und herausfinden, ob noch weitere Urkunden fehlen. Ich wollte aber erst mal unter vier Augen mit dir sprechen, bevor wir die Sache öffentlich machen. Sobald ich eine Zählung anordne, wissen alle, was los ist.«

»Warum besprichst du das mit mir?«, fragte Gunnar verblüfft und ein bisschen nervös. Als Fakultätsleiter hatte er nicht viel mit der Handschriftensammlung zu tun. »Du willst mich ja wohl nicht beschuldigen, diesen Brief gestohlen zu haben?«

»Um Gottes willen, Gunnar. Ich erkläre dir die Sache lieber, bevor du fragst, ob ich den Rektor verdächtige.« Sie reichte ihm einen Brief, der auf dem Tisch gelegen hatte. »Erinnerst du dich an die Urkunden, die wir vom dänischen Staatsarchiv ausgeliehen haben?«

Gunnar schüttelte den Kopf. Das Institut lieh im Zusammenhang mit eigenen Forschungsarbeiten oft ausländische Sammlungen aus. Gunnar wurde meistens darüber benachrichtigt, nahm aber keine große Notiz davon, wenn die Urkunden nicht mit seinem Forschungsgebiet zu tun hatten. Diese dänische Briefesammlung hatte ihn nicht interessiert. Er überflog das Schreiben von irgendeinem Karsten Josephsen, Abteilungsleiter im dänischen Staatsarchiv. Der Mann mahnte an, es sei an der Zeit, die Urkunden zurückzuschicken. Gunnar gab María den Brief zurück. »Ich habe keine Ahnung, worauf du hinauswillst.«

Sie nahm den Brief und legte ihn wieder auf dieselbe Stelle vor sich auf den Tisch. »Das mag sein. Es handelt sich um eine Sammlung von Briefen an die Pastoren der Domkirche von Roskilde. Sie stammen alle aus der Zeit zwischen 1500 und 1550. Ich habe den Eindruck, ihr Inhalt war nicht von übermäßigem Interesse für unsere Forscher, obwohl die Briefe aus der Zeit der dortigen Reformation von 1536 ganz aufschlussreich sind. Der verschwundene Brief gehörte jedoch nicht dazu.«

»Worum ging es in dem Brief?«, fragte Gunnar, immer noch unsicher, was er mit der Sache zu tun haben sollte.

»Ich weiß natürlich nicht genau, was in dem Brief stand, da er ja verschwunden ist – mir ist allerdings bekannt, dass er aus dem Jahr 1510 stammt und von Stefán Jónsson, dem damaligen Bischof von Skálholt, an den Pastor der Domkirche von Roskilde geschrieben wurde. Diese Informationen habe ich aus einem Verzeichnis, das der Sammlung beilag, als sie hier ankam. So habe ich übrigens überhaupt entdeckt, dass der Brief verschwunden ist; ich benutzte das Verzeichnis als Referenz beim Sortieren und Einpacken der Sammlung vor ihrem Transport zurück nach Dänemark.«

»Besteht die Möglichkeit, dass der Brief nie hier ankam – einfach von Anfang an gefehlt hat?«, fragte Gunnar hoffnungsvoll.

»Ausgeschlossen. Ich war dabei, als die Sammlung letztes Jahr ausgepackt wurde, und wir haben sorgsam darauf geachtet, die Sammlung mit der beigefügten Liste abzugleichen. Es war alles in bester Ordnung, alles an seinem Platz.«

»Kann dieser Brief nicht einfach woanders gelandet sein?«, insistierte Gunnar. »Könnte er versehentlich bei irgendwelchen anderen Urkunden liegen?«

»Also weißt du«, antwortete María, »wenn nicht noch andere Dinge dazukämen, wäre das bestimmt eine Möglichkeit.« Sie machte eine kurze Pause, um ihre nächsten Sätze zu unterstreichen. »Als ich den Verlust bemerkt habe, da habe ich sofort unser Computerarchiv geöffnet, um mir den eingescanten Brief anzusehen – und ob du's glaubst oder nicht, die Datei war gelöscht – nur dieser eine Brief.«

Gunnar dachte kurz nach. »Warte mal. Ist das nicht ein Hinweis darauf, dass sich der Brief gar nicht in der Sendung befunden hat? Wurden die Briefe nicht direkt nach dem Auspacken eingescannt?«

»Doch, direkt am nächsten Tag. Der Brief war dabei und wurde auch eingescannt. Ich kann das an dem Nummernsystem erkennen, mit dem wir das elektronische Archiv kennzeichnen. Die Sammlung bekommt eine bestimmte Kennziffer und die einzelnen Dokumente je nach Alter eine fortlaufende Archivnummer, angefangen mit dem ältesten.« Sie fuhr sich wieder mit den Fingern durchs Haar. »An der Stelle, an der sich der Brief befunden hat, fehlt eine Nummer.«

»Aber was ist mit dem Sicherheits-Backup des Servers? Es reiten doch immer alle darauf herum, wie gut wir vor Computerabstürzen gesichert sind. Kannst du die Datei nicht in einem dieser Backups finden?«

María lächelte zögernd. »Das habe ich schon überprüft. Laut unseres EDV-Leiters ist die Datei weder in einem der wöchentlichen Backups noch im letzten Monats-Backup zu finden. Er sagt, die Tages-CDs würden einmal pro Woche überschrieben, es gibt also eine spezielle Montags-CD, eine spezielle Dienstags-CD und so weiter. Auf diesen CDs befinden sich also niemals Dateien, die älter als eine Woche sind. Dasselbe gilt für die monatlichen Backups; sie werden ebenfalls überschrieben, sodass das älteste Backup höchstens einen Monat alt ist. Die Datei muss also vor über einem Monat gelöscht worden sein. Es gibt sogar halbjährliche Backups, die im Institutssafe aufbewahrt werden. Die habe ich aber noch nicht holen lassen, da mir bis jetzt noch nicht klar war, wie ernst die Sache wirklich ist.«

»Du hast mir immer noch nicht gesagt, was das Ganze mit mir zu tun hat«, war das Einzige, was Gunnar dazu einfiel. Computer und Computersysteme waren nicht seine Sache.

»Selbstverständlich habe ich untersuchen lassen, wer mit dieser Sammlung gearbeitet hat. Das wird ja alles von vorn bis hinten dokumentiert. Der Letzte, der entsprechend der Liste Zugang zu der Sammlung hatte, war ein Student von deiner Fakultät.« Marías Gesicht verhärtete sich. »Harald Guntlieb.«

Gunnar griff sich mit der Hand an die Stirn und schloss die Augen. Was jetzt? Würde das denn niemals aufhören? Er atmete tief ein und bemühte sich, ruhig und leise zu sprechen, um nicht die Kontrolle über seine Stimme zu verlieren. »Es müssen sich doch noch andere diese Sammlung angesehen haben. Wie kannst du dir sicher sein, dass Harald den Brief genommen hat und nicht irgendein anderer vor ihm? Hier arbeiten schließlich 15 Leute Vollzeit, plus zahlreiche Gäste und Studenten, die hier forschen.«

»Oh, ich bin mir sicher«, sagte María mit fester Stimme. »Diejenige, die die Sammlung vor ihm angesehen hat, war niemand anders als ich selbst, und da war noch alles an seinem Platz. Außerdem wurde ein anderer Zettel in die Mappe gelegt, in der sich der Brief befunden hat, vermutlich, um sie nicht leer zurückgeben zu müssen. Das wäre sofort aufgefallen. Dieser Zettel ...«

Sie nahm ein Blatt vom Tisch und reichte es Gunnar mit einer hektischen Handbewegung, die ihre Nervosität über den Vorfall deutlich machte.

»Du bist dir hoffentlich im Klaren darüber, dass du die Verantwortung dafür trägt, dass den Studenten der Historischen Fakultät Zugang zu unserem Quellenmaterial, unseren Handschriften und Dokumenten gewährt wird. In deiner Funktion als Fakultätsleiter kannst du dich um diese Verantwortung nicht drücken. Das Árni-Magnússon-Institut darf auf keinen Fall mit dem Verschwinden alter, wertvoller Dokumente in Verbindung gebracht werden. Unsere Arbeit hängt von einer guten Kooperation mit anderen Einrichtungen in den skandinavischen Ländern ab, und ich möchte gar nicht daran denken, dass diese Kooperation wegen der Unehrlichkeit eines eurer Studenten gefährdet werden könnte.«

Gunnar schluckte und betrachtete den Zettel, den María ihm gegeben hatte. Er wäre am liebsten aufgesprungen und hinausgerannt. Es handelte sich um einen Ausdruck aus dem Studentenverzeichnis mit einer Zusammenfassung der Abschlussnoten und Fächer, oben auf der Seite sorgfältig mit dem Namen Harald Guntlieb versehen. Gunnar legte das Blatt in seinen Schoß. »Wenn Harald den Brief gestohlen und mit diesem Zettel ausgetauscht hat, ist er einer der dämlichsten Diebe aller Zeiten.« Gunnar hob den Ausdruck hoch und wedelte damit herum. »Er muss sich darüber im Klaren gewesen sein, dass ihn das sofort überführen würde.«

María zuckte mit den Schultern. »Woher soll ich wissen, was er sich dabei gedacht hat? Vielleicht wollte er den Brief ja zurückbringen. Du weißt am allerbesten, was ihm dazwischengekommen ist – er hatte einen Monat lang Zugang zu der Briefesammlung, dann fiel er aus der Kammer in deine Arme. Er hat zweifellos an den Einträgen gesehen, dass die Sammlung zwei Monate lang unangetastet war. Alle, die daran forschten, hatten sie bereits von vorn bis hinten durchgearbeitet. Er ging zu Recht davon aus, dass er genug Zeit hatte, bevor die Sache auffallen würde. Er hätte den Brief leicht wieder austauschen können, bevor es jemand merken würde. Was er in der Zwischenzeit mit dem Dokument machen wollte, ist mir allerdings ein absolutes Rätsel. Seine Lebenszeit reichte jedenfalls nicht mehr aus, um es zurückzugeben. Nähere Erklärungen für diesen Vorfall habe ich nicht.«

»Was soll ich deiner Meinung nach tun?«, fragte Gunnar matt.

»Tun?«, entgegnete María ironisch. »Ich habe mich nicht an dich gewendet, um moralische Unterstützung zu bekommen. Ich möchte, dass du den Brief findest.« Sie machte eine ausladende Handbewegung: »Such an seinem Leseplatz und überall da, wo er den Brief möglicherweise versteckt haben könnte. Du weißt besser als ich, wo man am ehesten suchen sollte. Er war immerhin dein Student.«

Gunnar presste die Lippen fest aufeinander. Er verfluchte den Tag, an dem Harald Guntlieb an der Historischen Fakultät aufgenommen worden war, und erinnerte sich daran, dass er sich als Einziger gegen Haralds Aufnahme ausgesprochen hatte. Er hatte sofort ein komisches Gefühl gehabt, vor allem als er das Thema von Haralds Magisterarbeit sah, bei der es um Hexenverfolgung in Deutschland ging. Da wusste er sofort, dass mit dem jungen Mann Unheil im Anzug war. Aber er musste sich der Demokratie beugen, und jetzt hatte er die Misere, zusätzlich zu allem anderen, was der junge Mann verursacht hatte. »Wer weiß davon?«

»Ich. Du. Sonst habe ich mit niemandem darüber gesprochen, außer mit dem EDV-Leiter, aber der kennt nicht die ganze Geschichte. Er glaubt, es geht nur um die Datei.« Sie zögerte. »Und dann habe ich noch Bogi gefragt; er hat mit der Sammlung gearbeitet, als sie ankam, und ich habe versucht, etwas aus ihm herauszubekommen. Er vermutet wohl, dass da etwas faul ist. Wahrscheinlich glaubt er, der Brief sei verschlampt worden. Ich habe ihm nichts über meinen Verdacht erzählt.«

Bogi war einer der fest angestellten Wissenschaftler des Instituts. Er war ein ruhiger Typ und Gunnar fand es unwahrscheinlich, dass Bogi die Sache an die große Glocke hängen würde. »Wann soll die Sammlung zurück in Dänemark sein? Wie viel Zeit habe ich, den Brief zu finden?«

»Ich kann das höchstens noch eine Woche hinauszögern. Wenn der Brief dann immer noch nicht aufgetaucht ist, habe ich keine andere Wahl, als den Verlust bekannt zu geben. Und ich weise dich schon mal darauf hin, dass dein Name dabei eine ziemlich große Rolle spielen wird. Mir ist übrigens zu Ohren gekommen, dass es nicht das erste Mal ist, dass Dokumente verschwinden und die Historische Fakultät damit in Verbindung steht.« Sie sah ihn forschend an.

Gunnar stand mit erröteten Wangen auf. »Ich verstehe.« Er traute sich in Anbetracht der Sachlage nicht, dem noch etwas hinzuzufügen, drehte sich aber in der Türöffnung noch einmal um, um eine letzte Frage zu stellen, die ihm auf der Seele lag – auch wenn er am liebsten mit lautem Türknallen hinausgerannt wäre. »Hast du eine Ahnung, was in dem Brief gestanden haben könnte? Irgendjemand muss sich doch daran erinnern.«

María schüttelte den Kopf. »Bogi arbeitete eigentlich an einer Forschungsarbeit über die Gründung der Diözese von Seeland und deren Einfluss auf die Kirchengeschichte Islands und konnte sich nur dunkel daran erinnern. Er weiß aber immerhin noch, dass der Brief schwer zu verstehen war und dass es um die Hölle, die Pest und den Tod irgendeines Boten ging. Das war das Einzige, was ich aus ihm herausbekommen konnte, ohne dass er Verdacht schöpfen konnte.«

»Ich melde mich«, sagte Gunnar zum Abschied. Er verließ den Raum und schloss die Tür hinter sich, ohne auf Marías Abschiedsgruß zu warten.

Eins war klar. Er musste diesen Brief finden. Unbedingt.

9. KAPITEL

Dóra drehte sich langsam auf dem glänzenden Parkett in dem riesigen Wohnzimmer. Es war minimalistisch eingerichtet, so wie es heutzutage als schick gilt. Den wenigen Möbeln sah man ihren hohen Preis an. In der Mitte des Zimmers standen zwei stilvolle, niedrige schwarze Ledersofas. Dóra hätte sich liebend gern probeweise in eines von ihnen sinken lassen, wollte Matthias gegenüber aber nicht zugeben, wie ungewohnt diese Umgebung für sie war. Zwischen den Sofas stand ein noch niedrigerer Tisch. Er schien kaum Beine zu haben – die Tischplatte befand sich fast direkt auf dem Fußboden. Dóra ließ ihren Blick über die Wände schweifen. Bis auf einen großen Flachbildschirm mitten an einer Wand wirkte die Wanddekoration sehr altertümlich. Im Raum standen einige antike Gegenstände, darunter ein alter, klobiger Holzstuhl, den Dóra für echt hielt. Sie dachte darüber nach, ob Harald selbst die Wohnung so eingerichtet hatte oder ob dies das Werk eines Innenarchitekten war. Die Kombination von alten und modernen Möbeln machte den Raum sehr ungewöhnlich und verlieh ihm eine persönliche Note.

»Wie gefällt es Ihnen?«, fragte Matthias beiläufig. Seinem Tonfall nach zu schließen, war er im Gegensatz zu Dóra an Luxus gewöhnt.

»Das ist wirklich eine tolle Wohnung«, entgegnete sie und trat zu einer der weißen Wände, um den uralten, gerahmten Kupferstich zu begutachten. Sie musterte das Bild und wich abrupt zurück. »Was ist das denn Abscheuliches?« Das Bild wimmelte von

Menschen; der Künstler hatte sich redliche Mühe gegeben, sie alle darauf unterzubringen. Der schwarz-weiße Kupferstich zeigte etwa zwanzig Menschen, überwiegend Männer. Sie waren paarweise angeordnet, wobei jeweils der eine damit beschäftigt war, den anderen zu foltern oder auf irgendeine Art zu quälen.

Matthias trat zu Dóra und betrachtete das Bild. »Dies«, er verzog sein Gesicht ein wenig, »dies ist ein Bild, das Harald von seinem Großvater geerbt hat. Es stammt aus Deutschland und stellt den dortigen Zustand um 1600 dar, als die religiösen Auseinandersetzungen am heftigsten waren. Wie Sie unschwer erkennen können, war es eine grausame Zeit.« Matthias wendete sich von dem Kupferstich ab. »Das Besondere an diesem Bild ist, das es auch aus jener Zeit stammt, also keine spätere Interpretation ist. Diese sind meistens weniger realistisch und übertriebener. Vielleicht ist das Bild aber dennoch stilistisch ein wenig modifiziert.«

»Übertriebener?«, fragte Dóra entgeistert. Was konnte übertriebener sein als das hier?

»Tja«, erwiderte Matthias und zuckte mit den Schultern. »Durch meine Arbeit für die Guntliebs habe ich diese Epoche ein wenig kennen gelernt, und glauben Sie mir, dieses Bild ist bei weitem nicht das Schlimmste aus ihrer Sammlung.« Er grinste sarkastisch. »Dieses könnte man, im Vergleich zu den anderen, sogar gut ins Kinderzimmer hängen.«

»Meine Tochter hat ein Poster von Minnie Maus an der Wand«, bemerkte Dóra und trat zum nächsten Gemälde. »Sie können davon ausgehen, dass ein solches Bild niemals bei ihr im Zimmer hängen würde, und auch nicht an irgendeiner anderen Wand in meinem Haus.«

»Nein, das ist nicht jedermanns Sache«, antwortete Matthias und folgte Dóra zu einem Bild, das einen Mann zeigte, der auf einer Streckbank verstümmelt wurde. Eine Gruppe von in Talare gekleideten Männern saß dicht beieinander und schaute zwei Henkern konzentriert dabei zu, wie diese unter großer Anstrengung ein Rad an der Streckbank drehten. Das Ziel war wohl, die

Gliedmaßen des Mannes noch weiter auseinanderzureißen und seine Qual dadurch noch zu verstärken. Matthias deutete auf die Bildmitte. »Dieses zeigt die Foltermethoden der Inquisition, stammt ebenfalls aus Deutschland. Sie sind damals sehr weit gegangen, um Geständnisse zu erzwingen, wie man sehen kann.« Er schaute Dóra an. »Für Sie als Rechtsanwältin ist es bestimmt interessant, den Ursprung der Folter in Europa zu ergründen. Daraus entwickelte sich schließlich im weiteren Sinne die Rechtswissenschaft.«

Dóra stellte sich auf weitere Beleidigungen ihres Berufszweiges ein. Dies hatte sie seit dem Beginn ihres Jurastudiums über sich ergehen lassen müssen. »Ja, klar – wir Rechtsanwälte übernehmen natürlich die volle Verantwortung.«

»Nein, ernsthaft«, erwiderte Matthias. »Im Mittelalter hatte jeder das Recht zur Anklage. Wer sich beleidigt oder als Opfer eines Gewaltverbrechens fühlte, musste den Täter selbst beschuldigen und Anklage erheben. Die Verhöre waren im Grunde lächerlich. Falls der Angeklagte vor Gericht nicht alles gestand oder es einen direkten Beweis für seine Schuld gab, wurde das Urteil in Gottes Hände gelegt. Der Angeklagte musste eine Prüfung absolvieren; über glühende Kohlen laufen oder er wurde gefesselt ins Wasser geschmissen und Ähnliches. Wenn seine Wunden beispielsweise nach einer gewissen Zeit verheilt waren oder er im Wasser unterging, galt er als unschuldig. Das brachte den Ankläger in eine verzwickte Lage, denn nun wurde er vor Gericht gestellt. Wie man sich denken kann, vermieden es die Leute, ihren Nachbarn anzuklagen, da die Gefahr bestand, dass sich die Sache plötzlich gegen sie selbst richtete.« Matthias zeigte auf den Mann auf der Streckbank. »Dieses System kam auf, als die Obrigkeit und die Kirchenoberhäupter merkten, dass Verbrechen, sowohl weltliche als auch religiöse, aufgrund der schwachen Stellung der Gerichtshöfe zunahmen. Um die Verbrechen zu bekämpfen, stützten sie sich auf römische Gesetze, bei denen die Anklage und das Gerichtsverfahren völlig anders aufgebaut waren. Angeklagte wurden verhört oder inquiriert; daher die Bezeichnung Inquisition. Die Kirche begann damit, die weltlichen Gerichtshöfe folgten und nun musste das Opfer eines Verbrechens weder Anklage erheben noch einen Fall vor Gericht bringen.« Matthias lächelte Dóra zu. »Ergo – Rechtsanwälte.«

Dóra lächelte zurück. »Es ist aber ziemlich weit hergeholt, die Rechtswissenschaft für diesen Unfug verantwortlich zu machen.« Jetzt war sie an der Reihe, auf den armen Mann auf der Streckbank zu zeigen. »Verzeihen Sie, aber ich verstehe auch nicht ganz den Zusammenhang zwischen einer Ermittlung und Folter.«

»Nein«, entgegnete Matthias. »Das war leider das Problem an dem neuen System. Um einen Schuldigen verurteilen zu können, musste man entweder zwei Zeugen des Verbrechens ausfindig machen oder den Angeklagten zu einem Geständnis bewegen. Manche Verbrechen, wie etwa Gotteslästerung, sind schwer zu bezeugen, daher drehte sich alles um Geständnisse. Die Richter brauchten Geständnisse und bekamen sie durch Folter. Dies nannte sich Ermittlung.«

»Ekelhaft«, sagte Dóra und drehte sich von dem Gemälde zu Matthias. »Woher wissen Sie das alles?«

»Haralds Großvater wusste sehr viel über jene Zeit und erzählte leidenschaftlich gern davon. Es war sehr interessant, ihm zuzuhören, aber im Vergleich zu dem alten Mann habe ich nur ein sehr oberflächliches Wissen.«

»Ach so«, sagte Dóra. »Haben Sie all diese Bilder schon mal gesehen?«

»Die meisten, glaube ich. Es handelt sich allerdings nur um einen kleinen Teil der Gemälde und Gegenstände aus der Sammlung. Harald hat offenbar nur einen Bruchteil davon mitgenommen. Sein Großvater verbrachte etliche Jahre seines Lebens damit, die Sammlung zu vervollständigen, und sicherlich floss auch ein Großteil seines Geldes hinein. Ich könnte mir vorstellen, dass es die weltweit wichtigste Sammlung über Folter und Hinrichtungen durch die Jahrhunderte ist. Dazu gehört beispielsweise auch ein vollständiger Satz der verschiedenen Ausgaben des *Malleus Maleficarum.*«

Dóra schaute sich um. »Hing die Sammlung einfach so im Wohnzimmer?«

»Nein, was glauben Sie!«, entgegnete Matthias. »Die Bücher und einige andere Dokumente, Briefe und so weiter, liegen in einem Banksafe, weil sie so wertvoll sind. Dann gibt es noch zwei spezielle Säle im Haus der Guntliebs, in denen die Stücke ausgestellt werden. Ein Teil der Bilder, die Sie hier sehen, stammt daher. Ich nehme an, die Familie war nicht besonders unglücklich darüber, einen Teil der Werke abzugeben. Die meisten Leute fanden das Ganze furchtbar; Haralds Mutter betrat die Säle beispielsweise nie. Harald war der einzige Nachkomme, der das Interesse seines Großvaters teilte. Aus diesem Grund vererbte der ihm seine Sammlung.«

»Konnte Harald das Zeug einfach durch die Gegend transportieren, wie er wollte?«, fragte Dóra.

Matthias lächelte. »Ich kann mir gut vorstellen, dass er die Sachen auch hätte mitnehmen dürfen, wenn er sie nicht geerbt hätte. Ich glaube, Haralds Eltern waren schlichtweg erleichtert, wenigstens einen Teil davon aus dem Haus zu haben.«

Dóra nickte. »Gehört dieser Stuhl auch zu der Sammlung?« Sie zeigte auf den alten Holzstuhl, der in einer Ecke des Raumes stand.

»Ja«, antwortete Matthias. »Das ist ein Tauchstuhl, mit dem Leute ins Wasser getaucht wurden. Hierbei handelt es sich allerdings um ein Beispiel für Folter als Bestrafung, eine andere Sache als Folter im Zuge einer Ermittlung. Vor allem Lästermäuler und Klatschbasen wurden so bestraft. Der Stuhl stammt aus England.«

Dóra trat zu dem Stuhl und ließ ihre Finger über die Schnitzerei an seiner Rückenlehne wandern. Sie konnte die Aufschrift nicht lesen, denn sie war stark verblichen, und Dóra kannte die Buchstaben nicht. In der Mitte des Stuhlsitzes befand sich ein großes Loch, und auf den Armlehnen waren Reihen von knittrigen, steifen Lederriemen befestigt. Damit wurden wohl die Hände des Opfers, das auf dem Stuhl saß, festgeschnallt.

»Durch das Loch konnte Wasser fließen, damit der Stuhl auch ganz bestimmt sinken würde und man die Leute untertauchen konnte. Dies galt als Schmach. Manchmal endete es damit, dass die Leute auf dem Stuhl ertranken, weil diejenigen, die für das Untertauchen zuständig waren, sich ungeschickt anstellten. Das ist noch eines der harmloseren Stücke der Sammlung.«

»Ach?«

»Die Erfindungsgabe dieser Menschen war unglaublich«, erzählte Matthias weiter, »die Lust am Quälen scheint die Fantasie beflügelt zu haben.«

»Ich würde diesen einladenden Raum eigentlich ganz gern verlassen; sollen wir weitergehen?«

Matthias nickte. »Kommen Sie, ich zeige Ihnen die anderen Zimmer. Die sind nicht ganz so schlimm. Die Küche ist sogar völlig harmlos. Fangen wir dort an.«

Sie betraten die Küche, die vom Flur abging. Sie war nicht besonders groß, aber trotzdem sehr schick und komplett mit neuen, modernen Geräten ausgestattet. In den Regalen lagen jede Menge Weinflaschen, es gab einen riesigen Gasherd mit einer großen Abzugshaube aus Edelstahl, eine Spülmaschine, ein Waschbecken, so groß wie in einer Kantine, Weinkühler und einen Kühlschrank im XXL-Format. Dóra ging zu ihm hin. »Ich wollte schon immer eine Eiswürfelmaschine haben.«

»Warum kaufen Sie sich nicht einen solchen Kühlschrank?«, fragte Matthias.

Dóra drehte sich vom Kühlschrank zu Matthias. »Aus demselben Grund, warum ich mir andere Dinge nicht kaufe, die ich gern hätte. Weil ich sie mir nicht leisten kann. Auch wenn es Ihnen schwerfällt, sich das vorzustellen, haben manche Haushalte nicht so viel Geld zur Verfügung.«

Matthias zuckte mit den Schultern. »Ein Kühlschrank ist ja nicht unbedingt ein Luxusartikel.«

Dóra gab keine Antwort. Sie ging zu den Schränken und schaute hinein. In einem der Unterschränke standen mehrere Edelstahltöpfe mit Glasdeckeln, die so makellos sauber waren, dass sie nicht glaubte, dass sie je benutzt worden waren. »Ich habe den Eindruck, Harald hatte nicht viel fürs Kochen übrig, trotz dieser schicken Küche«, sagte sie und schloss den Schrank wieder. Sie reckte sich.

»Nein, wenn mich nicht alles täuscht, kaufte er lieber Fertiggerichte oder aß in Restaurants.«

»Wie man an seinen Kreditkartenzahlungen sehen konnte.« Sie schaute sich um, entdeckte aber nichts, was ihnen irgendwelche Hinweise hätte geben können. Sogar die Kühlschranktür war blank – keine Magnete oder angehefteten Zettel. Bei Dóra fungierte die Kühlschranktür als eine Art Infotafel für die ganze Familie. Sie konnte sich kaum mehr daran erinnern, welche Farbe die Tür hatte; sie war übervoll mit Stundenplänen, Geburtstagseinladungen und anderen Notizen. »Sollen wir uns den Rest anschauen?«, fragte Dóra, die genug von der Küche gesehen hatte. »Ich bezweifle, dass wir hier etwas finden, das uns weiterhilft.«

»Es sei denn, jemand hat ihn wegen des Kühlschranks umgebracht«, sagte Matthias und fügte neckend hinzu: »Wo waren Sie denn in der Mordnacht?«

Dóra grinste ihn nur spöttisch an. »Auf der Kreditkartenliste waren ein paar kleinere Zahlungen an eine Tierhandlung – hatte Harald ein Haustier?«

Matthias schüttelte überrascht den Kopf. »Nein, hier war kein Tier und nichts, was darauf hingewiesen hätte.«

»Ich dachte, er hätte vielleicht etwas für sein Haustier gekauft.« Dóra suchte in den Küchenschränken nach Katzen- oder anderem Tierfutter. Nichts.

»Rufen Sie dort an«, schlug Matthias vor. »Vielleicht erinnert sich jemand an ihn – wer weiß?«

Dóra tat es. Sie suchte die Nummer der Tierhandlung heraus, rief an, sprach mit einem Mitarbeiter und legte dann auf. »Merkwürdig«, sagte sie zu Matthias. »Die erinnern sich tatsächlich: Harald hat mehrmals Hamster gekauft. Sind Sie sicher, dass hier nicht irgendwo ein Hamsterkäfig steht?«

»Ganz bestimmt nicht«, antwortete Matthias.

»Seltsam«, sagte Dóra. »Der Junge, mit dem ich gesprochen habe, hat auch erzählt, Harald wollte einen Raben bei ihm kaufen.«

»Einen Raben?«, sagte Matthias aufgeregt. »Wozu?«

»Er hatte nicht die geringste Ahnung. Sie verkaufen keine Raben und haben nicht weiter darüber gesprochen. Ihm kam das nur komisch vor, deshalb hat er sich an Harald erinnert.«

»Es würde mich nicht überraschen, wenn er einen solchen Vogel als eine Art Symbol für seinen spirituellen Unsinn gebraucht hätte«, sagte Matthias.

»Vielleicht«, antwortete Dóra. »Aber wohl kaum Hamster.«

Sie verließen die Küche und betraten den Flur, von dem die anderen Zimmer der Wohnung abgingen. Matthias öffnete die Badezimmertür und Dóra warf einen Blick hinein – hier schien sich nichts Geheimnisvolles zu verbergen. Wie die Küche war es sehr modern und blitzsauber, aber ansonsten nicht weiter bemerkenswert. Sie gingen weiter zu Haralds Schlafzimmer, das sich als wesentlich interessanter entpuppte.

»Hat hier jemand aufgeräumt oder war es bei ihm immer so akkurat?«, fragte Dóra und zeigte auf das ordentlich gemachte Bett. Es war außergewöhnlich niedrig, wie das Sofa im Wohnzimmer.

Matthias setzte sich auf den Bettrand. Seine Knie stießen dabei fast an sein Kinn. Er streckte seine Beine aus. »Er hatte eine Putzfrau, die an dem Wochenende, als er ermordet wurde, alles sauber gemacht hat. Die Polizei war darüber nicht sehr begeistert. Die Frau wusste zu der Zeit natürlich nicht mehr über den Mord als jeder andere. Sie kam einfach zur üblichen Zeit und putzte. Ich habe mit ihr gesprochen und sie hat sich nicht über Harald beklagt. Sie erzählte allerdings, die meisten Frauen bei der Firma, bei der sie angestellt ist, hätten diese Wohnung nicht übernehmen wollen.«

»Wie das wohl kommt?«, sagte Dóra ironisch und deutete auf die Bilder an den Wänden. Sie ähnelten den Bildern im Wohnzimmer, allerdings wurden auf diesen vor allem Frauen gefoltert, gequält oder umgebracht. Die meisten Frauen waren von der Taille an aufwärts nackt, andere vollkommen nackt. »Das sieht ja aus wie bei jedem anderen im Schlafzimmer.«

»Vielleicht hatten Sie bisher einfach mit den falschen Leuten zu tun«, entgegnete Matthias und lächelte kurz.

»Das war ein Witz«, konterte Dóra. »Ich war selbstverständlich noch nie in einem Schlafzimmer, das so dekoriert war.« Sie ging zu einem großen Bildschirm, der an der Wand gegenüber vom Bett hing. »Ich möchte lieber nicht wissen, welche Filme er sich angeschaut hat«, sagte sie und bückte sich zu dem DVD-Player, der auf einer niedrigen Kommode unter dem Bildschirm stand. Sie schaltete ihn ein und betätigte die Ausgabetaste, aber der Auszug war leer.

»Ich habe die DVD schon rausgenommen«, sagte Matthias, der ihre Bemühungen vom Bett aus beobachtete.

»Was hat er sich angesehen?«, fragte Dóra und drehte sich zu Matthias.

»König der Löwen«, entgegnete Matthias, ohne mit der Wimper zu zucken, und stand auf. »Kommen Sie, ich zeige Ihnen das Arbeitszimmer. Da finden wir am ehesten etwas, das uns weiterhelfen könnte.«

Dóra erhob sich, um ihm zu folgen, beschloss dann aber, einen kleinen Umweg einzulegen und Haralds Nachttisch zu untersuchen. Sie zog die einzige Schublade heraus. Darin befanden sich eine Menge Cremedöschen und Tuben, die offenbar privaten Zwecken dienten, sowie eine aufgerissene Packung Kondome, aus der schon ein paar Stück fehlten. Es muss also Frauen geben, die sich von dem Wandschmuck nicht abschrecken lassen, dachte Dóra. Sie schloss die Schublade und folgte Matthias.

10. KAPITEL

Laura Amaming schaute auf die Uhr. Es war zum Glück erst Viertel vor drei – sie hatte noch genug Zeit, um ihre Arbeit fertig zu machen und pünktlich um vier beim Unterricht zu sein. Sie lebte jetzt seit einem Jahr in Island und hatte es endlich geschafft, sich im Herbst für den Studiengang ›Isländisch für ausländische Studenten‹ einzuschreiben. Laura wollte auf keinen Fall zu spät kommen. Es traf sich gut, dass der Unterricht im Hauptgebäude der Universität stattfand, in direkter Nähe zum Árnagarður, wo sie putzte. Es wäre fast unmöglich für sie gewesen, dieses Studium anzufangen, wenn der Unterricht woanders stattfinden würde – sie war erst eine halbe Stunde vor Unterrichtsbeginn mit der Arbeit fertig und besaß kein Auto. Heute mussten die Innenseiten aller Fenster auf der Nordseite im ersten Stock geputzt werden; Laura hatte Glück; die ersten drei Büros waren leer. Man konnte viel besser putzen, wenn niemand im Raum war. Wenn jemand ihr dabei zuschaute, mit dem sie sich nicht unterhalten konnte, war ihr das sehr unangenehm. Es würde aber alles besser werden, wenn sie erst die Sprache gelernt hatte. Zu Hause auf den Philippinen war sie gesellig und alles andere als schüchtern gewesen. Hier kam sie sich immer fehl am Platze vor, außer im Kreis ihrer Landsleute – bei der Arbeit fühlte sie sich sogar oft eher wie ein Gegenstand als wie ein Mensch; die Leute sprachen und verhielten sich so, als sei sie gar nicht da. Alle, außer Tryggvi, dem Chef der Putzkolonne. Der Mann behandelte sie immer zuvorkommend und bemühte sich sehr, mit Laura und ihren Kolleginnen

Kontakt aufzunehmen, auch wenn dieser oft aus wilden Gebärden bestand, die manchmal ziemlich lustig aussahen. Wenn die Frauen versuchten, zu erraten, was er ihnen sagen wollte, ließ er sich von ihrem Gekicher nie aus der Ruhe bringen. Tryggvi war ein hochanständiger Mensch, und Laura freute sich darauf, sich bald mit ihm in seiner eigenen Sprache unterhalten zu können. Aber eins war klar – sie würde niemals seinen Namen aussprechen können, selbst wenn sie alle Isländischkurse dieser Welt besuchte. Sie sagte leise »Tryggvi« und musste beim Klang ihrer eigenen Worte lächeln.

Laura ging zum großen Zimmer für die Studenten, das als eine Art Aufenthaltsraum genutzt wurde. Sie klopfte sanft an die Tür und trat ein. Auf dem verschlissenen Sofa am anderen Ende des Raumes saß ein junges Mädchen, das Laura aus der Clique des ermordeten Studenten kannte. Diese jungen Leute waren allerdings leicht zu erkennen und erinnerten an Gewitterwolken, sowohl in ihrem Verhalten als auch in ihrer Kleidung. Das rothaarige Mädchen war in ein Handygespräch vertieft, und obwohl sie mit leiser Stimme sprach, handelte es sich unverkennbar um ein unangenehmes Thema. Das Mädchen blickte Laura griesgrämig an, verdeckte den Mund und den unteren Teil des Handys mit der Hand und verabschiedete sich von ihrem Gesprächspartner. Sie stopfte das Handy in eine armeegrüne Umhängetasche, stand auf und stapfte hochmütig an Laura vorbei. Laura versuchte, ihr zuzulächeln, und gab sich große Mühe, ihr ein »Tschüss« hinterherzurufen. Das Mädchen drehte sich auf der Türschwelle um, verwundert über den Gruß, und nuschelte etwas Unverständliches, bevor sie hinausging und die Tür hinter sich zumachte. Schade, dachte Laura. Das Mädchen war sehr hübsch, man könnte sie sogar als richtig attraktiv bezeichnen, wenn sie sich ein bisschen Mühe mit ihrem Äußeren geben, diese fürchterlichen Ringe aus den Augenbrauen und der Nase entfernen und wenigstens ab und zu einmal lächeln würde.

Als Laura fast mit dem letzten Fenster fertig war, fiel ihr Blick auf den ersten wirklichen Schmutz. Er befand sich allerdings nicht auf dem Glas selbst, sondern es handelte sich um einen kleinen, bräunlichen Fleck neben dem metallenen Fenstergriff.

Laura sprühte das Putzmittel auf den Griff und wischte mit dem Lappen von allen Seiten darüber. Manchmal übersahen die jüngeren Putzfrauen schmutzige Stellen, die nicht direkt ins Auge fielen. Laura schüttelte den Kopf über das Verhalten der Studenten in diesem Raum – der Fenstergriff war nur ein weiteres Beispiel für die Schweinerei, die sie veranstalteten. Wer konnte eigentlich so schmutzige Finger haben? Das Zeug ließ sich jedenfalls leicht abwischen. Laura betrachtete zufrieden das glänzend saubere Metall und fühlte sich, als hätte sie einen kleinen Sieg über den Fakultätsleiter Gunnar errungen. Als sie den Lappen wieder in ihre Kitteltasche stopfen wollte, starrte sie auf den Fleck, der sich auf dem Tuch gebildet hatte. Er war dunkelrot. Die braune Farbe hatte sich offenbar auf dem feuchten Stoff aufgelöst. Es war Blut – daran bestand kein Zweifel. Aber wie war es an den Fenstergriff gekommen? Laura konnte sich nicht an Blut auf dem Fußboden erinnern; derjenige, der den Fenstergriff angefasst hatte, musste doch noch an anderen Stellen Blut verloren haben. Ob das Blut möglicherweise mit dem Mord in Zusammenhang stehen könnte? Die Fenster waren aber doch nach dem Vorkommnis geputzt worden. Sie konnte sich zwar nicht daran erinnern, sie selbst geputzt zu haben, aber das hieß ja nicht, dass es nicht jemand anderes getan hätte. War im Ostflügel nicht genau an dem Tag nach dem Mord geputzt worden? Doch, natürlich! Die Polizei hatte sogar eine der jüngeren Frauen verhört, Gloria. Sie übernahm die Wochenendschichten.

Was zum Teufel sollte Laura tun? Sie war nicht gerade scharf darauf, der Polizei den Sachverhalt auf Isländisch zu erklären. Außerdem bekäme sie vielleicht Schwierigkeiten mit den Behörden, nur weil sie den Fenstergriff und somit mögliche Fingerabdrücke des Mörders abgewischt hatte. Sie könnte auch Probleme bekommen, wenn sie eine große Sache aus etwas machte, für das es vielleicht eine ganz einfache Erklärung gab. Was für eine blöde Situation. Laura suchte den Fußboden nach weiteren Blutspuren ab. Wenn sie welche fände, wäre die Sache klar, denn sie hatte selbst seit dem Mord mehr als einmal den Fußboden hier drinnen geputzt. Dann wäre das Blut von einem neueren Unfall und es gäbe eine natürliche Erklärung.

Aber auf dem Boden war kein Blut, noch nicht mal an den Fußleisten. Laura knabberte nervös auf ihrer Unterlippe. Sie sprach sich selbst Mut zu. Die Polizei hatte den Mörder verhaftet. Das hier spielte keine Rolle. Falls das Blut mit dem Mord in Verbindung stünde, wäre dies zweifellos nur ein weiterer Beweis dafür, dass der Verhaftete den Mord wirklich begangen hatte. Laura atmete tief ein. Nein, sie machte sich unnötige Gedanken – irgendein Student hatte Nasenbluten gehabt, ihm war schwindelig geworden und er hatte Luft schnappen wollen. Ihr Atem ging ruhiger, etwa eine Minute lang, bis ihr einfiel, was ihre eigenen Kinder bei Nasenbluten taten. Sie gingen ins Badezimmer – nicht ans offene Fenster.

Laura zog den Lappen wieder hervor, um zu prüfen, ob sich in den Ritzen der Fußleisten Blut befand – falls in dem Zimmer eine heftige Auseinandersetzung stattgefunden hatte, wäre es denkbar, dass beim Beseitigen der Spuren etwas zurückgeblieben war. Dann allerdings – sie bekreuzigte sich – würde sie die Polizei benachrichtigen, auch wenn das bedeutete, den netten Tryggvi zu beunruhigen. Laura kniete sich auf den Boden und tastete sich an den Wänden des Zimmers entlang. Nichts. Bis auf ein bisschen Staub und normalen Schmutz waren die Fußleisten und der Putzlappen vollkommen sauber. Sie fühlte sich besser und richtete sich auf, zufrieden mit dem Ergebnis. So ein Quatsch – selbstverständlich gab es eine einfache Erklärung für das Blut. Dass ihr überhaupt etwas anderes durch den Kopf ging, hing zweifellos mit dem Schock zusammen, den sie erlitten hatte, als die Leiche auftauchte – eine furchtbar übel zugerichtete und gottlose Leiche. Sie bekreuzigte sich erneut.

Als sie das Zimmer verließ, blieb ihr Blick an der Türschwelle hängen. Diese stand etwas vom Fußboden ab, mehr als die Fußleisten, und Laura bückte sich, um mit dem Lappen darüber zu wischen. Der Lappen blieb an etwas hängen. Laura bückte sich noch tiefer, um herauszufinden, was den Widerstand ausgelöst hatte. Etwas Silbernes leuchtete auf, und Laura suchte nach einem Werkzeug, um die Türschwelle anzuheben. Ihr Blick fiel auf ein Lineal auf einem der Tische und sie holte es. Dann versuchte sie vorsichtig, den Gegenstand herauszuschieben, was ihr nach einigen Versuchen gelang. Laura hob den Gegenstand auf und rappelte sich wieder hoch. Es war ein kleines Sternchen aus Metall, etwa so groß wie der Nagel ihres kleinen Fingers. Laura legte den Stern auf ihre Handfläche und musterte ihn. Er kam ihr irgendwie vertraut vor, aber sie wusste beim besten Willen nicht, woher. Wo hatte sie ihn schon einmal gesehen? Laura hatte keine Zeit, länger darüber nachzudenken, denn sie musste mit dem Fensterputzen weitermachen, wenn sie nicht zu spät zum Unterricht kommen wollte. Sie steckte das Sternchen mit dem festen Vorsatz in ihre Tasche, es Tryggvi später zu geben. Vielleicht wusste er, woher der Stern stammte. Dies hatte wohl kaum etwas mit dem Mord zu tun – ebenso wenig wie das Blut auf dem Fenstergriff, für das es gewiss eine simple Erklärung gab. Oder etwa nicht? Plötzlich fiel ihr der Finger wieder ein. Sie verdrängte die Erinnerung an dieses abscheuliche Vorkommnis und beschloss, ein Wort mit Gloria zu wechseln. Das Mädchen würde sicherlich am Wochenende arbeiten und Laura ebenfalls. Es war gut möglich, dass Gloria mehr wusste, als sie den anderen und der Polizei erzählt hatte.

Marta María lehnte an der Wand im Flur und regte sich darüber auf, wie lange es dauerte, bis diese Putzfrau endlich fertig war. Es gab da drinnen ja nicht besonders viel zu putzen – man musste nur ein paar Dosen wegschmeißen, ein paar Tassen spülen und den Boden wischen. Sie schaute auf die Zeitangabe auf ihrem

Handy. Verdammt – die blöde Kuh hatte sich bestimmt für ein Nickerchen aufs Sofa gelegt. Marta María tippte eifrig auf die Tastatur ihres Handys und suchte im Adressbuch Bríets Nummer. Bríet sollte endlich rangehen; es gab kaum etwas, das Marta María mehr nervte, als zu wissen, dass derjenige, den sie anrief, auf sein Display schaute, sah, dass sie es war, und den Anruf wegdrückte. Ihre Sorge erwies sich als unberechtigt.

»Hi«, meldete sich Bríet.

Marta María sparte sich die Höflichkeitsfloskeln. »Ich hab ihn nicht gefunden«, sagte sie mürrisch. »Bist du dir sicher, dass du ihn in die Schublade gelegt hast?«

»Shit, Shit, Shit«, wiederholte Bríet mit nervöser Stimme. »Ich bin mir ganz sicher, dass ich ihn da reingelegt habe. Du hast es doch auch gesehen.«

Marta María lachte spöttisch. »Vergiss es, ich konnte überhaupt nichts klar sehen.«

»Ich hab ihn da reingetan. Ich weiß es«, antwortete Bríet trotzig. Sie seufzte tief. »Was soll ich Dóri sagen? Er wird stinksauer sein.«

»Nichts. Du sagst ihm kein Sterbenswörtchen.«

»Aber ...«

»Nichts aber. Er ist nicht da, und was nun? Was wirst du tun?«

»Tja ... Ich weiß nicht«, sagte Bríet ratlos.

»Dann sei froh, dass ich es weiß«, entgegnete Marta María rasch. »Ich hab mit Andri gesprochen und er ist derselben Meinung wie ich – wir sagen nichts und tun nichts! Bleibt uns ja auch nichts anderes übrig.« Sie sagte Bríet nicht, dass es sie zwanzig Minuten gekostet hatte, Andri davon abzubringen, Halldór davon zu erzählen. Mit sanfterer Stimme fügte sie hinzu: »Mach dir keine Sorgen. Wenn das ein Problem wäre, wäre es schon längst rausgekommen.«

Die Zimmertür öffnete sich und die Putzfrau kam heraus. Ihrem Gesichtsausdruck nach zu urteilen, gab es in der Welt des Putzens und Reinemachens große Neuigkeiten. Sie hatte einen

Zug um den Mund, als habe man sie gezwungen, sauren Rhabarber zu essen. »Bríet«, sagte Marta María ins Telefon, »die Alte ist gerade rausgekommen. Ich suche noch mal genauer. Ich ruf dich später wieder an.« Sie legte auf, ohne auf Bríets Abschiedsgruß zu warten. Immer dieser verdammte Ärger.

11. KAPITEL

Dóra saß an Harald Guntliebs Schreibtisch und blätterte in einem Stapel Papiere. Sie schaute auf, streckte den Rücken und richtete ihren Blick auf Matthias. Er saß, in dieselbe Arbeit vertieft, in einem Sessel in einer Ecke des Arbeitszimmers. Sie hatten entschieden, zuerst die Unterlagen durchzusehen, die die Polizei bei der Wohnungsdurchsuchung mitgenommen und vor kurzem wieder zurückgebracht hatte. Es handelte sich um drei große Pappkartons voller Unterlagen, und nach ungefähr einer Stunde Lesen und Sortieren hatte Dóra den Zweck dieser Aktion aus den Augen verloren. Die Papiere stammten von hier und dort, Briefe von der Bank oder von Kreditkartenfirmen und anderen Institutionen. Da das meiste auf Isländisch war, war Matthias nicht von großem Nutzen.

»Wonach suchen wir eigentlich?«, fragte sie plötzlich.

Matthias legte den Papierstapel, den er in der Hand gehabt hatte, auf einen kleinen Beistelltisch und rieb sich müde die Augen. »Erstens suchen wir nach etwas, das uns auf eine Spur führen könnte, etwas, das die Polizei übersehen hat. Etwas, das zum Beispiel erklärt, was mit dem Geld geschah, das auf Haralds Konto überwiesen wurde. Außerdem könnten wir auf etwas stoßen, das …«

Dóra fiel ihm ins Wort. »Das hilft mir nicht. Ich meine, wir könnten vielleicht versuchen, uns darüber klar zu werden, wer möglicherweise mit dem Mord in Verbindung stehen oder davon profitiert haben könnte. Ich habe überhaupt keine Erfahrung mit

Mordermittlungen und würde gern ein paar Dinge wissen, bevor ich weitere Unterlagen durchackere. Den Gedanken, das ganze Spiel noch mal von vorn zu beginnen, falls wir irgendwann eine Eingebung haben, finde ich nicht sehr verlockend.«

»Nein, das kann ich verstehen«, sagte Matthias. »Ich bin aber trotzdem nicht sicher, was ich Ihnen antworten soll. Wir suchen nicht nach etwas genau Festgelegtem. Leider. Vielleicht suchen wir überhaupt nicht nach irgendetwas. Wir versuchen im Grunde nur, uns ein Bild von Haralds Leben vor dem Mord zu machen, um eine Ahnung davon zu bekommen, welche Umstände und Ereignisse zu dem Mord geführt haben könnten – dabei etwas zu finden, das auf den Mörder hinweist, wäre lediglich ein Pluspunkt. Die meisten Menschen, so viel ist klar, begehen einen Mord aus Eifersucht, Hass, Geldgier, Rache, Geisteskrankheit, Selbstschutz oder sexuellen Störungen.«

Dóra wartete auf weitere Gründe, aber Matthias hatte seine Aufzählung offenbar schon beendet. »War's das?«, fragte Dóra. »Es muss doch noch mehr Motive geben.«

»Ich bin kein Fachmann auf diesem Gebiet«, antwortete Matthias irritiert. »Es gibt bestimmt noch mehr Motive, aber mir fällt nichts anderes mehr ein.«

Dóra dachte über seine Worte nach. »In Ordnung, nehmen wir an, dies sind die Hauptmotive. Welches Motiv könnte zum Mord an Harald passen? War er zum Beispiel mit einer Frau zusammen? Könnte Eifersucht eine Rolle gespielt haben?«

Matthias zuckte mit den Schultern. »Ich glaube, er war Single. Trotzdem könnte Eifersucht mit im Spiel gewesen sein. Vielleicht war eine Frau in ihn verliebt und er nicht in sie.« Er schwieg einen Moment und fügte dann hinzu: »Ich glaube allerdings, dass Frauen ihre Opfer ziemlich selten erwürgen, daher ist ein Verbrechen aus Leidenschaft unwahrscheinlich.«

»Stimmt«, sagte Dóra gedankenverloren. »Es sei denn, es war ein Verbrechen aus Leidenschaft, das von einem anderen Mann begangen wurde. War Harald vielleicht schwul?«

Wieder zuckte Matthias mit den Schultern. »Nein, sicher nicht.«

»Woher wissen Sie das?«, fragte Dóra.

»Ich weiß es halt«, antwortete Matthias. Er sah Dóras zweifelnden Gesichtsausdruck und fügte hinzu: »Es ist irgendwie komisch; ich spüre es normalerweise sofort, wenn ein Mann vom anderen Ufer kommt. Ich weiß nicht genau, warum, aber ich bin wirklich gut darin.«

Dóra beschloss, dazu nichts Weiteres zu sagen, wusste aber aus eigener Erfahrung, dass Matthias höchstwahrscheinlich genauso wenig wie andere die sexuellen Gelüste seiner Mitmenschen einschätzen konnte. Ihr Ex-Mann hatte denselben Tick gehabt, und Dóra hatte ihm unzählige Male bewiesen, dass er Unrecht hatte. Sie wechselte das Thema. »Es scheint keine Vergewaltigung gewesen zu sein und es wurden keine Anzeichen für sexuelle Handlungen gefunden, sodass wir dies ausschließen können.«

»Damit haben wir die möglichen Motive eingegrenzt«, antwortete Matthias und grinste Dóra spöttisch an. »Dann ist ja jetzt alles klar.«

Dóra ließ sich davon nicht irritieren. »Was glauben Sie, warum er ermordet wurde?«

Matthias schaute sie einen Moment an, bevor er antwortete. »Es hat am ehesten etwas mit Geld zu tun. Dennoch werde ich das Gefühl nicht los, dass der Mord irgendwie mit seinen Hexenforschungen in Verbindung steht. Das mit den Augen und der magischen Rune, die in seine Haut geritzt wurde, weist eindeutig darauf hin. Ich kann mir nur einfach keinen Grund vorstellen und das ärgert mich. Wer begeht einen Mord wegen Hexerei oder irgendwelchen jahrhundertealten Geschichten?«

»Ist das nicht ziemlich fragwürdig? Die Polizei hat nichts gefunden, was darauf hindeutet, dass der Mord etwas mit Hexerei zu tun hat, trotz der Verstümmelung der Leiche. Die Polizei muss dieser Möglichkeit zumindest nachgegangen sein«, sagte Dóra und beeilte sich hinzuzufügen: »Und sagen Sie nicht, die Polizei sei zu dämlich; das wäre viel zu simpel.«

»Da haben Sie allerdings vollkommen Recht«, sagte Matthias. »Die Polizei hat untersucht, ob es da irgendwelche Verbindungen gibt. Ich glaube, sie waren sich einfach nicht im Klaren darüber, dass Haralds Forschungen nichts mit wirrem Unsinn oder Hexenquatsch zu tun hatten. Sie kamen hierher, sahen die Bilder an der Wand und schlossen daraus, Harald sei ein verrückter Spinner gewesen. Für die Polizei sind diese wertvollen Antiquitäten einfach nur Ekel erregend, was vielleicht gar nicht so weit von Ihrer Reaktion entfernt ist.«

Matthias wartete auf Dóras Erwiderung, aber als sie auf seine letzten Worte nicht einging, redete er weiter. »Als sie in seinem Blut Drogen fanden, haben sie sich bestätigt gefühlt. In den Augen der Polizei war Harald ein geisteskranker, sadistischer Junkie, der zuletzt in Gesellschaft einer ähnlichen Person gesehen wurde. Die hatte kein Alibi und sich außerdem das Gehirn zugeknallt. Im Grunde ist es also keine unvernünftige Schlussfolgerung, aber ich bin absolut nicht damit zufrieden. Es gibt viel zu viele unbeantwortete Fragen.«

»Sie glauben also, Haralds Forschungen über Hexenverbrennungen und Magie stehen direkt mit dem Mord in Verbindung?«, fragte Dóra und hoffte, er würde es verneinen. Wenn dies für die Ermittlung nicht von Bedeutung wäre, könnten sie die Hälfte der Unterlagen beiseitelegen.

»Ja, ich bin mir natürlich nicht sicher«, entgegnete Matthias. »Aber ich habe einen starken Verdacht. Sehen Sie sich zum Beispiel das hier an.« Er blätterte in dem Papierstapel, der in seinem Schoß lag, und reichte Dóra den Ausdruck einer E-Mail, die Harald geschrieben hatte.

An der Kopfzeile des Ausdrucks konnte Dóra erkennen, dass Harald Guntlieb die Mail acht Tage vor seiner Ermordung an die Adresse malcolm@gruniv.uk geschickt hatte. Der Text war auf Englisch.

Hi Mal,

so, Junge, setz dich erst mal hin. GEFUNDEN!
VIELEN DANK!
Ab jetzt darfst du mich »hochehrwürdiger Herr« nennen. Ich wusste es, ich wusste es, ich wusste es – aber ich will dir deine Zweifel nicht unter die Nase reiben. Oder so.
Muss nur noch ein paar Kleinigkeiten erledigen – der verdammte Idiot will abspringen. Es ist – bereite dich schon mal auf die Neuigkeit vor – absolut genial; werde ordentlich einen drauf machen plus du weißt schon, was ich meine.

Melde mich wieder, du Penner.
H

Als Dóra die E-Mail gelesen hatte, schaute sie Matthias an. »Glauben Sie, das ist ein Hinweis?«

»Vielleicht«, antwortete Matthias. »Vielleicht aber auch nicht.«

»Die Polizei muss mit diesem Malcolm Kontakt aufgenommen haben. Sie werden die Mail ja wohl nicht nur ausgedruckt haben.«

»Vielleicht.« Matthias zuckte mit den Schultern. »Vielleicht auch nicht.«

»Tja, wir können ihn jedenfalls kontaktieren und versuchen herauszufinden, was Harald damit gemeint hat.«

»Und ob er etwas über diesen verdammten Idioten weiß, von dem in der Mail die Rede ist.«

Dóra legte den Ausdruck beiseite. »Wo ist Haralds Computer? Er muss doch einen Computer gehabt haben.« Sie zeigte auf das Mauspad auf dem Schreibtisch.

»Ist noch bei der Polizei«, antwortete Matthias. »Sie bringen ihn wahrscheinlich mit Haralds restlichen Sachen zurück.«

»Vielleicht finden wir noch mehr solche Mails«, sagte Dóra hoffnungsvoll.

»Aber vielleicht auch nicht«, konterte Matthias und grinste. Er stand auf und griff in das Bücherregal über dem Schreibtisch. »Hier, nehmen Sie das mit nach Hause und lesen Sie's. Eine ganz gute Lektüre, um sich in Haralds Welt hineinzuversetzen.« Er reichte ihr eine Taschenbuchausgabe des *Hexenhammers*.

Dóra nahm das Buch und blickte Matthias verwundert an. »Das gibt es als Taschenbuch?«

Er nickte. »Es wird immer noch gedruckt – ich glaube, die meisten kaufen es heutzutage aus reiner Neugier. Denken Sie beim Lesen daran, dass das nicht immer so war.«

Dóra steckte das Buch in ihre Tasche. Sie stand auf und streckte sich. »Ist es in Ordnung, die Toilette zu benutzen?«

Matthias grinste schon wieder. »Vielleicht. Vielleicht auch nicht.« Dann beeilte er sich, hinzuzufügen: »Doch, ich denke, das ist in Ordnung. Falls die Polizei die Wohnung stürmt, um weitere Nachforschungen anzustellen, werde ich sie so lange aufhalten, bis Sie fertig sind.«

»Nett von Ihnen.« Dóra betrat den Flur, wo weitere Bilder und Antiquitäten ihre Aufmerksamkeit weckten. Sie erzeugten eher Unbehagen als Neugier, besaßen jedoch eine große Anziehungskraft. Zweifellos handelte es sich dabei um dasselbe Empfinden, das Leute dazu veranlasst, das Tempo zu drosseln, wenn sie an einem Unfall vorbeifahren. Die Bilder stammten eindeutig aus der Sammlung des Großvaters, denn die Motive waren dieselben wie im Wohnzimmer und im Schlafzimmer: der Tod und der Teufel.

Im Badezimmer betrachtete Dóra sich in dem tadellos sauberen Spiegel über dem Waschbecken, fuhr sich mit den Fingern durchs Haar und frischte sich ein wenig auf. In einem der Regale sah sie eine Zahnbürste. Sie schien unbenutzt zu sein. Dóra schaute sich kritisch um. Es musste noch ein zweites Badezimmer in dieser

Wohnung geben, das Harald benutzt hatte – dieses hier war viel zu ordentlich. Das war die einzige mögliche Erklärung.

Als Dóra ins Arbeitszimmer zurückkam, blieb sie in der Türöffnung stehen und verkündete: »Es muss noch ein zweites Badezimmer in der Wohnung geben.«

Matthias schaute verwundert auf. »Was meinen Sie?«

»Das Badezimmer am Flur ist so gut wie unbenutzt. Es ist völlig unmöglich, dass Harald noch nicht mal eine Schachtel Zahnseide besaß, die farblich nicht zur übrigen Deko passte.«

Matthias lächelte sie an. »Na, wer sagt's denn! Und Sie wollen noch keine Ermittlung geführt haben!« Er deutete auf den Teil der Wohnung, in dem sie vorher gewesen waren. »Es geht noch eine Tür vom Schlafzimmer ab. Dort ist ein Bad.«

Dóra drehte sich auf dem Absatz um. Sie erinnerte sich an eine Tür, von der sie gedacht hatte, sie führe in einen begehbaren Kleiderschrank. Sie wollte einen Blick in das Badezimmer werfen, zumal sie keine Lust hatte, sich direkt wieder in die Unterlagen zu vertiefen. Dóra musste grinsen, als sie in den kleinen Raum schaute. Darin gab es keine Badewanne, sondern nur eine Duschkabine, aber ansonsten sah es aus wie in jedem anderen Badezimmer in einem stinknormalen Haushalt. Verschiedene Kosmetikartikel, die vom Design her überhaupt nicht zueinander passten, waren auf dem Rand des Waschbeckens verteilt. Dóra warf einen Blick in die Duschkabine. Auf einem an der Wand befestigten Plastikregal standen zwei Shampooflaschen, die eine falsch herum, ein Rasierer, eine benutzte Seife und eine Tube Zahnpasta. An der Mischbatterie hing eine Flasche mit der Aufschrift »Shower Power«. Das ähnelte schon eher dem, was sie kannte. Dóra atmete erleichtert auf. Am meisten freute sie sich allerdings über den Zeitungsständer neben der Toilette; wenn das nicht typisch für einen Single war. Dóra war neugierig, welche Zeitschriften Harald gelesen hatte. Es handelte sich um ein beachtliches Sammelsurium: ein paar Autozeitschriften, eine historische Fachzeitschrift, zwei Ausgaben vom SPIEGEL, ein

Magazin über Tätowierungen, das Dóra schnell beiseitelegte, sowie eine Ausgabe der BUNTE. Dóra hielt sie erstaunt in der Hand. Es wäre ihr niemals in den Sinn gekommen, dass Harald so etwas gelesen hatte. Tom Cruise und seine neueste Ehefrau lächelten sie von der Titelseite aus an; darunter stand die Schlagzeile: »Tom Cruise wird Papa!« Der Kindersegen des Schauspielerpaares interessierte Dóra ungefähr genauso sehr wie ein Artikel über Gurkenanbau, weshalb sie die Zeitschrift zurück an ihren Platz legte.

»Ich wusste es«, tönte Dóra siegessicher, als sie wieder ins Arbeitszimmer zurückkam.

»Ich wusste es auch«, entgegnete Matthias. »Ich wusste nur nicht, dass Sie es nicht wussten.«

Dóra wollte gerade etwas erwidern, als ihr Handy klingelte. Sie fischte es aus ihrer Handtasche.

»Mama«, piepste das dünne Stimmchen ihrer Tochter Sóley. »Wann kommst du?«

Dóra schaute auf die Uhr. Es war später, als sie gedacht hatte. »Jetzt gleich, mein Schatz. Ist alles in Ordnung?«

Schweigen und dann: »Hm. Mir ist nur langweilig. Gylfi will nicht mit mir reden. Er hüpft auf seinem Bett rum und will mich nicht reinlassen.«

Dóra war sich nicht ganz klar, was das zu bedeuten hatte, aber offenbar vernachlässigte Gylfi seine Babysitterpflichten. »Hör mal, Liebling«, sagte sie sanft ins Telefon. »Ich beeile mich, nach Hause zu kommen. Sag deinem Bruder, er soll sich nicht so idiotisch benehmen und zu dir kommen.«

Als sie das Handy wieder in ihre Handtasche steckte, stieß Dóra auf den Zettel mit ihren Notizen zu den Unterlagen in der Mappe. Sie holte den Zettel heraus und faltete ihn auseinander. »Ich möchte Sie ein paar Dinge zu der Mappe fragen ...«

»Ein paar?«, sagte er überrascht. »Ich habe mehr als ›ein paar‹ erwartet – ziemliche viele, um ehrlich zu sein. Aber schießen Sie los.«

Dóra schaute unsicher auf ihre Liste. Mist, hatte sie so viele Punkte übersehen? Sie ließ sich nichts anmerken. »Es handelt sich nur um die Hauptfragen, es gab zu viele Kleinigkeiten, um sie alle aufzuschreiben.« Sie grinste ihn an und redete weiter. »Zum Beispiel die Bundeswehr. Warum waren diese Unterlagen in der Mappe? War Harald tatsächlich zu krank, um seinen Wehrpflicht abzuleisten?«

»Die Bundeswehr, ja. Ich habe das eigentlich nur hinzugefügt, damit Sie ein möglichst genaues Bild von Haralds Lebenslauf bekommen. Es tut vielleicht nichts zur Sache, aber man weiß nie, wie die Fäden zusammenlaufen.«

»Sie denken, der Mord hat etwas mit der Bundeswehr zu tun?«, fragte Dóra ungläubig.

»Nein, bestimmt nicht«, antwortete Matthias. Er zuckte mit den Schultern. »Andererseits weiß man bei Harald ja nie so genau.«

»Und warum ist er überhaupt zur Bundeswehr gegangen?«, fragte Dóra. »Den Beschreibungen nach zu urteilen, müsste er doch eigentlich gegen jegliche militärische Aktivitäten gewesen sein.«

»Da haben Sie vollkommen Recht. Er wurde einberufen, aber unter normalen Umständen hätte er sich mit Sicherheit für den Zivildienst entschieden. Sie wissen bestimmt, dass man in Deutschland diese Möglichkeit hat.« Dóra nickte. »Aber er tat es nicht. Seine Schwester Amelia war kurz zuvor gestorben, was ihm sehr nahe ging. Ich könnte mir vorstellen, dass er diese Entscheidung in einer seelischen Krisensituation getroffen hat. Es war zu Beginn des Jahres 1999, und im November oder Dezember desselben Jahres kam der Bescheid, Truppen in den Kosovo zu schicken. Harald reiste geradezu euphorisch ab. Ich kenne keine Details über seine militärische Laufbahn, weiß aber, dass er als vorbildlich, kooperativ und belastbar galt. Daher kam der Vorfall im Kosovo für seine Vorgesetzten völlig überraschend.«

»Welcher Vorfall?«, fragte Dóra.

Matthias verzog das Gesicht. »Eine unangenehme Geschichte. Vor allem, wenn man bedenkt, dass dieser Einsatz im Kosovo der erste Auslandseinsatz einer deutschen Armee nach dem Zweiten Weltkrieg war. Davor haben deutsche Soldaten im Ausland nur an Friedensmissionen teilgenommen. Die Vorbildfunktion unserer Soldaten spielte natürlich eine große Rolle.«

»Und die hat Harald nicht erfüllt, oder was?«, fragte Dóra.

»Doch, im Grunde schon. Man kann vielleicht sagen, er ist in unglückliche Umstände geraten. Als er drei Monate lang im Kosovo war, nahm seine Einheit einen Serben gefangen, der unter dem Verdacht stand, Informationen über tödliche Sprengstoffattentate zu besitzen. Dabei waren drei deutsche Soldaten ums Leben gekommen und weitere Männer schwer verletzt worden. Der Serbe wurde im Keller des Hauses untergebracht, in dem Haralds Truppe ihren Stützpunkt hatte. Harald war einer derjenigen, die den Mann bewachen sollten. Der Gefangene war bereits zwei oder drei Nächte lang verhört worden, ohne ein Wort zu sagen, als Harald Wache hatte. Harald hatte seinem Vorgesetzten gegenüber erwähnt, er kenne sich mit Verhörmethoden aus, und bekam tatsächlich die Erlaubnis, in der Nacht zu versuchen, etwas aus dem Mann herauszubekommen.« Matthias schaute Dóra ins Gesicht. »Dieser Mann, der Harald die Erlaubnis erteilte, hatte selbstverständlich keinen blassen Schimmer, dass Harald sich in der Geschichte der Folter auskannte. Er war wahrscheinlich davon ausgegangen, Harald würde ab und zu die Nase durch die Tür stecken und dem Gefangenen ein paar ganz harmlose Fragen stellen.«

Dóra riss die Augen auf. »Hat er den Mann gefoltert?«

»Na ja, man könnte sagen, der Serbe hätte wahrscheinlich gern mit den nackten Männern aus der Pyramide in Abu Ghraib getauscht. Ich möchte die Vorkommnisse dort auf keinen Fall entschuldigen, aber verglichen mit dem, was dieser arme Mann in jener Nacht erleiden musste, waren sie wie eine Eröffnungfeier bei den Olympischen Spielen. Bei der Wachablösung am nächsten

Morgen hatte Harald alles aus dem Mann herausbekommen, was dieser wusste – und wahrscheinlich noch einiges mehr. Aber anstatt gelobt zu werden, was Harald sich seiner Meinung nach redlich verdient hatte, wurde er sofort suspendiert – nachdem seine Vorgesetzten das menschliche Wrack gesehen hatten, das in seinem eigenen Blut auf dem Zellenfußboden lag. Das Ganze wurde natürlich runtergespielt und verheimlicht. In allen offiziellen Unterlagen steht, Harald habe aus gesundheitlichen Gründe die Armee verlassen.«

»Woher wissen Sie es denn dann?«, fragte Dóra, froh, nach etwas fragen zu können, das einigermaßen normal war.

»Ich habe meine Verbindungen«, antwortete Matthias mit ironischem Gesichtsausdruck. »Außerdem habe ich mich mit Harald unterhalten, als er aus dem Kosovo zurückkam. Er war völlig verändert, das kann ich Ihnen versichern. Ich weiß nicht, ob wegen seiner Erfahrungen mit Gewalt in der Armee oder warum auch immer. Er war jedenfalls noch seltsamer als vorher.«

»Wie denn?«, fragte Dóra neugierig.

»Einfach seltsam«, antwortete Matthias. »Sowohl äußerlich als auch in seinem Verhalten. Er ging danach ziemlich bald zur Uni – zog zu Hause aus, sodass man ihn nicht mehr allzu oft zu Gesicht bekam. Wenn wir uns seitdem noch ab und an begegneten, wurde jedes Mal deutlicher, dass er sich in einer Achterbahn befand – und die raste abwärts. Als sein Großvater kurz darauf starb, wurde es vermutlich noch schlimmer; die beiden standen sich sehr nahe.«

Dóra wusste nicht, was sie sagen sollte. Harald Guntlieb war gewiss kein einfacher Mensch. Sie spähte auf ihren Zettel und beschloss, nach den Opfern der sexuellen Würgespiele zu fragen, von denen in den Zeitungsausschnitten die Rede war. Aber eigentlich hatte sie genug. Sie warf einen Blick auf ihr Handy. »Matthias, ich muss nach Hause. Meine Liste ist noch nicht zu Ende, aber ich muss das erst mal verdauen.«

Sie räumten die Unterlagen, die sie im Arbeitszimmer durchgewühlt hatten, flüchtig auf. Dabei achteten sie darauf, die Stapel, in die sie die Dokumente aufgeteilt hatten, nicht durcheinanderzubringen. Der Gedanke, die ganze Arbeit noch einmal zu machen, war unerträglich.

Als Dóra den letzten Stapel ordentlich beiseitegelegt hatte, wendete sie sich zu Matthias und fragte: »Hat Harald ein Testament gemacht – bei seinem hohen Vermögen?«

»Ja, es gibt ein Testament – ein ziemlich neues sogar«, erklärte Matthias. »Er hatte schon vor längerer Zeit eins gemacht, es aber Mitte September geändert. Er ist extra nach Deutschland gereist, um den Rechtsanwalt der Guntliebs zu treffen und sein Testament ändern zu lassen. Allerdings weiß niemand, was drinsteht.«

»Was?«, fragte Dóra verwundert. »Wieso nicht?«

»Es besteht aus zwei Teilen – mit der Anweisung, einen von ihnen zuerst zu öffnen. In diesem steht, dass der zweite Teil erst geöffnet werden darf, wenn die Beerdigung vorbei ist. Die hat aber aufgrund der Umstände noch nicht stattgefunden.«

»War das alles, was in dem Testament stand?«, fragte Dóra.

»Nein, es gab auch Anweisungen, wie er beerdigt werden wollte.«

»Wie denn?«

»In Island – was ein bisschen komisch ist, da er erst so kurze Zeit hier war. Das Land schien ihn auf gewisse Weise fasziniert zu haben. Außerdem stand in dem Testament, seine Eltern müssten bei der Beerdigung zugegen sein und mindestens zehn Minuten am Fußende des Grabes stehen, nachdem der Sarg hinabgelassen worden ist. Wenn sie das nicht tun, geht sein gesamtes Vermögen an einen Tattooladen in München.«

Dóra war bestürzt. »Hat er angenommen, seine Eltern würden gar nicht kommen?«

»Anscheinend«, sagte Matthias. »Mit dieser Bestimmung hat er das allerdings sichergestellt – seine Eltern haben kein Interesse daran, in der Zeitung zu stehen, weil ihr Sohn einem Tattooladen einen Haufen Geld vermacht hat.«

»Glauben Sie, seine Eltern werden ihn beerben?«, fragte Dóra. »Wenn sie denn bei der Beerdigung erscheinen.«

»Nein«, antwortete Matthias. »Seinen Eltern kann das im Grunde völlig egal sein – sie wollen nur nicht in die Klatschpresse kommen. Ich könnte mir vorstellen, dass Haralds Schwester Elisa einen Großteil von Haralds Vermögen erbt. Außerdem geht ein beträchtlicher Teil an jemanden in Island – der Anwalt hat das durchblicken lassen. Der zweite Teil des Testaments soll nach Haralds Anweisungen hier in Island verlesen werden.«

»Wer könnte das sein?«, fragte Dóra neugierig.

»Keine Ahnung«, antwortete Matthias. »Der- oder diejenige hätte zumindest einen guten Grund gehabt, Harald umzubringen – vorausgesetzt, er oder sie wusste von dem Testament.«

Dóra war erleichtert, als sie die Wohnung verließen. Sie war müde und wollte nach Hause zu ihren Kindern. Trotzdem spürte sie eine gewisse Unruhe. Sie hatte das Gefühl, etwas übersehen zu haben. Aber wie sehr sie sich auch den Kopf darüber zerbrach, als sie allein in ihrem Werkstattauto saß, sie kam nicht darauf. Und als sie den Wagen in die Hauseinfahrt bugsierte, hatte sie es schon völlig vergessen.

12. KAPITEL

Ehescheidungen brachten nicht nur Vorteile mit sich, das wusste Dóra schon lange. Früher hatten ihrem Haushalt beispielsweise zwei Einkommen zur Verfügung gestanden, jetzt musste eins reichen. Es war kinderleicht gewesen, die Ausgaben und damit die Annehmlichkeiten zu erhöhen, zumindest konnte sich Dóra nicht an besondere Schwierigkeiten erinnern, als sie sich von einer armen Studentin in eine Arbeitnehmerin verwandelte. Eine andere Sache war jedoch, den Gürtel enger zu schnallen, was sie jetzt versuchte. Hannes, ihr Ex-Mann, war Unfallarzt – mit anderen Worten: Er hatte einen guten Job und ein hohes Einkommen. Nach der Scheidung musste Dóra daher einiges aufgeben. Jetzt war es nicht mehr selbstverständlich, essen zu gehen, Wochenendtrips ins Ausland zu machen, teure Klamotten zu kaufen oder andere Dinge zu tun, die typisch für das Leben von Leuten sind, für die Geld keine Rolle spielt. Auch wenn die Nachteile sich nicht ausschließlich um Finanzen drehten – Dóra fielen zum Beispiel sofort die »nichtsexuellen Spiele« ein –, vermisste sie am meisten die Frau, die zweimal in der Woche bei ihnen geputzt hatte. Als Dóra und Hannes sich trennten, musste sie ihr kündigen, denn das Geld reichte einfach nicht aus. Deshalb stand Dóra nun selbst vor dem Putzschrank und versuchte so gut es ging die Schranktür zu schließen, ohne den Staubsaugerschlauch zu zerquetschen, der immer wieder herausfiel. Endlich glückte es ihr und sie atmete tief durch. Dóra hatte alle Fußböden in dem etwa zweihundert Quadratmeter großen Haus gesaugt und war ganz zufrieden mit sich.

»Sieht das nicht viel besser aus?«, fragte sie ihre Tochter Sóley, die in eine Zeichnung vertieft in der Küche saß.

Das kleine Mädchen blickte auf. »Wie besser?«, fragte sie neugierig.

»Der Boden«, antwortete Dóra. »Ich habe gestaubsaugt. Sieht doch gut aus, oder?«

Sóley schaute auf den Fußboden und dann wieder zu ihrer Mama. »Hier hast du was vergessen.« Sie deutete mit einem grünen Wachsmalstift auf eine Fluse unter ihrem Stuhlbein.

»Oh, entschuldigen Sie, mein Fräulein«, sagte Dóra und gab ihrer Tochter einen Kuss auf den Scheitel. »Was zeichnest du denn da Schönes?«

»Das sind ich und du und Gylfi«, antwortete Sóley und zeigte auf drei unterschiedlich große Figuren auf ihrem Blatt. »Du hast ein schönes Kleid an und ich auch und Gylfi hat Shorts an.« Sie sah ihre Mutter an. »Auf dem Bild ist Sommer.«

»Wow, ich bin ja schick«, sagte Dóra. »So ein Kleid kaufe ich mir im Sommer.« Sie schaute auf die Uhr. »Komm jetzt Zähne putzen. Zeit, ins Bett zu gehen.«

Während Sóley ihre Stifte wegräumte, ging Dóra zu ihrem Sohn. Sie klopfte vorsichtig an seine Zimmertür, bevor sie eintrat. »Ist das nicht ein ganz neues Gefühl?«, fragte sie, womit sie den Fußboden in seinem Zimmer meinte.

Gylfi antwortete nicht sofort. Er lag ausgestreckt auf dem Bett und telefonierte. Als er seine Mutter erblickte, verabschiedete er sich hastig und flüsterte in den Hörer, er melde sich später wieder. Gylfi richtete sich auf und legte das Telefon beiseite. Er kam Dóra fast ein wenig verstört vor. »Ist alles in Ordnung mit dir? Du bist so blass.«

»Was?«, fragte Gylfi. »Doch, doch, es ist alles in Ordnung. Alles prima.«

»Na dann«, entgegnete Dóra. »Ich wollte nur wissen, ob du die Luft im Zimmer nicht viel angenehmer findest, nachdem ich gesaugt habe. Bekomme ich zur Belohnung vielleicht einen Kuss?«

Gylfi erhob sich vom Bett. Er schaute sich geistesabwesend im Zimmer um. »Äh, ja. Sieht toll aus.«

Dóra schaute ihren Sohn prüfend an. Es bestand kein Zweifel – irgendetwas stimmte nicht. Normalerweise hätte er mit den Schultern gezuckt oder gemurmelt, der Fußboden interessiere ihn nicht die Bohne. Gylfi hatte ein Problem und Dóra spürte einen Stich in der Magengegend. Sie hatte sich zu wenig um ihn gekümmert. Er hatte sich seit der Scheidung von einem kleinen Jungen fast in einen Mann verwandelt, und Dóra war zu sehr mit sich selbst und ihren eigenen Problemen beschäftigt gewesen. Jetzt wusste sie nicht, wie sie sich verhalten sollte. Am liebsten hätte sie ihn in den Arm genommen und ihm über sein zu langes Haar gestrichen, aber das wäre nicht sehr schlau – diese Zeiten waren ein für alle Mal vorüber. »Hey«, raunte sie und legte ihre Hand auf seine Schulter. Sie musste sich fast den Hals ausrenken, um ihm ins Gesicht schauen zu können, da er seinen Kopf zur Seite drehte. »Irgendwas stimmt doch nicht. Du kannst es mir ruhig erzählen. Ich verspreche dir, nicht wütend zu sein.«

Gylfi blickte sie abwesend an, sagte aber nichts. Dóra merkte, wie sich winzige Schweißperlen auf seiner Stirn bildeten, und ihr kam in den Sinn, er könne eine Grippe haben. »Hast du Fieber?«, fragte sie und wollte ihre Hand auf seine Stirn legen.

Gylfi wich ihr geschickt aus. »Nee. Bestimmt nicht. Hab nur schlechte Nachrichten bekommen.«

»Ach so?«, sagte Dóra vorsichtig. »Wer war denn da eben am Telefon?«

»Sigga ... äh, Siggi, meine ich«, antwortete Gylfi, ohne seiner Mutter in die Augen zu schauen. Dann fügte er hastig hinzu: »Arsenal hat gegen Liverpool verloren.«

Ihr war vollkommen klar, dass das eine dumme Ausrede war. Dóra kannte in Gylfis Freundeskreis keinen Siggi – allerdings hatte Gylfi jede Menge Bekannte, die sie noch nie zu Gesicht bekommen hatte. Aber sie kannte ihren Sohn gut genug, um zu wissen, dass er kein so großer Fußballfan war, dass ihn die Ergebnisse der englischen Liga dermaßen aus dem Gleichgewicht brächten. Sie überlegte, ob sie weiter nachfragen oder so tun sollte, als sei nichts geschehen. Dóra hielt die zweite Möglichkeit für angemessener, jedenfalls im Moment. »Ach, wie blöd. Immer diese verdammten Liverpooler.« Sie blickte ihm fest in die Augen. »Gylfi, wenn du mit mir darüber reden möchtest, dann versprich mir, es nicht hinauszuzögern.« Als sie sah, dass er zurückwich, fügte sie schnell hinzu: »Ich meine das mit dem Spiel. Mit Arsenal. Du weißt, dass du immer zu mir kommen kannst, Schatz. Ich kann zwar nicht die Probleme der ganzen Welt lösen, aber ich kann es mit unseren eigenen probieren.«

Gylfi schaute sie kommentarlos an. Er lächelte schwach und murmelte, er müsse noch einen Aufsatz zu Ende schreiben. Dóra brummelte etwas zurück, ging hinaus und schloss die Zimmertür. Sie konnte sich schwer vorstellen, welches Ereignis einen 16-jährigen Jungen aus dem Gleichgewicht brachte – sie war schließlich selbst nie in seiner Lage gewesen und erinnerte sich nicht besonders gut an ihre eigene Jugend. Das Einzige, was ihr einfiel, waren mädchentypische Probleme. Vielleicht war er unglücklich in ein Mädchen verliebt. Dóra beschloss, die Sache geschickter anzugehen – sie würde ihm morgen beim Frühstück ein paar Fangfragen stellen. Vielleicht hatte er diese Krise morgen sogar schon überwunden. Gut möglich, dass es sich nur um einen Sturm im Wasserglas handelte – ein Hormonschub.

Nachdem sie Sóley die Zähne geputzt und ihr etwas vorgelesen hatte, machte Dóra es sich auf dem Sofa vor dem Fernseher gemütlich. Sie brachte ein Telefonat mit ihrer Mutter hinter sich, die gemeinsam mit ihrem Vater einen Monat Urlaub auf den Kanarischen Inseln machte. Bei jedem Anruf musste sie sich dasselbe Gejammer anhören. Letztes Mal war es der fehlende isländische Quark gewesen, der ihre Eltern fast ins Grab gebracht hätte, jetzt war es der Discovery Channel im Fernsehen im Hotel, von dem ihr Vater nach Aussage ihrer Mutter abhängig geworden war. Sie verabschiedeten sich, und ihre Mutter sagte betrübt, sie würde jetzt neben ihrem Mann aufs Sofa sacken und sich darüber belehren lassen, wie sich Raupen vermehren. Dóra schmunzelte, legte auf und starrte weiter auf den Bildschirm. Als sie fast bei einer albernen Reality-Serie eingeschlafen wäre, klingelte das Telefon. Sie richtete sich auf dem Sofa auf und reckte sich nach dem Telefon.

»Dóra«, meldete sie sich, wobei sie darauf Acht gab, ihre Stimme nicht so klingen zu lassen, als sei sie eben eingenickt.

»Ja, grüß dich, hier ist Hannes«, tönte es vom anderen Ende der Leitung.

»Ja, hallo.« Dóra wusste nicht, ob es jemals aufhören würde, ihr unangenehm zu sein, mit ihrem Ex-Mann Hannes zu sprechen. Dieses verklemmte Miteinanderumgehen resultierte zweifellos daraus, dass sich ihre intime Beziehung in ein gezwungenes Höflichkeitsverhältnis verwandelt hatte, was so ähnlich war, wie einem früheren Liebhaber oder jemandem, mit dem man in jungen Jahren geschlafen hat, zu begegnen – in einem so kleinen Land wie Island war das unumgänglich.

»Hör mal, wegen des Wochenendes, ich wollte dich fragen, ob ich die Kinder am Freitag ein bisschen später abholen kann. Ich möchte mit Gylfi eine Probefahrt machen und glaube, das geht besser, wenn der Berufsverkehr vorbei ist, so gegen acht.«

Dóra willigte ein, obwohl sie wusste, dass diese Verspätung nichts mit der Probefahrt zu tun hatte. Hannes musste wahrscheinlich länger arbeiten oder wollte nach der Arbeit noch ins Fitnessstudio. Genau das war einer der Gründe für ihre endlosen Streitigkeiten vor der Trennung gewesen: dass Hannes nie für irgendetwas Verantwortung übernahm; Schuld hatten immer die anderen oder es lag angeblich an den äußeren Umständen, auf die er keinen Einfluss hatte. Aber das war jetzt nicht mehr Dóras, sondern Klaras Problem, seine jetzige Lebensgefährtin. »Was habt ihr am Wochenende vor?«, fragte Dóra, nur um etwas zu sagen. »Soll ich was Besonderes einpacken?«

»Ja, wir gehen vielleicht reiten und es wäre gut, wenn sie dafür geeignete Klamotten dabeihätten«, antwortete Hannes.

Klara war Reiterin und hatte Hannes mit in diesen Sport hineingezogen. Dies bereitete Sóley und Gylfi großen Kummer, denn sie hatten Dóras Ängstlichkeit geerbt, und diese angeborene Angst war bei den Kindern sogar noch stärker als bei der Mutter. Dóra fuhr nicht gern bei Straßenglätte Auto, kletterte nicht gern auf Berge, fuhr nicht gern Aufzug, aß nicht gern rohe Lebensmittel und mied alles, was möglicherweise schlimm enden könnte. Aus unerfindlichen Gründen hatte sie jedoch keine Flugangst. Daher hatte sie volles Verständnis dafür, dass ihre Kinder bei dem Gedanken, auf ein Pferd zu steigen, von Panik befallen wurden. Hannes hingegen versuchte ständig, den Kindern einzureden, sie würden sich schon daran gewöhnen. »Bist du sicher, dass das eine gute Idee ist?«, fragte Dóra, obwohl sie wusste, dass sie keinen Einfluss auf Hannes' Pläne hatte. »Gylfi ist zurzeit ein bisschen niedergeschlagen und ich bin mir nicht sicher, ob ein Ausritt das ist, was er im Moment braucht.«

»So ein Blödsinn«, erwiderte Hannes barsch. »Er wird ein immer besserer Reiter.«

»Das sagst du. Versuch bitte trotzdem, mal mit ihm zu reden. Ich glaube, er hat irgendwelche Probleme mit Mädchen. Darüber weißt du schließlich mehr als ich.«

»Probleme mit Mädchen? Was soll ich denn darüber wissen?« Hannes klang ganz aufgewühlt und Dóra grinste in sich hinein.

»Du weißt schon, etwas, das ihm dabei hilft, mit den Problemen des Lebens zurechtzukommen.« Dóras Grinsen verbreiterte sich.

»Du machst Witze«, sagte Hannes hoffnungsvoll.

»Nein, eigentlich nicht«, entgegnete Dóra. »Du wirst schon eine Lösung finden. Ich tue dasselbe für unsere Tochter, wenn bei ihr die Probleme mit den Jungs beginnen. Du kannst doch zum Beispiel mal versuchen, ihn bei eurem Ausritt beiseite zu nehmen und in aller Ruhe mit ihm zu sprechen.«

Dóra beendete das Gespräch und war sich ziemlich sicher, dass es ihr gelungen war, die Wahrscheinlichkeit eines Ausritts zu verringern. Sie versuchte, wieder in die Unwirklichkeit der Fernsehwelt abzutauchen. Aber es gelang ihr nicht, denn das Telefon klingelte sofort aufs Neue.

»Entschuldigen Sie, dass ich so spät anrufe, aber ich dachte mir, Sie denken sowieso gerade an mich«, sagte Matthias seelenruhig, nachdem sie sich begrüßt hatten. »Ich wollte Ihnen die Chance geben, ein wenig mit mir zu plaudern.«

Dóra war fassungslos – entweder hatte Matthias den Verstand verloren oder war betrunken oder machte einen schlechten Witz. »Äh, ich habe Sie nicht unbedingt vermisst.« Sie griff nach der Fernbedienung, um den Fernseher leiser zu stellen, damit er nicht hören konnte, welchen Blödsinn sie sich anschaute. »Ich hab gelesen.«

»Was lesen Sie denn gerade?«

»*Krieg und Frieden*, Dostojewski«, log Dóra.

»Aha«, sagte Matthias. »Ist das vergleichbar mit *Krieg und Frieden* von Tolstoi?«

Dóra verfluchte sich selbst, nicht irgendein Werk von Laxness oder einem anderen isländischen Autor, den er nicht kannte, genannt zu haben. Lügen konnte sie noch nie gut. »Äh, Tolstoi! Meinte ich. Haben Sie ein bestimmtes Anliegen? Sie rufen mich wohl kaum an, um mit mir über Literatur zu diskutieren?«

»Nein, glücklicherweise nicht, denn dann hätte ich offenbar die falsche Nummer gewählt«, antwortete Matthias prompt. Da Dóra nicht darauf einging, fügte er hinzu: »Nein, entschuldigen Sie, ich rufe an, weil der Anwalt des Mannes, der in Polizeigewahrsam ist, mich eben kontaktiert hat.«

»Finnur Bogason?«, fragte Dóra.

»Ja, Sie sprechen den Namen bedeutend besser aus als ich«, bemerkte Matthias. »Er hat mir mitgeteilt, dass wir den Jungen morgen treffen können, wenn wir wollen.«

»Bekommen wir eine Erlaubnis?«, fragte Dóra verwundert. Untersuchungshäftlinge durften normalerweise nicht von jedem besucht werden.

»Dieser Finnur«, Matthias sprach den Namen mit extrem deutschem Akzent aus, »er konnte die Polizei davon überzeugen, dass wir bei der Verteidigung des Jungen mit ihm zusammenarbeiten. Was wir ja indirekt auch tun.«

»Was hat ihn dazu veranlasst?«

»Sagen wir mal so, ich habe ihm einen kleinen Anreiz gegeben.«

Dóra fragte nicht weiter nach, denn sie hatte kein Interesse daran, sich etwas zu Schulden kommen zu lassen. Allerdings glaubte sie nicht, dass Matthias dem Anwalt gedroht hatte. Wahrscheinlich hatte er ihm Geld angeboten, damit er das Gespräch arrangierte – was man bestenfalls als unsittlich bezeichnen konnte. Sie fühlte sich besser bei der Vorstellung, den Verteidiger zu unterstützen. Zum Teufel mit der Moral. Sie musste diesen Hugi treffen. Vielleicht war er letztendlich doch schuldig. Es war immer am besten, mit den Leuten persönlich zu sprechen, seinem Gegenüber in die Augen zu schauen und seine Bewegungen und seine Körpersprache zu beobachten. »Dann sollten wir uns beeilen. Natürlich müssen wir ihn treffen.«

»Ich bin bereit. Ich muss nur Finnur Bescheid geben.«

»Warum hat er Sie so spät angerufen?«, fragte Dóra. »Die Erlaubnis wurde doch bestimmt nicht erst heute Abend erteilt.«

»Nein, nein. Er hat mir hier im Hotel eine Nachricht hinterlassen und ich bin gerade erst zurückgekommen. Ich möchte meine Telefonnummer nicht jedem geben.«

Dóra ärgerte sich darüber, dass sie gern gewusst hätte, wohin Matthias gegangen war, nachdem sie sich getrennt hatten – wahrscheinlich war er einfach zum Essen in der Stadt gewesen.

Sie vereinbarten, dass Matthias Dóra um neun Uhr im Büro abholen würde, um dann gemeinsam Richtung Osten zum Gefängnis Litla-Hraun zu fahren. Dóra blickte aus dem Fenster auf den Schnee, der in dichten Flocken hinabfiel, und hoffte inständig, dass Matthias bei winterlichen Verhältnissen Auto fahren konnte. Sonst hätten sie ein Problem.

8. DEZEMBER 2005

13. KAPITEL

Dóra saß am Computer in der Kanzlei, als Matthias sie um neun Uhr abholte. Sie war fast fertig mit der Beantwortung der E-Mails vom gestrigen Tag und leitete die meisten Anfragen an Þór weiter. Bragi hatte sie am Morgen breit lächelnd begrüßt. Er liebäugelte immer noch mit dem Gedanken, dieser deutsche Fall könne ihnen das Tor zum Ausland öffnen – eine Quelle nicht enden wollender Aufträge für die Kanzlei. Dóra bremste ihn nicht, denn sie war froh, sich auf den Mordfall konzentrieren zu können, ohne sich gleichzeitig zwischen anderen, kleineren Aufgaben aufreiben zu müssen.

Sie hatte Haralds unbekanntem Freund Mal eine E-Mail geschrieben, in der sie kurz und knapp von Haralds Tod berichtete und erklärte, dass Matthias und sie sich im Auftrag der Familie Guntlieb der Sache angenommen hätten. Am Ende der Mail äußerte sie den höflichen Wunsch, Mal möge sich mit ihr in Verbindung setzen, da er möglicherweise über wichtige Informationen verfüge. Als Bella anrief, um Matthias' Ankunft anzukündigen, bat Dóra das Mädchen, Matthias auszurichten, er solle im Empfang Platz nehmen und fünf Minuten warten.

Zufrieden mit ihrem morgendlichen Arbeitspensum, schaltete sie den Computer aus und holte ein kleines Aufnahmegerät, das sie beim Verhör mit Hugi benutzen wollte, aus einer Schreibtischschublade. Während sie kontrollierte, ob der Akku geladen war, musste sie an ihren Sohn denken, der am Morgen erschreckend frustriert gewirkt hatte. Welche Sorgen er auch hatte, sie schienen sich entgegen Dóras Hoffnung in der Nacht nicht verflüchtigt zu haben. Der Junge hatte abwesend und appetitlos am Tisch gesessen und Dóra hatte ihm nur wenige Worte entlocken können. Sóley dagegen hatte wie üblich ununterbrochen geplappert, weshalb es für Dóra unmöglich gewesen war, ihrem Sohn näher zu kommen. Sie beschloss, sich heute Abend, wenn Sóley ins Bett gegangen war, in aller Ruhe mit ihm zu beschäftigen. Dóra vertrieb diese Gedanken, steckte das Aufnahmegerät in ihre Tasche und ging eilig nach vorn.

Als sie den Empfang betrat, traf sie fast der Schlag. Matthias saß auf Bellas Schreibtischkante und plauderte mit der Sekretärin. Die strahlte wie ein Honigkuchenpferd. Die beiden bemerkten noch nicht einmal, dass Dóra den Raum betreten hatte, und sie musste sich räuspern, um auf sich aufmerksam zu machen.

Matthias schaute auf. »Ach, Sie sind's. Ich hatte gehofft, es würde noch ein bisschen länger dauern.« Er grinste und blinzelte Dóra zu.

Dóra fiel es schwer, ihren Blick von Bellas Gesicht abzuwenden, das allein durch das Lächeln völlig verändert war. Sie sah richtig nett aus, wenn sie gute Laune hatte. »Also dann, machen wir uns auf den Weg?«, sagte Dóra und holte ihren Mantel. »Schön, dich so gut gelaunt zu sehen, Bella«, fügte sie hinzu und schenkte der Sekretärin ihr lieblichstes Lächeln.

Bellas Lächeln verschwand daraufhin wie Tau in der Sonne. Die Auswirkungen des Charmes, mit dem Matthias die Sekretärin umgarnt hatte, ließen offenbar nach. »Wann kommst du zurück?«, fragte sie mürrisch.

Dóra versuchte, ihre Enttäuschung darüber, dass sie von dem Vergnügen ausgeschlossen gewesen war, zu verbergen. »Ich glaube nicht, dass ich heute noch mal wiederkomme, aber ich rufe dich an, wenn sich etwas ändert.«

»Ja, ja, wie üblich«, entgegnete Bella. In ihren Worten schwang ein vorwurfsvoller Unterton mit, so als sei es normal, dass Dóra ihr nie etwas mitteilte – was völlig abwegig war.

»Du hast gehört, was ich gesagt habe.« Dóra konnte nicht so tun, als sei nichts gewesen, obwohl sie genau wusste, dass das vernünftiger wäre. »Kommen Sie, Matthias.«

»Ja, gnädige Frau«, entgegnete Matthias und warf Bella ein Lächeln zu. Zu Dóras Entsetzten erwiderte sie es.

Als sie im Auto saßen, schnallte sich Dóra an und drehte sich zu Matthias. »Können Sie bei Glatteis fahren?«

»Das wird sich zeigen«, entgegnete Matthias prompt und steuerte den Wagen aus der Parklücke. Als er Dóras Gesichtsausdruck sah, fügte er hinzu: »Keine Sorge, ich bin ein guter Autofahrer.«

»Sie dürfen auf keinen Fall bremsen, wenn der Wagen rutscht«, erklärte Dóra, die von Matthias' Glatteiskenntnissen alles andere als überzeugt war.

»Möchten Sie lieber fahren?«

»Nein, vielen Dank«, antwortete Dóra. »Ich beherrsche diese Bremsregeln nicht; wenn das Auto anfängt zu schlingern, trete ich instinktiv auf die Bremse – obwohl ich es eigentlich besser weiß. Meine Fahrkünste sind ziemlich bescheiden.«

Sie fuhren auf direktem Weg aus der Stadt und oben auf der Heide konnte Dóra ihre Neugier nicht länger zügeln. »Worüber haben Sie sich denn unterhalten?«

»Wer?«, fragte Matthias verwirrt.

»Sie und Bella, meine Sekretärin. Normalerweise ist sie verstockt wie ein Esel.«

»Ach so. Wir haben uns über Pferde unterhalten. Ich habe Lust, mal das Reiten auszuprobieren, während ich hier bin. Man hört so viel Gutes über Islandpferde. Sie hat mir Tipps gegeben.«

»Was weiß Bella denn über Pferde?«, fragte Dóra verwundert.

»Sie ist Reiterin, wussten Sie das nicht?«

»Nein, wusste ich nicht«, antwortete Dóra. Sie bemitleidete die armen Pferde, die Bellas Last zu tragen hatten. »Welche Pferde reitet sie denn? Nilpferde?«

Matthias richtete seinen Blick von der Straße auf Dóra. »Sind Sie eifersüchtig?«, fragte er spöttisch.

»Sind Sie betrunken?«, blaffte sie zurück.

Schweigend fuhren sie durch die Lava auf den Pass zu. Dóra betrachtete durch die Fensterscheibe die Landschaft. Auch wenn ihr vielleicht nicht viele Leute zustimmen würden, war dies für sie eine der schönsten Gegenden des Landes, vor allem im Sommer, wenn das grüne Moos hell leuchtete und die weichen Umrisse der bemoosten Hügel einen krassen Gegensatz zu der scharfkantigen Lava bildeten. Jetzt war die Gegend tief im Schnee versunken und die Konturen verwischten. Es war nicht ganz so beeindruckend wie im Sommer, aber dennoch lag eine Ruhe über der Landschaft, die Dóra verzauberte. Sie durchbrach das Schweigen. »Ist es nicht wunderschön hier?«

Matthias wendete seinen Blick für einen Moment von der Straße ab und betrachtete die Umgebung. Es war so gut wie kein Verkehr. »Sehr.« Er lächelte ihr zu, so als wolle er Frieden schließen.

»Wir sind wohl nicht gerade die besten Kollegen«, bemerkte sie und dachte an die vielen kleinen Streitigkeiten, die sie in der kurzen Zeit schon gehabt hatten. »Vielleicht sollten wir eine neue Taktik ausprobieren.«

Er lächelte ihr wieder zu. »Finden Sie? Ich bin wunschlos glücklich. Sie sind eine wesentlich nettere Gesellschaft, als ich in meinem Beruf gewöhnt bin. Immer nur Männer, und die wenigen Frauen, mit denen ich zu tun habe, sind so affektiert, dass ihre Fassade zu bröckeln beginnt, wenn man sie nur antippt.«

Jetzt musste Dóra lächeln. »Sie sind allerdings auch besser als Bella, das muss ich zugeben.« Sie verstummte. »Beantworten Sie mir eine Frage. In der Mappe war ein Ausschnitt aus einer deutschen Tageszeitung, in dem es um den Tod einiger junger Leute bei dieser sexuellen Würgepraktik ging. Warum haben Sie den Artikel in die Mappe getan?«

»Tjaaa.« Matthias zog das Wort in die Länge. »Ein Unding. Einer der Leute, die in dem Artikel erwähnt werden, war ein guter Freund von Harald. Sie haben sich an der Uni in München kennen gelernt und waren wohl so etwas wie Seelenverwandte. Beide haben sich mit diesem Unsinn beschäftigt. Ich weiß nicht, wer von beiden dieses merkwürdige Spielchen eingeführt hat, aber Harald schwor, sein Freund hätte damit angefangen. Harald war dabei, als der junge Mann starb. Eine Zeit lang wurde er ausgiebig verhört und steckte in erheblichen Schwierigkeiten. Es ist eine Schande, aber ich glaube, er hat sich von einer Strafverfolgung freigekauft. Sie haben vielleicht eine größere Auszahlung aus dieser Zeit bemerkt, die besonders markiert ist?« Dóra bejahte. »Ich habe den Artikel abgeheftet, weil Harald erwürgt wurde. Es könnte möglicherweise von Bedeutung sein. Wer weiß – es ist zwar fragwürdig, aber durchaus denkbar, dass er auf die gleiche Weise starb wie sein Freund.«

Sie parkten den Wagen vor der Umzäunung am Gefängnis Litla-Hraun und gingen zum Gästeeingang. Ein Gefängniswärter brachte sie in einen kleinen Warteraum in der ersten Etage. »Wir dachten, Sie könnten sich hier aufhalten. Sie werden sich in diesem Raum wesentlich wohler fühlen als im Verhörzimmer«, erklärte er. »Hugi verhält sich ruhig und sollte Ihnen keine Probleme bereiten. Er kommt gleich.«

»Vielen Dank, das ist gut«, sagte Dóra und betrat den Raum. Sie nahm auf einem braunen Ledersofa Platz und Matthias setzte sich direkt neben sie. Dóra wunderte sich über seine Platzwahl, da es genug Stühle gab.

Matthias schaute sie an. »Wenn Hugi gegenüber von uns Platz nimmt, sitzen wir am besten so. Ich möchte ihm direkt ins Gesicht sehen.« Er hob zweimal kurz die Augenbrauen. »Außerdem fühlt es sich richtig gut an, so dicht neben Ihnen zu sitzen.«

Dóra konnte darauf nicht mehr antworten, denn die Tür öffnete sich erneut und Hugi Þórisson erschien in Begleitung eines Gefängniswärters. Dieser hatte eine Hand auf die Schulter des jungen Mannes gelegt, der niedergeschlagen vor sich hin starrte. Der Wärter führte ihn durch die Tür. Hugi trug Handschellen. Er kam Dóra so harmlos vor, dass ihr diese Maßnahme völlig überflüssig erschien. Erst als der Wärter Hugi ansprach, blickte der Junge auf. Er strich sich das dichte Haar mit beiden Händen aus den Augen und Dóra sah, dass er sehr hübsch war. Hugi sah ganz anders aus, als sie sich vorgestellt hatte. Er wirkte eher wie 17 als wie 25, hatte dunkle Augenbrauen und große Augen, aber am auffälligsten waren seine ausgeprägten Wangenknochen. Der Junge war insgesamt eher schmächtig. Wenn er Haralds Mörder ist, muss er sich ganz schön angestrengt haben, dachte Dóra. Er sah zumindest nicht so aus, als sei er in der Lage, eine 85 Kilo schwere Leiche weit zu schleppen.

»Du wirst dich doch anständig benehmen, mein Junge?«, fragte der Wärter Hugi freundschaftlich. Hugi nickte schweigend und der Wärter umfasste seine Handgelenke und löste die Handschellen. Dann legte er wieder seine Hand auf Hugis Schulter und führte ihn zu dem Stuhl gegenüber von Dóra und Matthias. Hugi vermied es, die beiden anzuschauen. Er wendete den Kopf ab und starrte auf den Fußboden neben seinem Stuhl, auf dem er mehr hing als saß.

»Wir sind im Nachbarzimmer, falls ihr uns braucht. Er sollte keine Probleme machen.« Der Wärter richtete seine Worte an Dóra.

»In Ordnung«, entgegnete sie. »Wir halten ihn nicht länger auf als nötig.« Dóra schaute auf ihre Armbanduhr. »Es wird bestimmt nicht länger als bis zum Mittag dauern.«

Der Wächter ließ sie allein. Als er die Tür hinter sich zugezogen hatte, war außer dem Atmen der drei Anwesenden nur noch ein leises Geräusch zu hören – Hugi kratzte sich rhythmisch am Knie, das in einer Armeehose steckte. Die Gefangenen durften hier offenbar ihre eigene Kleidung tragen – anders als in amerikanischen Gefängnissen, wie sie Dóra aus dem Fernsehen und Kino kannte. Der Junge schaute sie nicht an.

»Hugi«, sagte Dóra so einfühlsam wie möglich. Sie sprach weiter Isländisch, denn es kam ihr komisch vor, das Gespräch auf Englisch zu beginnen. Es würde sich noch herausstellen, ob das überhaupt möglich war. Sie durften sich jetzt aufgrund von lästigen Sprachbarrieren nichts vermasseln; wenn der Junge nicht genug Englisch verstand, müsste Dóra das Gespräch wohl oder übel allein führen. »Du weißt vermutlich, wer wir sind. Ich heiße Dóra Guðmundsdóttir und bin Rechtsanwältin und das ist Matthias Reich aus Deutschland. Wir sind wegen des Mordes an Harald Guntlieb hier und stellen unabhängig von der Polizei Nachforschungen an.«

Keine Reaktion. Dóra redete weiter. »Wir wollten dich treffen, da wir nicht glauben, dass du etwas mit dem Mord zu tun hast.« Sie holte tief Luft, um die folgenden Worte zu unterstreichen. »Wir sind auf der Suche nach Haralds Mörder und halten es für sehr wahrscheinlich, dass du nicht der Schuldige bist. Unser Ziel ist es, denjenigen zu finden, der Harald umgebracht hat, und falls du es nicht warst, wäre es vorteilhaft für dich, uns zu helfen.« Hugi hob den Kopf und schaute Dóra an. Er öffnete jedoch weder den Mund, noch machte er irgendwelche Anstalten, sich zu äußern, daher sprach Dóra weiter. »Verstehst du das? Wenn es uns gelingen sollte zu beweisen, dass ein anderer Harald ermordet hat, dann bist du in den wesentlichen Punkten von der Anklage befreit.«

»Ich hab ihn nicht umgebracht«, sagte Hugi leise. »Mir glaubt keiner, aber ich hab ihn nicht umgebracht.«

Dóra fuhr fort. »Hugi, Matthias kommt aus Deutschland und hat Erfahrung mit solchen Ermittlungen, aber er spricht kein Isländisch. Traust du dir zu, mit uns Englisch zu sprechen, damit er uns verstehen kann? Wenn nicht, ist das kein Problem. Wir möchten, dass du unsere Fragen verstehst und ... –«

»Ich kann Englisch«, war die fast geflüsterte Antwort.

»Gut«, sagte Dóra. »Wenn du etwas nicht verstehst oder Schwierigkeiten mit den Antworten hast, dann wechseln wir einfach wieder ins Isländische.«

Dóra wendete sich an Matthias und teilte ihm mit, sie könnten auf Englisch weitermachen. Matthias ließ sich das nicht zweimal sagen, beugte sich vor und eröffnete das Gespräch. »Hugi, jetzt setz dich erst mal gerade hin und dreh dich zu uns. Lass diesen Jammerton und reiß dich zusammen, zumindest solange wir hier sind.«

Dóra stöhnte innerlich; was sollte dieses Machogehabe? Sie würde sich nicht wundern, wenn Hugi aufstünde, in Tränen ausbräche und sofort gehen wollte, und dann müssten sie sich damit abfinden, denn er war schließlich aus freiem Willen hier. Dóra hatte keine Möglichkeit einzugreifen, denn Matthias redete unaufhörlich weiter. »Du bist in einer ziemlich miesen Lage, das muss ich dir ja nicht lang und breit erklären. Wir sind im Grunde deine einzige Hoffnung, aus dieser Sache rauszukommen, daher solltest du alles dafür tun, uns zu helfen und uns ehrlich antworten. In deiner Situation versinkt man leicht in Selbstmitleid, aber es ist an der Zeit, deinen Mann zu stehen und dich nicht wie ein kleines Kind zu verhalten. Also hör mir zu, setz dich vernünftig hin, schau mich an und antworte uns nach bestem Gewissen. Du wirst dich besser fühlen, wenn du dich ein bisschen zusammenreißt. Versuch's einfach mal.«

Verblüfft beobachtete Dóra, wie Hugi Matthias' Worte befolgte. Er richtete sich aus seiner Embryostellung auf und bemühte sich, einen erwachseneren Eindruck zu erwecken. Seine jugendlichen Gesichtszüge standen dem zwar im Wege, aber es fand dennoch eine gewisse Veränderung statt. Als Hugi das Wort ergriff, klang seine Stimme fester und reifer. »Es fällt mir schwer, euch die ganze Zeit anzuschauen. Ich stehe unter Medikamenten, die mich ein bisschen durcheinanderbringen.« Dóra erkannte es an seinen Augen; sie wanderten rastlos umher und wirkten apathisch, was auf Beruhigungsmittel schließen ließ. »Ich werde trotzdem versuchen, euch zu antworten.«

»Wie war dein Verhältnis zu Harald?«, fragte Dóra.

»Wir haben uns beim Feiern in der Stadt kennen gelernt. Ich hab mich ein bisschen mit ihm unterhalten; er war ein netter Typ. Kurz darauf hab ich ihn Halldór vorgestellt.«

»Wer ist das?«, fragte Dóra weiter.

»Halldór Kristinsson. Er studiert Medizin«, antwortete Hugi, wobei er den Stolz in seiner Stimme nicht verbergen konnte. »Wir waren schon als kleine Jungs befreundet. Wir haben in Grafarvogur nebeneinander gewohnt. Er ist super intelligent, aber kein Strebertyp, immer in Partylaune.«

Dóra ging ein Licht auf. Das war der junge Mann, der zu der Party gewollt hatte, bei der Harald am Abend vor dem Mord gewesen war – derjenige, der auf die anderen Gäste im Kaffibrennslan gewartet hatte. »Wart ihr eng befreundet, Harald und du?«

Hugi zuckte die Achseln. »Ja, schon. Zwar nicht so eng wie Harald und Halldór, aber Harald hat manchmal bei mir Ha...« Hugi brach mitten im Satz ab und machte ein besorgtes Gesicht.

»Deine Haschischverkäufe interessieren im Moment niemanden. Red weiter«, sagte Matthias barsch.

Hugis Adamsapfel hüpfte auf und ab; dann beschloss er, weiterzureden. »Okay. Harald hat mich manchmal als seinen besten Freund bezeichnet; aber das war nicht ernst gemeint und nur, wenn er mir was abkaufen wollte. Er war trotzdem super nett; ganz, ganz anders als alle, die ich kenne.«

»Wie anders?«, insistierte Dóra.

»Also, erstens hatte er jede Menge Kohle und gab ständig einen aus und so. Außerdem hatte er eine irre Wohnung und ein Auto.« Er überlegte kurz, bevor er weitersprach. »Aber das war nicht der Punkt. Er war viel cooler als alle anderen. Er hatte vor nichts Angst, hatte immer abgefahrene Ideen und steckte irgendwie alle damit an. Er sah super cool aus mit seinem ganzen Körperschmuck – keiner von uns hat sich getraut, das nachzumachen. Noch nicht mal Halldór, der total darauf abfuhr. Der bereute es tierisch, dass er sich ein ganz kleines Tattoo auf den Arm hatte stechen lassen. Aber Harald war die Zukunft völlig gleichgültig.«

»Es stellte sich ja auch heraus, dass er keine mehr hatte«, konterte Matthias. »Was habt ihr gemacht? Worüber habt ihr euch unterhalten?«

»Ich weiß nicht mehr, worüber wir geredet haben.«

»Hat er irgendwann über seine Studien oder über Hexenverbrennungen gesprochen?«, fragte Dóra erwartungsvoll.

»Hexerei«, entgegnete Hugi und schnaubte. »Am Anfang wurde über nichts anderes geredet. Als ich dazukam, hat Harald mir angeboten, Mitglied in ihrem magischen Verein zu werden.«

Matthias fiel ihm ins Wort. »Magischer Verein? Welcher magische Verein?«

»Malleus irgendwas. Ein Verein für Leute, die sich für die Inquisition und irgendwelchen Geschichtskram interessieren.« Hugi wich Dóras Blick aus, errötete leicht und wendete sich dann an Matthias. »Das war aber in Wirklichkeit was ganz anderes. Hatte nichts mit einem Harry-Potter-Fanclub zu tun, das könnt ihr mir glauben. Es ging um vier Dinge: Sex, Magie, Drogen und noch mehr Sex.« Er grinste. »Deshalb fand ich's toll, dabei zu sein. Der historische Kram, die Hexerei und diese magischen Runen und Verse interessieren mich nicht die Bohne. Ich wollte nur meinen Spaß haben. Die Mädels waren echt scharf.« Hugi bekam einen schwärmerischen Gesichtsausdruck – wahrscheinlich im Gedenken an die erfüllten Stunden mit den scharfen Mädels. »Ein paar Geschichten über Hexenverbrennungen waren ganz unterhaltsam. Ich kann mich an eine erinnern, in der eine schwangere Frau auf den Scheiterhaufen kam und mitten in den Flammen ihr Kind zur Welt brachte. Irgendwelche Priester holten das Kind lebend da raus, meinten dann aber, es könnte von der Hexerei der Mutter infiziert sein, und warfen es wieder ins Feuer. Harald meinte, das ist wirklich so gewesen.«

Dóra verzog das Gesicht und holte ihn zurück in die Gegenwart. »Wer war noch in diesem Verein? Wie hießen die scharfen Mädchen?«

»Harald war die Hauptperson; dann Halldór, der war im Prinzip seine rechte Hand; Bríet, die studiert an der Uni Geschichte – ich glaub, sie war die Einzige, die das Ganze wirklich ernst nahm; Brjánsi oder Brjánn, der studiert auch Geschichte; Andri, der studiert Chemie, und Marta María, die macht irgendwas mit Frauenforschung. Die war echt unerträglich, hat ständig irgendwas über Frauen gelabert und wie ungerecht alles sei. Sie hat mit ihrem Gequatsche die ganze Stimmung kaputtgemacht. Harald nannte sie Heilige Mutter Gottes und so. Wegen María, verstehst du?« Dóra signalisierte ihm, dass sie verstanden hatte, während Matthias nur stumm dasaß. »Das war der harte Kern, ein paar Mal kamen neue Leute dazu, aber am Ende blieben immer nur wir übrig. Ich hab nicht so richtig mitverfolgt, was die anderen gemacht haben. Wie gesagt, ich hatte kein Interesse an Magie – nur an dem Drumherum.«

»Du sagst, Halldór sei Haralds rechte Hand gewesen. Was meinst du damit?«, fragte Dóra.

»Sie haben oft zu zweit rumgehangen. Ich glaub, Halldór hat ihm bei Übersetzungen oder so was geholfen. Außerdem war klar, dass Halldór Haralds Rolle übernehmen sollte, sobald Harald Island verlässt. Halldór hat sich ganz schön was darauf eingebildet; er war vollkommen fasziniert von Harald.«

»Ist Halldór schwul?«, fragte Matthias.

Hugi schüttelte den Kopf. »Nee, ganz bestimmt nicht. Er bekam einfach nur glänzende Augen. Halldór kommt aus einem armen Elternhaus, so wie ich. Harald hat ihn mit Geld überschüttet, mit teuren Geschenken und Anerkennung, und dafür hat Halldór ihn angehimmelt. Man konnte sehen, wie sehr Harald das genoss. Er war allerdings nicht immer nett zu Halldór, hat ihn oft vor den anderen runtergemacht. Aber er hat immer drauf geachtet, es wieder gutzumachen, damit Halldór ihn nicht fallen lässt. Ziemlich merkwürdige Freundschaft.«

»Wie war es für dich, Halldórs Faszination für Harald zu beobachten? Halldór war schließlich dein Jugendfreund. Warst du nicht eifersüchtig?«, fragte Dóra.

Hugi grinste. »Nee, auf keinen Fall. Wir waren immer noch Freunde. Harald war ja nur für eine bestimmte Zeit hier in Island und ich wusste, dass es vorbeigehen würde.« Hugi machte plötzlich ein bekümmertes Gesicht. »Ich hab ihn nicht umgebracht, um meinen Freund zurückzubekommen. So war das nicht.«

»Nein, vielleicht nicht«, entgegnete Matthias. »Aber sag mir eins: Wenn du ihn nicht umgebracht hast, wer war es dann? Du musst doch irgendeine Vermutung haben. Du weißt doch, dass es kein Selbstmord oder Unfall gewesen sein kann.«

Hugis Augen wanderten wieder zum Fußboden. »Ich weiß es nicht. Wenn ich es wüsste, würde ich es euch natürlich sagen. Ich will nicht im Gefängnis sein.«

»Glaubst du, dein Freund Halldór hat Harald ermordet?«, fragte Dóra. »Willst du ihn schützen?«

Hugi schüttelte den Kopf. »Halldór könnte niemanden umbringen. Schon gar nicht Harald. Ich hab euch doch gesagt, er hat ihn vergöttert.«

»Ja, aber du hast auch gesagt, dass Harald ihn schlecht behandelt und vor euch anderen erniedrigt hat. Vielleicht ist er ausgerastet und hatte sich nicht mehr unter Kontrolle. So was kommt vor«, sagte Dóra.

Hugi schaute entschlossen auf. »Nein. Halldór ist nicht so. Er will Arzt werden. Er will den Leuten helfen, am Leben zu bleiben, und sie nicht töten.«

»Mein lieber Hugi, es tut mir leid, dass ich dir das sagen muss, aber auch Ärzte haben im Laufe der Zeit Menschen umgebracht. Jede Berufssparte hat ihre schwarzen Schafe«, erklärte Matthias. »Und wenn es nicht Halldór war – wer war es dann?«

»Vielleicht Marta María«, murmelte Hugi wenig überzeugend. Er mochte das Mädchen offenbar nicht besonders. »Vielleicht hat Harald sie einmal zu viel Heilige Mutter Gottes genannt.«

»Marta María, tja«, sagte Matthias. »Das ist ein toller Vorschlag, bis auf die Tatsache, dass sie ein wasserdichtes Alibi hat. So wie alle anderen aus eurem Hexenclub. Außer möglicherweise Halldór. Sein Alibi ist am wackeligsten. Es ist durchaus denkbar, dass er dieses Kaffibrennslan kurz verlassen, Harald umgebracht und sich dann wieder mit seinem Drink an die Theke gesetzt hat.«

»An denselben Platz? Im Kaffibrennslan an einem Samstagabend? Wohl kaum«, entgegnete Hugi spöttisch.

»Und dir fällt sonst niemand ein?«, fragte Dóra.

Hugi blähte die Wangen und pustete die Luft langsam wieder aus. »Vielleicht jemand von der Uni. Ich weiß es nicht. Oder jemand aus Deutschland.« Er achtete darauf, Matthias nicht anzusehen, während er das sagte, so als sei Matthias überempfindlich, wenn es um seine Landsleute ging. »Ich weiß, dass Harald an diesem Abend etwas feiern wollte. Das hat er mir gesagt. Er wollte Haschisch von mir kaufen, zur Feier des Tages oder so.«

»Oder so?«, fragte Matthias brüsk. »Du musst konkreter werden. Was hat er genau gesagt?«

Hugi war verärgert. »Konkreter? Ich kann mich nicht richtig erinnern; es hing mit etwas zusammen, das er endlich gefunden hatte. Er schrie irgendwas auf Deutsch und ballte die Faust. Dann umarmte er mich, drückte mich ganz fest an sich und sagte, ich müsse ihm Ecstasy besorgen, weil er so super Laune hätte und richtig einen draufmachen wolle.«

»Und dann habt ihr die Party verlassen?«, fragte Dóra. »Nachdem er dich umarmt und nach Ecstasy gefragt hat?«

»Ja, kurz danach. Ich war schon total durcheinander; ich hatte zu viel getrunken und versucht, mich mit Speed wieder runterzubringen, hat aber nicht funktioniert. Es war alles viel zu viel. Jedenfalls haben wir ein Taxi zu mir nach Hause genommen und ich kann mich nur dran erinnern, dass ich kein Ecstasy finden konnte; ich war total fertig und hätte sogar Schwierigkeiten gehabt, Milch im Kühlschrank zu finden. Harald war ziemlich sauer auf mich und redete davon, was für ein Schwachsinnstrip das Ganze sei. Ich weiß noch, dass ich mich aufs Sofa legte, weil sich vor meinen Augen alles drehte.«

Dóra fiel Hugi ins Wort. »Hast du gesagt, du hättest ihm kein Ecstasy gegeben?«

»Ich hab's nicht gefunden«, entgegnete Hugi. »Ich war drauf, hab ich doch gesagt.«

Dóra warf Matthias einen Blick zu, sagte aber nichts. Dem Obduktionsbericht nach waren in Haralds Blut Spuren von Ecstasy gefunden worden. Er musste es also irgendwann genommen haben. »Ist es möglich, dass er schon früher am Abend was genommen hatte? Oder bei dir zu Hause was gefunden hat, nachdem du eingeschlafen warst?«

»Bei der Party hat er kein Ecstasy genommen, ausgeschlossen. Er kann auch bei mir zu Hause nichts aufgetrieben haben, denn die Bullen haben das Zeug bei der Hausdurchsuchung in meiner Abstellkammer entdeckt. Ich hatte es da versteckt und hatte den Schlüssel in der Hosentasche. Harald hätte wohl kaum in der Abstellkammer gesucht; er wusste wahrscheinlich überhaupt nicht von ihr. Vielleicht ist er nach Hause gefahren und hat da was genommen. Warum wollt ihr das alles wissen?«

»Bist du sicher, dass Harald nicht in deine Tasche gegriffen und den Schlüssel rausgeholt hat? Vielleicht weißt du es nicht mehr genau, aber du könntest dich ja an die Abstellkammer erinnert und ihm davon erzählt haben?«, fragte Matthias. »Versuch dich zu erinnern. Du liegst auf dem Sofa und alles dreht sich – und was dann?«

Hugi schloss die Augen und versuchte krampfhaft, sich zu erinnern. Auf einmal schlug er die Augen auf und schaute die beiden verwirrt an. »Doch, ich erinnere mich. Ich hab nichts gesagt, aber Harald. Er hat mir was ins Ohr geflüstert. Ich erinnere mich dran, dass ich ihm unbedingt antworten und ihn bitten wollte, auf mich zu warten, aber es ging nicht.«

»Was? Was hat er gesagt?«, fragte Matthias ungeduldig.

Hugi schaute sie zweifelnd an. »Vielleicht bringe ich da was durcheinander, aber ich glaube, er hat gesagt: *Schlaf schön, mein Lieber. Wir feiern das später. Ich bin nach Island gekommen, um die Hölle zu suchen, und weißt du was? Ich hab sie gefunden!*«

14. KAPITEL

»Benimm dich nicht so idiotisch.« Marta María spitze die Lippen und blies eine lange Rauchsäule aus. Sie klopfte die Asche der halbgerauchten Zigarette in den Aschenbecher. Dann drückte sie die Zigarette aus; sie hatte genug. »Damit machst du alles nur noch schlimmer. Glaub bloß nicht, du würdest damit irgendjemandem einen Gefallen tun.« Sie schaute den jungen Mann, der auf dem Stuhl auf der gegenüberliegenden Seite des Tisches saß, oder besser gesagt hockte, verärgert mit ihren grünen, mandelförmigen Augen an. Er glotzte wütend zurück, sagte aber nichts. Marta María reckte sich und strich mit ihren schlanken Fingern durch ihre rote Locken. »Schau mich nicht so an, mein Lieber. Du hast uns in die Sache mit reingerissen, also glaub bloß nicht, du könntest hier plötzlich das Unschuldslamm spielen, das von Gewissensbissen geplagt wird.« Sie schaute Hilfe suchend zu ihrer Freundin, die neben ihr saß. Das junge, blonde Mädchen nickte nur mit weit aufgerissenen Augen. Sie hatte eine Kurzhaarfrisur und wirkte jungenhaft, aber dennoch hätte sie niemand versehentlich für einen Mann gehalten. Sie war hübsch und zierlich, hatte aber einen üppigen Busen. Von hinten sah sie aus wie ein Kind, wie sie dort neben der hoch gewachsenen Marta María saß, für die das Thema noch nicht abgeschlossen war. »Das ist so typisches Machogehabe, dass ich kotzen könnte. Wenn's drauf ankommt, zieht ihr den Schwanz ein.« Sie lehnte sich selbstzufrieden in ihrem Stuhl zurück. Ihre Freundin traute sich nicht, die beiden anderen anzuschauen, und konzentrierte sich auf ihr Getränk.

»Um Himmels willen«, entgegnete Halldór und tat so, als stecke er sich den Finger in den Hals. »Wie wär's, wenn du zur Abwechslung mal 'ne andere Platte auflegen würdest.« Die Wut stand ihm ins Gesicht geschrieben und während er Marta María anstarrte, hob sich seine Oberlippe instinktiv und seine weißen Zähne blitzten auf. Er wendete den Blick von ihr ab und zog an seiner Zigarette. Während er den Rauch ausblies, beruhigte er sich ein wenig. Mit beherrschterer Stimme fügte er hinzu: »Du solltest sogar froh sein, wenn ich zur Polizei gehe. Oder glaubst du, es ist toll, im Frauenknast zu landen? Nur Frauen, geil!« Er grinste sie spöttisch an.

Marta María ließ das nicht auf sich sitzen. »Dann können wir ja miteinander telefonieren und uns schmutzige Geschichten erzählen. Ein so schnuckeliger Typ wie du, mein Süßer, wird in Litla-Hraun bestimmt äußerst beliebt sein.« Sie erwiderte sein spöttisches Grinsen.

»Ach, jetzt hört endlich auf«, sagte Bríet schließlich. Marta María und Halldór blickten sie nur verwundert an, sodass sie wieder in ihr Glas starrte, diesmal mit leicht geröteten Wangen. Dann murmelte sie vor sich hin: »Ich hab keine Lust im Frauenknast zu landen, und ich will auch nicht, dass du nach Litla-Hraun musst.« Sie schaute auf und richtete ihren Blick auf Halldór. »Ich hab eine Scheißangst.«

Halldór lächelte ihr mitfühlend zu. Er mochte Bríet, eigentlich noch viel mehr als das; er fand sie sehr anziehend – auch wenn er sich noch nicht im Klaren darüber war, ob es über rein sexuelle Anziehung hinausging. »Niemand muss ins Gefängnis.« Er warf Marta María einen Blick zu. »Da siehst du, wie weit du es gebracht hast; du hast Bríet mit deinem Gerede total verängstigt.«

Marta María machte ein beleidigtes Gesicht. »Ich? Aber hallo! Du hast angefangen, über Gefängnisse zu reden – nicht ich.« Sie sah Bríet an, verdrehte die Augen und stöhnte. »Wer hatte eigentlich die Idee, hierher zu kommen?«

Sie saßen im Hótel 101 in der Hverfisgata im Kaminzimmer neben der Bar, wo Rauchen erlaubt war. Ihr Freund Harald hatte dieses Lokal sehr gemocht und als er ihre seltsame Clique angeführt hatte, waren sie ständig hier gewesen. Seit er nicht mehr unter ihnen war, hatte dieser Ort seinen Charme verloren. Halldór senkte den Kopf und schüttelte ihn dann konfus. »Um Gottes willen, Marta. Ich bin echt am Ende. Können wir nicht wie Freunde miteinander reden? Ich dachte, du würdest mir helfen. Ich finde es schrecklich, dass Hugi im Knast sitzt. Das musst du doch verstehen.« Er schaute auf, ohne ihr in die Augen zu sehen, und griff nach der Zigarettenschachtel, die in der Mitte des Tisches lag. »Dieses Durcheinander macht mich noch ganz verrückt. Wann zum Teufel ist eigentlich die Beerdigung?«

Bríet schaute Marta María besorgt an. Sie hoffte, ihre Freundin würde einen anderen Ton anschlagen. Bríets Wunsch wurde erhört. Marta María atmete tief durch und änderte das hochmütige Verhalten, das sie seit einer Viertelstunde an den Tag gelegt hatte. »Ach, Dóri.« Sie streckte sich über den Tisch, umfasste Halldórs Kinn und zwang ihn, ihr in die Augen zu schauen. »Wir sind doch Freunde, oder?« Er nickte schwach. »Dann hör auf mich. Wenn du dich in die Sache einmischst, hilfst du Hugi nicht.« Er schaute sie konzentriert an und sie redete ruhig weiter. »Denk drüber nach. Nichts von dem, was dich bedrückt, ändert etwas an seiner Lage. Das Einzige, was passieren würde, ist, dass wir mit in die Sache hineingezogen würden. Es ist erst viel später passiert, nach dem Mord. Die Bullen interessieren sich nicht dafür. Die interessieren sich nur für die Todeszeit. Sonst nichts.« Sie lächelte ihn an. »Die Beerdigung findet bestimmt bald statt und danach hast du nichts mehr damit zu tun.« Halldór wich ihrem Blick aus. Marta María musste seinen Kopf nach oben drücken, bevor sie weiterredete, damit er sie wieder ansah. »Ich hab ihn nicht umgebracht, Halldór. Ich werde mich nicht für deine Gewissensbisse opfern. Zur Polizei zu gehen ist die schlechteste Idee, die du je hattest. Sobald du was von Haschisch und Drogen erzählst, sitzen wir in der Klemme. Kapiert?«

Halldór schaute ihr tief in die Augen und nickte. »Aber vielleicht …«

Er konnte seinen Satz nicht mehr beenden. Marta María schnitt ihm das Wort ab. »Kein Vielleicht. Jetzt hör mir zu! Du bist ein schlauer Kerl, Halldór. Glaubst du, ein Mediziner, der mit Drogen zu tun hatte, wird noch irgendwo mit Kusshand genommen?« Sie schüttelte den Kopf und blickte dann von Halldór zu Bríet, die die Szene gespannt verfolgte, bereit, dem letzten Redner wie üblich Recht zu geben. Marta María wendete sich wieder an Halldór und sagte sehr ruhig: »Benimm dich nicht wie ein kleiner Junge. Wie ich schon sagte, die Bullen interessieren sich nur dafür, wer Harald umgebracht hat. Für nichts anderes.« Sie betonte ihre letzten Worte und wiederholte sie zur Sicherheit. »Für nichts anderes.«

Halldór war wie hypnotisiert. Er starrte direkt in ihre grünen Augen, die ihn unter den gepiercten Augenbrauen anschauten. Dann nickte er gehorsam, wenn auch ein wenig schwach, da Marta Marías Hand immer noch sein Kinn umfasst hielt. Genau dies war der Grund, warum er gedroht hatte, zur Polizei zu gehen – er wusste, dass sie ihn umstimmen würde. Er schob den Gedanken beiseite. »Okay, okay.«

»Oh, super«, murmelte Bríet und lächelte Halldór zu. Sie war offenbar erleichtert und drückte zufrieden Martas Arm. Marta María war nicht anzusehen, ob sie es wahrnahm – sie richtete ihre Aufmerksamkeit voll und ganz auf Halldór und hielt immer noch sein Kinn umfasst.

»Wie viel Uhr ist es?«, fragte sie dann, ohne ihren Griff zu lockern.

Bríet holte rasch ein hellrotes Handy aus ihrer Tasche, die über der Stuhllehne hing. Sie klickte auf das Display und verkündete: »Kurz vor halb zwei.«

»Was machst du heute Abend?«, fragte Marta Halldór. Ihre Stimme war ausdruckslos, aber ihr Blick sagte alles.

»Nichts«, war die kurze Antwort.

»Komm bei mir vorbei – ich hab auch nichts vor«, entgegnete Marta. »Es ist lange her, dass wir beide was zusammen unternommen haben, und ich hab das Gefühl, dass dir ein bisschen Gesellschaft guttäte.« Sie betonte jedes einzelne Wort.

Bríet rutschte unruhig auf ihrem Stuhl hin und her. »Sollen wir ins Kino gehen?« Sie schaute Marta erwartungsvoll an, die sie jedoch keines Blickes würdigte. Bríet spürte einen kräftigen Tritt auf ihren Fuß und als sie zu Boden schaute, sah sie, wie ihr hübscher Schuh unter Martas Lederstiefel verschwand. Bríet errötete; sie hatte begriffen, dass ihre Anwesenheit an diesem Abend nicht erwünscht war.

»Möchtest du ins Kino gehen?«, fragte Marta Halldór. »Oder möchtest du einen ruhigen Abend bei mir verbringen?« Sie neigte den Kopf.

Halldór nickte.

Marta lächelte. »Was denn nun? Das ist keine Antwort.«

»Zu dir.« Halldórs Stimme war rau und tief. Alle drei wussten, worum es ging.

»Ich kann's kaum erwarten.« Marta ließ Halldórs Kinn los und klatschte in die Hände. Sie winkte dem Kellner, der gerade vorbeiging, und bestellte die Rechnung. Halldór und Bríet schwiegen. Bríet war gekränkt. Und Halldór hatte dem nichts hinzuzufügen. Er fischte einen Tausendkronenschein aus seiner Hosentasche, legte ihn auf den Tisch und stand auf.

»Ich komme zu spät zum Unterricht. Man sieht sich.« Er ging davon und die beiden Mädchen drehten sich um und schauten ihm hinterher.

Als er weg war, wendete sich Marta an Bríet und sagte: »Der Junge hat einen richtigen Knackarsch. Er sollte uns öfter verlassen.« Sie musterte ihre Freundin, die ihr einen verletzten Blick zuwarf. »Um Himmels willen. Jetzt sei doch nicht gleich beleidigt. Er ist im Moment in einer kritischen Situation und es steht sehr viel auf dem Spiel.« Sie fasste Bríet am Arm. »Er steht auf dich, daran hat sich nichts geändert.«

Bríet lächelte schwach. »Nein, vielleicht nicht. Er schien aber trotzdem sehr von dir angetan zu sein.«

»Liebes, das hat nichts mit Verliebtheit zu tun. Du bist diejenige, die die Männer verzaubert. Ich – tja ... ich bin gut im Bett.« Sie stand auf und schaute Bríet herablassend an. »Und weißt du, warum?« Keine Antwort. »Ich genieße den Augenblick. Solltest du auch mal probieren. Anstatt ununterbrochen auf den großen Retter zu warten – genieß das Leben.«

Bríet suchte ihr Portemonnaie. Darauf wusste sie keine Antwort. Sie hatte an allen möglichen Spielchen mit dieser Clique teilgenommen und wurde schon allein bei dem Gedanken daran rot. War das etwa nicht das Leben genießen? Hatte sie auf irgendeine Weise signalisiert, sie wolle gerettet werden? Was sollte dieser Unfug? Als die Mädchen das Lokal verließen, tröstete sich Bríet mit dem Gedanken, dass die Jungs auf sie flogen. Nicht auf Marta. Aber jetzt stand so viel auf dem Spiel, dass sie Marta nicht mit irgendwelchen Ausführungen und Vergleichen bezüglich ihrer weiblichen Vorzüge reizen wollte. Marta war nämlich eine Art weiblicher Harald. Sie hatte Halldór im Griff. Bríet wollte nicht ins Frauengefängnis. Nein danke – zum Teufel mit Halldór. Sie könnte ihn sich genauso gut später angeln.

Bríet streckte ihren Rücken, sodass ihre Brüste noch mehr ins Auge fielen. Als die Mädchen in Richtung Tür gingen, genoss Bríet die Blicke der drei Anzugträger, die am Fenster saßen – ihr gafften sie hinterher, nicht Marta. Bríet lächelte verschmitzt. Kleine Triumphe verschafften oft die größte Genugtuung.

15. KAPITEL

»Nichts.« Dóra blickte enttäuscht von ihrem Computerbildschirm zu Matthias. Sie waren nach ihrem Besuch bei Hugi in der Kanzlei vorbeigefahren, unter anderem, um nachzuschauen, ob Dóras E-Mail an den mysteriösen »Mal« beantwortet worden war.

Matthias hob ratlos die Schultern. »Wer weiß? Vielleicht kommt nie eine Antwort.«

Dóra wollte nicht so schnell aufgeben wie Matthias. »Aber vielleicht hat Harald in seinem Computer irgendwelche Informationen über ihn.«

Matthias hob die Augenbrauen. »Haben Sie Informationen über Ihre Bekannten in Ihrem Computer?«

»Ach, Sie wissen doch, was ich meine. Eine Adressliste im E-Mail-Programm von den Personen, mit denen man am meisten korrespondiert.«

Matthias zuckte erneut mit den Schultern. »Ja, ich weiß schon, welche Art Liste Sie meinen. Vielleicht hatte Harald so was. Man weiß ja nie.«

Dóra drehte den Bildschirm zurück an seine normale Position. »Wie wäre es, wenn Sie gleich bei der Polizei anrufen und nach Haralds Computer fragen?« Sie schaute auf die Uhr auf ihrem Bildschirm. »Es ist erst kurz vor zwei, die Wache sollte also geöffnet haben.« Der Brief mit der Bitte um Herausgabe der Ermittlungsunterlagen war aus Bellas Postkörbchen verschwunden. Alles deutete darauf hin, dass Bella ihn gestern abgeschickt hatte.

Wahrscheinlich war der Brief schon angekommen, aber sie konnten nicht wissen, ob man ihre Anfrage schon bearbeitet hatte. Es wäre vernünftiger, einen oder zwei Tage mit dem Anruf zu warten und dann sowohl nach dem Computer als auch nach den Ermittlungsunterlagen zu fragen. Dóra schob jedoch die Stimme der Vernunft beiseite und überließ der Ungeduld das Steuer. Es blieb ihr ja kaum etwas anderes übrig. Sie hatte im Telefonverzeichnis im Internet nach den Handynummern von Haralds Freunden gesucht und die Nummern von Marta María, Bríet und Brjánn gefunden. Als sie die drei endlich erreicht hatte, hatten sie sich geweigert – Bríet nahezu hysterisch –, mit ihr zu sprechen, und sie auf die polizeilichen Aussagen verwiesen. Dóra und Matthias blieben daher zurzeit nicht viele Alternativen. »Rufen Sie an«, drängte Dóra.

Matthias fügte sich und bekam die Auskunft, es stünde ihnen frei, den Computer auf der Polizeiwache abzuholen. Ein Polizeibeamter namens Markús Helgason werde sie dort in Empfang nehmen.

Auf der Polizeiwache begrüßte der besagte Markús Dóra auf Isländisch, wendete sich dann an Matthias und sagte auf Englisch mit starkem Akzent: »Jetzt sind wir uns schon zweimal begegnet, bei der Wohnungsdurchsuchung und als Sie herkamen, um meinen Vorgesetzten, Árni Bjarnason, zu treffen.« Der Polizeibeamte lächelte verlegen. »Sie waren wohl nicht ganz mit ihm auf einer Wellenlänge, deswegen soll ich Sie jetzt in Empfang nehmen. Ich hoffe, Sie haben nichts dagegen einzuwenden.«

Der junge Mann trug eine hellblaue Polizeijacke und eine schwarze Uniformhose. Er war recht klein, aber die Zeiten, als von Polizisten eine Mindestgröße gefordert wurde, waren ja schon lange vorüber. Ansonsten sah Markús vollkommen normal aus, war weder hübsch noch hässlich, dunkelblond, mit gräulichen, eher unauffälligen Augen. Als er ihnen seine Hand reichte, lächelte er, und im selben Moment änderte sich Dóras Eindruck von ihm schlagartig. Er hatte wunderschöne, weiße Zähne und Dóra wünschte ihm viele Anlässe zur Freude.

Matthias und Dóra versicherten ihm, es mache ihnen nichts aus, seinen Vorgesetzten nicht zu treffen, und der junge Polizist ergriff erleichtert wieder das Wort. »Es würde mich freuen, wenn wir uns kurz unterhalten könnten. Soweit wir informiert sind, untersuchen Sie den Tatbestand in dem Mordfall, und da unsere Ermittlungen offiziell noch nicht abgeschlossen sind, wäre es gut, wenn wir uns kurz austauschen.« Er zögerte einen Moment und fügte dann vorsichtig hinzu: »Der Computer sowie einige Dokumente, die wir zurückgeben müssen, werden gerade in eine Kiste gepackt. Sie müssen also sowieso einen Augenblick warten. Wir können uns solange in mein Büro setzen.«

Dóra warf Matthias einen Blick zu. Matthias signalisierte ihr durch eine leichte Schulterbewegung, er habe nichts gegen ein Gespräch einzuwenden. Dóra war vollkommen klar, dass es sich bei der Sache mit dem Computer und der Kiste um einen reinen Vorwand handelte – ein einarmiger Mann bräuchte dafür ungefähr drei Minuten. Sie ließ sich nichts anmerken, lächelte arglos und erklärte, das sei kein Problem. Der Polizeibeamte führte sie in sein Büro.

Bis auf eine Kaffeekanne mit der Aufschrift *Manchester United* gab es in dem Raum keine persönlichen Gegenstände. Der Beamte bat Dóra und Matthias, sich zu setzen. Erst, nachdem sie Platz genommen hatten, setzte er sich selbst hin. Während dieser Prozedur sprach keiner ein Wort und als endlich alle saßen, trat eine unangenehme Stille ein.

»Tja, so ist das also«, sagte der Polizist mit gekünstelter Fröhlichkeit in der Stimme. Dóra und Matthias lächelten nur, erwiderten aber nichts. Dóra wollte, dass der Polizist das Gespräch in Gang brächte, und Matthias' zusammengekniffene Lippen deuteten darauf hin, dass er derselben Meinung war. Endlich kam der Polizist zum Thema. »Wir haben gehört, dass Sie heute Morgen in Litla-Hraun waren und Hugi Þórisson getroffen haben.«

»Das stimmt«, sagte Dóra kurz.

»Jawohl«, entgegnete der Polizeibeamte. »Was ist dabei herausgekommen?« Er schaute sie abwechselnd erwartungsvoll an. »Es ist ziemlich ungewöhnlich, gleichzeitig als Bevollmächtige der Angehörigen und als Unterstützer des Tatverdächtigen aufzutreten, was Sie, soweit ich informiert bin, heute Morgen im Gefängnis gemacht haben.«

Dóra blickte zu Matthias, der sie mit einer Handbewegung aufforderte, zu antworten. »Sollten wir nicht lieber sagen, die Umstände sind ungewöhnlich und nicht alltäglich und wir verhalten uns nur entsprechend. Trotz alledem arbeiten wir in erster Linie für Haralds Familie; die Interessen von Hugi Þórisson entsprechen lediglich den Interessen der Familie Guntlieb.« Sie machte eine kleine Pause, um dem Polizeibeamten die Gelegenheit zu geben, Einwände zu erheben, was er nicht tat. Daher redete sie weiter. »Wir glauben nicht, dass er schuldig ist. Unsere Unterredung mit ihm heute Morgen hat uns in unserer Meinung sogar noch bestärkt.«

Der Polizist hob erstaunt die Augenbrauen. »Ich muss gestehen, ich verstehe nicht ganz, warum Sie da so sicher sind. Sämtliche Ermittlungsergebnisse besagen das Gegenteil.«

»Unserer Meinung nach gibt es sehr viele unbeantwortete Fragen; ich denke, das ist der Hauptgrund«, antwortete Dóra.

Der Polizist nickte und schien ihr beizupflichten. »Das stimmt vollkommen, aber wie gesagt, unsere Ermittlungen sind noch nicht beendet. Andererseits würde es mich sehr überraschen, wenn noch etwas ans Licht kommen sollte, das unsere Theorie, dass Hugi Þórisson Harald umgebracht hat, über den Haufen werfen würde.« Er spreizte die Finger seiner einen Hand und zählte, indem er einen Finger nach dem anderen mit der anderen Hand umfasste. »Erstens war er kurz vor dem Mord mit dem Verstorbenen zusammen. Zweitens wurde Haralds Blut auf der Kleidung gefunden, die er an jenem Abend trug. Drittens haben wir in seinem Schrank ein T-Shirt gefunden, mit dem eine beträchtliche

Menge Blut aufgewischt wurde – auch dieses Blut war von dem Verstorbenen. Viertens war er Mitglied in diesem Zauberclub des Ermordeten und kannte sich daher mit magischen Runen aus, also auch mit derjenigen, die in die Leiche geritzt war. Und fünftens war er an jenem Abend aufgrund von Drogenkonsum derart benebelt, dass er durchaus fähig gewesen wäre, der Leiche die Augen herauszuschneiden. Glauben Sie mir – so etwas macht niemand im Vollbesitz seiner geistigen Fähigkeiten. Hugi war in Drogengeschäfte verwickelt und hatte vermutlich die Absicht, Drogen ins Land zu schmuggeln. Der Ermordete verfügte über genügend Kapital, um dies zu finanzieren, und kurz vor dem Mord verschwand eine beträchtliche Summe von seinem Konto. Spurlos. So etwas geschieht nicht bei normalen Geschäften. Auf die eine oder andere Weise lassen sich Kapitalbewegungen immer nachvollziehen.« Der Polizist betrachtete seine Hände. Er hielt alle Finger seiner linken Hand mit der rechten Hand umfasst. »Ich könnte es beschwören – meistens reichen wesentlich weniger Beweise, um jemanden zu verurteilen. Uns fehlt lediglich ein Geständnis, wobei ich bereitwillig zugebe, dass ein solches unter ähnlichen Bedingungen meistens schon längst vorliegt.«

Dóra ließ sich nichts anmerken. Die Sache mit dem Blut an Hugis Kleidung traf sie völlig unvorbereitet. Weder in den Polizeiberichten noch in den anderen Dokumenten, die ihr vorlagen, war davon die Rede. Sie beeilte sich, etwas zu sagen, damit der Polizist nicht merkte, dass er sie aufgeschreckt hatte. »Ist das nicht ein heikler Punkt, dass er den Mord nicht gestanden hat?«

Der Polizeibeamte schaute sie aufrichtig an. »Nein, überhaupt nicht. Wissen Sie, warum?« Als Dóra keine Anstalten machte, ihm zu antworten, fuhr er fort. »Er kann sich an nichts erinnern. Er wiegt sich in der Hoffnung, den Mord nicht begangen zu haben. Warum sollte er eine Tat gestehen, an die er sich nicht erinnern kann, wenn so viel auf dem Spiel steht? Ich frage ja nur.«

»Wie erklären Sie sich den Transport der Leiche zur Universität?«, fragte Matthias. »Ein kleiner Drogendealer hatte wohl kaum Zugang zu den Universitätsgebäuden. Es war Wochenende und alles war abgeschlossen.«

»Er hat Haralds Schlüssel gestohlen. Ganz einfach. Wir haben bei der Leiche einen Schlüsselbund gefunden – daran befand sich unter anderem ein Schlüssel, oder besser gesagt eine Zugangskarte, denn es gibt ein Einbruchsicherungssystem. Aus dem System ist ersichtlich, dass die Karte kurz nach dem Mord benutzt wurde, um ins Gebäude zu gelangen.«

Matthias räusperte sich. »Was soll das heißen, kurz nach dem Mord? Könnte es nicht auch kurz vor dem Mord gewesen sein? Die Zeitangaben sind in diesem Zusammenhang schließlich nicht eindeutig.«

»Nein, aber das spielt keine Rolle«, antwortete der Polizist unfreundlicher als zuvor.

Matthias redete weiter – er wollte den Polizisten nicht so leicht davonkommen lassen. »Stellen wir uns vor, Hugi habe den Schlüssel genommen und die Leiche von seiner Wohnung, die sich ja in der Nähe befindet, zur Universität gebracht. Wie ging dieser Transport Ihrer Meinung nach vonstatten? Die Leiche eines ausgewachsenen Mannes steckt man schließlich nicht einfach in die Tasche – und transportiert sie auch nicht in einem Taxi.«

Jetzt grinste der Polizist. »Er hat die Leiche auf seinem Fahrrad transportiert. Es wurde vor dem Árnagarður gefunden und – es gab Spuren. Wir haben Haralds Blut am Lenkrad gefunden. Glücklicherweise wurde das Fahrrad unter ein Schutzdach geworfen, sodass es nicht zuschneite.«

Da Matthias nichts sagte, ergriff Dóra das Wort. »Woher wissen Sie, dass dieses Fahrrad Hugi gehörte?« Eilig fügte sie hinzu: »Und selbst wenn dem so ist, woher wissen Sie, dass es in der besagten Nacht dort zurückgelassen wurde?«

Der Polizeibeamte lächelte noch zufriedener. »Das Rad wurde gegen einen Schuppen mit Mülltonnen geworfen und lehnte an dessen Tür. Der Müll wurde am Freitag geleert und die Angestellten der Müllabfuhr dieses Stadtteils sind sich einig, dass ihnen dabei kein Fahrrad im Weg stand. Hugi selbst hat das Fahrrad identifiziert und bestätigt, es habe am Samstag unangetastet im Fahrradkeller seines Wohnblocks gestanden. Und eine Nachbarin hat ausgesagt, das Rad habe an seinem gewohnten Platz gestanden, als sie gegen Abend ihren Kinderwagen aus dem Fahrradkeller holte, um mit ihrem Kind einkaufen zu gehen.«

»Wie zum Teufel kann sich eine Zeugin daran erinnern, welches Rad sich dort befand und welches nicht? Ich hab auch in einem Wohnblock gewohnt und kann nicht behaupten, dass ich damals Aussagen darüber hätte treffen können, was im Fahrradkeller stand, obwohl ich oft dort war«, sagte Dóra erregt.

»Das Fahrrad war auffällig und Hugi benutzte es häufig. Im Winter, im Sommer, im Frühling und im Herbst. Er hatte keinen Führerschein, daher blieben ihm kaum Alternativen. Er war nicht gerade der Ordentlichste, wenn es um die Benutzung des Fahrradkellers ging – an besagtem Wochenende hatte er das Rad gegen den Kinderwagen dieser Frau gelehnt. Sie kann sich gut daran erinnern, dass sie es wegstellen musste, um an ihren Kinderwagen zu kommen.«

Matthias räusperte sich. »Wenn Hugi den Schlüssel gestohlen hat und dieser zu einem Sicherungssystem gehörte, muss es einen Code oder eine Zugangsnummer geben. Wie soll Hugi sich die beschafft haben?«

»Das ist eine der Fragen, die sich uns von Anfang an gestellt haben, und wir haben die Sache untersucht«, antwortete der Polizist. »Bei den Verhören von Haralds Freunden stellte sich heraus, dass er ihnen allen die Nummer gegeben hatte.«

Dóra schaute ihn ungläubig an. »Wer soll denn das glauben? Warum zum Teufel sollte er das tun?«

»Ich glaube, er fand die Nummer witzig. Er hatte nämlich die Zugangsnummer 0666 und diese Zahl scheint irgendwie mit dem Satan in Verbindung zu stehen und passte daher besonders gut zu ihm.«

»Es ging eher um Magie als um den Satan«, bemerkte Matthias. Dann wechselte er schnell das Thema, um ausufernden Diskussionen über das Wesen der Hexerei zuvorzukommen. »Eine Sache könnten Sie uns noch mitteilen. Wir sind auf den Ausdruck einer E-Mail von Harald gestoßen, eine kurze Mitteilung an einen gewissen »Mal«. Haben Sie dazu etwas herausgefunden?«

Der Polizist schaute ihn verständnislos an. »Ich muss gestehen, dass ich mich daran nicht erinnere. Wir haben eine ganze Menge Unterlagen durchgesehen. Wenn Sie möchten, kann ich das nachschlagen und Sie informieren.«

Dóra beschrieb ihm den Inhalt der E-Mail in groben Zügen, obwohl sie nicht glaubte, dass die Polizei in diesem Zusammenhang von großem Nutzen wäre. Der Beamte hätte sich daran erinnern müssen, wenn man etwas darüber herausgefunden hätte. Er versprach, nachzuforschen, ob der Empfänger ausfindig gemacht worden sei. Allerdings hielt er die Sache, die Harald glaubte gefunden zu haben, nicht für besonders wichtig. »Wahrscheinlich meinte er irgendein Mädchen, hinter dem er her war oder so was. Und sonst? Haben Sie vor, sich noch länger mit dem Fall zu beschäftigen?« Er schaute Dóra und Matthias abwechselnd an.

»Solange wie nötig«, entgegnete Matthias mit unergründlichem Gesichtsausdruck. »Ich bin immer noch nicht davon überzeugt, dass der richtige Mann in Untersuchungshaft sitzt – trotz Ihrer Informationen. Ich kann mich natürlich irren.«

Der Polizeibeamte lächelte zögerlich. »Wir wären Ihnen dankbar, wenn Sie uns auf dem Laufenden hielten, da unsere Ermittlungen noch nicht beendet sind. Wir möchten jegliche Konflikte vermeiden, und es wäre besser, wenn wir zusammenarbeiten.«

Dóra nutzte die Gelegenheit einzuhaken. »Wir haben einen Teil der Ermittlungsunterlagen erhalten, aber bei weitem nicht alles. Ich habe Ihnen einen Brief geschrieben, den sie voraussichtlich morgen bekommen werden. Darin fordere ich Sie im Namen der Angehörigen auf, sämtliche Unterlagen zur Verfügung zu stellen – steht dem Ihrer Meinung nach irgendetwas im Wege?«

Der Polizist zuckte mit den Schultern. »An und für sich nicht; das ist allerdings nicht meine Entscheidung. Eine solche Anfrage ist ungewöhnlich, aber ich gehe davon aus, dass sie genehmigt wird. Es könnte nur eine Weile dauern, alles zusammenzustellen. Wir versuchen selbstverständlich ...« Er kam nicht weiter, denn es klopfte an der Tür. »Herein«, rief er, und die Tür öffnete sich. Im Türrahmen stand eine junge Polizistin mit einem Pappkarton im Arm. Ein schwarzer Computer ragte aus dem Karton heraus.

»Hier ist der Computer, den du haben wolltest«, sagte die junge Frau und trat ein. Sie stellte den Karton auf den Schreibtisch und holte ein Blatt in einer durchsichtigen Plastikhülle heraus. »Der Bildschirm ist unten am Empfang; er kommt direkt aus dem Archiv, da wir ihn nicht wirklich brauchten. Eigentlich war es völliger Blödsinn, ihn mitzunehmen«, sagte sie freimütig zu dem Polizisten. »Man sollte die Kollegen, die solche Wohnungsdurchsuchungen durchführen, vielleicht darauf hinweisen, dass auf dem Bildschirm abgelegte Dateien sich nicht wirklich auf dem Bildschirm befinden. Es liegt alles auf der Festplatte und kann auf jedem Bildschirm abgerufen werden.« Sie tippte leicht auf den Computer.

Der Polizeibeamte wirkte nicht sehr glücklich darüber, dass die junge Frau ihn vor Dóra und Matthias zurechtwies. »Danke für die Infos.« Er nahm ihr die Plastikhülle aus der Hand und zog das Blatt heraus. »Wenn Sie hier bitte den Empfang quittieren würden«, sagte er zu Matthias. »Die übrigen Unterlagen, die wir noch hatten, sind ebenfalls in dem Karton.«

»Um welche Unterlagen handelt es sich?«, fragte Dóra. »Warum sind sie nicht zusammen mit den anderen zurückgegeben worden?«

»Es waren Dokumente, die wir uns genauer anschauen wollten, ein ziemliches Sammelsurium. Daraus hat sich aber nichts ergeben. Ich bezweifele, dass Sie etwas damit anfangen können.« Er stand auf und gab damit zu erkennen, dass die Unterredung beendet sei.

Dóra und Matthias erhoben sich von ihren Stühlen und Matthias nahm den Karton, nachdem er den Empfang quittiert hatte. »Vergesst den Bildschirm nicht«, sagte die Polizistin und lächelte Dóra zu. Dóra lächelte zurück und versicherte ihr, sie nähmen ihn mit.

Sie gingen zum Auto, Dóra mit dem Bildschirm im Arm und Matthias mit dem Karton. Dóra holte den Stapel mit den Unterlagen aus dem Karton, bevor sie sich auf den Beifahrersitz setzte.

»Matthias!«, sagte sie verwundert, »was zum Teufel ist das denn?«

16. KAPITEL

Dóra hielt ein rotbraunes Lederfutteral in der Hand, das sie mitten aus dem Stapel gezogen hatte. Es war auf der Rückseite mit einem Riemen zugebunden. Das Leder fühlte sich immer noch weich an, obwohl es schon älter sein musste. Wenn man dem Aufdruck Glauben schenken konnte, war es mindestens sechzig Jahre alt: »NHG 1947«. Der Inhalt interessierte Dóra jedoch mehr als das Futteral. »Was ist das bloß?«, fragte sie und schaute Matthias staunend an. Sie zeigte auf die alten, besser gesagt uralten Briefe, die zum Vorschein gekommen waren. Ihrem Aussehen und ihrer Schrift nach zu schließen mussten sie wesentlich älter sein als der Ledereinband.

Entsetzt betrachtete Matthias das Futteral. »War das in dem Stapel aus dem Karton?«

»Ja«, antwortete Dóra und durchblätterte mit spitzen Fingern flüchtig die obersten Briefe, um herauszufinden, wie viele es waren. Sie erschrak, als Matthias etwas Unverständliches hervorstieß und ihr das Futteral aus den Händen riss.

»Sind Sie verrückt geworden?«, japste er, schloss das Futteral und band hektisch den Riemen zu, was wegen des Steuerrads und des engen Fahrersitzes nicht ganz einfach war.

Dóra wusste nicht, wie ihr geschah. Schweigend verfolgte sie Matthias' Bemühungen. Nachdem er das Futteral wieder verschlossen hatte, legte er es vorsichtig auf den Rücksitz, zog seine Winterjacke aus und bettete sie darüber, sodass nicht die feuchte Außenseite der Jacke, sondern ihr weiches Innenfutter auf dem

Leder zu liegen kam. »Sollten wir nicht mal weiterfahren?«, fragte Dóra, um die Stille zu durchbrechen. Das Auto stand nur noch halb auf dem Parkplatz und ragte auf die Fahrbahn.

Matthias umfasste das Steuer mit beiden Händen und atmete tief aus. »Entschuldigen Sie die Aufregung. Ich hab einfach nicht damit gerechnet, diese Dokumente hier zu sehen, in einem unauffälligen Pappkarton von der Polizei.« Er lenkte den Wagen auf die Straße und fuhr los.

»Und was ist das, wenn ich fragen darf?«, sagte Dóra.

»Das sind uralte Briefe aus der Sammlung von Haralds Großvater, aus dem wertvolleren Teil der Sammlung. Die Briefe sind im Grunde unbezahlbar und es ist vollkommen unverantwortlich, dass Harald sie mit nach Island genommen hat. Die Versicherung glaubt bestimmt, sie lägen wie vereinbart sicher im Banksafe.« Matthias verstellte den Rückspiegel, um das wertvolle Frachtgut im Auge behalten zu können. »Ein Adliger aus Innsbruck schrieb sie im Jahr 1485. In den Briefen geht es um Heinrich Kramers Feldzug gegen die Hexen in Innsbruck, noch bevor sich Hexenverfolgungen in späteren Jahren überall verbreiteten.«

»Wer war noch mal Heinrich Kramer?« Dóra wusste, dass sie den Namen kennen sollte, aber sie konnte sich beim besten Willen nicht erinnern.

»Einer der Verfasser des *Hexenhammers*», erklärte Matthias. »Er war Großinquisitor in den Gebieten, die heute größtenteils zu Deutschland gehören – ohne Frage eine absolut widerwärtige Person; er hatte es besonders auf Frauen abgesehen. Er jagte angebliche Hexen und war außerdem an der Verfolgung von Juden, Gotteslästerern und anderen Minderheiten, die sich als Opfer anbieten, beteiligt.«

Dóra erinnerte sich an die Zusammenfassung aus dem Internet. »Ach ja, genau.« Dann fügte sie überrascht hinzu: »Geht es in diesen Briefen um ihn?«

»Ja«, antwortete Matthias. »Er kam nach Innsbruck. Sah. Aber siegte nicht. Am Anfang lief alles gut für ihn – er rief einen

Hexenprozess ins Leben, bei dem unermessliche Gewalt und Folter angewendet wurden. Die Angeklagten, siebenundfünfzig Frauen, bekamen keinen Rechtsbeistand. Als es zum Prozess kam, wurde dies missbilligt, sowohl von den anwesenden Kirchenoberhäuptern als auch von den weltlichen Herrschern. Kramer ging in seiner Beschreibung der sexuellen Handlungen dieser so genannten Hexen viel zu weit, sodass es dem Bischof zu viel wurde und er Kramer am Ende aus der Stadt verwies. Die Frauen, die er gefangen genommen hatte, wurden im Zuge dessen freigelassen, aber sie waren nach der andauernden Folter in erbärmlichem Zustand. Der Verfasser der Briefe beschreibt, wie mit seiner Frau umgegangen wurde. Wie man sich denken kann, ist das keine vergnügliche Lektüre.«

»An wen ging der Brief?«, fragte Dóra.

»Alle Briefe sind an den Bischof von Brixen, Georg II. Gosler gerichtet. Das war der Bischof, der Kramer am Ende aus der Stadt vertreiben ließ. Ich könnte mir vorstellen, dass die Briefe einen gewissen Einfluss darauf hatten.«

»Wie kam Haralds Großvater an die Briefe?«

Matthias zuckte die Achseln. »In den Nachkriegsjahren wurde in Deutschland einiges versteckt. Die Guntliebs hatten ihr Vermögen so angelegt, dass die Bank durch die Inflation der Reichsmark keinen Schaden erlitt, im Gegensatz zu vielen anderen, die nach dem Krieg ruiniert waren. Es ist keine gewöhnliche Bank – normale Leute legen dort kein Geld an und haben es auch nie getan. In vielerlei Hinsicht ist es Haralds Großvater zu verdanken, dass seine wichtigsten Geschäftspartner zu jener Zeit nicht Pleite gingen. Er merkte schnell, was passieren würde, und konnte daher viele Besitztümer in Sicherheit bringen, ohne dass jemand darauf aufmerksam wurde. Er war in einer recht guten Position und konnte sich in wirtschaftlich schwierigen Zeiten allerlei Dinge anschaffen.«

»Aber wer kann ihm diese Briefe verkauft haben? Briefe aus dem 15. Jahrhundert bewahrt man doch nicht für magere Jahre auf, um sie dann zu verscherbeln, wenn alles um einen herum zusammenbricht.«

Matthias machte ein nachdenkliches Gesicht. »Ich habe keine Ahnung. Diese Briefe sind nirgendwo verzeichnet und werden in keinen Quellen genannt – daher könnten sie auch gefälscht sein. Allerdings sehr gut gefälscht, wenn das stimmt. Haralds Großvater erzählte nicht viel von seinen Erwerbungen. Die Initialen auf dem Futteral sind seine – Niklas Harald Guntlieb – sie verweisen also nicht auf einen vorherigen Eigentümer. Ich vermute, die Briefe wurden der Kirche irgendwann gestohlen.« Matthias fuhr die Snorrabraut entlang und setzte den Blinker, um die Spur zu wechseln. Sie wollten zur Bergstaðastræti, denn sie waren sich einig, dass der Computer dort am besten aufgehoben sein würde. Sie mussten also gleich rechts abbiegen, befanden sich aber auf der linken Spur. Matthias bekam keine Chance – die anderen Autofahrer schienen sich in den Kopf gesetzt zu haben, Dóras und Matthias' Routenplan um jeden Preis zu durchkreuzen und sie über die Brücke nach Fossvogur zu zwingen. »Was habt ihr denn alle?«, brummelte Matthias in Richtung der anderen Autofahrer.

»Wechseln Sie einfach die Spur«, sagte Dóra, die dieses Fahrverhalten kannte. »Denen ist ihr Auto wichtiger als unsere Fahrtrichtung.«

Matthias gab Gas und entkam nur knapp einem wild hupenden Auto, vor dem er eingeschert hatte. »Ich werde mich nie daran gewöhnen, hier Auto zu fahren«, sagte er bestürzt.

Dóra grinste nur. »Und was steht in den Briefen? Was ist mit der Frau passiert?«

»Sie wurde gefoltert«, antwortete Matthias. »Auf grausame Weise.«

»Ich nehme an, man kann nur auf grausame Weise gefoltert werden«, bemerkte Dóra, die eine genauere Beschreibung erwartet hatte. »Was hat man denn mit ihr gemacht?«

»Der Verfasser des Briefes beschreibt verstümmelte Hände und einen Fuß, der von einem Eisenstiefel zerquetscht wurde. Außerdem hat man ihr beide Ohren abgeschnitten. Es gab bestimmt noch mehr, was er nicht zu Papier brachte. Wunden und Ähnliches.« Matthias blickte kurz von der Straße zu Dóra. »Ich erinnere mich an den Schlusssatz in einem der letzten Briefe; er lautete ungefähr so: *Suchet ihr nach dem Bösen, so werdet ihr es nicht in der sterblichen Hülle meiner geliebten, jungen, unschuldigen Frau finden. Es wohnt denjenigen inne, die sie der Schuld bezichtigen.*«

»Mein Gott«, stieß Dóra hervor und ihr lief ein kalter Schauer über den Rücken. »Sie erinnern sich aber verdammt gut daran.«

»Man vergisst den Inhalt dieser Briefe nicht so schnell«, entgegnete Matthias trocken. »Das ist natürlich nicht das Einzige, worum es geht. Der Mann hat alles Mögliche versucht, um sie freizubekommen, von juristischen Argumenten bis hin zu puren Drohungen. Er war verzweifelt und liebte seine Frau mehr als sein Leben. Sie muss wunderschön gewesen sein, wenn man seinen Worten glauben darf. Sie waren erst kurz verheiratet.«

»Durfte er sie im Gefängnis besuchen? Hat er diese Briefe geschrieben, während sie in Gefangenschaft war?«, fragte Dóra.

»Nein und ja«, sagte Matthias. »Nein – er durfte sie nicht besuchen, aber einer der Wächter hatte Mitleid mit ihr und überbrachte dem Ehemann ihre Botschaften – Botschaften, die den Briefen zufolge immer niedergeschlagener und hoffnungsloser wurden. Was Ihre zweite Frage betrifft: Alle Briefe außer einem wurden geschrieben, während sie in Gefangenschaft war und ihr Ehemann versuchte, ihre Freilassung zu bewirken. Alle außer dem letzten; den schrieb er, als sie wieder frei war. Allein dieser Brief beschreibt menschliche Schicksale, die man sich vor Augen halten sollte, wenn man mit eigenen Problemen konfrontiert ist.«

»Erzählen Sie«, sagte Dóra, ohne es wirklich hören zu wollen.

»Sie müssen bedenken, dass der damalige Stand der medizinischen Forschung nicht mit heute vergleichbar war, im Grunde war es nur ein Herumdoktern. Sie können sich bestimmt vorstellen, welche Qualen Kranke und Verletzte erleiden mussten, ganz zu schweigen von den seelischen Qualen einer jungen Frau, die bei jedermann beliebt war und für ihre Schönheit bewundert wurde. Als man sie freiließ, waren ihr Fuß und ihre Finger verstümmelt. Sie hatte keine Ohren mehr. Ihr Körper war mit Narben übersät, die man ihr durch Messerstiche zugefügt hatte, weil man nach Stellen suchte, die nicht bluteten. Aus dem Brief lässt sich noch Weiteres herauslesen, wird aber nicht genau beschrieben. Was würden Sie tun?« Matthias blickte Dóra erneut an.

»Hatte sie Kinder?«, fragte Dóra. Instinktiv führte sie ihre rechte Hand zu ihrem Ohr – sie hatte sich noch nie Gedanken darüber gemacht, wie wichtig Ohren für das Aussehen waren.

»Nein«, antwortete Matthias.

»Dann hat sie sich umgebracht«, sagte Dóra, ohne zu überlegen. »Endlose Qualen und Schmerzen kann man für seine Kinder ertragen, sonst nicht.«

»Bingo«, sagte Matthias. »Sie lebten auf einem Gutshof an einem kleinen Fluss und sie humpelte an dem Abend, an dem sie nach Hause gekommen war, dorthin und ging ins Wasser. Wenn sie in besserer Verfassung gewesen wäre, hätte sie schwimmen und sich retten können, aber in einem schweren Kleid, wie es damals Mode war, mit verstümmeltem Fuß und verstümmelten Händen dauerte es nicht lange.«

»Was hat ihr Mann daraufhin getan? Steht davon etwas in dem Brief?«, fragte Dóra und verdrängte den Gedanken an die junge Frau.

»Ja, allerdings. Er hat dem Inquisitor Kramer das Teuerste im Leben genommen, so wie dieser ihm das Teuerste im Leben nahm – und das befände sich nun auf dem langen Weg zur Hölle«, erklärte Matthias. »Aus der Beschreibung ist nicht ersichtlich, wer diesen Racheakt ausgeführt oder wo er stattgefunden hat, geschweige denn, was die Hölle damit zu tun hat. Historische Quellen geben keine näheren Hinweise. Im Folgenden teilte der Ehemann dem Bischof mit, er möge ruhig schlafen – er schreibt, der Bischof habe auf sein Gesuch nicht rechtzeitig reagiert, aber Gott richte am

Ende über seine Diener. Dann zitiert er etwas aus dem Alten Testament – darin ist, wie Sie wissen, nicht von Vergebung die Rede. Ich kann es nicht genau erklären, aber in seinen Schlussworten lag eine Art Drohung, von der ich nicht weiß, ob er sie wahr gemacht hat – der Bischof starb ein paar Jahre später. Könnte gut sein, dass der Bischof die Briefe loswerden und sie nicht zusammen mit anderen kirchlichen Dokumenten aufbewahren wollte.«

»Diese Erklärung ist aber ziemlich heikel«, sagte Dóra. »Wenn er die Briefe loswerden wollte – warum hat er sie dann nicht verbrannt?«

Matthias konzentrierte sich darauf, einen Parkplatz direkt vor Haralds Wohnung zu finden. »Ich weiß nicht. Vielleicht sah er den heiligen Petrus und Gott vor sich und wollte keine Aufmerksamkeit auf den Inhalt der Briefe lenken, indem er sie verbrannte – Rauch steigt zum Himmel auf, wissen Sie.«

»Sie glauben also, die Briefe sind echt?«, fragte Dóra.

»Nein, das habe ich nicht gesagt. Es gibt gewisse unlogische Stellen.«

»Zum Beispiel?«

»In erster Linie die Bezugnahme auf das so genannte abscheuliche Buch Kramers. Der Verfasser der Briefe schreibt, es sei verziert und ausgeschmückt gewesen, was aber den teuflischen Ursprung seines Inhalts nicht habe verhehlen können.«

»Könnte er denn nicht den *Hexenhammer* gemeint haben?«

»Das passt nicht zusammen«, entgegnete Matthias. »Historische Quellen besagen, dass diese hübsche Lektüre erst ein Jahr später herausgegeben wurde, 1486.«

»Wurde denn das Alter von Papier und Tinte der Briefe bestimmt?«, fragte Dóra.

»Ja, das stimmt ungefähr, aber das hat nicht viel zu sagen. Fälscher verwenden altes Papier und alte Tinte oder Farbe, um Forscher zu täuschen.«

»Alte Tinte?«, fragte Dóra zweifelnd.

»Ja, so in etwa. Sie stellen Tinte aus alten Materialien her oder lösen Tinte anderer alter Dokumente, die nicht so wertvoll sind, auf. Damit erzielen sie denselben Effekt.«

»Unglaublich umständlich«, kommentierte Dóra und dankte dem lieben Gott dafür, keine Fälscherin geworden zu sein.

»Hm«, stimmte Matthias zu und sie stiegen aus dem Auto.

»Aber warum hat Harald die Briefe mit nach Island genommen?«, fragte sie. »Hielt er sie für echt oder gefälscht?«

Matthias schlug die Fahrertür zu und öffnete die Hintertür. Er wickelte das Futteral in seine Jacke und legte sie vorsichtig auf den Karton. Dann bückte er sich und hob den Karton heraus. Falls ihm im Pullover kalt war, ließ er sich das nicht anmerken. »Harald war von ihrer Echtheit überzeugt – ihn faszinierte das Geheimnis, wen oder was Kramer durch die in dem Brief angekündigte Rache verlor. Harald hat alle möglichen Dokumente in ganz Deutschland verzweifelt nach Hinweisen durchforstet und sogar die Bibliothek im Vatikan besucht. Aber er hat nichts gefunden, was ihm weitergeholfen hätte. Über Kramer ist nur wenig bekannt, er lebte schließlich vor über fünfhundert Jahren.«

Dóra entdeckte im Schnee Fußspuren, die um die Hausecke herumführten und auf die Eingangstür von Haralds Wohnung zuliefen. Mit dem Kinn deutete sie auf die frischen Spuren – sie führten nur in eine Richtung, konnten also nicht vom Postboten oder vom Zeitungsausträger stammen.

Der Mann stand ein Stück von der Eingangstür entfernt. Er war zurückgetreten, um zum Fenster in der oberen Etage hinaufzuschauen. Als Matthias und Dóra lautlos um die Ecke bogen, zuckte er zusammen. Er schaute sie mit offenem Mund an und stammelte etwas Unverständliches, bis er endlich die richtigen Worte gefunden hatte. »Kanntet ihr Harald Guntlieb?«

17. KAPITEL

»Seid gegrüßt. Ich heiße Gunnar Gestvík, Leiter der Historischen Fakultät der Universität Islands.«

Der Mann trat unsicher von einem Bein aufs andere. Er war gut gekleidet und trug eine schicke Winterjacke mit einem Markennamen, den Dóra aus dem Kleiderschrank ihres Ex-Mannes kannte, darunter einen Anzug, aus dessen Halsausschnitt ein sorgfältig gebundener Krawattenknoten und ein hellblauer Hemdkragen hervorlugten. Seine ganze Erscheinung ließ darauf schließen, dass es sich um einen seriösen Menschen mit einem guten Job handelte. Allerdings war seine Seriosität im Moment schwer in Mitleidenschaft gezogen. Dieser Gunnar hatte ganz offensichtlich nicht damit gerechnet, jemandem zu begegnen, und versuchte verzweifelt, sich unauffällig zu verhalten. Dóra wusste sofort, dass dies der Mann war, der Haralds Leiche gefunden hatte, oder besser gesagt, dem sie in die Arme gefallen war. Es war ihr ein Rätsel, was er im Haus seines ehemaligen Studenten zu suchen hatte. Vielleicht gehörte das zur Verarbeitung des traumatischen Erlebnisses und sein Psychotherapeut hatte ihm dazu geraten.

»Ich war gerade zufällig in der Nähe und wollte nachsehen, ob jemand zu Hause ist«, erklärte Gunnar zögernd.

»Hier? In Haralds Wohnung?«, fragte Dóra verwundert.

»Selbstverständlich habe ich nicht damit gerechnet, ihn persönlich anzutreffen«, beeilte sich Gunnar klarzustellen. »Ich meine, es könnte ja jemand da sein, der Hausmeister oder so.«

Matthias verstand kein Wort und überließ Dóra die Gesprächsführung. Er hatte den Namen des Mannes sofort erkannt. Er schlüpfte an Dóra vorbei und gab ihr mit allen möglichen Zeichen zu verstehen, sie solle den Mann hineinbitten. Dann kramte er die Schlüssel aus seiner Tasche und schloss die Eingangstür auf.

Gunnar beobachtete Matthias dabei und wirkte ganz aufgeregt. »Habt ihr Zugang zu der Wohnung?«, fragte er Dóra.

»Ja, Matthias arbeitet für Haralds Familie und ich bin ebenfalls deren Bevollmächtigte. Wir haben heute bei der Polizei ein paar von Haralds Sachen abgeholt und möchten sie zurückbringen. Darf ich dich hineinbitten? Wäre schön, wenn wir uns kurz mit dir unterhalten könnten.«

Gunnar war sehr bemüht, seine Freude zu überspielen. Er nahm dankend an, schaute aber erst auf seine Armbanduhr und tat so, als rechne er aus, ob er genug Zeit habe. Dann folgte er Dóra ins Haus. Trotz seiner feinen Aufmachung schien er kein großer Kavalier zu sein – zumindest bot er ihr keine Hilfe beim Schleppen des schweren Bildschirms in den ersten Stock an.

Gunnar reagierte ähnlich wie Dóra, als sie die Wohnung zum ersten Mal betreten hatte. Er kam noch nicht mal dazu, seine Jacke aufzuhängen, sondern ging wie hypnotisiert ins Wohnzimmer und begutachtete die Gegenstände an den Wänden. Matthias und Dóra ließen sich Zeit und stellten die schweren Lasten ab. Matthias holte das Lederfutteral mit den alten Briefen aus dem Karton, wickelte es aus der Jacke und ging damit in Richtung Schlafzimmer. Dóra blieb zurück, um Gunnar im Auge zu behalten.

»Eine bemerkenswerte Gemäldesammlung«, stellte Dóra fest. Sie rief sich ins Gedächtnis, was Matthias ihr über die Bilder erzählt hatte, traute sich aber nicht zu, es richtig wiederzugeben. Daher beschloss sie, lieber nicht mit ihrem Wissen zu prahlen.

»Woher hatte er diese Bilder?«, fragte Gunnar. »Hat er sie gestohlen?«

Dóra war sprachlos. Wie kam der Mann auf diese Idee? »Nein.

Er hat sie von seinem Großvater geerbt.« Sie zögerte, sprach dann aber weiter. »Hast du dich mit Harald nicht gut verstanden?«

Gunnar zuckte zusammen. »Nein, guter Gott. Ich habe mich ausgezeichnet mit ihm verstanden.« Seine Stimme klang nicht sehr überzeugend, was Gunnar wohl bemerkt hatte. Augenblicklich versuchte er, diesen Eindruck zu widerlegen. »Harald war ein außerordentlich begabter junger Mann und hat in seinem Geschichtsstudium gute Leistungen gezeigt. Seine Arbeitsweise war absolut vorbildlich, was heutzutage leider nicht mehr selbstverständlich ist.«

Dóra war immer noch nicht überzeugt. »Er war also ein vorbildlicher Student?«

Gunnar lächelte gezwungen. »Das könnte man sagen. Sein Äußeres und sein Verhalten waren natürlich ungewöhnlich, aber man sollte die Mode der jungen Leute nicht verurteilen. Ich kann mich gut an die Beatles und die von ihnen ausgelöste Modewelle erinnern. Die Älteren waren damals davon auch nicht besonders angetan. Ich bin alt genug, um zu wissen, dass jugendlicher Leichtsinn alle möglichen Formen annehmen kann.«

Es war wirklich weit hergeholt, Harald mit den Beatles zu vergleichen. »So habe ich das nicht gemeint.« Dóra schenkte Gunnar ein wohlwollendes Lächeln. »Ich kannte ihn natürlich nicht.«

»Du sagtest, du bist Rechtsanwältin; womit hat Haralds Familie dich denn beauftragt? Geht es um Erbschaftsangelegenheiten? Das, was hier an der Wand hängt, ist ziemlich wertvoll.«

»Nein, damit hat es nichts tun«, erklärte Dóra. »Wir gehen noch einmal die Mordermittlungen durch – die Familie ist mit der polizeilichen Schlussfolgerung nicht einverstanden.«

Gunnar starrte sie mit großen Augen an. Sein Adamsapfel hüpfte auf und ab. »Was meinst du damit? Hat man den Schuldigen denn nicht gefunden – diesen Drogendealer?«

Dóra zuckte die Achseln. »Unserer Meinung nach weist einiges darauf hin, dass er nicht der Mörder ist.« Gunnar schien aus unerfindlichen Gründen nicht besonders froh zu sein, diese Neuigkeit zu hören. Sie fügte hinzu: »Es wird sich alles herausstellen. Vielleicht haben wir Unrecht – vielleicht auch nicht.«

»Es geht mich vielleicht nichts an, aber was deutet denn auf die Unschuld des Mannes hin? Die Polizei scheint überzeugt zu sein, den richtigen Mann verhaftet zu haben; wisst ihr etwas, das der Polizei nicht bekannt ist?«

»Wir verheimlichen der Polizei nichts, falls du das meinst«, sagte Dóra scharf. »Wir sind nur in einigen schwerwiegenden Punkten nicht mit ihren Ermittlungsergebnissen einverstanden.«

Gunnar schnappte nach Luft. »Entschuldige meine Voreiligkeit; ich bin nicht ganz bei mir selbst, was diese Sache betrifft. Ehrlich gesagt hatte ich gehofft, es wäre bald vorüber. Das Ganze ist wirklich schwer für mich und wirft außerdem ein schlechtes Licht auf die Fakultät.«

»Das verstehe ich«, sagte Dóra. »Aber selbst wenn ein schlechtes Licht auf die Fakultät fällt, ist das kein Grund, den falschen Mann zu verurteilen, nicht wahr?«

Gunnar fasste sich wieder und sagte schnell: »Nein, nein, nein. Natürlich nicht. Man denkt manchmal zu sehr an seine eigenen Probleme, aber das hat selbstverständlich seine Grenzen; versteh mich bitte nicht falsch.«

»Warum bist du eigentlich hergekommen?«, fragte Dóra. Sie überlegte, womit sich Matthias wohl so lange beschäftigte.

Gunnar richtete seinen Blick von Dóra auf eines der Gemälde. »Ich habe gehofft, mit jemandem in Kontakt treten zu können, der sich um Haralds Belange kümmert.«

»Wozu?«

»Kurz bevor Harald ermordet wurde, hat er ... wie soll ich es ausdrücken ... tja, ein Dokument von der Universität ausgeliehen, das er nicht zurückgegeben hat. Ich suche danach.« Gunnar wendete seinen Blick nicht von dem Bild ab.

»Um was für ein Dokument handelt es sich?«, fragte Dóra. »Hier findet sich so einiges.«

»Es ist ein alter Brief an den Bischof von Roskilde von etwa

1500. Er wurde in Dänemark ausgeliehen und es ist sehr wichtig, dass er nicht verschwindet.«

»Das klingt ziemlich ernst«, stellte Dóra fest. »Warum hast du dein Anliegen nicht der Polizei mitgeteilt? Sie hätte den Brief bestimmt gefunden.«

»Es hat sich gerade erst herausgestellt – ich hatte noch keine Ahnung davon, als ich verhört wurde; sonst hätte ich sie darum gebeten, mir das Dokument auszuhändigen. Die Polizei wollte ich mit der Sache nicht belästigen und hatte gehofft, das Problem auf einfacherem Wege lösen zu können. Ich habe wirklich keine große Lust, schon wieder eine Aussage zu machen. Das ist eine Lebenserfahrung, von der ich erst mal genug habe. Dieses Dokument steht überhaupt nicht mit dem Mord in Verbindung, das kann ich versichern.«

»Vielleicht nicht«, sagte Dóra. »Ich bin leider bisher nicht darauf gestoßen. Wir haben allerdings noch nicht alle Unterlagen von Harald durchgeschaut. Gut möglich, dass der Brief auftaucht.«

Matthias kam mit irgendwelchen Papieren in der Hand ins Zimmer geeilt und setzte sich auf das schicke Sofa. Er bat Dóra und Gunnar mit einer Handbewegung zu sich. Dóra machte es sich im Sessel bequem, während Gunnar auf dem Sofa gegenüber von Matthias Platz nahm. Dóra erläuterte Matthias Gunnars Anliegen. Dieser ging nicht näher darauf ein, sondern fragte nur: »Sie haben Haralds Forschungen betreut oder habe ich das falsch verstanden?«

»Nein und ja, kann man sagen«, antwortete Gunnar bedächtig.

»So?«, sagte Matthias brüsk. »Wird bei der Abschlussarbeit nicht festgelegt, wer sich um welche Studenten kümmert?«

»Doch, doch. Natürlich«, beeilte sich Gunnar zu sagen. »Harald war nur noch nicht so weit vorangekommen, dass er einen Fakultätsbevollmächtigten gebraucht hätte. Das meinte ich damit. Þórbjörn Ólafsson hat Haralds Arbeit betreut. Ich habe die Sache nur oberflächlich verfolgt, wenn man so sagen darf.«

»Verstehe. Er hatte aber vermutlich bereits einen Entwurf oder ein Konzept für das Thema eingereicht, oder?«

»Ja. Er hatte ein Exposé abgegeben – wenn mich nicht alles täuscht, war das zu Beginn seines ersten Semesters an unserer Fakultät. Wir haben das Thema begutachtet und es im Großen und Ganzen anerkannt. Das Thema fiel in Þórbjörns Gebiet.«

»Worum ging es in der Arbeit?«, fragte Dóra.

»Um einen Vergleich der Hexenverbrennungen in Island und im übrigen Europa, vor allem in den Gebieten, die zum heutigen Deutschland gehören. Dort gab es die heftigsten Auseinandersetzungen, wenn ich so sagen darf. Harald hatte schon vorher verwandte Themenbereiche behandelt – im Zusammenhang mit seiner Magisterarbeit in Geschichte an der Universität München.«

Matthias nickte nachdenklich. »Habe ich das richtig verstanden, dass Hexenverbrennungen in Island erst im 17. Jahrhundert stattfanden?«

»Ja. Quellen berichten auch von Leuten, die schon vor dieser Zeit der Hexerei bezichtigt wurden, aber die eigentliche Hexenverfolgung begann erst im 17. Jahrhundert. Die erste Verbrennung, von der wir wissen, fand im Jahr 1625 statt.«

»Ja, das dachte ich mir«, sagte Matthias und wirkte irritiert. Er breitete die Papiere auf dem Tisch aus. »Es gibt merkwürdigerweise nur sehr wenig über isländische Hexenverbrennungen in Haralds Unterlagen und ich verstehe nicht, warum er sich so stark für Ereignisse interessierte, die viel früher stattfanden. Möglicherweise können Sie mich aufklären und einen historischen Zusammenhang herstellen, der uns verborgen ist.«

»Welche Ereignisse meinen Sie?«, fragte Gunnar und beugte sich über die Papiere, die aus ausgedruckten und kopierten Aufsätzen bestanden.

Während Gunnar die Aufsätze beäugte, zählte Matthias auf: »Ausbruch der Hekla im Jahr 1510, Epidemie in Dänemark um die Jahrhundertwende 1500, Reformation im Jahr 1550, Höhlen der Papar seit der Besiedelung des Landes und so weiter. Ich für meinen Teil sehe keinen direkten Zusammenhang, aber ich bin ja auch kein Historiker.«

Gunnar blätterte weiter in den Papieren. Schließlich ergriff er das Wort. »Dies steht wirklich nicht alles in direktem Zusammenhang mit Haralds Arbeit. Er könnte sich diese Aufsätze auch für andere Seminare beschafft haben, an denen er teilnahm. Die Landnahme ist mein Fachgebiet und ich muss gestehen, dass Harald mein Seminar nicht besucht hat, was eine Erklärung für diesen Artikel über die Papar gewesen wäre. Trotzdem glaube ich, diese Unterlagen stammen aus Kursen, in die er sich parallel zu seiner Abschlussarbeit eingeschrieben hatte.«

Matthias schaute Gunnar durchdringend an. »Nein, so einfach ist es nicht. Die meisten dieser Aufsätze befanden sich in einem Ordner mit der Aufschrift *Malleus* – Ihnen ist der Name vermutlich bekannt.« Matthias zeigte auf die Löcher an den Seitenrändern. »Ich glaube, er hat sie im Zusammenhang mit Forschungen auf dem Gebiet der Hexerei gesammelt.«

»Ja, ich kenne den Begriff – könnte er die Aufsätze nicht einfach in einen alten Ordner geheftet haben, ohne die Aufschrift zu ändern?«, fragte Gunnar.

»Gut möglich«, entgegnete Matthias. »Aber mein Gefühl sagt mir, dass es nicht so war.«

Gunnar schaute wieder auf den Papierstapel. »Das ist zugegebenermaßen nicht so einfach. Das Einzige, was mir auf Anhieb auffällt, ist die Verbindung zur Reformation – sie ging der Inquisition auf gewisse Weise voraus, so wie im übrigen Europa auch. Die Religion veränderte sich und viele Menschen wurden durch diese Entwicklung von einer Glaubenskrise erfasst. Was den Ausbruch der Hekla und die Epidemie angeht, könnte Harald die Verbindung zwischen der Inquisition und den wirtschaftlichen Verhältnissen untersucht haben. Naturkatastrophen und Krankheiten hatten zu jener Zeit einen immensen Einfluss. Obwohl andere Vulkanausbrüche, beispielsweise der Heklaausbruch von 1663, und andere Seuchen, die zeitlich näher an den Hexenverbrennungen liegen, sich für eine genauere Untersuchung besser geeignet hätten.« Er tippte leicht auf den Stapel.

»Er hat also nicht mit Ihnen oder mit diesem Þórbjörn darüber geredet, als Sie sich wegen der Abschlussarbeit getroffen haben?«, fragte Dóra.

»Nein, mit mir nicht. Þórbjörn erwähnte so etwas nach seinem Treffen mit Harald auch nicht«, antwortete Gunnar, fügte dann aber hinzu: »Wie ich schon sagte, befand sich Haralds Abschlussthema noch im Entwicklungsstadium. Seine Interessen schienen in unterschiedliche Richtungen zu gehen. Er gab Þórbjörn sogar zu verstehen, dass er sich mehr für den Einfluss der Reformation als für Hexenverbrennungen interessierte. Als er ermordet wurde, hatte er sein Thema aber noch nicht geändert.«

»Ist das üblich?«, fragte Dóra. »Seine Forschungsthemen derart zu ändern?«

Gunnar nickte. »Ja, das ist weit verbreitet. Man fängt voller Eifer an, merkt dann, dass das Thema gar nicht so spannend ist, wie man zunächst gedacht hat, und beginnt nach neuen Themenbereichen zu suchen. Wir haben sogar eine lange Liste mit interessanten Forschungsthemen, die wir unseren Studenten zur Auswahl vorlegen, wenn sie keine eigenen Vorschläge haben.«

»In Anbetracht von Haralds Interesse an Hexerei im Allgemeinen«, sagte Matthias und zeigte auf die sie umgebenden Wände, »ein Interesse, das ihn schon seit jungen Jahren begleitet, finde ich es fragwürdig, dass er auf einmal von der Reformation fasziniert gewesen sein soll.«

»Harald war katholisch, wie Ihnen zweifellos bekannt ist«, erklärte Gunnar. Dóra und Matthias nickten artig. »Ihn faszinierte nicht zuletzt die Verschlechterung der wirtschaftlichen Verhältnisse der Bevölkerung hier im Land um 1550 nach der Einführung des Luthertums, vor allem bei den Ärmsten. Die katholische Kirche hatte all ihre Besitztümer im Land gehalten, aber mit der Reformation gingen die Ländereien der Kirche an den dänischen König über und das Land verarmte. Zudem hatte die katholische

Kirche Almosen an die Ärmsten verteilt. Nach der Aufnahme des Luthertums wurden sie gestrichen. Harald fand das bemerkenswert, da die katholische Kirche selten in einem solchem Licht gesehen wird. Es hat ihn auch geradezu völlig begeistert, dass es katholischen Geistlichen und Bischöfen in Island gestattet war, Gefährtinnen und Kinder zu haben – was in anderen katholischen Bischofssitzen in Europa bis heute nicht geduldet wird.«

Matthias wirkte nicht überzeugt. »Hm, vielleicht. Ist es möglich, dass die Treffen mit diesem Þórbjörn nicht besonders effektiv waren? Harald forschte nach etwas, wovon Þórbjörn und vermutlich auch Sie gar nichts wussten?«

»Darüber weiß ich nichts, wie gesagt«, antwortete Gunnar. »Ich hatte damals zumindest nicht den Eindruck. Mehr kann ich dazu nicht sagen. Selbstverständlich konnte er alle möglichen Dinge ohne mein Wissen bearbeiten; Studenten im Masterstudiengang arbeiten ja sehr eigenständig. Ich empfehle Ihnen allerdings, mit Þórbjörn zu sprechen, wenn Sie Näheres darüber in Erfahrung bringen möchten. Ich kann an einem Treffen teilnehmen, wenn Sie wollen.«

Matthias warf Dóra einen Blick zu. Sie nickte zustimmend. »Ja, danke, das nehmen wir gern an«, sagte Matthias. »Wenn Sie wissen, wann Þórbjörn Zeit hat, rufen Sie mich bitte an. Auch, wenn Ihnen selbst etwas einfällt, das wichtig für uns sein könnte.« Er überreichte Gunnar seine Visitenkarte.

Dóra angelte ebenfalls eine Karte aus ihrer Handtasche und gab sie Gunnar. »Wir kümmern uns darum, ob sich der Brief, den Sie suchen, unter den Dokumenten befindet.«

»Das wäre mir sehr wichtig – die Sache ist ziemlich unangenehm für die Universität und ich würde den Brief ungern als verschwunden deklarieren. Leider habe ich keine Visitenkarte dabei, aber Sie erreichen mich meistens unter meiner direkten Durchwahl im Büro.« Er erhob sich.

»Was Haralds Kommilitonen anbelangt«, sagte Matthias, »können Sie uns mit ihnen zusammenbringen? Wir würden gern mit den Personen sprechen, die ihn am besten kannten. Wir haben heute Morgen versucht, einige von ihnen zu kontaktieren, aber sie wollten nicht mit uns reden.«

»Sie meinen bestimmt die jungen Leute, die mit ihm in diesem Verein waren«, entgegnete Gunnar. »Ja, das sollte möglich sein. Der Verein nutzt einen Raum in der Universität, daher begegne ich ihnen ab und zu. Ich hatte eigentlich gehofft, der Verein würde nach Haralds Tod aufgelöst. Er macht der Universität meiner Meinung nach keine große Ehre. Allerdings habe ich nicht das alleinige Sagen und kann an diesem Entschluss bedauerlicherweise nichts ändern. Ich kann ein Treffen mit den beiden Studenten meiner Fakultät, die in dem Verein sind, arrangieren.«

»Dafür wären wir Ihnen sehr dankbar.« Dóra lächelte ihm zu. »Warum halten Sie den Verein für untragbar?«

Gunnar schien über eine Antwort nachzugrübeln. »Vor ungefähr einem halben Jahr ist ... etwas passiert. Ich war und bin davon überzeugt, dass dieser Verein damit zu tun hatte, konnte es aber nie beweisen. Leider.«

»Was ist geschehen?«, fragte Matthias.

»Ich weiß nicht, ob ich überhaupt darüber reden sollte«, sagte Gunnar, der seine Offenheit schon wieder bedauerte. »Es wurde damals totgeschwiegen und drang nicht an die Öffentlichkeit.«

»Was?«, fragten Matthias und Dóra gleichzeitig.

Gunnar wand sich unschlüssig. »Wir haben einen Finger gefunden.«

»Einen Finger?« Wieder kam die Frage von beiden gleichzeitig, diesmal mit einem sehr erstaunten Tonfall.

»Ja, eine der Putzfrauen hat einen Finger vor dem Vereinsraum gefunden. Ich habe immer noch den Schrei der armen Frau im Ohr. Der Finger wurde zur Untersuchung ins Pathologische Institut der Universität geschickt und es stellte sich heraus, dass er einer älteren Person gehörte – das Geschlecht wurde nicht genau bestimmt, aber wahrscheinlich handelte es sich um einen Mann. Das Gewebe des Fingers war abgestorben.«

»Und die Polizei wurde nicht darüber informiert?«, fragte Dóra entsetzt.

Gunnar wurde rot. »Ich wünschte, ich könnte Ihre Frage bejahen, aber nachdem wir den Finger in unserem Gebäude gefunden hatten und seiner Herkunft auf eigene Faust nachgegangen waren, hielten wir es für unangemessen, den Fund bekannt zu geben. Es war schon so viel Zeit vergangen, verstehen Sie. Außerdem waren Semesterferien und so weiter.«

Dóra fand die Semesterferien in diesem Zusammenhang eher unbedeutend. Man konnte wahrscheinlich froh sein, dass sich beim Fund von Haralds Leiche niemand im Mutterschaftsurlaub befunden hatte. Und die Historische Fakultät nicht beschlossen hatte, den Mordfall selbst zu untersuchen. »Aha.«

»Was haben Sie denn dann mit dem Finger gemacht?«, fragte Matthias.

»Ähm, wir, äh, haben ihn weggeschmissen«, nuschelte Gunnar. Die Röte stieg ihm die Wangen hinauf bis in die Haarwurzeln. »Das hatte mit Sicherheit nichts mit dem Mord zu tun. Es gibt überhaupt keinen Grund, diesen peinlichen Vorfall der Polizei zu melden. Die haben andere Sorgen.«

»Aha«, wiederholte Dóra. Finger, Augen, abgeschnittene Ohren – was kam als Nächstes?

18. KAPITEL

Dóra reckte sich und lehnte sich in ihrem Stuhl zurück. Sie hatte gerade das letzte Kabel in den Computer gesteckt. Sie war mit Matthias in Haralds Arbeitszimmer gegangen, nachdem sie den unergründlichen Gunnar Gestvík verabschiedet hatten. »Ich muss gestehen, Ihre Theorie über den unbekannten Mörder kommt mir immer abwegiger vor.« Dóra schaltete den Computer ein und sogleich erklang ein summender Ton, der die Bereitschaft des Geräts signalisierte. »Zum Beispiel das Blut auf Hugis Kleidung; wie passt das in Ihre Theorie?« Da Matthias nicht reagierte, redete sie weiter. »Und das mit den Aufsätzen vorhin – ich sehe wirklich keinen Zusammenhang zwischen dem Mord und der Abschlussarbeit, zumal sich Harald bei seinen Quellenstudien offensichtlich verzettelt hat.«

»Ich bin mir meiner Sache sicher«, sagte Matthias, ohne Dóra direkt ins Gesicht zu schauen.

Etwas an seinem Verhalten irritierte sie. Es sah ihm nicht ähnlich, ihrem Blick auszuweichen. Außerdem starrte er auf das Display seines Handys, als hoffte er, jemand möge ihn anrufen und von dieser Unterredung erlösen. Dóra verschränkte die Arme und kniff die Augen zusammen. »Sie verheimlichen mir etwas.«

Matthias starrte immer noch erwartungsvoll sein Handy an. »Tja, ich will ja auch hoffen, dass ich noch nicht all meine Geheimnisse preisgegeben habe, wo wir uns erst so kurz kennen«, sagte er mit gespielter Heiterkeit in der Stimme.

»Blödsinn. Sie wissen genau, was ich meine. Es gibt noch andere Gründe als das verschwundene Geld und die Augen. Im Grunde hat sich noch nichts getan – außer einer E-Mail, die eigentlich nichts besagt, und jetzt ein Finger in der Uni, der die Professoren so durcheinandergebracht hat, dass sie ihn in völliger Panik weggeworfen haben.«

Matthias steckte das Handy in seine Tasche. »Angenommen, ich verheimliche Ihnen etwas – wenn ich Ihnen verspreche, dass Hugi nicht der Mörder oder zumindest nicht der alleinige Mörder sein kann, glauben Sie mir das?«

Dóra lachte laut auf. »Nein. Eigentlich nicht.«

Matthias erhob sich. »Schade. Ehrlich gesagt, ich kann Entscheidungen über bestimmte Hintergrundinformationen nicht allein treffen«, erklärte er und fügte dann rasch hinzu: »Das heißt, falls weitere Informationen existieren.«

»Angenommen, es wäre so – und angenommen, derjenige, der in der Lage ist, diese Entscheidung zu treffen, würde mich einbeziehen wollen – wäre es dann nicht vielleicht sinnvoll, ihn einfach mal zu fragen?«

Matthias schaute Dóra nachdenklich an und verließ dann das Zimmer. Dóra sah, dass er schon wieder sein Handy in der Hand hielt. Hoffentlich war er hinausgegangen, um zu telefonieren. Sie spitzte die Ohren und hörte eine undeutliche Stimme aus dem Flur. Dóra gab das Lauschen auf und wendete sich stattdessen dem Computer zu. Ein kleiner, grauer Kasten in der Bildschirmmitte forderte sie auf, ein Passwort einzugeben. Dóra musste raten: Harald, Malleus, Windows, Hexen und so weiter. Nichts funktionierte. Sie lehnte sich zurück und schaute sich in der Hoffnung auf irgendeine Eingebung im Zimmer um. Dann griff sie nach einem gerahmten Foto, das in dem Regal über dem Schreibtisch stand. Es war das Foto einer behinderten jungen Frau im Rollstuhl. Man musste kein Detektiv sein, um sofort zu erkennen, dass es sich um Haralds vor einigen Jahren verstorbene Schwester handelte. Wie hieß sie noch gleich? Anna? Nein, aber es war ein Name mit A. Nicht Agathe und nicht Angelika. Amelia – sie hieß Amelia Guntlieb. Dóra tippte den Namen ein. Nichts passierte. Sie seufzte und versuchte dann noch einmal dasselbe mit Kleinbuchstaben, ohne das große A am Anfang – amelia.

Bingo! Der Computer gab den Windows-Ton »du-du-du-duuuu« von sich und Dóra war drin. Sie überlegte, wie lange die Polizei wohl an dem Passwort herumgerätselt hatte, rief sich dann aber ins Bewusstsein, dass es dort irgendeinen Computerfreak geben musste, der durch die Hintertür hineingelangt sein dürfte. Die Beamten würden wohl kaum stundenlang dasitzen und ein Wort nach dem anderen ausprobieren. Das Bildschirmmotiv war eher ungewöhnlich und Dóra brauchte eine Weile, bis sie es erkannte. Man blickte schließlich nicht jeden Tag auf einem siebzehn Zoll großen Bildschirm in eine Mundhöhle. Geschweige denn in eine Mundhöhle, in der die Zunge an beiden Seiten mit Zangen aus rostfreiem Stahl festgeklemmt war. In der Mitte der Zungenspitze, oder besser gesagt der Zungenspitzen, war ein feuerroter Schlitz. Obwohl Dóra in diesen Dingen nicht sehr bewandert war, wusste sie, dass die Aufnahme bei der Spaltung der Zunge gemacht worden war. Entweder war die Operation noch im Gange oder gerade fertig. Dóra hätte um alles gewettet, wer der Eigentümer der Zunge war. Es musste Harald persönlich sein. Sie schüttelte sich vor Ekel.

Im Computer befanden sich ungefähr vierhundert Schriftdateien. Dóra sortierte sie chronologisch, sodass die jüngsten zuerst erschienen. Die Dateibezeichnungen sprachen für sich. Zuoberst reihten sich Dateien aneinander, deren Namen alle das Wort *Hexen* enthielten. Da es schon spät war, holte Dóra ihre Handtasche und kramte ihren USB-Stick heraus. Dann kopierte sie alle Hexendateien darauf, um sie sich in aller Ruhe abends zu Hause ansehen zu können – vorausgesetzt, Matthias vertraute ihr den Grund an, den die Guntliebs ihr bis jetzt verschwiegen hatten. Ansonsten müsste sie am Abend mal ausrechnen, ob sie es sich leisten könnte, die Guntliebs zur Hölle zu wünschen. Sie hatte keinerlei Interesse daran, als eine Art Luxusdienstmädchen zu fungieren.

Matthias war immer noch verschwunden. Dóra beschloss, einen Blick auf die heruntergeladenen Dateien auf der Festplatte zu werfen. Sie bat den kleinen Hund im Suchprogramm, alle Dateien mit dem Kürzel pdf zu suchen und bekam zur Belohnung etwa sechzig Dateien. Diese sortierte sie chronologisch und kopierte die neuesten auf ihren USB-Stick. Heute Abend hatte sie jedenfalls genug zu tun. Als Nächstes kam Dóra auf die Idee, die Fotos auf der Festplatte durchzusehen. Harald hatte offenbar eine Digitalkamera besessen und sie fleißig benutzt. Sie öffnete den Fotoordner im Ansichtsmodus, um sich einen Eindruck von dessen Inhalt zu verschaffen. Wieder sortierte sie die Dateien chronologisch. Die jüngsten Fotos waren in der Wohnung gemacht worden. Die Motive waren etwas merkwürdig – die meisten zeigten das Zubereiten einer Mahlzeit in der Küche. Auf den Fotos war keine Person zu sehen, aber auf zweien erkannte Dóra Hände. Sie kopierte die Bilder auf den USB-Stick, falls es sich um die Hände des Mörders handeln sollte. Man konnte nie wissen. Die übrigen Fotos von dem leckeren Pastagericht in verschiedenen Zubereitungsstadien ließ sie, wo sie waren.

Dóra scrollte weiter nach unten. Viele Fotos waren für die Abgelichteten recht verfänglich, denn sie waren bei unterschiedlichen sexuellen Handlungen geknipst worden. Dóra errötete an Stelle der Betroffenen, je mehr Bilder sie über den Bildschirm flimmern sah. Des Weiteren stieß Dóra auf eine Vielzahl von Bildern von der Zungenoperation, darunter auch Haralds Bildschirmhintergrund. Man konnte nicht erkennen, welche Personen dabei gewesen waren, aber es waren Körperausschnitte zu sehen. Deshalb kopierte Dóra diese Fotos auf den USB-Stick. Es gab noch alle möglichen Schnappschüsse von Partys, bei denen es ziemlich hoch hergegangen sein musste, und dazwischen, wie die Faust aufs Auge, Landschaftsfotos von Reisen durch Island.

Einige waren sehr dunkel und zeigten nur graue Felswände. Dóra glaubte auf einem vergrößerten Foto ein in den Stein gemeißeltes Kreuz zu erkennen. Eine ganze Reihe von Fotos waren auf einem kleinen Hof aufgenommen worden, den Dóra nicht kannte, andere in einem Museum. Sie zeigten Handschriften und einen grauen Steinblock in einer großen Glasvitrine. Auf einem der Fotos war ein Schild zu sehen. Dóra vergrößerte es, da es möglicherweise Aufschluss über das Museum geben könnte, wurde aber enttäuscht – auf dem Schild stand lediglich: Fotografieren verboten. Dóra öffnete das E-Mail-Programm und fand im Posteingang sieben ungeöffnete Mails. Wahrscheinlich waren seit dem Mord an Harald noch mehr Mitteilungen eingegangen, die die Polizei bereits geöffnet hatte.

Als Matthias ins Zimmer kam, schaute Dóra auf. Er setzte sich wieder auf seinen Stuhl und lächelte sie sonderbar an. »Und?«, sagte sie mit fragendem Tonfall, gespannt auf die Neuigkeiten.

»Also«, hob Matthias an und beugte sich vor. Er stützte seine Ellbogen auf die Knie und presste seine Handflächen wie zum Beten gegeneinander. »Bevor ich Ihnen erzähle, was Sie unbedingt wissen möchten«, er betonte das Wörtchen »unbedingt«, »müssen Sie mir eins versprechen.«

»Was?« Dóra kannte die Antwort.

»Was ich Ihnen jetzt sage, ist ein absolutes Geheimnis und darf auf keinen Fall bekannt werden. Bevor ich es Ihnen erzähle, muss ich Ihr Wort haben, dass Sie das akzeptieren. Verstanden?«

»Woher soll ich wissen, ob ich dieses Versprechen halten kann, wenn ich keine Ahnung habe, worum es geht?«

Matthias zuckte mit den Schultern. »Das ist Ihr Risiko. Ich kann Ihnen ganz ehrlich sagen: Sie werden es weitererzählen wollen – nur damit Sie wissen, dass ich Sie nicht in eine Falle locke.«

»Wem werde ich davon erzählen wollen?«, fragte Dóra. »Das finde ich wichtig.«

»Der Polizei«, antwortete Matthias ohne Zögern.

»Sie wissen etwas, das die Ermittlungen beeinflussen könnte, und halten es geheim? Hab ich das richtig verstanden?«

»Yep«, entgegnete Matthias.

Sie dachte nach. Dóra war sich ihrer moralischen Verpflichtung bewusst. Sie musste die Behörden über alles informieren, was den Gang der Ermittlungen betraf. Daher musste sie ablehnen und der Polizei mitteilen, Matthias verfüge über Beweismittel und andere Informationen bezüglich des Mordfalles. Andererseits wusste sie ganz genau, dass Matthias das schlicht leugnen würde, und somit wäre ihre Teilnahme an der Klärung des Falles beendet. Davon profitierte niemand. Mit einer weiter gefassten Moralvorstellung könnte man die Sache aber auch so sehen, dass es ihre Pflicht sei, mit aller Kraft zu versuchen, den Fall mit den spektakulären neuen Informationen in der Hand zu lösen. Alle wären glücklich. Dóra grübelte schweigend. Das war zwar eine ziemlich fragwürdige Schlussfolgerung, aber in ihrer Situation die beste. Wenn der Zweck die Mittel heiligt, muss die Moral mildernde Umstände gewähren. Wenn nicht – muss man die Moral ändern.

»Okay«, sagte Dóra endlich. »Ich verspreche, niemandem davon zu erzählen, auch nicht der Polizei, was auch immer Sie mir mitteilen werden.« Matthias lächelte zufrieden und Dóra beeilte sich, noch etwas hinzuzufügen: »Im Gegenzug müssen Sie mir auch etwas versprechen. Wenn dieses Geheimnis Hugis Unschuld beweisen sollte und wir diese nicht auf andere Weise belegen können, dann übergeben wir der Polizei die Informationen vor der Gerichtsverhandlung.« Matthias wollte gerade den Mund öffnen, als Dóra ihm das Wort abschnitt: »Und die Behörden werden nie erfahren, dass ich davon wusste. Und …«

Matthias bremste sie. »Jetzt reicht's aber, danke.« Er starrte Dóra an, ohne mit der Wimper zu zucken. »Einverstanden. Sie sagen nichts und wenn es uns nicht gelingen sollte, Hugis Unschuld in gebührendem Abstand zur Gerichtsverhandlung zu beweisen, informiere ich die Polizei über den Brief.«

Brief? Ein weiterer Brief? Dóra bekam langsam den Eindruck, dieser ganze Fall sei eine reine Farce. »Welcher Brief?«

»Ein Brief, den Haralds Mutter kurz nach dem Mord bekam«, antwortete Matthias. »Dieser Brief überzeugte die Guntliebs davon, dass der Verhaftete nicht der Schuldige sein kann. Er wurde nämlich abgeschickt, als Hugi schon in Untersuchungshaft war. Er konnte gar nicht mehr zur Post gehen. Und ich bezweifle, dass ihm die Polizei den Gefallen getan hätte – vor allem, wenn sie den Inhalt des Briefes gekannt hätte.«

»Was stand in dem Brief?«, fragte Dóra ungeduldig.

»Der Text ist gar nicht so interessant – bis auf die Tatsache, dass er ziemlich schonungslos mit Haralds Mutter umgeht. Aber der Brief ist mit Blut geschrieben – mit Haralds Blut.«

»Igitt«, stieß Dóra hervor. »Von wem war der Brief? Hatte er einen Absender? Und woher wissen Sie, dass es Haralds Blut ist?«

»Der Brief ist mit Haralds Namen unterschrieben, aber ein Handschriftexperte hat herausgefunden, dass es nicht Haralds Schrift ist. Er konnte es nicht hundertprozentig nachweisen, da der Text mit einem groben Schreibwerkzeug geschrieben wurde und sich daher schlecht mit Haralds Handschrift vergleichen lässt. Im Labor kam man zu dem Schluss, dass es sich um Haralds Blut handelt. Allerdings fand man auch Spuren von Sperlingsblut, das mit Haralds Blut vermischt worden war.«

Dóra riss die Augen auf. Sperlingsblut? Das fand sie sogar noch abstoßender als Menschenblut. »Was stand denn eigentlich in dem Brief?«, fragte sie. »Haben Sie ihn dabei?«

»Ich habe das Original nicht dabei, falls Sie das meinen«, entgegnete Matthias. »Haralds Mutter gibt weder das Original noch eine Kopie aus der Hand. Vielleicht hat sie den Brief sogar vernichtet. Er war ziemlich unangenehm.«

Dóra sah ihn enttäuscht an. »Und jetzt? Ich muss wissen, was drinstand. Haben Sie den Brief übersetzen lassen?«

Er schaute Dóra an und grinste. »Sie haben Glück: Ich wurde nämlich beauftragt, es zu übersetzen – mit Hilfe des deutschisländischen Wörterbuchs. Die Übersetzung ist bestimmt nicht preisverdächtig, aber der Sinn sollte deutlich werden.« Während Matthias sprach, zog er ein zusammengefaltetes Blatt Papier aus der Tasche seines Jacketts. Er reichte es Dóra. »Manche Buchstaben habe ich nicht richtig hingekriegt.«

ICH SCHAU DICH AN
UND DU LIEBST MICH
VON GANZEM HERZEN.
NIRGENDS SOLLST DU WEILEN,
NICHTS ERDULDEN KÖNNEN,
WENN DU MICH NICHT LIEBST.
ICH RUFE ZU ODIN
UND ALL JENEN,
DIE DER RUNEN
MÄCHTIG SIND.
MÖGEST DU NIRGENDS
AUF DER WELT
RUHE FINDEN
UND FRIEDEN,
WENN DU MICH NICHT
VON GANZEM HERZEN LIEBST.

DEINE KNOCHEN
UND DEIN LEIB
SOLLEN IM FEUER LODERN.
NIE SOLLST DU HOCHZEIT HALTEN,
WENN DU MICH NICHT LIEBST,
DEINE FÜSSE GEFRIEREN,
NIE WIRD DIR EHRE
ODER GLÜCK ZUTEIL.
BRENNEN SOLLST DU,
DEIN HAAR VERWESE,
DEINE KLEIDUNG ZERLUMPE,
WENN DU MIR NICHT
ZU WILLEN BIST.

Dóra konnte sich nur schwer vorstellen, wie viel Blut notwendig war, um all diese Buchstaben zu Papier zu bringen. Matthias hatte das Gedicht in Großbuchstaben geschrieben, vermutlich wie im Original.

Beim Lesen beschlich Dóra ein unheimliches Gefühl – das Gedicht war wirklich eigenartig. Sie schaute Matthias an. »Ich kenne es leider nicht. Wer macht denn so was?«

»Ich weiß es wirklich nicht«, antwortete Matthias. »Das Original war noch makaberer, es war auf Haut geschrieben – auf Kalbsleder. Wer der Mutter eines Verstorbenen so etwas antut, muss krank sein.«

»Warum der Mutter? War der Brief nicht auch an den Vater adressiert?«

»Es stand noch mehr dabei, auf Deutsch. Ein kurzer Zusatz – ungefähr so: *Mama – ich hoffe das Gedicht und das Geschenk gefallen dir – dein Sohn Harri*. Das Wort »Sohn« war zweimal unterstrichen.«

Dóra blickte von dem Zettel zu Matthias. »Welches Geschenk? War noch etwas dabei?«

»Nein, die Guntliebs haben nichts weiter erwähnt und ich glaube ihnen. Sie waren völlig durcheinander, als sie den Brief bekamen. Sie hätten in dem Moment gar nicht die Unwahrheit sagen können.«

»Warum ist der Brief mit *Harri* unterschrieben? Ist dem Verfasser das Blut ausgegangen?«

»Nein, als Kind wurde Harald von seinem älteren Bruder Harri genannt. Diesen Spitznamen kennen nur wenige – das ist einer der Gründe, warum der Brief so starke Wirkung auf seine Mutter ausübte.«

Dóra schaute Matthias an. »Hat sie ihn schlecht behandelt? Ist das möglich?« Sie dachte an die Fotos mit dem kleinen, teilnahmslosen Jungen.

Matthias antwortete nicht direkt. Er versuchte, die richtigen Worte zu finden – schließlich handelte es sich um seine Arbeitgeber, die er anscheinend sehr schätzte. »Ich schwöre, ich weiß es nicht. Es war, als ginge sie ihm aus dem Weg. Ich bin sicher, Frau Guntlieb hätte den Brief der isländischen Polizei übergeben, wenn ihr Verhältnis zu Harald besser gewesen wäre. Er traf einen wunden Punkt.« Matthias schwieg einen Moment und schaute Dóra nachdenklich an, dann redete er weiter. »Sie möchte mit Ihnen sprechen. Von Mutter zu Mutter.«

»Mit mir?« Dóra schnappte nach Luft. »Was will sie von mir? Mir ihr merkwürdiges Verhalten ihrem Kind gegenüber erklären?«

»Ich weiß es nicht«, entgegnete Matthias. »Sie sagte nur, sie will mit Ihnen sprechen, aber zu einem späteren Zeitpunkt. Sie möchte sich erst wieder fangen.«

Dóra sagte nichts dazu. »Ich verstehe den Zweck dieses Schreibens nicht«, bemerkte sie, um das Thema zu wechseln.

»Ich auch nicht«, sagte Matthias augenblicklich. »Es ist vollkommen verrückt, so zu tun, als habe Harald den Brief selbst geschickt. Wahrscheinlich ist der Mörder wirklich geisteskrank.«

Dóra starrte auf den Zettel. »Möglicherweise wollte der Verfasser damit sagen, dass Harald seine Mutter nach seinem Tod heimsuchen wird.«

»Wozu?«, fragte Matthias berechtigterweise. »Wer hat etwas davon, sie auf diese Art und Weise zu quälen?«

»Harald natürlich, aber er war ja schon tot«, sagte Dóra. »Oder Haralds Schwester – vielleicht wurde auch sie von der Mutter schlecht behandelt?«

»Nein«, entgegnete Matthias. »Sie wird nicht schlecht behandelt – das kann ich beschwören. Sie ist der absolute Liebling ihrer Eltern.«

»Aber wer kann es sonst sein?«, fragte Dóra ratlos.

»Jedenfalls nicht Hugi. Es sei denn, er hatte einen Komplizen.«

»Wie dumm, dass wir heute Morgen im Gefängnis noch nichts von dem Blut auf Hugis Kleidung wussten.« Dóra schaute auf die Uhr. »Vielleicht sollte ich ihn anrufen.« Sie rief die Auskunft an und erhielt die Nummer von Litla-Hraun. Der wachhabende Beamte erteilte ihr die Erlaubnis, ein kurzes Telefonat mit Hugi zu führen. Sie wartete ungeduldig ein paar Minuten und lauschte der elektronischen Version von *Für Elise*. Dann drang Hugis kurzatmige Stimme aus dem Hörer.

»Hallo?«

»Hallo, grüß dich, Hugi. Hier ist Dóra Guðmundsdóttir. Ich will dich nicht lange stören, aber leider konnten wir dich heute Morgen nicht nach dem Blut auf deiner Kleidung fragen. Wie erklärst du dir das?«

»So ein Mist«, jammerte Hugi. »Die Polizei hat mich auch danach gefragt. Ich weiß nicht, welches blutverschmierte T-Shirt die meinen, aber ich hab ihnen das mit dem Blut auf meinen Klamotten an dem Abend erklärt.«

»Wie ist das denn passiert?«, fragte Dóra.

»Harald und ich sind bei der Party aufs Klo gegangen, um was zu schnupfen. Er hat krasses Nasenbluten bekommen und mich mit Blut bespritzt. Das war so'n winziges Klo.«

»Konntest du das beweisen?«, fragte Dóra. »Konnten sich andere Gäste auf der Party daran erinnern – du musst doch blutverschmiert aus dem Bad gekommen sein.«

»Ich war nicht direkt blutverschmiert. Außerdem waren alle total breit und durchgeknallt. Zumindest hat sich niemand darum geschert. Hat bestimmt keiner mitgekriegt.«

Verdammt, dachte Dóra. »Und das mit dem blutverschmutzten T-Shirt in deinem Schrank? Weißt du, wie das passiert ist?«

»Keine Ahnung.« Es trat eine kurze Pause ein, dann fügte er hinzu: »Ich glaub, die Bullen haben es da reingetan. Ich hab Harald nicht ermordet und ich hab kein Blut mit einem T-Shirt aufgewischt. Ich weiß noch nicht mal, ob das überhaupt mein T-Shirt ist. Ich hab das Ding ja nie gesehen.«

»Das sind schwerwiegende Beschuldigungen, Hugi, und unter uns, ich glaube nicht, dass die Polizei so was tut. Wenn du die Wahrheit sagst, muss es eine andere Erklärung dafür geben.«

Daraufhin verabschiedeten sie sich und Dóra berichtete Matthias von dem Telefongespräch.

»Tja, zumindest hat er für die Hälfte eine Erklärung«, sagte er. »Wir müssen die anderen Partygäste fragen, ob sie sich an dieses Nasenbluten erinnern können.«

»Ja«, sagte Dóra. Sie hatte kaum Hoffnung, dass das etwas bringen würde. »Aber selbst wenn sie sich daran erinnern, haben wir keine Erklärung für das T-Shirt im Schrank.«

»Bing« – tönte es aus dem Computer und sie schauten beide im selben Augenblick auf den Bildschirm. »You have new mail«, stand in einem Fenster in der rechten unteren Bildschirmecke. Dóra griff nach der Maus und klickte den kleinen Briefumschlag an.

Eine Mail poppte auf – sie war von Mal.

19. Kapitel

Hi toter Harald!

Was ist denn bei dir los? Ich hab eine Mail von einem angeblichen isländischen Polizisten gekriegt und von irgendeiner Rechtsanwaltsschlampe Diese Idioten behaupten, du wärst tot – sehr unwahrscheinlich! Melde dich trotzdem kurz – das ist ein bisschen unangenehm.

Gruß,
Mal

Dóra ärgerte sich darüber, obwohl sie in ihrer bisherigen beruflichen Laufbahn noch weitaus uncharmanteren Titulierungen begegnet war.

»Beeilen Sie sich!«, stieß Matthias hervor. »Antworten Sie ihm, solange er noch am Computer sitzt.«

Dóra klickte schnell auf »Antworten«. »Was soll ich schreiben?«, fragte sie, während sie das obligatorische *Lieber Mal* eintippte.

»Irgendwas«, sagte Matthias hastig, was wenig hilfreich war.

Dóra schrieb und Matthias las mit, während Dóra tippte. Als sie in Rekordzeit fertig war, wedelte er ungeduldig mit der Hand und murmelte: »Senden, senden.«

Lieber Mal!

Leider stimmt die Nachricht über Haralds Tod. Er ist ermordet worden und wird Ihnen nicht antworten. Ich bin die Rechtanwaltsschlampe, die Ihnen vor einigen Tagen geschrieben hat. Haralds Computer befindet sich in meiner Obhut. Ich arbeite für die Familie Guntlieb – es ist der Familie sehr wichtig, den Mörder ausfindig zu machen. Zurzeit befindet sich ein junger Mann in Untersuchungshaft, der dieses schreckliche Verbrechen aller Wahrscheinlichkeit nach nicht begangen hat. Sie verfügen möglicherweise über Informationen, die uns helfen können. Wissen Sie, was Harald gefunden zu haben glaubte und wer der »verdammte Idiot« ist, den er in seiner letzten Mail an Sie erwähnte? Bitte geben Sie mir eine Telefonnummer, unter der ich Sie erreichen kann.

Viele Grüße,
Dóra

Dóra schickte die E-Mail ab und sie warteten schweigend ein paar Minuten. Plötzlich erschien die Ankündigung einer neuen Nachricht. Sie schauten sich gespannt an, bevor Dóra sie öffnete. Doch bei beiden machte sich Enttäuschung breit.

Rechtsanwaltsschlampe – fahr zur Hölle! Und nimm die Guntliebs gleich mit. Ihr seid ein Scheißpack. Eher liege ich im Grab, als euch zu helfen.

Hassgrüße,
Mal

Dóra atmete tief durch. Das war deutlich. Sie blickte zu Matthias. »Vielleicht erlaubt er sich nur einen Spaß?«

Matthias begegnete ihrem Blick. Er war nicht sicher, ob Dóra selbst scherzte. Er vermutete es. »Bestimmt – gleich schickt er noch eine Mail mit Smileys, die über den Bildschirm hüpfen und verkünden, wie sehr er die Guntliebs schätzt.« Er seufzte. »Verdammt, Harald hat seinem Freund wohl nicht viel Gutes über seine Eltern erzählt. Diesen Typen können wir vergessen.«

Dóra seufzte ebenfalls. »Aber verschwenden wir dann hier nicht unsere Zeit? Wir könnten doch ins Kaffibrennslan gehen und mit dem Kellner sprechen, der Halldórs Alibi bestätigt hat. Vielleicht arbeitet er gerade. Ich stimme Ihnen zu, dass seine Zeugenaussage ziemlich wackelig ist. Falls er nicht arbeitet, trinken wir einfach einen Kaffee.«

Matthias begrüßte die Idee und stand auf. Dóra löste eilig den USB-Stick, steckte ihn in ihre Handtasche und schaltete den Computer aus.

Im Kaffibrennslan waren nicht viele Gäste, sodass Dóra und Matthias sich einen Platz aussuchen konnten. Sie setzten sich an einen Tisch auf der unteren Ebene neben der Theke. Während Dóra sich damit abmühte, ihren Daunenanorak über die Stuhllehne zu hängen, versuchte Matthias die Bedienung auf sich aufmerksam zu machen. Es war eine junge Frau. Sie bemerkte ihn, lächelte und signalisierte, sie käme gleich. Matthias wendete sich zu Dóra. »Warum haben Sie nicht den Mantel angezogen, den Sie heute Morgen getragen haben?«, fragte er verwundert und beobachtete, wie sich der dicke Daunenanorak auf beiden Seiten ihres Stuhls breitmachte. Die Ärmel waren so aufgeplustert, dass sie fast waagerecht zur Seite ragten.

»Mir war kalt«, sagte Dóra trocken. »Ich habe den Mantel im Büro – morgens komme ich im Anorak und abends gehe ich im Anorak wieder nach Hause. Gefällt er Ihnen nicht?«

Matthias' Gesichtsausdruck sagte alles, was seiner Meinung nach über den Anorak gesagt werden musste. »Aber ja doch, sehr sogar – vorausgesetzt, Ihr Job ist es, die Eisdichte am Südpol zu messen.«

Dóra verdrehte die Augen. »Schnösel«, konterte sie und lächelte der Bedienung zu, die an ihren Tisch getreten war.

»Möchtet ihr bestellen?«, fragte das Mädchen und lächelte sie an. Sie hatte eine kurze schwarze Schürze um die schlanke Taille gebunden und hielt einen kleinen Block in der Hand – bereit, ihre Bestellung entgegenzunehmen.

»O ja, gern«, antwortete Dóra. »Ich nehme einen doppelten Espresso.« Sie wendete sich an Matthias: »Möchten Sie einen Tee in einer Porzellantasse?«

»Haha, sehr witzig«, entgegnete er und bestellte dasselbe wie Dóra.

»Okay«, sagte die Bedienung lächelnd, ohne etwas aufzuschreiben. »Sonst noch was?«

»Ja und nein«, sagte Dóra. »Wir fragen uns, ob Björn Jónsson da ist. Wir möchten gern kurz mit ihm reden.«

»Bjössi?«, fragte das Mädchen überrascht. »Ja, der ist gerade gekommen.« Sie warf einen Blick auf die Uhr an der Wand. »Seine Schicht fängt gleich an. Soll ich ihn holen?« Dóra bejahte dankend und die junge Frau entfernte sich, um Bjössi und die Espressotassen zu holen.

Matthias schaute Dóra an und lächelte zuckersüß. »Ihr Anorak ist außerordentlich schick. Wirklich. Er ist nur so ... gewaltig.«

»Das hat Sie aber nicht gestört, als Sie mit Bella geflirtet haben. Die ist auch gewaltig – so gewaltig, dass sie sogar einem eigenen Gravitationsgesetz unterliegt. Sie zieht die Büroklammern in der Kanzlei magisch an. Sie sollten sich vielleicht auch so einen Daunenanorak kaufen. Er ist superbequem.«

»Geht nicht«, entgegnete Matthias und grinste, »dann müssten Sie sich auf die Rückbank setzen und das wäre doch schade. Zwei solche Anoraks passen auf keinen Fall nebeneinander auf die Vordersitze.«

Weitere Diskussionen über Daunenanoraks wurden vertagt,

denn das Mädchen kam mit dem Espresso. Sie hatte einen jungen Mann im Schlepptau. Er sah gut aus und wirkte ein bisschen androgyn – sein dunkles Haar war ungewöhnlich gut geschnitten und frisiert und sein Gesicht war glatt rasiert. »Hi, ihr wolltet mit mir sprechen?«, fragte er mit wohlklingender Stimme.

»Ja, bist du Björn?«, sagte Dóra und nahm ihre Tasse entgegen. Der junge Mann bejahte und sie stellte sich und Matthias vor, wobei sie beim Isländischen blieb. Matthias sagte nichts dazu, sondern saß nur da und nippte an seinem Espresso. »Wir wollten dich nach dem Tatabend und nach Halldór Kristinsson fragen.«

Bjössi nickte ernst. »Ja, kein Problem – darf ich denn auch wirklich mit euch sprechen? Das verstößt nicht gegen irgendwelche Gesetze oder so?« Dóra versicherte es ihm und er sprach weiter. »Ich hab wie gesagt hier gearbeitet, wir waren allerdings mehrere.« Er schaute sich in dem halbleeren Lokal um. »An den Wochenenden sieht's hier anders aus. Dann ist es brechend voll.«

»Aber du kannst dich trotzdem genau an ihn erinnern?«, fragte Dóra, wobei sie sich bemühte, nicht so zu klingen, als stelle sie seine Aussage in Frage.

»Das kannst du mir glauben, Dóra«, sagte Bjössi wichtigtuerisch. »Ich kenne ihn mittlerweile ganz gut. Ihn und seinen Freund – diesen Ausländer, der ermordet wurde – sie kamen oft hierher und man musste sie einfach bemerken. Dieser Ausländer war ziemlich speziell. Nannte mich immer nur Bär, also deutsch für Björn. Halldór kam manchmal auch allein und unterhielt sich an der Theke mit mir.«

»Hat er sich an diesem Abend auch mit dir unterhalten?«, fragte Dóra.

»Nee, kann man nicht sagen. Es war tierisch viel zu tun und ich bin wie ein Bekloppter hin und her gerannt. Ich hab nur kurz hallo gesagt und ein paar Worte mit ihm gewechselt. Er war aber irgendwie schlecht drauf und ich bin nicht lange bei ihm stehen geblieben.«

»Woher weißt du so genau, wann er kam?«, war Dóras nächste

Frage.»Das kann ich dir erklären«, sagte Bjössi. »Als Halldór kam, ließ er anschreiben – um nicht jedes neue Glas einzeln bezahlen zu müssen. Wir notieren immer, wann ein Gast beginnt, anschreiben zu lassen und wann er damit aufhört und abrechnet.« Bjössi warf Dóra ein verschwörerisches Lächeln zu.

»Ich verstehe«, sagte Dóra. »Und du bist sicher, dass er die ganze Zeit hier saß und zechte, bis seine Freunde gegen zwei Uhr kamen? Er kann nicht kurz rausgegangen sein, ohne dass du es bemerkt hättest?«

Bjössi überlegte, bevor er antwortete. »Also, ich kann natürlich nicht beschwören, dass er die ganze Zeit hier saß. Als ich mit der Polizei sprach, war ich ziemlich sicher, aber so im Nachhinein betrachtet, lag das wahrscheinlich an seinen vielen Bestellungen an der Theke, die er aber selbstverständlich nicht alle bei mir gemacht hat. Vielleicht hat auch jemand anders was auf seine Rechnung anschreiben lassen – das weiß ich nicht.« Er machte eine ausladende Handbewegung. »Aber das ist ja nun wirklich kein riesiges Lokal und ich denke, ehrlich gesagt, dass ich es bemerkt hätte, wenn er rausgegangen wäre. Glaube ich zumindest.«

Dóra wusste eigentlich nicht, welche weiteren Fragen sie dem Kellner zu diesem Abend noch stellen sollte. Er schien unschlüssig zu sein und ihrer Meinung nach war Halldórs Alibi wesentlich zweifelhafter geworden. Sie dankte Bjössi und gab ihm ihre Visitenkarte, falls ihm noch etwas einfiel, was ihr jedoch eher unwahrscheinlich vorkam. Sie drehte sich zu Matthias und ihrem Espresso, der schon ziemlich kalt geworden war. Während sie an ihrem Espresso nippte, berichtete sie Matthias ausführlich von dem Gespräch mit dem Kellner. Sie tranken ihre Tassen aus und Dóra sah, dass es Zeit war, nach Hause zu fahren. Sie bezahlten und beeilten sich nach draußen.

Es war kurz vor fünf und noch nicht viel Verkehr. Nur wenige Leute waren in der Kälte und der feuchten Luft zu Fuß unterwegs. Vereinzelte Passanten eilten vorüber und ließen sich keine Zeit, die Schaufenster anzuschauen. Dóra beschloss, nicht mehr ins

Büro zu gehen, sondern sich von Matthias direkt zum Parkhaus bringen zu lassen und von dort heimzufahren. Sie wählte Bellas Nummer, um ihr Bescheid zu geben, dass sie erst am nächsten Morgen zu erwarten sei, und in Erfahrung zu bringen, ob während ihrer Abwesenheit etwas Wichtiges angefallen sei.

»Hallo«, tönte es wie immer aus dem Hörer – kein Wort darüber, um welche Firma es sich handelte und wer am Telefon war.

»Bella«, sagte Dóra, wobei sie versuchte, freundlich zu klingen. »Hier ist Dóra. Ich komme heute nicht mehr ins Büro. Morgen früh bin ich gegen acht Uhr da.«

»Hm«, war die unerklärliche Antwort.

»Hat mir jemand eine Nachricht hinterlassen?«

»Woher soll ich das wissen?«, entgegnete Bella.

»Woher? Tja, ich bin halt ein optimistischer Mensch und kam auf die absurde Idee, du als Sekretärin und Telefonistin hättest eventuell versehentlich eine Nachricht entgegengenommen.«

Am anderen Ende der Leitung trat Stille ein. Dóra glaubte, Bella durch den Hörer leise zählen zu hören. »Es ist fünf – ich darf nicht länger mit dir sprechen. Meine Arbeitszeit ist beendet.« Bella legte auf.

Dóra glotzte auf ihr Handy und sagte mehr zu sich selbst als zu Matthias: »Ob Bella wohl identisch mit diesem Mal ist?«

»Was?« Matthias war beim Parkhaus angekommen und bog in die Einfahrt.

»Ach, nichts«, sagte Dóra und löste den Sicherheitsgurt. »Was machen Sie eigentlich abends?«

»Alles Mögliche«, antwortete Matthias. »Essen gehen, ab und zu schlendere ich in eine Kneipe in der Innenstadt, ein paar Mal habe ich an touristischen Aktivitäten teilgenommen – Museen und so was.«

Dóra bemitleidete ihn; er musste ziemlich einsam sein. »Morgen ist Freitag und die Kinder sind bei ihrem Vater. Ich lade Sie am Wochenende zum Essen ein, was halten Sie davon?«

Matthias grinste. »Viel, wenn Sie versprechen, keinen Fisch zu machen. Wenn ich noch einmal Fisch essen muss, wachsen mir Flossen.«

»Nein, ich dachte an etwas Schlichteres – Pizzaservice zum Beispiel«, entgegnete Dóra, bevor sie aus dem Wagen stieg. Sie hoffte, Matthias würde losfahren, bevor sie bei ihrem Werkstattauto ankam. Wenn er schon ihren Anorak lächerlich fand, bekäme er beim Anblick ihres Gefährts bestimmt einen Anfall. Ihr Wunsch wurde nicht erhört – Matthias wartete, bis Dóra ihren Wagen erreicht hatte, und als sie die Fahrertür aufschloss, rief er ihr etwas zu. Sie drehte sich um und sah, wie er sich aus dem heruntergekurbelten Fenster beugte.

»Sie machen ja wohl Witze«, schrie er laut. »Ist das Ihr Wagen?«

Dóra ließ sich von seinem Gelächter nicht beeinflussen und schrie zurück: »Sollen wir tauschen?«

Matthias schüttelte den Kopf und kurbelte die Scheibe hoch. Soweit sie sehen konnte, fuhr er, immer noch lachend, von dannen.

Am Abend zuvor hatte Dóra organisiert, dass ihre Tochter nach der Schule mit zu ihrer Freundin gehen sollte. Jetzt fuhr Dóra dort vorbei, um Sóley abzuholen. Sie bedankte sich bei der Mutter der Freundin, einer jungen, hoch gewachsenen Frau, für den Gefallen und kündigte an, demnächst wohl öfter darauf zurückgreifen zu müssen, sie könne sich hoffentlich irgendwann dafür revanchieren. Irgendwann, wenn die Sonne im Westen aufgeht.

Zu Hause im Flur sah es aus wie Kraut und Rüben – Gylfis Freunde waren zu Besuch gewesen und gingen gerade. Zahllose Jacken, Turnschuhe und verknautschte Rucksäcke, die als Schultaschen dienten, waren im Flur verteilt. Ihre Besitzer, drei hagere Jungen, die Dóra gut kannte, und ein Mädchen, das ihr weniger vertraut war, sammelten hektisch ihre Klamotten zusammen und suchten zueinanderpassende Schuhpaare.

»Hi«, sagte Dóra kumpelhaft, während sie versuchte, sich durch das Gedränge zu schlängeln. Ihr Sohn stand im Türrahmen und verfolgte das Geschehen. Er sah immer noch genauso niedergeschlagen aus wie am Morgen. »Habt ihr zusammen gelernt?«, fragte Dóra, sich vollkommen bewusst, wie undenkbar das war. In diesem Alter traf man sich nicht, um zu lernen. Aber es war ihre elterliche Pflicht, lächerliche Bemerkungen wie diese zu machen.

»Äh, nö«, antwortete Patti, Gylfis langjähriger bester Freund. Er war ein netter Junge, dessen Hauptmerkmal darin bestand, jederzeit sagen zu können, wie viele Monate, Tage und Stunden es noch dauerte, bis er den Führerschein bekam. Dóra hatte die Zahlen ein paar Mal kontrolliert und sie waren fast immer korrekt.

Dóra lächelte dem Mädchen zu, das schüchtern ihrem Blick auswich. Sie konnte sich unmöglich an ihren Namen erinnern, aber sie hatte sie in der letzten Zeit öfter gesehen. Gylfi hatte einen richtigen Entwicklungssprung gemacht und vielleicht war ihr Sohn in dieses Mädchen verliebt oder sie waren sogar ein Liebespaar? Das Mädchen war hübsch und fast genauso groß wie Gylfi und seine Freunde.

Sóley, die Dóra ins Haus gefolgt war, hatte ihre Schuhe und ihren Anorak ausgezogen und beides ordentlich an seinen Platz geräumt. Sie beobachtete die Jugendlichen, stützte dann die Hände in die Hüften und fragte gouvernantenhaft: »Seid ihr wieder im Bett rumgehüpft? Das ist verboten – die Matratze geht davon kaputt.«

Ihrem Bruder trat die Schamesröte ins Gesicht und er motzte: »Warum muss ich eine so beknackte Familie haben? Ihr beide seid unerträglich.« Er stürmte türeknallend davon. Seine Freunde waren furchtbar verlegen und die allgemeine Hektik beim Jackenanziehen verstärkte sich noch.

»Tschüss«, verabschiedete sich Patti, bevor er die Haustür hinter sich und den anderen zuzog. Bevor die Tür ins Schloss fallen konnte, änderte er seine Absicht, steckte den Kopf noch einmal durch den Türrahmen und verkündete: »Ihr seid lange nicht so beknackt wie meine Familie – Gylfi ist in letzter Zeit einfach nicht so gut drauf.«

Dóra lächelte ihm zu und bedankte sich herzlich. Immerhin ein Versuch, ein bisschen Höflichkeit an den Tag zu legen – auch wenn die Wortwahl zu wünschen übrig ließ. »Also dann«, sagte sie zu ihrer Tochter, »sollen wir was kochen?« Die Kleine nickte gewissenhaft und begann, eine Einkaufstüte in die Küche zu schleppen.

Nach dem gemeinsamen Abendessen – tiefgefrorene Lasagne, die Dóra extra ausgesucht, und indisches Nan-Brot, das sie versehentlich für Knoblauchbrot gehalten hatte –, ging ihre Tochter zum Spielen in ihr Zimmer, während ihr Sohn den Tisch abräumte. Offensichtlich bedauerte er seinen Ausfall über die intellektuellen Fähigkeiten seiner Mutter und seiner Schwester, brachte aber keine Entschuldigung über die Lippen. Dóra tat so, als sei nichts gewesen, und hoffte, er würde ihr am Ende von sich aus anvertrauen, was er auf dem Herzen hatte. Dóra küsste ihren Sohn vorsichtig auf die Wange und bedankte sich für die Hilfe. Im Gegenzug schenkte er ihr ein zerknirschtes Lächeln. Anschließend ging er in sein Zimmer.

Dóra beschloss, die plötzlich eingetretene Ruhe zu nutzen, um die Dateien anzuschauen, die sie aus Haralds Computer kopiert hatte. Sie holte ihren Laptop und machte es sich damit auf dem Sofa im Wohnzimmer bequem. Dóra betrachtete einige Fotos vom Kochen und von der Zungenoperation. Die Fotos von der Operation waren vom 17. September. Sie öffnete eines nach dem anderen und vergrößerte die Bildausschnitte, auf denen interessante Details auftauchten. Zwischendurch gab es auch weniger abstoßende Bilder. Die meisten zeigten die Mundhöhle und die Operation selbst, aber abgesehen von Haralds Kiefer waren auch allerlei undeutliche Dinge am Bildrand zu erkennen. Zweifellos hatte die Operation in einer Privatwohnung stattgefunden. Was von der Einrichtung zu sehen war, unterschied sich deutlich von einer Arzt- oder Zahnarztpraxis. Dóra erkannte einen Sofatisch, auf dem jeder Zentimeter mit halbleeren oder leeren Gläsern, Bierdosen und anderem Kram bedeckt war, darunter auch ein großer, überquellender Aschenbecher. Es konnte sich nicht um Haralds Wohnung handeln, sie war nicht so durchgestylt und geschmackvoll wie Haralds weißes, modernes Domizil. Auf einem anderen Foto war der Körper der Person zu erkennen, die die Operation durchführte oder dabei assistierte. Er oder sie trug ein hellbraunes T-Shirt mit einem Schriftzug, den Dóra wegen des Faltenwurfs nicht lesen konnte. Es gelang ihr jedoch, die Zahl »100« und »... lico ...« zu entziffern. Bei der Aufnahme der ersten zwei Fotos hatte das Schneiden noch nicht begonnen, aber auf dem dritten Bild war das Skalpell in Aktion – Blut rann aus Haralds Mundwinkeln und der abgelichtete Arm war mit Blutspritzern gesprenkelt. Beim Einschneiden der Zunge musste es in alle Richtungen gespritzt sein. Falls Wunden an der Zunge mit üblichen Kopfwunden vergleichbar sind, musste es sehr stark geblutet haben. Dóra musterte den Arm und vergrößerte den Ausschnitt, auf dem sie ein Tattoo zu erkennen glaubte. Richtig; auf dem Arm konnte man das Wort »crap« lesen. Kein Motiv oder Muster – nur »crap«.

Die Fotos vom Kochen waren interessant, weil sie kurz vor Haralds Tod datiert waren – zu der Zeit, von der Hugi behauptet hatte, Harald habe sich abgekapselt und keinen Kontakt zu seinen Freunden gehabt. Die Dateiinfos bestätigten es; die Fotos waren mittwochs geschossen worden, drei Tage vor Haralds Ermordung. Dóra betrachtete die beiden Fotos ausgiebig, vor allem die Hände, die damit beschäftigt waren, einen Salat zuzubereiten und Brot zu schneiden. Ein Halbblinder konnte erkennen, dass es sich um zwei unterschiedliche Personen handelte. Ein Händepaar war mit Narben bedeckt – Tattoo-Narben, die unter anderem einen fünfeckigen Stern sowie einen Smiley mit heruntergezogenen Mundwinkeln und Hörnern bildeten. Das musste Harald sein. Das andere Händepaar war wesentlich ansehnlicher; Frauenhände mit schlanken Fingern und gepflegten, kurzen Fingernägeln. Dóra vergrößerte das eine Foto, auf dem man am Ringfinger einen schlichten Ring mit einem Diamanten oder einem anderen weißen Edelstein erkennen konnte. Der Ring war recht unauffällig, aber vielleicht erkannte ihn Hugi, wenn man ihm das Foto zeigte.

Etwas regte sich in Dóras Gedächtnis – etwas hatte sie bei ihrem ersten Besuch in Haralds Wohnung gestört. Die deutsche Illustrierte im Badezimmer. Ausgeschlossen, dass Harald eine solche Frauenzeitschrift las. Und Isländer lasen sie natürlich auch nicht. Irgendjemand aus Deutschland musste sie mitgebracht haben – eine Frau. Von der Titelseite der Zeitschrift hatten Tom Cruise und seine Gattin in Vorfreude auf ihren Familienzuwachs in die Kamera gelächelt. Wenn Dóra nicht alles täuschte, war dieses Kind im Herbst auf die Welt gekommen. Hatte Harald Besuch aus Deutschland gehabt – jemand, der bei ihm wohnte, als er sich von seinen Freunden zurückzog? Dóra wählte Matthias' Nummer. Nach dem dritten Klingeln nahm er ab.

»Wo sind Sie? Störe ich?«, fragte Dóra, als sie Stimmengewirr im Hintergrund wahrnahm.

»Nein, nein«, nuschelte Matthias mit vollem Mund. Er schluckte. »Ich esse gerade, hab Fleisch bestellt. Was gibt's denn? Möchten Sie herkommen und ein Dessert mit mir teilen?«

»Äh, nein danke.« Dóra merkte, dass sie große Lust dazu hatte. Es machte Spaß, essen zu gehen, etwas Schickes anzuziehen und mit Gläsern anzustoßen, die man nicht selbst spülen musste. »Morgen ist Schule und ich muss die Kinder rechtzeitig ins Bett bringen. Nein, ich rufe nur an, um zu fragen, ob Sie die Telefonnummer von Haralds Putzfrau haben – ich glaube, jemand hat sich kurz vor dem Mord bei ihm aufgehalten, sogar bei ihm gewohnt. Alles deutet darauf hin, dass es sich um jemanden aus Deutschland handelt – eine Frau.«

»Ja, ich hab die Nummer irgendwo gespeichert. Soll ich für Sie anrufen? Ich habe schon mal mit der Frau gesprochen und sie spricht gut Englisch. Das ist vielleicht am einfachsten – die Frau kennt Sie ja nicht, kann sich aber bestimmt an mich erinnern, da ich ihre letzte Rechnung bezahlt habe.«

Dóra nahm dankend an und Matthias versprach, zurückzurufen. Sie nutzte die Zeit, um ihrer Tochter zu sagen, sie solle ihren Schlafanzug anziehen. Dóra war gerade damit beschäftigt, Sóley die Zähne zu putzen, als Matthias wieder anrief. Sie klemmte sich den Hörer unters Kinn, um gleichzeitig telefonieren und sich der Zahnpflege ihres Schützlings widmen zu können.

»Hören Sie, die Frau sagt, das Bett im Gästezimmer sei benutzt gewesen. Außerdem hätten Kosmetikartikel im Bad gestanden – Einwegrasierer – diese Frauenrasierer. Sie haben offenbar Recht.«

»Hat sie das auch der Polizei erzählt?«, fragte Dóra.

»Nein, sie fand es nicht wichtig, da Harald nicht zu Hause ermordet wurde. Außerdem erzählte sie, es seien oft Gäste da gewesen, mehr als einer und mehr als zwei.«

»Ob er eine deutsche Freundin hatte?«

»Die den weiten Weg nach Island auf sich nimmt, um im Gästezimmer zu schlafen? Das kommt mir komisch vor. Eine deutsche Freundin wurde auch nie erwähnt.«

»Vielleicht hatten sie Streit.« Dóra überlegte. »Oder es war gar keine Freundin, sondern nur eine Bekannte oder Verwandte. Vielleicht seine Schwester?«

Matthias schwieg einen Moment. »Falls das stimmt, sollten wir es auf sich beruhen lassen.«

»Sind Sie verrückt?«, fauchte Dóra. »Warum zum Teufel sollten wir das tun?«

»Sie hatte es in der letzten Zeit nicht leicht – ihr Bruder wurde ermordet und außerdem befindet sie sich in einer kleinen Krise, was ihre eigene Zukunft angeht.«

»Inwiefern?«, fragte Dóra.

»Sie ist eine sehr begabte Cellospielerin und möchte beruflich etwas mit Musik machen. Ihr Vater verlangt aber, dass sie Betriebswirtschaft studiert und die Bank übernimmt. Sonst ist ja keiner mehr übrig – selbst wenn Harald noch am Leben wäre, wäre er dafür nicht in Frage gekommen. Die Sache mit ihrem Studium kam jedenfalls schon auf, bevor Harald ermordet wurde.«

»Trägt sie Schmuck?«, fragte Dóra. Die Hände auf den Fotos passten gut zu einer Cellospielerin, vor allem die kurzen, gut gepflegten Fingernägel.«

»Nein, gar nicht. Sie ist nicht so«, antwortete Matthias. »Sie macht sich nicht viel aus Schmuck.«

»Noch nicht mal ein kleiner, hübscher Diamantring?«

Eine kurze Pause und dann: »Doch, stimmt genau. Woher wissen Sie das?«

Dóra beschrieb ihm die Bilder. Nachdem Matthias versprochen hatte, noch einmal darüber nachzudenken, ob sie sich mit dem Mädchen in Verbindung setzen sollten, beendeten sie das Gespräch.

»Bissuenlichfeddich?«, nuschelte Dóras Tochter, den Mund voller Zahnpastaschaum. Sie hatte die Zähneputzerei während des gesamten Telefongesprächs über sich ergehen lassen – für heute war sie jedenfalls vor Karies gefeit. Dóra brachte Sóley ins Bett und las ihr etwas vor, bis sie langsam einschlummerte. Sie gab dem halb schlafenden Kind einen Kuss auf die Stirn, knipste das Licht aus und lehnte die Tür an. Danach widmete sie sich wieder ihrem Laptop.

Nachdem sie zwei Stunden lang Haralds Dateien durchgesehen hatte, ohne auf etwas Nützliches zu stoßen, gab sie auf und schaltete den Computer aus. Sie beschloss, ins Bett zu gehen und in der Ausgabe von *Malleus Maleficarum*, die Matthias ihr mitgegeben hatte, zu lesen. Das war bestimmt aufschlussreich.

Als sie das Buch aufschlug, fiel ein zusammengefalteter Zettel heraus.

»Halt's Maul«, zischte Marta María. »Wir kriegen das nur hin, wenn wir uns richtig konzentrieren.«

»Halt selbst das Maul«, entgegnete Andri lautstark. »Ich darf sprechen, wann ich will.«

Bríet hatte den Eindruck, dass Marta María die Zähne zusammenbiss, war sich aber nicht sicher, denn im Raum war es dämmerig – bis auf den Schein einiger hier und dort im Wohnzimmer verteilter Spirituslampen. Sie seufzte. »Ach, jetzt hört schon auf zu streiten und lasst uns weiterkommen.« Sie machte es sich auf dem Fußboden bequem; alle saßen im Schneidersitz in einem engen Kreis.

»Ja, verdammt noch mal«, quengelte Halldór und rieb sich die Augen. »Ich wollte früh ins Bett gehen und hab keinen Bock, mich endlos mit diesem Scheiß zu befassen.«

»Mit diesem Scheiß?«, stieß Marta María hervor, deren Wut offenbar noch nicht verflogen war. »Ich dachte, wir sind uns alle darüber einig, dass wir es machen. Hab ich euch da irgendwie falsch verstanden?«

Halldór stöhnte. »Nein, dreh mir nicht die Worte im Mund um. Bringen wir es einfach hinter uns.«

»Es ist ganz anders als bei Harald zu Hause«, tönte Brjánn, der bisher nicht viel gesagt hatte. »Nicht nur wegen der Wohnung.« Er schaute sich um. »Harald fehlt. Ich weiß nicht, ob das ohne ihn geht.«

Andri ließ sich von der Bemerkung über die Wohnung nicht beeinflussen. »Wir können leider nicht viel an Haralds Fehlen ändern.« Er griff nach dem Aschenbecher. »Wie heißt die Alte?«

»Dóra Guðmundsdóttir«, antwortete Bríet. »Rechtsanwältin.«

»Okay«, sagte Andri. »Lasst uns anfangen. Einverstanden?« Er schaute in die Runde; die anderen nickten oder zuckten zustimmend mit den Schultern. »Wer fängt an?«

Bríet schaute Marta María an. »Fang du an«, schlug sie vor, in der Hoffnung, die schlechte Laune ihrer Freundin dadurch zu vertreiben. »Du kannst es am allerbesten und es ist wichtig, dass es gut wird.«

Marta María überhörte die lobenden Worte. Sie schaute die anderen der Reihe nach an. »Wie ihr wisst, kann uns diese Frau in Teufels Küche bringen, wenn sie in der Geschichte rumschnüffelt. Es ist ein totaler Glücksfall, dass die Bullen auf dem falschen Dampfer sind.«

»Wir sind uns darüber im Klaren«, sagte Brjánn stellvertretend für die anderen. »Hundertprozentig.«

»Gut«, entgegnete Marta María. Sie legte die Hände auf ihre Schenkel. »Absolute Ruhe, bitte.« Niemand sagte ein Wort. Sie nahm einen dicken Bogen Papier, der in der Mitte des Kreises lag, und eine kleine Schale mit roter Flüssigkeit. Sie legte das Papier vor sich auf den Fußboden und stellte die Schale daneben. Anschließend reichte Bríet ihr mit todernstem Gesicht ein chinesisches Essstäbchen. Marta María tunkte das Stäbchen in die zähe Flüssigkeit und zeichnete mit langsamen Strichen zwei Zeichen auf das Papier. Sie schloss die Augen und sagte dann leise und betörend: »Wenn du deinem Feind Angst einjagen möchtest ...«

9. DEZEMBER
2005

20. KAPITEL

Die Lektüre hatte sich bis tief in die Nacht hineingezogen. Dóra erwachte mit dickem Kopf und war kaum ausgeschlafen. Sie hatte lange den Zettel studiert, der aus dem Buch gefallen war. Darauf standen alle möglichen handschriftlichen Worte und Jahreszahlen. Dóra ging davon aus, dass die Notizen von Harald stammten – zumindest stand sein Name auf der Titelseite des Buches. Außerdem war ein Teil der Notizen auf Deutsch. Er hatte sich keine besondere Mühe mit seiner Handschrift gegeben und Dóra war keineswegs sicher, ob sie alle Worte richtig entziffert hatte. Ihres Wissens stand auf dem Zettel:

1485 Malleus, wobei Harald die Jahreszahl mehrmals überschrieben und die Notiz zweifach unterstrichen hatte. Darunter stand *J. A. 1550??* und das Ganze war wieder durchgestrichen. Dann gab es zwei miteinander verbundene *L* und dahinter stand *Loricatus Lupus*. Darunter stand etwas Deutsches, das Dóra so verstand: *Wo? Wo? Das alte Kreuz?* Die Hälfte der Seite war von einer Art Diagramm bedeckt, in dem Punkte mit Jahreszahlen und Orten durch Pfeile miteinander verbunden waren. An der Positionierung der Punkte konnte Dóra erkennen, dass es sich um eine grobe Landkarte handelte. Neben einem Punkt stand *Innsbruck – 1485*, darüber *Kiel – 1486* und darüber *Roskilde*. Dieser Ort war mit zwei Jahreszahlen beschriftet: *1486 – tot* und dann *1505 – Unterbrechung*. Oberhalb dieser drei Punkte befanden sich noch zwei weitere Punkte. Ganz oben stand *Hólar – 1535*, was wieder durchgestrichen und mit einem Punkt verbunden war, neben dem *Skálholt* stand. Daneben fanden sich zwei Jahreszahlen, *1505* und *1675*. Von der zweiten Jahreszahl gingen viele Pfeile aus, die alle in Fragezeichen mündeten. Neben den Fragezeichen stand wieder *Das alte Kreuz??* Mit einem anderen Stift war noch das Wort *Gastbuch* hinzugefügt worden und direkt dahinter war ein kleines Kreuz oder ein kleines *t* gezeichnet. Gästebuch des Kreuzes? Darunter stand, falls Dóras Deutschkenntnisse sie nicht täuschten: *Rauchabzug – Herdstelle!! 3. Zeichen!!* Dóra hatte es am Ende aufgegeben, Sinn in die Notizen zu bringen, und sich dem Buch selbst gewidmet.

Malleus Maleficarum war keineswegs Unterhaltungslektüre, aber der beklemmende Text hatte Dóras Aufmerksamkeit gefesselt. Sie hatte das Buch nicht von vorn bis hinten durchgelesen; der erste und zweite Teil waren zu wirr, um sie an einem Stück lesen zu können. Die Grundlage des Buches waren Fragen und Behauptungen über Hexerei. Sie standen am Anfang eines jeden Kapitels oder Absatzes, und die darauf folgende Antwort oder Erläuterung bestand aus merkwürdigen, nicht nachvollziehbaren, religiösen Argumenten.

Die Geschichten und Beschreibungen der Hexen waren schier unglaublich. Ihre Kräfte schienen grenzenlos zu sein – sie konnten unter anderem nach Belieben Unwetter auslösen, fliegen, Männer in Bullen oder andere Tiere verwandeln, Impotenz herbeiführen und männliche Geschlechtsorgane vom Körper trennen.

In einer langen Passage wurde die Frage erörtert, ob es sich bei der Abtrennung des Geschlechtsteils um eine Halluzination oder eine tatsächliche Amputation handelte. Um die beschriebenen Kräfte entwickeln zu können, mussten die Hexen verschiedene Rituale ausführen, zum Beispiel Kinder kochen oder essen und Geschlechtsverkehr mit dem Teufel vollziehen. Dóra war zwar in Psychologie nicht besonders bewandert, aber bei der Lektüre wurde ihr klar, wie sehr der Zölibat, dem die Autoren als Mönche unterlagen, sie geplagt haben musste. Ihre Verbitterung kam vor allem bei der Beschreibung von Frauen zum Ausdruck. Eine Geschichte war abstoßender als die andere und Dóra hatte bald genug. Die Argumente für das unzüchtige und teuflische Wesen der Frauen waren vollkommen abwegig. Unter anderem wurde es darauf zurückgeführt, dass die Rippe Adams, aus der Gott die erste Frau schuf, nach innen gebogen war – dies hatte angeblich folgenschwere Konsequenzen. Die Frau wäre demnach vollkommen gewesen, wenn Gott einen Oberschenkelknochen verwendet hätte. All dies wurde angeführt, um den Leser von der Verführbarkeit der Frauen durch den Teufel zu überzeugen. Infolgedessen seien die meisten Zauberkundigen weiblichen Geschlechts. Die armen Leute bekamen ebenfalls ihren Teil ab – sie neigten angeblich eher zum Lügen und waren schlechtere Menschen als reiche Leute. Dóra wollte sich lieber nicht vorstellen, wie es gewesen sein musste, zu jener Zeit eine arme Frau zu sein.

Am interessantesten fand sie den dritten und letzten Teil des Buches, in dem es um die juristische Seite bei der Ermittlung und der Verteidigung von Hexen ging. Als Rechtsanwältin schockierten sie die Scheußlichkeiten, die unter anderem darin bestanden, den Angeklagten einzureden, sie kämen im Falle eines Geständnisses mit dem Leben davon. Im Anschluss wurden drei verschiedene Wege aufgezeigt, wie man das zuvor getätigte Versprechen umgehen konnte, ohne gegen das Gesetz zu verstoßen. Bei der Beschreibung der Verhaftung wurde betont, wie wichtig es sei, dass die Füße der Hexen auf dem Weg ins Gefängnis nicht den Boden berührten – sie sollten auf Bahren dorthin getragen werden. Andernfalls könne ihnen der Teufel Kraft einflößen, wodurch sie in der Lage wären, die Beschuldigungen unendlich lange abzustreiten. Bei der Ankunft im Gefängnis sollten die Frauen durchsucht werden, denn sie trügen oft Kraft spendende Gegenstände aus den Knochen kleiner Kinder bei sich. Zudem wurde angeraten, ihnen das Haar abzurasieren, da sie darin ebenfalls derartige Knochen verstecken könnten. Des Weiteren wurde darüber diskutiert, ob die Rasur auch die Schamhaare mit einbeziehen sollte. Dann wurden Möglichkeiten zur Erschwerung der Verteidigung vorgestellt. Beispielsweise wurde vorgeschlagen, dem Verteidiger die Zeugenaussagen auf zwei verschiedenen Blättern auszuhändigen – auf dem einen stünden die Aussagen und auf dem anderen die Namen der Zeugen, sodass der Verteidiger unmöglich feststellen könnte, wer welche Zeugenaussage gemacht hatte. Dies galt natürlich nur für den Fall, dass der Angeklagten die Zeugenaussage vorgelesen würde – was nicht immer gestattet war. Lang und breit wurde erklärt, wann dies legitim sei und wann nicht. Jeder durfte als Zeuge aussagen, im Gegensatz zu anderen Prozessen, bei denen Leute mit schlechtem Leumund als unglaubwürdig abgelehnt wurden.

Im Folgenden wurde beschrieben, wie die Folter vonstatten gehen, wie lange sie dauern und auf welche Weise regelmäßig kontrolliert werden sollte, ob die Gefolterte in Anwesenheit eines Richters auf der Folterbank Tränen vergießen konnte – dies sei möglicherweise ein Zeichen ihrer Unschuld. Allerdings wurde der Einwand erhoben, Frauen täuschten Tränen oftmals mit Spucke vor. Wahrscheinlich hatten die armen Menschen nach der Folter einfach keine Tränen mehr übrig, wenn der Richter und seine Gefolgschaft eintrafen und ihnen befahlen zu weinen. Alles lief darauf hinaus, Geständnisse zu erzwingen. Diese Art von erfundenen Geständnissen wurde in den beiden ersten Teilen des Buches beschrieben. Sie sollten das teuflische Wesen der Hexen verdeutlichen. Wer mit gesundem Menschenverstand an die Lektüre heranging, dem war klar, dass diese Geständnisse völlig wertlos waren. Sie wurden durch Folter erzwungen und nur heruntergeleiert, um den Henker zu besänftigen und dem eigenen Leiden ein Ende zu bereiten.

Dóra riss sich zusammen und setzte sich im Bett auf. Sie schielte zu ihrem Nachttisch, auf dem das grausame Buch lag. Durch den einzigen positiven Gedanken, den die Lektüre hervorgerufen hatte, versuchte sie sich aufzuheitern – die Menschheit hatte sich seit der Zeit um 1500 weiterentwickelt. Dóra quälte sich auf die Beine und unter die Dusche. Auf dem Weg dorthin klopfte sie an die Zimmertür ihres Sohnes, um ihn zu wecken. Das Frühstück war wie immer hektisch; lediglich ihre Tochter ließ sich Zeit und setzte sich zum Essen an den Tisch. Als sie zum Auto gingen, erinnerte Dóra die Kinder daran, dass sie am Abend zu ihrem Vater fahren würden. Sie hatten vorher nie Lust dazu, waren im Nachhinein aber immer froh, Zeit mit ihrem Vater verbracht zu haben. Vorausgesetzt, sie mussten nicht reiten.

Nachdem sie die Kinder in die Schule gebracht hatte, beeilte sich Dóra, ins Büro zu kommen. Sie hatte den handgeschriebenen Zettel aus dem Buch dabei und wollte ihn Matthias zeigen. Es war noch niemand da; die Kanzlei würde erst in einer guten halben Stunde um neun Uhr öffnen. Genug Zeit, um einen Kaffee zu kochen, die Post durchzusehen und sich einen Überblick über die Dinge zu verschaffen, die sich neben diesem sonderbaren Fall, der Dóras gesamte Zeit in Anspruch nahm, noch abspielten.

Bríet war auf dem Weg zu ihrem Seminar gewesen, das um Viertel nach acht beginnen sollte, doch der Fakultätsleiter Gunnar hatte sie abgefangen. Nachdem er ein paar Worte mit ihr gewechselt hatte, kam es für sie nicht mehr in Frage, am Unterricht teilzunehmen. Anstatt in den Seminarraum zu gehen, setzte sich Bríet zum Rauchen auf die Treppe. Sie musste sich beruhigen – und die anderen anrufen und ihnen die Nachricht überbringen. Bríet nahm einen langen, tiefen Zug von der schlanken Mentholzigarette – eine Marke, die Marta María so albern und schwach fand, dass sie verkündete, Bríet könne guten Gewissens behaupten, sie rauche nicht. Marta María rauchte Marlboro. Während Bríet die Telefonnummer ihrer Freundin heraussuchte, hoffte sie, dass Marta genug Zigaretten im Haus hätte – die würde sie nämlich jetzt brauchen.

»Hallo«, sagte Bríet atemlos, als am anderen Ende abgenommen wurde. »Hier ist Bríet.«

»Warum rufst du denn so früh an?« Marta Marías Stimme klang belegt. Bríet musste sie geweckt haben.

»Du musst in die Uni kommen – Gunnar ist total sauer und droht damit, dass wir alle hochkant rausfliegen, wenn wir nicht tun, was er sagt.«

»Was für'n Unsinn.« Ihre Stimme war plötzlich hellwach.

»Wir müssen die anderen anrufen und ihnen sagen, sie sollen herkommen. Ich lass mich nicht von der Uni schmeißen. Papa würde ausflippen und ich bekäme keine Studienunterstützung mehr.«

»Jetzt komm mal wieder runter«, fiel ihr Marta María ins Wort. »Wie soll Gunnar uns denn von der Uni schmeißen? Ich weiß ja nicht, wie's bei dir aussieht, aber meine Noten sind alle in Ordnung.«

»Er sagt, er will bei der Fakultät eine Beschwerde wegen Drogenkonsums einreichen – er behauptet, alle möglichen Trümpfe im Ärmel zu haben. Auf diese Weise will er Brjánn und mich loswerden, und dann, sagt er, kümmert er sich um Andri und Halldór. Wir müssen tun, was er sagt. Ich werde es jedenfalls nicht drauf ankommen lassen.« Bríet war gereizt. Warum stellte sich Marta María immer so an – konnte sie nicht einfach mal tun, was man ihr sagte?

»Was will er von uns?« Bríet hatte Marta María mit ihrer Nervosität angesteckt.

»Wir sollen mit irgendwelchen Rechtsanwälten sprechen, die für Haralds Eltern arbeiten. Sie wollen uns treffen und Gunnar erwartet, dass wir kooperativ sind. Er sagte noch, er sei nicht so naiv zu glauben, dass wir immer die Wahrheit sagen würden, aber das sei ihm egal – Hauptsache, wir reden mit denen.« Bríet zog an ihrer Zigarette und blies energisch den Rauch aus. Dann hörte sie, wie jemand im Hintergrund fragte, was los sei.

»Okay, okay«, sagte Marta María. »Was ist mit den anderen? Hast du sie schon angerufen?«

»Nein, du musst mir dabei helfen. Ich will die Sache nicht vor mir herschieben – wir treffen uns alle um zehn und bringen es hinter uns. Ich hab heute noch ein Seminar.«

»Ich spreche mit Halldór. Du rufst Andri und Brjánn an. Wir treffen uns unten beim Buchladen.« Marta María legte ohne weitere Erklärungen auf.

Bríet starrte mürrisch auf das Telefon. Natürlich war Halldór bei Marta. Sie würde also niemanden anrufen, sondern wie üblich den ganzen Ärger bei Bríet abladen. Sie hätte ihr fairerweise anbieten können, mit Andri oder Brjánn zu telefonieren. Bríet drückte brüsk ihre Zigarette auf der Treppe aus und stand auf. Sie ging in Richtung des Buchladens und suchte währenddessen Brjánns Nummer in ihrem Handy.

Gunnar beobachtete Bríet vom Fenster seines Büros im Árnagarður. Ausgezeichnet, dachte er – ich habe genau ins Schwarze getroffen. Als er kurz zuvor mit dem Mädchen gesprochen hatte, musste er sich richtig zusammenreißen, um nicht die Geduld zu verlieren. Er hatte nichts gegen diese Clique in der Hand – nichts, außer der Gewissheit, dass sie jede Menge Drogen konsumierte und Gott weiß was sonst noch. Als er der Rechtsanwältin angeboten hatte, an einem Treffen mit den Studenten teilzunehmen, hatte er sich auf dünnes Eis begeben – diese Gören hatten bis jetzt noch nie seine Anweisungen befolgt. Er war nicht davon ausgegangen, dass sie es auf einmal doch tun würden. Deshalb hatte Gunnar den Entschluss gefasst, ihnen zu drohen – diese Sprache würden sie wohl besser verstehen und das hatte sich als richtig herausgestellt.

Diese Clique störte Gunnar schon lange. Harald war am schlimmsten gewesen, aber die anderen waren auch nicht viel besser. Der einzige Unterscheid bestand darin, dass sie äußerlich noch nicht so entstellt waren wie innerlich. Als Gunnar es damals darauf angelegt hatte, diesen Unheil bringenden, angeblichen Geschichtsverein loszuwerden, hatte er sich nach ihren Noten erkundigt und zu seinem Erstaunen festgestellt, dass einige von ihnen ausgezeichnete Studenten waren.

Gunnar ließ die Gardine fallen und nahm den Telefonhörer in die Hand. Vor ihm auf dem Tisch lag die Visitenkarte der Rechtsanwältin – er durfte es sich mit ihr und dem Deutschen nicht verscherzen, wenn er den von Harald gestohlenen Brief wiederfinden wollte. GESTOHLEN. Er fand es unerträglich, sich zu verstellen – so zu tun, als habe er sich mit diesem unangenehmen jungen Mann gut verstanden, und voller Hochschätzung von ihm zu sprechen. Harald war ein Dieb, der sich selbst und anderen nichts als Schande bereitete. Gunnar legte den Hörer wieder zur Seite. Zuerst musste er sich ein wenig beruhigen – in diesem Zustand konnte er unmöglich bei der Frau anrufen. Tief einatmen und an etwas ganz anderes denken. Das Erasmus-Stipendium zum Beispiel. Der Antrag war eingegangen und es sah ganz nach einer positiven Antwort aus. Gunnar wurde ruhiger. Er nahm den Hörer und wählte die Nummer, die auf der Karte stand.

»Dóra, grüß dich, hier ist Gunnar«, sagte er so höflich wie möglich. »Was Haralds Freunde anbetrifft – du wolltest sie doch treffen, oder?«

21. KAPITEL

Dóra hatte seit der Feier zum sechzehnten Geburtstag ihres Sohnes keinen so schlappen Haufen mehr gesehen. Und dabei waren die jungen Leute, die ihr und Matthias gegenübersaßen, fast zehn Jahre älter. So wie sie dasaßen, machten sie den Eindruck, sie wären direkt aus der Luft aufs Sofa gefallen – mit Ausnahme des hoch gewachsenen, rothaarigen Mädchens. Alle musterten interessiert ihre Schuhspitzen. Nach dem morgendlichen Telefonat mit Gunnar hatte Dóra Kontakt mit Bríet aufgenommen und ein Treffen mit der Clique vereinbart. Bríet hatte nicht gerade begeistert geklungen, aber dennoch griesgrämig eingewilligt, die anderen zusammenzutrommeln und Dóra und Matthias um elf Uhr zu treffen – an einem Ort, an dem man rauchen durfte. Da diesbezüglich nicht viel zur Auswahl stand, schlug Dóra Haralds Wohnung vor. Bríets Reaktion darauf war griesgrämig, aber auf eine Einladung nach Paris hätte sie genauso reagiert. Matthias war sehr zufrieden mit der Ortswahl, da er glaubte, dies könne die Clique möglicherweise ein bisschen aufrütteln und die Wahrscheinlichkeit, dass sie die Wahrheit sagten, erhöhen.

Während sie auf die Studenten warteten, nutzte Dóra die Gelegenheit und zeigte Matthias den zusammengefalteten Zettel aus der Taschenbuchausgabe des *Hexenhammers*. Sie beschäftigten sich eine Weile damit, kamen aber zu keinem brauchbaren Ergebnis, außer dass *Innsbruck – 1485* mit Kramers Ankunft in der Stadt und den alten Briefen, die Harald so fasziniert hatten, zu tun haben musste. Dóra war ziemlich sicher, dass *J.A.* für den Bischof Jón Arason stand, denn die Jahreszahl 1550 bezeichnete das Jahr seiner Exekution. Ihr war allerdings nicht klar, warum Harald es wieder durchgestrichen hatte. *Gästebuch des Kreuzes* sagte Matthias gar nichts – ihm war nicht bekannt, ob es in Haralds Wohnung ein Gästebuch gab oder ob die Polizei bei der Durchsuchung eins mitgenommen hatte. Dann hatte die Türklingel sie aus ihren Grübeleien gerissen.

Die Studenten waren ins Wohnzimmer gekommen und hatten sich dicht aneinandergedrängt auf die beiden Sofas gesetzt, während Dóra und Matthias ihnen gegenüber auf Stühlen Platz nahmen. Dóra hatte ein paar Aschenbecher geholt und die Luft im Zimmer war bereits rauchgeschwängert.

»Was wollt ihr eigentlich von uns?«, fragte das rothaarige Mädchen, Marta María. Ihre Freunde schauten sie an, froh, dass jemand die Wortführung übernahm und die Aufmerksamkeit auf sich zog. Dann rauchten sie weiter.

»Wir möchten uns mit euch über Harald unterhalten«, antwortete Dóra. »Ihr wisst ja, dass wir mehrmals versucht haben, euch zu treffen, was nicht gerade auf Gegenliebe stieß.«

Marta María ließ sich davon nicht aus der Ruhe bringen. »Wir haben zurzeit viel an der Uni zu tun und wichtigere Dinge zu erledigen, als mit Leuten zu sprechen, die wir überhaupt nicht kennen. Außerdem sind wir nicht verpflichtet, mit euch zu sprechen. Jeder von uns hat eine polizeiliche Aussage gemacht.«

»Ach ja, stimmt«, sagte Dóra. Sie versuchte, sich nicht anmerken zu lassen, dass dieses Mädchen und im Grunde die ganze Clique ihr auf die Nerven ging. »Wir sind euch sehr dankbar, dass ihr euch die Zeit genommen habt, und wir versprechen, euch nicht lange aufzuhalten. Wie euch bekannt ist, untersuchen wir den Mord an Harald im Auftrag seiner Familie in Deutschland. Wir haben gehört, dass ihr am häufigsten mit ihm zusammen wart.«

»Da bin ich mir nicht so sicher; wir haben selbstverständlich ziemlich viel Zeit mit ihm verbracht, aber wir haben natürlich keine Ahnung, was er sonst noch gemacht hat«, entgegnete Marta María, während Bríet ernst nickte, um ihr beizupflichten. Die jungen Männer starrten nur vor sich hin.

»Du sprichst so, als wäret ihr eine Person«, bemerkte Matthias. »Wir haben mit Hugi Þórisson gesprochen, den ihr ja alle kennt, und er behauptet, dass du, Halldór, am engsten mit Harald befreundet warst und ihm bei Übersetzungen und anderen Dingen geholfen hast.« Er sprach direkt zu Halldór, der an Marta María gequetscht dasaß. »Stimmt das etwa nicht?«

Halldór schaute auf. »Äh, doch, wir waren ziemlich oft zusammen. Harald hatte Schwierigkeiten mit isländischen Dokumenten und anderen Dingen und ich hab ihm geholfen. Wir waren gute Kumpels.« Er zuckte die Achseln, um zu betonen, dass es sich um eine ganz normale Freundschaft gehandelt hatte.

»Du bist auch ein guter Kumpel von Hugi, oder?«, fragte Dóra.

»Ja. Wir sind Jugendfreunde«, sagte Halldór und neigte den Kopf. Durch eine schnelle Kopfbewegung fiel ihm sein Haar ins Gesicht, was weiteren Augenkontakt verhinderte.

»Dein einer Freund wurde ermordet und dein anderer Freund steht unter Mordverdacht. Man sollte meinen, du müsstest ganz versessen darauf sein, uns zu helfen. Oder nicht?« Matthias lächelte Halldór zu, erreichte ihn damit aber nicht. Er schaute die anderen Studenten an. »Und ihr? Das gilt natürlich auch für euch.«

Alle murmelten zustimmend »hm« oder nickten.

»Gut.« Matthias klopfte sich auf den Schenkel. »Dann können wir ja loslegen. Aber womit fangen wir an?« Er blickte zu Dóra. »Dóra, möchten Sie vielleicht beginnen?«

Dóra lächelte und wendete sich an die Studenten. »Wie wäre es, wenn ihr uns erzählt, wie ihr Harald kennen gelernt habt und was es mit diesem Hexenverein auf sich hatte? Wir finden das alles sehr merkwürdig.«

Alle schauten zu Marta María, in der Hoffnung, sie möge das

Wort ergreifen. Sie gab die Frage jedoch an Halldór weiter, indem sie ihn – übertrieben heftig, fand Dóra – mit dem Ellbogen anstieß. Halldór schnitt eine Grimasse und antwortete. »Ich hab Harald letztes Jahr zum ersten Mal getroffen, Hugi war auch dabei. Die beiden hatten sich in einer Kneipe in der Stadt kennen gelernt. Ich fand ihn nett und anders und Hugi auch und danach haben wir uns verabredet, wie es halt so üblich ist. Sind essen gegangen, in Kneipen, auf Konzerte und so was. Harald hat uns dann gefragt, ob wir einem Verein beitreten möchten, den er gründen wollte, und wir haben einfach ja gesagt.«

Marta María ergriff das Wort. »Ich bin durch Bríet in den Verein gekommen. Sie hatte Harald in der Uni kennen gelernt und wollte, dass ich mitkomme, um die Sache abzuchecken.« Bríet nickte eifrig.

»Und ihr?« Dóra richtete ihre Frage an Andri und Brjánn, die rauchend nebeneinanderhockten.

»Wir?«, fragte Andri dümmlich und verschluckte sich an dem Rauch, den er vergessen hatte auszublasen.

»Ja«, entgegnete Dóra. »Ihr beiden.« Sie zeigte auf die beiden, um jegliche Zweifel aus dem Weg zu räumen.

Brjánn kam Andri zu Hilfe. »Ich studiere Geschichte und hab den Verein auf dieselbe Weise kennen gelernt wie Bríet – hatte vorher schon ein bisschen mit Harald gequatscht und er hat mich gefragt, ob ich eintreten will. Andri hab ich spaßeshalber mitgenommen.« Besagter Andri grinste nur dumpf.

»Und worum ging es in diesem Verein, wenn ich fragen darf? Wenn wir Hugi richtig verstanden haben, handelte es sich hauptsächlich um Saufgelage – getarnt als Treffen von Interessierten an Hexerei«, erklärte Matthias.

Die drei Jungen feixten, während Marta María ein beleidigtes Gesicht aufsetzte und empört sagte: »Saufgelage? Das waren nicht irgendwelche Saufgelage. Wir haben uns mit Magie und der Hexenkultur vergangener Zeiten vertraut gemacht. Das ist nicht irgendeine verrückte Wissenschaft, sondern wirklich interessant.

Dass wir uns nach den Treffen auch ein bisschen amüsiert haben, tut nichts zur Sache. Hugi ist einfach nur durchgeknallt. Er hatte mit dem Verein nie richtig zu tun.« Marta María lehnte sich zurück und verschränkte die Arme. Sie zog immer noch eine Flunsch und starrte Matthias und Dóra wütend an. »Ihr habt natürlich keine Ahnung, worum es geht, genau wie alle anderen – denkt wahrscheinlich, wir köpfen Hühner und piksen Stricknadeln in selbst gebastelte Puppen.«

»Möchtest du uns dann nicht in das Geheimnis der Hexerei einweihen?«, fragte Matthias.

Marta María stöhnte schwer. »Ich hab wirklich keinen Bock, hier den Lehrer raushängen zu lassen. Es reicht, wenn ihr kapiert, dass Hexerei nichts anderes ist als der Versuch, auf ungewöhnliche Weise Einfluss auf das eigene Leben zu nehmen – zumindest ungewöhnlich in den Augen heutiger Menschen. Seinerzeit war das ganz normal. Es geht vor allem darum, bestimmte Rituale durchzuführen, um das Schicksal zu beeinflussen – manchmal auf Kosten anderer, manchmal nicht. Indem man einen Zauberspruch ausführt, bewegt man sich meiner Meinung nach auf ein bestimmtes Ziel zu. Anschließend konzentriert man sich besser auf dieses Ziel und es fällt einem deshalb leichter, es zu erreichen.«

»Kannst du mir solche Ziele nennen?«, fragte Dóra.

»Die Liebe einer anderen Person auf sich zu lenken oder Berühmtheit zu erlangen, zu heilen, einem Feind zu schaden. Es gibt eigentlich keine festgelegten Ziele. Die meisten alten Zaubersprüche sind natürlich mit den menschlichen Grundbedürfnissen verknüpft – das Leben war damals noch nicht so kompliziert und vielfältig wie heute.«

Da war Dóra nach der Lektüre des *Hexenhammers* anderer Meinung. In ihren Augen war es ziemlich kompliziert, jemanden in einem Rechtssystem verteidigen zu müssen, das parteiisch war und die Spielregeln je nach Interessen der Anklage veränderte. »Und was braucht man, um einen Zauberspruch auszuführen?«, fragte sie. Dann fügte sie, um Marta María zu ärgern, hinzu: »Außer lahmen Hühnern und handgenähten Puppen?«

»Sehr witzig«, entgegnete Marta María, ohne zu lachen. »In Island verwendete man vor allem Zauberrunen – allerdings reichte es zur Ausführung des Zauberspruchs meistens nicht, die Runen zu ritzen oder zu zeichnen. Zauberrunen sind auch andernorts in Europa bekannt und dort gilt dasselbe wie in Island – meistens gehört mehr dazu, als sie zu zeichnen.«

»Was denn?«, insistierte Matthias.

»Einen Vers aufsagen, Tierknochen sammeln, Menschenknochen, das Haar einer Jungfrau. Solche Dinge. Nichts Schlimmes«, antwortete Marta María mit kalter Stimme.

»Ja, und manchmal Körperteile von Verstorbenen«, warf Bríet ein. Alle verstummten. Bríet errötete und hielt den Mund.

»Ach ja?«, sagte Matthias mit geheucheltem Erstaunen. »Was denn zum Beispiel? Hände? Haare?« Er machte eine kurze Pause. »Oder vielleicht Augen?«

Niemand sagte ein Wort, bis Marta María einlenkte. »Ich persönlich hab nie etwas über Zaubersprüche gelesen, für die man Menschenaugen braucht – nur Tieraugen.«

»Und die anderen? Kennt ihr solche Zaubersprüche?«, fragte Matthias.

Keiner sagte etwas, alle schüttelten die Köpfe. »Nö«, tönte Brjánn.

»Und Finger?«, fügte Dóra schnell hinzu. »Habt ihr schon mal von Zaubersprüchen gelesen, für die man Finger braucht?«

»Nein.« Halldórs Stimme klang bestimmt. Er strich sich zur Bekräftigung das Haar aus der Stirn und schaute Dóra und Matthias direkt in die Augen. »Wir haben ganz bestimmt keine Zaubersprüche ausgeführt, bei denen menschliche Körperteile verwendet werden. Ich weiß, worauf ihr hinauswollt, aber das ist vollkommen abwegig. Wir haben Harald nicht umgebracht – das könnt ihr ausschließen. Die Bullen haben unsere Alibis kontrolliert und sie sind alle bestätigt worden.« Halldór beugte sich vor und zog eine Zigarette aus einem der Päckchen auf dem Tisch. Er zündete sie an, nahm einen tiefen Zug und blies den Rauch langsam aus.

»Also hat Hugi ihn ermordet?«, fragte Dóra. »Willst du uns das sagen?«

»Nein, das hab ich nicht gesagt! Du hörst nicht richtig zu«, erwiderte Halldór und seine Stimme vibrierte vor Erregung. Er neigte sich vor, so als wolle er weiterreden, aber Marta María drückte ihn mit ihrem Arm zurück ins Sofa.

Dann fing sie an zu sprechen, wesentlich beherrschter als Halldór. »Ich weiß nicht, wer dir logisches Denken beigebracht hat, aber die Tatsache, dass wir Harald nicht umgebracht haben, bedeutet nicht automatisch, dass es Hugi war. Halldór hat lediglich darauf hingewiesen, dass wir Harald nicht umgebracht haben. Punkt.« Jetzt lehnte Marta María sich im Sofa zurück. Sie angelte die Zigarette aus Halldórs Fingern, nahm einen Zug und steckte sie dann wieder zurück an ihren Platz. Bríet wirkte verstört; diese demonstrative Vertrautheit irritierte sie offensichtlich.

»Hugi hat ihn nicht umgebracht. Er ist nicht der Typ dafür«, murmelte Halldór verärgert. Er stieß Marta Marías Arm weg und beugte sich über den Tisch, um die Asche seiner Zigarette abzuklopfen.

»Und du? Bist du der Typ dafür? Wenn ich mich recht erinnere, ist dein Alibi nicht so perfekt wie die deiner Freunde.« Matthias schaute Halldór fest an und wartete auf eine Reaktion.

Halldór rutschte bis an die Sofakante vor und beugte sich so weit wie möglich zu Matthias. Seine Stimme war vor Wut ein paar Oktaven tiefer als zuvor: »Harald war mein Freund. Ein guter Freund. Er hat unglaublich viel für mich getan und ich für ihn. Ich hätte ihn niemals getötet. Niemals. Ihr seid noch mehr auf dem Holzweg als die Polizei, und du hast keine Ahnung, was du da faselst.« Er unterstrich seine Worte, indem er mit seiner brennenden Zigarette auf Matthias deutete.

»Was hast du denn eigentlich für ihn getan? Außer ihm bei der

Übersetzung von Aufsätzen behilflich zu sein?«, beeilte sich Dóra einzuwerfen.

Halldór löste seinen Blick von Matthias und starrte Dóra fiebrig an. Er öffnete kurz den Mund, so als wolle er etwas sagen, ließ es dann aber bleiben. Nachdem er ein letztes Mal an seiner Zigarette gezogen und sie ausgedrückt hatte, sank er wieder ins Sofa.

Der Geschichtsstudent Brjánn übernahm die Rolle des Schlichters. »Ähm, ich versteh ja, worauf ihr hinauswollt – natürlich hat irgendwer Harald umgebracht, und wenn nicht Hugi, wer dann? Ihr spart euch aber echt Zeit und Mühe, wenn ihr uns einfach glaubt, weil wir nämlich die Wahrheit sagen; keiner von uns hat Harald ermordet. Er war cool, einfallsreich, ein toller Gastgeber und ein guter Freund und Kumpel. Ohne ihn ist unser Verein zum Beispiel nichts mehr wert. Außerdem hätten wir ihn gar nicht umbringen können – wir waren nicht mal in der Nähe und ein Haufen Zeugen kann das bestätigen.«

Andri, der im Masterstudiengang Chemie war, pflichtete ihm bei. Seine Augen waren glasig und Dóra hatte den Eindruck, er stünde unter Drogen. »Stimmt genau. Harald war was Besonderes; keiner von uns hätte ihn jemals loswerden wollen. Er konnte zwar krass und durchgeknallt sein, aber wenn's drauf ankam, war er immer super anständig.«

»Wie sympathisch«, bemerkte Matthias sarkastisch. »Eine Sache würde mich noch interessieren. Alle außer Halldór waren bei der Party; könnt ihr euch dran erinnern, dass Hugi und Harald zusammen ins Bad gegangen und mit Blut auf den Klamotten wieder rausgekommen sind?«

Alle außer Halldór schüttelten die Köpfe. »Da hat sich niemand um irgendwelche Klamotten gekümmert«, sagte Andri und zuckte mit den Schultern. »Kann schon sein, dass das so war; ich erinnere mich aber nicht.« Die anderen nickten zustimmend.

Sie saßen eine Weile schweigend da. Zigaretten wurden ausgedrückt und neue angezündet. Matthias durchbrach die Stille. »Ihr wisst also nicht, wer Harald ermordet hat?«

Einstimmig sagten alle mit Nachdruck: »Nein.«

»Und ihr habt nie Körperteile, beispielsweise einen Finger, bei euren Ritualen verwendet?«, fragte er weiter.

Wieder tönte es einstimmig: »Nein.«

»Und ihr kennt auch diese Zauberrune nicht?« Matthias warf eine Zeichnung der Rune, die in Haralds Brust geritzt worden war, auf den Tisch.

Einstimmig: »Nein.«

»Es wäre überzeugender, wenn ihr euch das Blatt wenigstens mal anschauen würdet«, sagte Matthias ironisch. Keiner hatte auch nur einen Blick auf die Zeichnung geworfen.

»Die Bullen haben uns diese Rune auch gezeigt. Wir wissen genau, worauf du hinauswillst«, entgegnete Marta María. Sie legte lässig ihre Hand auf Halldórs Oberschenkel.

»Okay – hab ich verstanden. Aber könnt ihr uns vielleicht darüber aufklären, was mit dem ganzen Geld passiert ist, das Harald kurz vor seinem Tod ins Land gebracht hat?«, fragte Matthias dann.

»Nein, darüber wissen wir nichts,« sagte Marta María. »Wir waren Haralds Freunde, nicht seine Steuerberater.«

»Hat er etwas gekauft oder davon gesprochen, dass er vorhatte, etwas zu kaufen?«, fragte Dóra, wobei sie sich an Bríet wendete, von der sie am ehesten annahm, dass sie die Wahrheit sagte.

»Er hat ständig was gekauft«, antwortete Bríet und warf Marta María und Halldór einen Blick zu. Als sie Martas Hand auf Halldórs Oberschenkel sah, drehte sie sich wieder zu Dóra und fügte hinzu: »Wenn nicht für sich selbst, dann für Halldór. Sie standen sich sehr nahe.« Sie lächelte scheinheilig.

Dóra sah, wie Halldór die Röte ins Gesicht stieg. »Was hat er für dich gekauft und warum?«

Halldór rutschte unruhig auf dem Sofa hin und her. »Er hat nicht direkt Sachen für mich gekauft. Er hat mir manchmal das eine oder andere geschenkt, als Dank für meine Hilfe.«

Dóra ließ nicht von ihm ab. »Was denn?«

Halldór errötete noch mehr. »Ach, so allerlei.« Er ließ sein Haar wieder in die Stirn fallen.

Matthias schlug sich erneut auf den Schenkel – noch bestimmter als beim ersten Mal. »Also dann, liebe Leute. Ich habe eine Idee. Marta María, Bríet, Brjánn und Andri – ihr sagt, ihr wisst nichts, daher seid ihr keine große Hilfe für uns. Wie wär's, wenn ihr einfach nach Hause geht und lernt oder an die Uni geht oder tut, womit auch immer ihr gerade beschäftigt seid – und Dóra und ich sprechen in aller Ruhe mit Halldór?« Er richtete seine Worte an Halldór. »Wäre das nicht am besten? Das ist bestimmt nicht so verkrampft.«

»Was soll der Scheiß?«, zischte Marta María. »Halldór weiß auch nicht mehr als wir.« Sie wendete sich an Halldór. »Du musst nicht bleiben. Wir gehen alle zusammen.«

Halldór sagte erst nichts, schob dann aber ihre Hand von seinem Oberschenkel und zuckte die Achseln. »Okay.«

»Okay? Was ist okay? Kommst du mit?«, fragte Marta María nervös.

»Nein«, antwortete Halldór. »Ich bringe das zu Ende. Ich bleibe.«

Marta Marías Gesicht verdunkelte sich vor Wut, aber sie riss sich zusammen und tat so, als sei nichts geschehen. Bevor sie sich erhob, beugte sie sich zu Halldór und flüsterte ihm etwas ins Ohr. Er nickte abwesend. Dóra beobachtete, wie sie ihn leicht auf die Stirn küsste, während Bríet so tat, als sähe sie es nicht. Andri und Brjánn waren vollkommen damit beschäftigt, ihre Zigaretten auszudrücken und aufzustehen. Sie waren spürbar erleichtert.

22. KAPITEL

Matthias begleitete die anderen zur Tür. Währenddessen blieben Dóra und Halldór in dem modernen Wohnzimmer sitzen, umringt von den Schrecken der Vergangenheit. Dóra hatte Mitleid mit dem jungen Mann, der jetzt lieber an einem anderen Ort wäre. Die Umstände erinnerten sie auf gewisse Weise an ihren eigenen Sohn – ein junger Mann, mitten in einer inneren Zerreißprobe, dem es schwerfiel, davon zu erzählen.

»Dir ist hoffentlich klar, dass wir nur die Wahrheit wissen wollen. Irgendwelche Dummheiten, in die ihr möglicherweise verwickelt seid, interessieren uns nicht«, sagte sie, um das Schweigen zu durchbrechen und die angespannte Atmosphäre zu lockern. »Beim wichtigsten Punkt stimmen wir dir im Grunde zu – Hugi ist unschuldig oder hat zumindest nicht alle Taten begangen, die man ihm anhängen will.«

Halldór schaute sie nicht an. »Ich glaube nicht, dass Hugi ihn getötet hat«, sagte er leise. »Das ist alles völliger Unsinn.«

»Du hängst offenbar an deinem Freund«, sagte Dóra. »Wenn du ihm helfen möchtest, ist es am allerbesten, uns nichts zu verheimlichen. Denk dran, dass dein Freund zurzeit nur von uns Hilfe zu erwarten hat.«

»Hm«, murmelte Halldór.

Matthias kam zurück und ließ sich auf den Stuhl fallen. Er musterte Halldór eine Weile nachdenklich. »Eine komische Clique hast du da. Die Mädchen sind sich auf dem Weg nach draußen nicht gerade in die Arme gefallen.«

Halldór zuckte mit den Schultern. »Die sind in der letzten Zeit nicht so gut drauf.«

»Du sagst es. Tja, dann kommen wir doch am besten zum Thema«, sagte Matthias.

»Von mir aus«, entgegnete Halldór. »Fragt einfach und ich versuche zu antworten.« Er nahm eine Zigarette und zündete sie an. Dóra bemerkte, dass seine Hände zitterten.

»Gut, mein Junge«, sagte Matthias väterlich. »Wir interessieren uns für ein paar Dinge, bei denen du uns zweifellos behilflich sein kannst. Das eine ist Haralds Geldverschwendung und das andere sind seine historischen Forschungen, bei denen du ihm wohl geholfen hast. Was kannst du uns über die Geldangelegenheiten sagen?«

»Geldangelegenheiten? Glaubt bloß nicht, ich hätte das alles so genau mitgekriegt. Jeder Depp hat natürlich sofort gemerkt, wie wohlhabend Harald war.« Halldór machte eine ausladende Handbewegung und zuckte dann die Achseln. »Die wenigsten Studenten haben eine solche Wohnung. Sein Auto war auch nicht zu verachten und er ging oft essen. Das ist leider nicht der Lebensstil, den ich und die anderen uns leisten können.«

»Ging er immer allein essen?«, fragte Dóra. »Da ihr anderen doch arme Studenten seid.«

Die Frage war ihm offenbar unangenehm. »Ja, manchmal.« Er zog an seiner Zigarette. »Manchmal bin ich mitgegangen. Da hat er mich eingeladen.«

»Was hat er sonst noch für dich bezahlt?«, fragte Matthias.

Halldór wurde von einem plötzlichen Interesse für den Aschenbecher gepackt. Er wendete seinen Blick von den beiden ab und starrte in die Kippen, als fände sich dort die Antwort auf die Frage. »Tja, alles Mögliche.«

»Das ist keine Antwort«, sagte Dóra ruhig. »Erzähl es uns – wir sind nicht hier, um über dich oder Harald zu urteilen.«

Ein kurzes Schweigen und dann: »Er hat alles für mich bezahlt. Miete, Lehrbücher, Klamotten, Taxis. Haschisch. Einfach alles.«

»Warum?«, fragte Matthias.

Halldór zuckte die Achseln. »Harald meinte, er hätte nun mal so viel Geld und könnte damit machen, was er will – wenn er unbedingt etwas haben wollte, könnte er eben nicht darauf verzichten, nur weil seine Freunde keine Kohle hätten. Es war mir total peinlich, aber ich war völlig pleite und es hat tierisch Spaß gemacht, mit ihm zusammen zu sein. Es gab nie irgendwelche Probleme. Ich hab versucht, mich zu revanchieren, indem ich ihm bei den Übersetzungen und so geholfen habe.«

»Und so?«, fragte Matthias.

»Ach nichts.« Er wurde wieder rot. »Es hatte nichts mit Sex zu tun, falls ihr das meint. Weder Harald noch ich waren, äh sind, andersrum. Wir hatten genug Spaß mit den Mädels.«

Dóra und Matthias warfen sich einen Blick zu. Die Ausgaben, von denen Halldór sprach, waren im Vergleich zu der verschwundenen Summe ein Taschengeld. »Hat Harald kurz vor seinem Tod eine größere Investition getätigt?«, fragte Matthias.

Halldór schaute auf. Sein Blick war aufrichtig. »Keine Ahnung. Davon hat er nichts erzählt. Ich hab ihn allerdings in der Woche vor seinem Tod kaum gesehen – er war irgendwie beschäftigt und ich musste sowieso was für die Uni tun.«

»Und du weißt nicht, womit er beschäftigt war und warum er euch in der letzten Zeit aus dem Weg ging?«, warf Dóra ein.

»Nein, ich hab ein paar Mal mit ihm telefoniert und er hatte einfach keine Lust, was zu unternehmen. Ich weiß nicht, warum.«

»Als er ermordet wurde, hattest du ihn also ein paar Tage lang nicht gesehen, oder wie?«, fragte Matthias.

»Nee – nur mit ihm telefoniert.«

»Kam dir das nicht komisch vor? Oder zog er sich öfter tagelang zurück?«, fragte Matthias weiter.

Halldór überlegte. »Ich hab nicht weiter drüber nachgedacht, aber jetzt, wo du es sagst – es war schon ungewöhnlich. Ist jedenfalls vorher noch nie passiert.«

»Hast du dich da nicht über ihn geärgert?«, fragte Dóra. In

Anbetracht der Tatsache, wie viel Zeit die beiden miteinander verbracht hatten, musste es für den Jungen komisch gewesen sein, seinen besten Freund ein paar Tage lang ohne Erklärung nicht zu sehen.

»Nee, nicht direkt. Ich hatte viel in der Uni zu tun. Außerdem hatte ich Schichten und so. Genug andere Dinge.«

»Du arbeitest im Landeskrankenhaus in Fossvogur, nicht wahr?«, fragte Dóra. Halldór nickte. »Wie schaffst du es denn, gleichzeitig zu arbeiten, Medizin zu studieren und so viel auszugehen?«

Halldór zuckte mit den Schultern. »Es ist keine volle Stelle, ich übernehme ein paar Vertretungsschichten, das ist alles. Ich arbeite im Sommer in den Semesterferien und im Winter rufen sie mich an, wenn's eng wird. Krankmeldungen oder andere Ausfälle. Beim Studium bin ich total gewissenhaft. Lernen ist mir irgendwie immer leichtgefallen.«

»Was genau machst du im Krankenhaus?«, fragte Matthias.

»Alles Mögliche. Ich assistiere bei Operationen. Im Grunde bin ich nur ein Handlanger – kümmere mich nach der Operation um die Reinigung der Instrumente, räume auf und so weiter. Nichts Besonderes.«

Matthias schaute ihn eigentümlich an. »Was räumst du denn auf? Ich frage aus reiner Neugier; ich kenne mich in Krankenhäusern nicht gut aus.«

»Alles Mögliche«, antwortete Halldór und griff nach der Zigarettenschachtel. »So Zeug halt.«

»Aha«, brummelte Matthias. »Kannst du uns den Namen deines Vorgesetzten oder einer anderen Person nennen, die wir über deine Arbeit befragen können – speziell über deine Tätigkeit an dem Abend, als Harald ermordet wurde?«

Halldór knabberte an einem Fingernagel seiner linken Hand. Er wusste offensichtlich nicht, ob und was er antworten sollte. »Gunnur Helgadóttir«, nuschelte er dann mürrisch. »Sie ist Oberschwester im OP.«

»Eine Frage noch«, warf Dóra ein, während sie den Namen notierte. »Wer hat eigentlich Haralds Zungenoperation durchgeführt? Das warst doch du, oder?«

Halldór hielt mitten im Anzünden seiner Zigarette inne und schaute sie besorgt an. »Warum? Was spielt das für eine Rolle?«

»Ich wüsste es gern. Harald hat Fotos von der Operation auf seinem Computer. Die OP wurde in einer Privatwohnung durchgeführt. Es ist also naheliegend, dass es jemand gemacht hat, den er kannte. Die Operation ist nicht wichtig; ich möchte es nur gern wissen.«

Zögernd blickte Halldór von einem zum anderen. Vermutlich überlegte er, ob der Eingriff ungesetzlich war oder hätte genehmigt werden müssen. Er knabberte eine Weile an seiner Unterlippe, ergriff dann aber das Wort. »Nein, ich hab's nicht gemacht.«

»Darf ich mal deinen Arm sehen?«, fragte Dóra daraufhin. Sie lächelte bei der Erinnerung an Hugis Aussage über Halldór und dessen Bedauern über seine Tätowierung.

»Wieso?«, fragte Halldór und lehnte sich im Sofa zurück, um den Abstand zwischen ihnen zu vergrößern.

»Nur so«, sagte Matthias und stützte sich auf die Armlehne. Er hatte keine Ahnung, worauf Dóra hinauswollte. »Stell dich nicht so an, Junge, und krempel mal für die Dame deine Ärmel hoch.«

Halldór wurde dunkelrot im Gesicht. Matthias rutschte auf seinem Stuhl noch weiter vor, während Halldór noch tiefer im Sofa versank. Plötzlich verlor er den Mut. Er krempelte mit finsterem Gesicht seinen Ärmel hoch. »Hier«, sagte er ängstlich und streckte seinen Arm aus. Dóra reckte den Hals und lächelte. »Crap?«, sagte sie und betrachtete das Tattoo auf Halldórs rechtem Arm, unmittelbar oberhalb des Handgelenks.

»Ja, und?«, entgegnete Halldór, während er seinen Ärmel wieder herunterkrempelte.

»Nichts, ist nur bemerkenswert«, antwortete Dóra.

Halldór fuhr sich mit den Fingern durchs Haar und kniff die

Augen zusammen. »Okay, ich war's. Wir waren in Hugis Wohnung. Harald lag mir seit Ewigkeiten damit in den Ohren und am Ende hab ich's halt gemacht. Hab mir Instrumente im Krankenhaus geliehen und Betäubungsmittel mitgehen lassen. Die vermisst niemand. Hugi hat mir dabei geholfen. Es war eine ziemliche Schweinerei. Aber das Ergebnis war cool.«

Na ja, dachte Dóra. »Ich könnte mir vorstellen, dass das Krankenhaus nicht besonders erfreut ist, wenn es erfährt, dass du Medikamente geklaut hast, nicht wahr?«

»Nein, natürlich nicht. Deshalb möchte ich auf keinen Fall, dass sich das rumspricht«, entgegnete Halldór. »Die Leute begreifen so was normalerweise nicht und ich will nicht als Perverser abgestempelt werden.«

Matthias schüttelte den Kopf, beschloss dann aber plötzlich, das Thema zu wechseln. »Ich möchte dich etwas fragen, das vielleicht ein bisschen merkwürdig klingt, obwohl – du bist wahrscheinlich an einiges gewöhnt.« Er stockte einen Moment und schaute Halldór in die Augen. Dann redete er weiter. »Hast du bei Harald etwas von einer sexuellen Praktik mitbekommen, bei der man sich zur Steigerung der Lust die Luftröhre zudrückt?«

Halldór wurde puterrot. »Darüber möchte ich nicht sprechen«, sage er kurz angebunden.

»Warum nicht?«, insistierte Matthias. »Wer weiß, vielleicht ist Harald dabei umgekommen?«

Halldórs Knie zuckten auf und ab und seine Füße trommelten einen Takt auf das glänzende Parkett. »Er ist nicht so gestorben«, sagte er mit halberstickter Stimme.

Dóra hakte nach. »Was weißt du darüber?«

Der Takt, den Halldór mit den Füßen trommelte, wurde schneller. Er schwieg. Weder Dóra noch Matthias sagten ein Wort. Sie starrten lediglich den jungen Mann an und warteten. Schließlich gab Halldór nach, atmete tief ein und begann zu sprechen. »Das hat wirklich nichts mit der Sache zu tun, aber gut, ich wusste, dass Harald auf so was stand.«

»Woher wusstest du es?«, fragte Matthias scharf.

Halldórs Füße standen still. »Weil er es mir erzählt hat. Er hat mir vorgeschlagen, es selbst mal auszuprobieren.« Er verstummte und wich Matthias' und Dóras Blicken aus.

»Und? Hast du?«, fragte sie.

»Nein«, war die nachdrückliche Antwort. Dóra glaubte ihm. »Ich mache vielleicht allen möglichen Scheiß, aber das ist das Verrückteste, was ich je gesehen hab.«

»Gesehen?«, tönte es von Matthias.

Halldór wurde tiefrot. »Nicht direkt gesehen – das ist falsch ausgedrückt. Ihn dabei überrascht, wäre passender.« Er schaute auf den Fußboden. »Es war irgendwann im Herbst. Ich war nach einer krassen Party auf dem Sofa hier eingepennt und mitten in der Nacht von einem unheimlichen Röcheln aufgewacht.« Er schaute auf und sah Matthias an. »Es war verdammtes Glück, dass ich wach geworden bin – meistens bin ich in einem solchen Zustand total weggetreten –, jedenfalls hab ich nachgeschaut, woher das Geräusch kam, und da sah ich Harald, kurz vorm Ersticken.« Dóra spürte, wie der junge Mann bei der Erinnerung erschauerte. »Ich hab den Gürtel gelockert, den er sich tierisch fest um den Hals geschnallt hatte. Ich hab ihn beatmet und er kam wieder zu sich.«

»Vielleicht wollte er sich umbringen?«, schlug Dóra vor.

Halldór schaute sie fest an und schüttelte den Kopf. »Nein, das war kein Selbstmordversuch. Glaub mir. Ich möchte den Anblick lieber nicht näher beschreiben.« Jetzt wurde Dóra rot, worüber sich Halldór zu amüsieren schien. Er redete weiter, ein wenig forscher als zuvor. »Ich hab dann mit Harald darüber gesprochen und er meinte, es sei großartig. Aber er war zu weit gegangen und das wusste er. Er war erschrocken.«

»Glaubst du, er hat nach diesem Schock damit aufgehört?«, fragte Matthias.

»Nein, wahrscheinlich nicht«, entgegnete Halldór. »Ich weiß es natürlich nicht genau – er war wirklich erschrocken.«

»Weißt du noch, wann das war?«, fragte Matthias.

»In der Nacht zum elften September«, lautete die prompte Antwort.

Matthias nickte nachdenklich. Er schaute Dóra an und sagte auf Deutsch: »Zehn Tage später ließ er sein Testament ändern.« Dóra nickte. Sie war jetzt sicher, dass Halldór der erwähnte isländische Erbe war. Kurz bevor das Testament geändert wurde, hatte er Harald das Leben gerettet; im Grunde war es vollkommen logisch, dass Harald ihn in sein Testament aufnahm.

»Ich verstehe ganz gut Deutsch«, sagte Halldór und grinste gehässig.

Matthias reagierte nicht darauf, fragte ihn aber stattdessen mit ebenso gehässigem Gesichtsausdruck: »Hugi hat uns erzählt, Harald hätte dich manchmal vor den anderen runtergemacht – dich erniedrigt, wenn ich mich recht entsinne. Hat dich das nicht gestört?«

Halldór schnaubte. »Was labert der denn? Harald war, wie ihr wisst, anders als andere Menschen. Er konnte überwältigend, aber dennoch unterhaltsam sein. Meistens verhielt er sich mir gegenüber super, besonders wenn wir zu zweit waren, aber wenn die anderen dabei waren, wurde er manchmal gemein. Mir war das egal, Hugi kann das bestätigen, zumal sich Harald im Nachhinein immer entschuldigte. Es spielte so gesehen keine Rolle, war nur unangenehm.«

Dóra hatte den Eindruck, jeder Idiot würde diese Erklärung durchschauen. Der Junge hatte es unerträglich gefunden. Es hatte jedoch wenig Sinn, ihn weiter danach zu fragen. »Und was kannst du uns über Haralds Forschungen erzählen?«, fragte sie. »Kannst du beschreiben, wobei du ihm geholfen hast?«

Halldór antwortete umgehend und war froh über den Themawechsel. »Es war ein bisschen speziell. Ich half ihm eigentlich nur bei Übersetzungen und ein wenig bei der Quellensuche. Er interessierte sich für alles Mögliche – ich verstand den Zusammenhang nicht genau, aber ich bin ja auch kein Historiker, daher hat das nicht viel zu bedeuten. Er stürzte sich von einem Thema ins andere; bat mich beispielsweise, ihm eine meiner Übersetzungen aus dem Isländischen ins Englische vorzulesen, aber mittendrin verlangte er, dass ich was anderes lesen soll und so weiter.«

»Kannst du uns Aufsätze oder Themen nennen, für die er sich interessierte?«, fragte Matthias.

»Hm, ich hab keine komplette Liste oder so. Am Anfang übersetzte ich in erster Linie Kapitel aus einer Doktorarbeit von Ólína þorvarðardóttir über die Zeit der Hexenverbrennungen, dann interessierte er sich für die Schule in Skálholt. Das lag an einem Text über Hexerei von irgendwelchen Schülern und einem Zauberbuch, das damals im Umlauf war. Harald hatte auch einen alten dänischen Brief, wenn ich mich richtig erinnere – es war nicht so leicht, den zu übersetzen, aber ich hab's versucht. In dem Brief ging es um irgendeinen Boten und etwas mir Unverständliches. Als er den Text bekommen hatte, schlug Harald ganz plötzlich eine andere Richtung ein, beschäftigte sich nicht mehr so sehr mit Hexenverbrennungen, sondern interessierte sich für eine andere Zeit, etwa ein Jahrhundert früher. Ich kann mich dran erinnern, für ihn einen Text aus der Islandbeschreibung des Bischofs von Skálholt Oddur Einarsson, von etwa 1590 übersetzt zu haben. Darin ging es um den Vulkan Hekla. Es gab da eine Geschichte über einen Mann, der den Verstand verlor, nachdem er den Berg bestiegen und in den Krater geschaut hatte. Harald interessierte sich auch brennend für den Ausbruch der Hekla von 1510 und außerdem für den Bischof Jón Arason und seine Exekution im Jahr 1550 und den Bischof Brynjólfur Sveinsson – ja, und auf einmal wollte er alles über die Papar wissen. Man kann sagen, Harald hatte sich zum Zeitpunkt des Mordes historisch noch weiter zurückbewegt – bis in die Zeit vor der eigentlichen Landnahme.«

Das Aufzählen der Jahreszahlen brachte ans Licht, welch unglaublich gutes Gedächtnis der Junge hatte. Nicht verwunderlich, dass er trotz seines ausschweifenden Nachtlebens ein guter Student ist, dachte Dóra. »Papar?«, fragte sie.

Halldór nickte. »Ja, Papar. Diese irischen Mönche.«

»Alles klar«, sagte Dóra, wusste jedoch nicht, was sie als Nächstes fragen sollte. Dann fiel ihr plötzlich der arme Gunnar ein, der sie mit Haralds Freunden in Kontakt gebracht hatte. »Dieser alte dänische Brief – hast du eine Ahnung, woher der stammte und was damit passiert ist?«

Halldór schüttelte den Kopf. »Ich hab keinen blassen Schimmer, wo er den herhatte – er hatte mehrere alte Briefe, die er damit verglich. Die anderen Briefe waren in einer Ledermappe – der dänische aber nicht. Er ist bestimmt hier irgendwo.«

»Sagt dir der Name Mal etwas?«, fragte Matthias aus heiterem Himmel.

Halldór schaute die beiden an und schüttelte den Kopf. »Nee, nie gehört. Wieso?«

»Schon gut«, entgegnete Matthias.

Halldór wollte gerade etwas sagen, als sein Handy klingelte. Er nahm es in die Hand, schaute auf das Display, verzog das Gesicht und steckte es wieder in seine Tasche.

»Mama?«, fragte Matthias und grinste Halldór an.

»Genau«, antwortete er verbittert.

Ein Piepsen aus seiner Hosentasche verkündete den Empfang einer SMS. Halldór machte keine Anzeichen, das Handy hervorzuholen, daher stellte Dóra eine weitere Frage. »Weißt du etwas über ein Gästebuch, das Harald besaß: Gästebuch des Kreuzes?«

Halldór schaute sie verständnislos an. »Gästebuch des Kreuzes? Meinst du die Glaubensgemeinschaft?«

»Hat er das nie erwähnt?«, fragte sie.

»Nein.«

Matthias faltete die Hände. »Erzähl uns von dem Raben, hinter dem Harald her war.«

Halldórs Adamsapfel hüpfte auf und ab. »Ein Rabe?« Seine Stimme überschlug sich fast.

»Ja, ein Vogel. Ein Kolkrabe«, warf Dóra ein. »Wir wissen, dass er unbedingt einen Raben wollte. Weißt du, warum?«

Halldór zuckte die Achseln. »Nein. Ich kann aber gut verstehen, dass er einen haben wollte. Ein bemerkenswerter Vogel.«

Dóra war davon überzeugt, dass er log, wusste aber nicht, wie sie am besten darauf reagieren sollte. Bevor sie einen Entschluss fassen konnte, übernahm Matthias das Wort. »Weißt du etwas über Haralds Reise nach Hólmavík zum Hexereimuseum von Strandir?«

»Nee«, antwortete Halldór. Er log schon wieder.

»Und in den Osten zum Hótel Rangá?«, fragte Dóra.

»Nee.« Noch eine Lüge.

Matthias warf Dóra einen Blick zu. »Vielleicht sollten wir eine kleine Reise unternehmen.« Halldór machte einen Gesichtsausdruck, als gefielen ihm diese Reisepläne gar nicht.

23. KAPITEL

Als Halldór das Haus eilig verließ, war er sichtlich erleichtert. Er trat durch das Tor auf den Gehsteig und blickte über die Schulter zurück, aber weder Dóra noch Matthias schienen ihn durchs Fenster zu beobachten. Halldór sah, wie sich eine Gardine in der unteren Wohnung bewegte, und verfluchte die neugierige Nachbarin. Diese Zicke hatte sich offensichtlich nicht geändert – sie hatte Harald nie in Ruhe gelassen und sich über jedes Husten und jedes Stöhnen beschwert. Nach einer der ersten Partys im Sommer war Halldór am nächsten Morgen zur Tür geschickt worden und hatte ihre Standpauke über sich ergehen lassen müssen. Herrgott, die Frau konnte wirklich zetern. Er hatte einen solchen Kater gehabt, dass ihm jedes Wort und die damit einhergehende Lautstärke wie ein Hammerschlag auf die Stirn vorgekommen war. Die Erinnerung daran war äußerst unangenehm, besonders wenn er an das Ende der Geschichte dachte – er hatte die Frau weggeschubst, den Kopf zur Tür herausgesteckt und sich übergeben. Verständlicherweise war sie davon nicht begeistert gewesen, aber Harald war es gelungen, sie am Abend wieder zu beruhigen. Den Rest des Sommers hatte sich Halldór heimlich in die Wohnung schleichen müssen. Die anderen Partygäste hatten die Geschichte großartig gefunden, als sich Halldór schließlich durchgerungen hatte, sie zu erzählen.

Das Handy klingelte. Halldór fischte es aus seiner Tasche und sah Marta Marías Nummer auf dem Display – schon wieder. Diesmal ging er ran. »Ja?«

»Bist du fertig?« Ungeduldig und genervt. »Wir warten auf dich, komm her.«

»Wohin?« Halldór hatte eigentlich überhaupt keine Lust, die anderen jetzt zu treffen. »101 – beeil dich.« Sie legte auf und Halldór beschleunigte seinen Schritt. Es war kalt und er war erschöpft. Schneller als erwartet erreichte er die Eingangstür des Hotels. Halldór klopfte den Schnee ab, der sich unterwegs auf seine Schultern gelegt hatte. Dann fuhr er sich mit den Fingern durchs Haar und schüttelte es. Schließlich öffnete er die Tür und trat ein. Natürlich saßen die anderen im Raucherbereich – ein paar Kaffeetassen und ein Bierglas standen vor ihnen auf dem Tisch. Halldór hatte auf einmal schreckliche Lust auf ein Bier. Er ging zu ihnen und setzte sich auf einen einzelnen Stuhl, obwohl Marta María und Bríet zur Seite gerutscht waren, um ihm zwischen sich auf der Bank Platz zu machen. Er wollte sich jetzt auf keinen Fall zwischen die beiden setzen.

Die Freundinnen versuchten, sich die Kränkung nicht anmerken zu lassen, und Halldór beobachtete, wie sie langsam und unauffällig wieder zusammenrückten, um den leeren Platz zu verdecken. Marta María verstand es meisterhaft, Ruhe und Selbstbeherrschung zu bewahren. Wenn sie einmal Gefühle zeigte, dann waren es pure Wut und Verachtung. Verletzter Stolz gehörte nicht zu ihrem Programm. »Warum zum Teufel hast du den Anruf nicht beantwortet?«, fragte sie spitz. »Wir sitzen hier total angespannt rum und warten drauf, dass du dich meldest.«

Halldór wurde wütend. »Was ist denn los mit euch? Ich hab mit diesen Rechtsanwälten geredet. Was hätte ich euch denn am Telefon sagen sollen?« Da keiner ein Wort sagte, wiederholte Halldór seine Frage. »Und? Was hätte ich schon sagen sollen?«

Halldórs Worte prallten an Marta María ab. »Du hättest verdammt noch mal die SMS beantworten können. Das ist ja wohl nicht zu viel verlangt.«

»O ja. Klar«, sagte Halldór ironisch. »Das hätte toll gewirkt. Was glaubst du, was ich bin? Ein Kleinkind?«

Brjánn griff ein. »Was ist denn eigentlich passiert – bist du in Ordnung?«, sagte er ruhig und nahm einen Schluck Bier.

Der Anblick reichte. Halldór winkte dem Kellner und bestellte ein großes Bier. Dann wendete er sich wieder den anderen zu. »Es war eigentlich ganz okay. Sie haben ein paar Vermutungen, wissen aber im Grunde nichts.« Halldór klopfte mit den Fingern seiner rechten Hand einen Takt auf der Tischkante, während er mit der linken Hand nach dem Zigarettenpäckchen in seiner Jackentasche suchte. Er fand es nicht. »Ich hab meine Zigaretten vergessen – kann mir jemand eine leihen?«

Bríet schmiss ihm ihr Päckchen zu und Halldór stöhnte innerlich. Es waren typische Mädchenzigaretten, schneeweiß, mit Menthol und zu allem Überfluss unglaublich schlank. Er griff dennoch nach dem Päckchen und zog eine heraus. Marta María war sauer – sie rauchte echte Zigaretten, Marlboro. Halldór nahm einen Zug und als er die Zigarette aus dem Mund genommen hatte, betrachtete er die glühende Spitze und schüttelte den Kopf. »Wie kannst du nur diesen Scheiß rauchen?«

»Andere würden sich bedanken«, murmelte Bríet beleidigt.

»Sorry. Ich bin ein bisschen durch den Wind.« Das Bier kam und nachdem er einen großen Schluck getrunken hatte, stieß Halldór einen tiefen Seufzer aus und ächzte. »Ah, das tut gut.«

»Hast du ihnen was erzählt?«, fragte Marta María. Ihre Wut verflüchtigte sich langsam.

Halldór nahm einen weiteren Schluck und schüttelte gleichzeitig den Kopf. »Nee, nichts Wichtiges. Ich hab ihnen natürlich einiges erzählt – sie haben mich mit Fragen gelöchert und ich musste antworten.«

Marta schaute ihn nachdenklich an und nickte dann, offensichtlich zufrieden. »Sicher?«

Halldór zwinkerte ihr versöhnlich zu. »Ganz sicher.«

Marta María lächelte. »Respekt.«

»Ist doch klar, oder?«, sagte Halldór lässig und wedelte mit der albernen Zigarette herum. »Schick, was?«

Andri kicherte und schob sein eigenes Päckchen über die Tischplatte zu Halldór. »Was glaubst du, was sie als Nächstes tun? Ob die uns noch mal treffen wollen?«

»Nee, glaub ich nicht«, antwortete Halldór.

»Gut«, sagte Brjánn. »Hoffentlich drehen sie sich im Kreis und geben bald auf.«

Bríet war die Einzige, die keine gute Laune hatte. »Und was ist mit Hugi? Habt ihr ihn schon vergessen?« Sie schaute pikiert von einem zum anderen.

Halldórs Lächeln verschwand. »Nein. Natürlich nicht.« Er nahm noch einen Schluck Bier. Es schmeckte nicht mehr ganz so gut wie vorher.

Marta María umfasste Bríets Arm mit festem Griff und Bríet jaulte auf. »Was ist eigentlich los mit dir? Sie werden nicht aufgeben – natürlich werden sie irgendwas rausbekommen. Das Wichtigste ist, dass wir nicht mit reingezogen werden. Warum bist du immer so verdammt pessimistisch?«

»Niemand wird wegen Mordes verhaftet, wenn er ihn nicht begangen hat – Hugi wird freigesprochen, ihr werdet schon sehen«, sagte Andri wichtigtuerisch.

»In welcher Welt lebst du eigentlich?«, fragte Bríet, die trotz des Schmerzes in ihrem Arm nicht klein beigab. Sie traute sich nur selten, Marta María zu widersprechen, aber sie war immer noch sauer wegen Halldór. »Es werden ständig Leute verurteilt, obwohl sie unschuldig sind – denk doch nur mal an den Geirfinnur-Prozess in den siebziger Jahren. Na?«

»Hört schon mit diesem Quatsch auf«, sagte Marta María, wobei sie Halldór nicht aus den Augen ließ. »Es wird alles gut ausgehen, da könnt ihr sicher sein. Lasst uns was essen gehen. Ich sterbe vor Hunger.«

Sie standen auf und suchten ihre Sachen zusammen. Als die anderen losgingen, um ihre Getränke zu bezahlen, zog Marta María Halldór beiseite. »Bist du alles losgeworden? Du weißt schon.«

Halldór wich ihrem Blick aus, aber Marta María umfasste sein

Kinn und zwang ihn, ihr in die Augen zu schauen. »Du bist doch alles losgeworden, oder?«

Halldór nickte. »Alles weg. Mach dir keine Gedanken.«

»Ich trau mich noch nicht mal, zu Hause einen Joint zu rauchen. Du solltest genauso vorsichtig sein. Wenn diese beiden überall ihre Nasen reinstecken, fällt den Bullen vielleicht das eine oder andere ein und es regnet Durchsuchungsbefehle. Bist du dir ganz sicher, dass du nichts mehr hast?«

Halldór streckte sich und schaute ihr direkt in die Augen. Mit fester Stimme sagte er: »Ich schwöre es. Alles weg.«

Marta María lächelte und lockerte ihren Griff. »Komm, lass uns zahlen.«

Halldór schaute ihr nach. Wie seltsam, sie hatte ihm geglaubt. Ausgerechnet Marta, die ihn immer durchschaute, wenn er versuchte zu lügen. Cool.

Dóra versuchte, sich von den üppigen Augenbrauen ihres Gegenübers nicht irritieren zu lassen. Matthias und sie saßen im Büro von þórbjörn Ólafsson, bei dem Harald seine Masterarbeit hatte schreiben wollen. »Vielen Dank, dass Sie uns empfangen haben«, sagte Dóra und lächelte.

»Keine Ursache«, entgegnete þórbjörn. »Wenn Sie sich bedanken möchten, dann am besten bei Gunnar – er hat den Kontakt hergestellt. Und Sie haben das Treffen ja so kurzfristig ermöglicht.« Kurz nachdem Halldór Haralds Wohnung verlassen hatte, hatte þórbjörn angerufen. Dóra und Matthias hatten beschlossen, sofort zu ihm zu fahren. þórbjörn legte den Bleistift beiseite, mit dem er gespielt hatte. »Was möchten Sie denn wissen?«

Dóra ergriff das Wort. »Ich gehe davon aus, dass Gunnar Sie über unsere Verbindung zu Harald aufgeklärt hat?« þórbjörn nickte und Dóra sprach weiter. »Wir würden gern Ihre Meinung über Harald hören. Außerdem können Sie uns vielleicht auch etwas über sein Studium, insbesondere über seine Forschungen, erzählen.«

þórbjörn lachte auf. »Ich kann nicht behaupten, ihn gekannt zu haben. Ich freunde mich normalerweise nicht mit meinen Studenten an. Ich interessiere mich für ihre Studienfortschritte, aber an einem persönlichen Kontakt liegt mir nichts.«

»Aber Sie haben sich doch bestimmt eine Meinung über Harald gebildet?«, fragte Dóra.

»Selbstverständlich. Ich fand ihn in höchstem Grade merkwürdig – und damit meine ich nicht nur sein Äußeres. Ich ärgerte mich jedoch nie über ihn, im Gegensatz zu Gunnar, der Harald nur schwer ertragen konnte. Es machte mir Spaß, mit einem Studenten zu tun zu haben, der sich von den anderen abhob. Zudem war er fleißig und entschlossen. Andere Forderungen stelle ich nicht an meine Studenten.«

Dóra hob die Augenbrauen. »Entschlossen? Laut Gunnar waren Haralds Forschungen nicht sehr zielstrebig.«

þórbjörn schnaubte. »Gunnar ist von der alten Schule. Harald nicht. Gunnar möchte, dass sich Studenten an die eingeschlagene Richtung halten. Harald arbeitete eher so wie ich es tun würde – er fing an, beschäftigte sich aber auch mit den Nebenstraßen, wenn man so sagen darf. So sollte es auch sein. Man weiß nie, wohin es einen führen wird, und es dauert länger. Aber man kann dabei auf allerlei Unerwartetes stoßen.«

»Harald hat das Thema seiner Masterarbeit also nicht geändert, wie Gunnar vermutet?«, fragte Matthias.

»Er war weit davon entfernt«, antwortete þórbjörn. »Gunnar sitzt ständig auf glühenden Kohlen und ist davon überzeugt, dass alles schief geht. Wahrscheinlich fürchtete er, Harald würde sich als ewiger Student bei uns niederlassen. So was hat es schließlich schon gegeben.«

»Wären Sie bereit, uns etwas über Haralds Forschungen zu erzählen?«, fragte Dóra. »Wir untersuchen, ob sein Interesse an Hexerei etwas mit dem Mord zu tun haben könnte.«

Jetzt hob þórbjörn die Augenbrauen. »Meinen Sie das ernst?« Dóra und Matthias bejahten. »Tja, also, das würde mich wirklich überraschen. Die Geschichtswissenschaften sind nicht so aufregend, als dass jemand wegen ihnen einen Mord begehen würde«, sagte er. »Aber wie dem auch sei, Harald wollte die Hexenverfolgungen hier in Island mit denen auf dem europäischen Festland vergleichen. Wie Sie wissen, wurden hierzulande, im Gegensatz zu anderen Ländern, vor allem Männer wegen Hexerei auf dem Scheiterhaufen verbrannt. Dies war also der Ausgangspunkt seiner Forschungen. Da sich Harald auf dem Gebiet der Inquisition in Europa gut auskannte, vertiefte er sich in isländische Quellen aus der besagten Zeit. Soweit ich es beurteilen kann, hatte er sich bereits einen guten Überblick verschafft, als er ermordet wurde.«

»Und was ist mit den Nebenstraßen?«, fragte Matthias.

Þórbjörn überlegte. »Anfangs interessierte er sich brennend für den Bischof Jón Arason und die erste Druckerei, die dieser ins Land gebracht haben soll. Ich habe zunächst nicht genau verstanden, was das mit den Hexenverfolgungen zu tun hatte, habe Harald aber darin bestärkt, weiterzumachen. Er hat sich dann von diesem Thema abgewendet und sich Bischof Brynjólfur Sveinsson in Skálholt gewidmet. Das erschien mir schon plausibler.«

»Stand der Bischof mit den Hexenverfolgungen in Verbindung?«, fragte Dóra.

»Selbstverständlich«, antwortete Þórbjörn. »Er galt allgemein als nachgiebig: Es ist überliefert, dass er den Tod einiger Skálholt-Schüler auf dem Scheiterhaufen verhinderte. Bei den Schülern hatte man ein Zauberbuch gefunden. Wenn man genau nachforscht, gerät das Bild von Bischof Brynjólfur allerdings etwas ins Wanken. Beispielsweise wirkte er nicht besänftigend auf seinen Vetter Pastor Páll von Selárdalur ein. Der beschuldigte Männer aufs Erbarmungsloseste der Hexerei. Sieben Männer kamen auf den Scheiterhaufen, weil sie unter Verdacht standen, Krankheiten auf dem Hof von Pastor Páll ausgelöst zu haben.«

»Dieses Zauberbuch – hat sich Harald speziell dafür interessiert?«, fragte Matthias.

Þórbjörn schüttelte langsam den Kopf. »Nein, nicht dass ich

wüsste. Es wird Skálholt-Schwarte genannt und Brynjólfur hat es vermutlich verschwinden lassen. Er schrieb allerdings die darin enthaltenen achtzig Zaubersprüche nieder, wenn ich mich nicht irre. Harald interessierte sich mehr für Brynjólfurs Bibliothek, in der sich verschiedene Handschriften und Bücher befanden. Die Lebensgeschichte des Bischofs selbst interessierte ihn natürlich auch.«

»Wie kam das?«, fragte Matthias. Dann fügte er entschuldigend hinzu: »Ich weiß leider so gut wie nichts über isländische Geschichte.«

Þórbjörn schenkte ihm ein mitleidiges Lächeln. »Kurz gesagt, Brynjólfur hatte sieben Kinder, von denen nur zwei überlebten, Ragnheiður und Halldór«, erklärte er. »Neun Monate nachdem Ragnheiður in Anwesenheit von einigen Priestern einen Eid geschworen hatte, noch Jungfrau zu sein, bekam sie einen unehelichen Sohn. Zu dem Eid war es gekommen, weil man munkelte, sie habe ein Verhältnis mit einem jungen Gehilfen ihres Vaters namens Daði. Ragnheiðurs Sohn wuchs bei den Großeltern auf, denn sie starb, als das Kind etwa ein Jahr alt war. Brynjólfurs Sohn Halldór starb ein paar Jahre später während seines Studiums im Ausland. Brynjólfur widmete sich daraufhin seinem einzigen lebenden Nachkommen, seinem Enkel Þórður, der zu diesem Zeitpunkt sechs Jahre alt war. Er wurde zum Liebling des alten Mannes. Brynjólfurs Frau starb drei Jahre nachdem der Junge nach Skálholt gezogen war, und zum großen Unheil Brynjólfurs starb Þórður im zarten Alter von zwölf Jahren. Brynjólfur blieb also allein zurück – einer der wichtigsten Männer in der Geschichte Islands, ohne Nachkommen und ohne Familie. Harald war fasziniert von der Geschichte des Bischofs und ihrer Deutung. Man hat den Eindruck, es wäre Brynjólfur und seiner Familie besser ergangen, wenn er seiner Tochter in ihrer schwierigen Lage zur Seite gestanden hätte. Ragnheiður hatte nämlich den Spieß umgedreht. Sie hatte in der Kirche die Wahrheit gesagt und sich am selben Abend von Daði verführen lassen, um sich an ihrem Vater zu rächen.«

»Es wundert mich nicht, dass Harald von dieser Geschichte fasziniert war«, meinte Dóra. Er hatte sich wahrscheinlich gut in Ragnheiður hineinversetzen können.

»Wissen Sie, ob Harald neben seinem Studium noch einen anderen Grund hatte, nach Island zu kommen? War er auf der Suche nach irgendwelchen alten Relikten oder nach etwas, das unter historischen Gesichtspunkten wertvoll sein könnte?«, fragte Matthias.

Þórbjörn lachte. »Meinen Sie eine Art Schatz? Nein, über so etwas haben wir nie gesprochen. Harald stand mit beiden Beinen fest auf dem Boden; er war ein fleißiger Student und wir haben gut zusammengearbeitet. Lassen Sie sich von Gunnars Gerede nicht verblenden.«

Dóra beschloss, das Thema zu wechseln und ihn nach dem Meeting zu fragen, das an dem schicksalhaften Abend in der Universität stattgefunden hatte.

»Ja, genau«, sagte Þórbjörn. Sein schelmischer Blick verflüchtigte sich. »Die meisten Dozenten der Fakultät waren dabei. Möchten Sie etwas Bestimmtes andeuten?«

»Keinesfalls«, antwortete Dóra wie aus der Pistole geschossen. »Ich frage nur aus der schwachen Hoffnung heraus, dass Sie etwas bemerkt haben könnten, das uns weiterhilft; etwas, das Ihnen möglicherweise entfallen war, als Sie Ihre Aussage gemacht haben.«

»Die Teilnehmer des Meetings werden da keine große Hilfe sein. Wir waren längst nach Hause gegangen, als der Mörder aufgetaucht sein muss, wenn ich die Polizei richtig verstanden habe. Wir haben den Antrag eines Erasmus-Stipendiums in Zusammenarbeit mit einer norwegischen Universität gefeiert. Wir sind keine großen Partylöwen, daher dauern solche Feiern bei uns nicht lange. Wir waren alle um kurz vor zwölf aus dem Haus.«

»Sind Sie sicher?«, fragte Matthias.

»Absolut – ich bin als Letzter gegangen und hab sogar die Alarmanlage eingeschaltet. Wenn sich noch jemand im Haus befunden hätte, wären die Sirenen losgegangen. Mir ist das selbst schon passiert; es ist nicht gerade witzig.« Er schaute Matthias an, der nicht überzeugt wirkte, und fügte hinzu: »Das Sicherungssystem bestätigt das.«

»Das bezweifle ich nicht«, sage Matthias mit unbewegter Miene.

10. DEZEMBER
2005

24. KAPITEL

Der Wetterbericht am Vorabend hatte nicht zu viel versprochen. Das Wetter war gut und Dóra und Matthias saßen im Büro der Flugschule, wo sie am Tag zuvor eine Maschine reserviert hatten. Matthias füllte ein Formular für den Piloten aus, während Dóra die Gelegenheit nutzte, einen Kaffee zu trinken. Der Preis für den Flug hatte Dóra überrascht – der knapp einstündige Hin- und Rückflug nach Hólmavík war günstiger, als wenn sie mit dem Auto gefahren wären und im Hotel übernachtet hätten.

»Okay, wir wären dann soweit«, sagte der Pilot lächelnd.

Sie flogen über Reykjavík und die Stadt sah aus der Luft viel größer aus. Matthias blickte interessiert nach unten, während Dóra lieber nach vorn schaute – dazu hatte man im Flugzeug schließlich nur selten die Möglichkeit. Der Flug nach Hólmavík dauerte nicht lange; schon rückte der Flugplatz ins Blickfeld: eine Landebahn und ein winziges Gebäude, direkt neben dem Ort, auf der gegenüberliegenden Seite der Nationalstraße. Der Pilot überflog die Landebahn und begutachtete sie; zufrieden mit dem, was er sah, wendete er die Maschine und landete weich. Sie lösten ihre Sicherheitsgurte und stiegen aus.

Matthias schaltete sein Handy ein. »Wie ist die Nummer der Taxizentrale?«, fragte er den Piloten.

»Taxizentrale?«, entgegnete der Pilot und lachte herzlich. »Hier gibt's noch nicht mal ein Taxi – geschweige denn eine Taxizentrale. Da müssen Sie schon zu Fuß gehen.«

Dóra lächelte dem Piloten wissend zu, obwohl sie, genau wie

Matthias, damit gerechnet hatte, ein Taxi vom Flugplatz zum Museum nehmen zu können. »Kommen Sie, es ist nicht weit«, sagte sie zu dem pikierten Matthias und zog ihn mit sich. Sie überquerten die völlig autofreie Straße und kamen zu einer Tankstelle mit einem Laden am Ortseingang. Dort fragten sie nach dem Weg. Die junge Bedienung war sehr freundlich, ging sogar mit ihnen nach draußen und zeigte ihnen das Museum. Es sei ein Kinderspiel, einfach die Straße runter, am Strand entlang, in den Ort hinein und dort, kurz vorm Hafen, befände sich das Museum. In der Ferne war ein schwarzes Holzhaus mit einem Torfdach zu erkennen, es waren nur ein paar hundert Meter. Dóra und Matthias machten sich auf den Weg.

»Ich kenne das Haus von den Fotos in Haralds Computer«, sagte Dóra und drehte sich zu Matthias um. Der Weg war so schmal, dass sie nicht nebeneinandergehen konnten.

»Gab es viele Fotos von hier? Ich meine, irgendwas Brauchbares?«

»Nein, eigentlich nicht. Nur diese typischen Touristenfotos und ein paar Bilder aus dem Museum, wo Fotografieren eigentlich verboten ist«, erklärte Dóra, während sie vorsichtig an einer gefrorenen Pfütze auf dem Gehweg vorbeibalancierte. »Passen Sie auf!«, warnte sie Matthias, der einen großen Schritt über die Pfütze machte, »sie haben nicht die besten Schuhe zum Wandern an.« Dóra musterte Matthias' schwarze Lackschuhe. Sie passten gut zu seiner übrigen Kleidung: Anzughose mit Bügelfalte, Hemd und knielanger Wollmantel. Dóra trug Jeans und feste Schuhe und hatte vorsichtshalber ihre Daunenjacke angezogen. Matthias hatte ihre Jacke diesmal nicht beanstandet, sondern nur die Augenbrauen hochgezogen, als er Dóra abgeholt und sie sich mit dreifachem Oberkörperumfang ins Auto gequetscht hatte.

»Mit dem Tod habe ich ja gerechnet, aber nicht mit einer Expedition«, sagte Matthias genervt. »Der Mann hätte mich ruhig vorwarnen können.« Er meinte den Leiter des Hexereimuseums, mit dem er am Tag zuvor telefoniert hatte, damit sie nicht vor verschlossenen Türen stünden.

»Das tut Ihnen gut. So lernen Sie endlich, ihre Eitelkeit zu überwinden«, entgegnete Dóra. »Damit werden Sie es in Island nämlich schwer haben. Wenn wir den Fall nicht bald abschließen, muss ich Ihnen in der Stadt einen Fliespulli kaufen.«

»Niemals«, konterte Matthias mürrisch. »Und wenn ich bis zu meinem Tod hier bleiben muss.«

»Der kommt sonst aber früher, als Ihnen lieb ist«, gab Dóra zurück. »Frieren Sie nicht? Möchten Sie meine Jacke haben?«

»Ich werde heute Abend für uns Zimmer im Hótel Rangá reservieren«, wechselte Matthias abrupt das Thema, »und meinen Mietwagen gegen einen Jeep eintauschen.«

»Sehen Sie, Sie sind doch schon zu einem halben Isländer geworden.«

Von außen wirkte das Museumsgebäude altmodisch. Der Vorplatz war von einem niedrigen Steinmäuerchen umgeben und mit Kies und Treibholzstücken bedeckt. Die Eingangstür war feuerrot und hob sich von den Erdtönen des Gebäudes ab. Auf einer Holzbank vor der Tür hockte ein schwarzer, wohlgenährter Rabe. Als sie näher kamen, schaute er zum Himmel, öffnete den Schnabel weit und krächzte. Dann breitete er seine Flügel aus und flatterte auf die Dachkante. Von dort beobachtete er, wie sie ins Haus gingen. »Wie passend«, kommentierte Matthias und hielt Dóra die Tür auf.

Drinnen stand rechter Hand ein kleiner Empfangstisch und direkt vor ihnen befanden sich ein paar Regale mit Verkaufsartikeln, die mit Hexerei zu tun hatten. Alles war schlicht und ordentlich. Hinter dem Tisch saß ein junger Mann und blickte von der Morgenzeitung auf. »Guten Tag«, sagte er lächelnd. »Willkommen im Hexereimuseum von Strandir.«

Als sich Dóra und Matthias vorgestellt hatten, entgegnete der junge Mann, er habe sie schon erwartet. »Ich bin nur vertretungsweise hier«, erklärte er, nachdem er ihnen die Hand geschüttelt und sich vorgestellt hatte. »Þorgrímur ...« Þorgrímurs Handschlag war fest und Vertrauen erweckend. »Mein Kollege, der sich normalerweise um das Museum kümmert, ist in Urlaub. Ich hoffe, das macht nichts.«

»Nein, kein Problem«, sagte Dóra. »Aber habe ich das richtig verstanden, dass Sie auch im Herbst hier waren?«

»Ja, genau. Ich hab im Juli übernommen.« Er musterte sie neugierig und sagte: »Darf ich fragen, warum Sie das wissen möchten?«

»Wie Matthias Ihnen schon erzählt hat, recherchieren wir im Fall von jemandem, der an Hexerei interessiert war. Sie erinnern sich bestimmt an ihn.«

Der Mann lachte. »Da bin ich mir nicht so sicher. Wir haben viele Besucher.« Als ihm klar wurde, dass außer ihnen niemand anwesend war, fügte er verlegen hinzu: »Diese Jahreszeit ist natürlich eine Ausnahme – in der Urlaubszeit kommen jede Menge Leute.«

Matthias lächelte zögernd. »Wissen Sie, diesen Mann vergisst man nicht so schnell. Er war ein deutscher Geschichtsstudent und sah sehr unkonventionell aus. Er hieß Harald Guntlieb und wurde vor kurzem ermordet.«

Þorgrímurs Gesicht erhellte sich. »Trug er allen möglichen, tja, wie soll ich sagen – Schmuck?«

»Ja, man könnte es als Schmuck bezeichnen«, entgegnete Dóra.

»Doch, doch – ich erinnere mich genau an ihn. Er kam zusammen mit einem anderen Mann, der war etwas jünger, traute sich aber nicht rein, weil er verkatert war. Es ist noch gar nicht so lange her, da hab ich in der Zeitung gelesen, dass der Deutsche ermordet wurde.«

»Das war er«, bestätigte Matthias. »Dieser Verkaterte – wissen Sie etwas über ihn?«

Der Mann schüttelte den Kopf. »Nicht direkt – als sich Ihr Bekannter von mir verabschiedete, erzählte er, sein Freund sei Arzt. Ich dachte, er macht einen Witz. Als er wieder draußen war, hat er seinen Kumpel mit Geschrei und Getue geweckt. Ich stand in der Tür und hab das ganze Theater beobachtet. Ich fand es irgendwie unwahrscheinlich, dass dieser weggetretene junge Mann draußen auf der Bank Arzt sein sollte.«

Dóra und Matthias wechselten einen Blick. Halldór.

»Erinnern Sie sich sonst noch an etwas?«, fragte Dóra.

»Der Deutsche wusste unheimlich viel. Es macht Spaß, wenn man Besucher hat, die sich so gut in Geschichte und Magie auskennen wie er. Meistens wissen die Leute gar nichts; die wenigsten können einen Tilberi von einer Leichenhose unterscheiden.« Þorgrímur erkannte an ihren Gesichtern, dass er zwei ebensolche Exemplare vor sich stehen hatte. »Wie wär's, wenn wir erst mal durch das Museum gehen und ich Ihnen die wichtigsten Exponate erkläre? Dann können wir uns über Ihren Bekannten unterhalten.«

Dóra und Matthias schauten sich an, zucken mit den Schultern und folgten dem Mann in die Ausstellung.

»Ich weiß nicht, wie kundig Sie auf diesem Gebiet sind, daher erzähle ich Ihnen am besten etwas über die Hintergründe.« Þorgrímur ging zu einer Wand, an der das Fell eines undefinierbaren Tieres hing. Auf das Leder war ein magisches Symbol gezeichnet. Es war wesentlich komplizierter als das Symbol, das in Haralds Leiche geritzt worden war. Unter dem Fell hing eine Holzkiste, die einem alten Schreibkästchen ähnelte. Sie stand halb offen und darin lag eine Silbermünze auf einem Büschel Haare. In den Deckel war ein schlichtes magisches Zeichen geritzt. Auf dem Kästchen hockte eine monsterhafte Gestalt, die aussah wie ein mutierter Igel. »Zur Zeit der Hexerei waren die Lebensumstände der einfachen Leute sehr primitiv. Die meisten Besitztümer im Land gehörten nur einigen wenigen Familien, während die Massen am Hungertuch nagten. Für viele waren Hexerei und übernatürliche Kräfte der einzige Ausweg aus dem Elend. Das war damals nichts Ungewöhnliches. Man glaubte zum Beispiel, dass der Teufel zwischen den Menschen umherspaziert und Seelen fängt.« Þorgrímur zeigte auf das Fell an der Wand. »Dies ist ein Beispiel für Reichtum – das Seemauszeichen oder der Ringhelm. Dafür muss man dieses magische Symbol, das Ringhelmzeichen, mit dem Menstruationsblut einer Jungfrau auf das Fell eines schwarzen Katers zeichnen.«

Matthias verzog das Gesicht. Als þorgrímur es bemerkte, sagte er unwirsch zu dem Deutschen: »Wir haben karminrote Tinte verwendet.« Dann erklärte er weiter: »In den Volkssagen heißt es, man muss ein kleines Tier fangen. Es lebt am Strand und nennt sich Seemaus oder Seeraupe. Man fängt es mit einem Netz aus dem Haar einer Jungfrau.« Dóra spürte, wie Matthias mit der Hand über ihr langes, offenes Haar strich. Sie bemühte sich, nicht loszuprusten, und schob seine Hand unauffällig weg. »Dann muss man der Maus in einem Holzkasten ein Nest aus Haaren bereiten und ein gestohlenes Geldstück hineinlegen. Die Maus zieht daraufhin einen Schatz aus dem Meer in das Kästchen. Man muss das Kästchen mit dem Ringhelmsymbol versiegeln, damit die Maus nicht entkommen kann – sonst gibt es über dem Meer ein Unwetter.«

Er drehte sich zu ihnen. »Die Leute glaubten wirklich daran.«

»Ja«, entgegnete Matthias und zeigte auf eine Wand mit einer Glasvitrine, in der sich die untere Körperhälfte eines Mannes befand. »Was zum Teufel ist das denn?«

»Ah, das ist eines unserer beliebtesten Exponate. Eine Leichenhose. Sie sorgte ebenfalls für Reichtum.« þorgrímur ging zu der Vitrine. »Es handelt sich natürlich um eine Nachbildung – das ist ja offensichtlich.« Dóra und Matthias nickten eifrig. Hinter der Glasscheibe befand sich die Haut der unteren Körperhälfte eines Mannes; sie war ausgehöhlt. Das Ding erinnerte Dóra an ekelhafte, bleiche Strumpfhosen, behaart und mit Geschlechtsteilen. »Um an eine Leichenhose zu kommen, muss man mit einem Mann einen Vertrag abschließen, der besagt, dass man nach dessen Tod die Haut seiner unteren Körperhälfte abziehen darf. Wenn der Mann verstorben ist, wird seine Leiche ausgegraben und seine Haut von der Taille an abwärts in einem Stück abgezogen. Dann kann der Vertragspartner die Leichenhose anziehen und sie wird sofort mit ihm verwachsen. Wenn er im Hodensack eine Münze aufbewahrt – eine Münze, die er einer armen Witwe an Weihnachten, Ostern oder Pfingsten stiehlt – werden beständig Münzen in den Hodensack gelangen, sodass er immer genug Geld hat.«

»Hätte man sich dafür nicht eine andere Stelle aussuchen können?«, fragte Dóra, doch Þorgrímur zuckte nur die Achseln und ging mit ihnen zu einem großen Bild von einer Frau in einem langen, groben Rock, wie es damals Sitte war. Die Frau saß mit hochgezogenem Rock da, sodass ihr nackter Schenkel zu sehen war. An dem Schenkel war eine Warze oder eine andere Verunstaltung zu erkennen.

»Und was ist das?«, fragte Matthias.

»Sie wissen bestimmt, dass in Island überwiegend Männer wegen Hexerei getötet wurden; auf zwanzig Männer kam eine Frau. Die Zauberei war hierzulande anscheinend vor allem ein Männerberuf – anders als im übrigen Europa. Dieser Zauber, Tilberi, ist interessant, da es sich um den einzigen isländischen Zauber handelt, der nur von Frauen ausgeführt werden konnte. Um einen Tilberi zu bekommen, muss die Frau in der Nacht zum Pfingstsonntag aus einem Grab eine menschliche Rippe stehlen, sie in Wolle wickeln und unter der Kleidung zwischen ihren Brüsten aufbewahren. Dann muss sie dreimal hintereinander das Heilige Abendmahl empfangen, den Messwein auf das Bündel spucken und es dadurch zum Leben erwecken. Daraufhin wächst der Tilberi. Um ihn weiterhin unter ihren Kleidern verstecken zu können, muss die Frau mit einem Stück Haut an der Innenseite ihres Schenkels eine Zitze formen. Daraus saugt der Tilberi seine Nahrung – zwischendurch streicht er durch die Gemeinden und stiehlt von Schafen und Kühen Milch. Diese speit er morgens in das Butterfass der Frau.«

»Der Arme war ja nicht gerade ansehnlich«, bemerkte Dóra

und zeigte auf das Ausstellungsstück. Die Nachahmung des Tilberi war in Wolle gehüllt. Nur der geöffnete, zahnlose Mund und zwei kleine, weiße Augen ohne Pupillen lugten daraus hervor.

Matthias' Gesichtsausdruck nach zu schließen, war er derselben Meinung. »Diese eine Frau, die wegen Hexerei getötet wurde, hatte sie auch einen Tilberi?«

»Nein. Es gab allerdings 1635 einen Fall im Südwesten des Landes. Eine Frau und ihre Mutter wurden verdächtigt, einen Tilberi zu besitzen. Die Sache wurde untersucht, stellte sich aber als falsch heraus, und die beiden kamen mit dem Schrecken davon.«

Sie wanderten weiter durch die Ausstellung und schauten sich die Exponate an. Am realistischsten fand Dóra einen Holzpfahl mit einem Reisigbündel. Während sie schweigend die Szenerie betrachtete, erzählte ihr Þorgrímur, dass alle 21 Menschen, die wegen Hexerei auf den Scheiterhaufen gekommen waren, bei lebendigem Leib verbrannt worden seien. Drei von ihnen hätten versucht zu entkommen, nachdem die Fesseln, mit denen sie an den Pfahl gebunden waren, verbrannt seien. Aber man stieß sie wieder ins Feuer und sie starben. Die erste Hinrichtung habe 1625 stattgefunden; den Auftakt der eigentlichen Hexenverfolgung markiere jedoch die Verbrennung dreier Männer in Trékyllisvík in den nördlichen Westfjorden im Jahr 1654.

Als sie im Erdgeschoss genug gesehen hatten, ging Þorgrímur mit ihnen in den ersten Stock. Dabei kamen sie an einem *Fotografieren verboten*-Schild vorbei – dasselbe, das Dóra auf dem Foto in Haralds Computer entdeckt hatte. Þorgrímur wies sie auf eine Tafel mit einem riesigen Stammbaum hin, der die verwandtschaftlichen Beziehungen der wichtigsten Hexenverfolger im 17. Jahrhundert darstellte. Er erklärte, dass die herrschende Oberschicht ihre Angehörigen in die Positionen von Amtmännern erhoben hatte. Diese leiteten die Gerichtsverhandlungen bei Hexerei. Dóra studierte den Stammbaum, während Matthias zu einer Vitrine mit Nachbildungen von Zauberbüchern und anderen

Handschriften ging. Als Dóra und Þorgrímur dort ankamen, stand Matthias tief über die Vitrine gebeugt.

»Es ist unglaublich, dass überhaupt Zauberbücher überliefert sind«, erklärte Þorgrímur und deutete auf eine der Handschriften.

»Meinen Sie, weil sie so alt sind?«, fragte Dóra und musterte die Exponate.

»Ja, auch, aber vor allem, weil auf den Besitz solcher Schriften die Todesstrafe stand«, antwortete Þorgrímur. »Bei einigen handelt es sich um Abschriften älterer Dokumente, die vermutlich beschädigt waren. Die Urfassungen stammen also nicht alle aus dem 16. und 17. Jahrhundert.«

Dóra richtete sich auf. »Gibt es ein Verzeichnis der magischen Runen?«

»Nein, merkwürdigerweise nicht. Meines Wissens hat sich niemand die Mühe gemacht.« Mit einer ausschweifenden Handbewegung unterstrich er die folgenden Worte: »Hier sehen Sie unzählige Symbole und dabei handelt es sich nur um ein paar Seiten aus Handschriften und Büchern – nur einige wenige Beispiele. Sie können sich also vorstellen, wie viele Symbole es insgesamt geben muss.«

Dóra nickte. Verdammt. Es wäre perfekt gewesen, wenn Þorgrímur eine Liste von Zeichen hätte, in der sie die unbekannte magische Rune hätten suchen können. Sie betrachtete die übrigen Handschriften. Dóra umrundete die Vitrine, die in der Mitte des Raumes stand. Plötzlich richtete sich Matthias auf.

»Was ist das für eine Rune?«, fragte er aufgeregt und klopfte mit dem Finger gegen die Glasscheibe.

»Welche meinen Sie?«, fragte Þorgrímur.

»Diese hier«, entgegnete Matthias.

Dóra erkannte schneller als Þorgrímur, welche Rune Matthias' Aufmerksamkeit erregt hatte. Es war eines der wenigen Symbole, die sie kannte – die magische Rune, die in Haralds Körper geritzt worden war. »Das ist sie«, flüsterte sie.

»Die da unten auf der Seite?«, fragte Þorgrímur.

»Nein«, entgegnete Matthias. »Die am Seitenrand. Was bewirkt sie?«

»Tja, das weiß ich nicht«, antwortete Þorgrímur. »Dazu kann ich leider nichts sagen. Das Zeichen gehört nicht zu dem Text auf der Seite – der Besitzer des Buches hat die magische Rune selbst an den Rand geschrieben. Das war nicht unüblich; solche Zeichen findet man auch in Handschriften und Büchern, die nicht direkt von Hexerei handeln.«

»Aus welcher Handschrift stammt diese Seite?«, fragte Dóra und versuchte, den Text zu entziffern.

»Aus einer Handschrift aus dem 17. Jahrhundert aus dem Besitz der Königlich-Archäologischen Sammlung in Stockholm. Sie wird *Isländisches Zauberbuch* genannt. Ihr Verfasser ist natürlich unbekannt. In dem Buch stehen etwa fünfzig verschiedene Zaubersprüche – die meisten sind harmlos, sollen die Leute im Leben voranbringen oder sie vor etwas schützen.« Er beugte sich vor und überflog den Text, den Dóra zu entziffern versucht hatte. »Bei einigen handelt es sich um schwarze Magie – eine Formel ist eine Todesbeschwörung und einer der beiden Liebeszauber ist ebenfalls recht dunkel.« Er blickte von der Vitrine auf. »Interessant. Ihr Bekannter, dieser Harald, interessierte sich ganz besonders für diesen Teil der Ausstellung, die Bücher und Handschriften.«

»Erkundigte er sich auch nach dieser Rune?«, fragte Matthias.

»Nein, daran kann ich mich nicht erinnern«, antwortete Þorgrímur, fügte dann aber hinzu: »Ich bin allerdings auf diesem Gebiet kein Spezialist und konnte ihm nicht weiterhelfen – ich hab ihn an Páll verwiesen, den eigentlichen Museumsleiter. Páll kennt sich sehr gut mit Runen aus.«

»Wie können wir Kontakt zu ihm aufnehmen?«, fragte Matthias gespannt.

»Das ist nicht so einfach; er ist im Ausland.«

»Na und? Wir können ihn doch anrufen oder ihm eine Mail schicken«, sagte Dóra, ebenso eifrig wie Matthias. »Die Bedeutung des Symbols ist sehr wichtig für uns.«

»Tja, ich muss seine Nummer irgendwo haben«, erklärte Þorgrímur seelenruhig. »Am besten rufe ich ihn an. Ich rede zuerst mit ihm und erkläre ihm die Sache. Anschließend können Sie dann mit ihm sprechen.«

Þorgrímur trat hinter den Empfangstisch und blätterte in einem kleinen Notizbuch. Dann nahm er das Telefon und wählte eine Nummer, wobei er darauf achtete, dass die beiden sie nicht sehen konnten. Nach einer Weile begann er zu sprechen. Er hinterließ eine Nachricht auf einem Anrufbeantworter. »Er geht leider nicht ran. Wenn er die Nachricht abhört, ruft er bestimmt direkt zurück – vielleicht heute Abend, vielleicht morgen, vielleicht übermorgen.« Dóra und Matthias gaben Þorgrímur ihre Visitenkarten und versuchten nicht, ihre Enttäuschung zu verbergen. Dóra bat ihn, sie sofort zu informieren, sobald sich dieser Páll gemeldet hätte. Þorgrímur versprach es ihr und legte die Visitenkarten in sein Notizbuch. »Was ist denn nun mit Ihrem Bekannten? Sie wollten doch wissen, was er hier suchte«, sagte er dann.

»Ja, unbedingt«, entgegnete Dóra. »Hat er sich außer für die Handschriften noch für etwas anderes interessiert oder einen Gegenstand erwähnt, nach dem er suchte?«

»Er interessierte sich vor allem für die Handschriften, wenn ich mich recht erinnere«, sagte Þorgrímur nachdenklich. »Außerdem hat er mir ein Angebot gemacht für die Opferschale da drinnen – ich war nicht sicher, ob es ein Scherz sein sollte.«

»Eine Opferschale? Welche Opferschale?«, fragte Matthias.

»Kommen Sie mit – sie ist da hinten.« Sie folgten ihm in einen kleinen Raum, in dessen Mitte sich ein Glasschrank mit einer steinernen Schale befand. »Die wurde hier in der Nähe gefunden. Ein Laborbericht hat bestätigt, dass sich Blutreste darin befinden. Uralte Blutreste.«

»Was für ein Brocken«, sagte Dóra laut. »Hätte man keine Schale aus Holz herstellen können?« Der Steinbrocken wog mit Sicherheit mehrere Kilo. In die Mitte war eine Kerbe gehauen.

»Die Schale war also nicht verkäuflich?«, fragte Matthias.

»Nein, auf keinen Fall. Erstens ist sie das einzige Stück in der Sammlung, bei dem es sich nicht um eine Nachahmung handelt, und zweitens darf ich die Exponate nicht verkaufen.«

Dóra betrachtete den Stein prüfend. Konnte dies der Gegenstand sein, hinter dem Harald her war? Unwahrscheinlich. »Und das ist ganz bestimmt derselbe Stein?«

»Was meinen Sie?«, fragte Þorgrímur irritiert.

»Ach, nur so. Könnte es nicht sein, dass der Museumsleiter Harald beim Wort nahm? Ihm den Stein verkaufte und eine Kopie anfertigen ließ?«

Þorgrímur lächelte. »Ausgeschlossen. Das ist derselbe Stein, der schon immer hier war. Darauf würde ich meinen Kopf verwetten.« Er drehte sich auf dem Fuß um und ging mit Dóra und Matthias im Schlepptau aus dem Zimmer. »Wie gesagt, er hat das halb im Scherz vorgeschlagen.«

»Gab es denn sonst noch irgendetwas Ungewöhnliches?«, fragte Dóra.

»Er hat mich nach dem *Hexenhammer* gefragt, ob ich wüsste, dass sich eine uralte Ausgabe im Land befinden soll. Davon hatte ich noch nie etwas gehört. Sie wissen vielleicht nicht, wovon ich spreche?« Er schaute die beiden an.

»Doch, doch. Wir kennen das Buch«, antwortete Matthias.

»Ich hab ihn gefragt, wie er auf so was kommt, und er hat erzählt, in alten Briefen sei davon die Rede, dass es ein Exemplar des Buches nach Island verschlagen hat.«

25. KAPITEL

Es gibt nicht viele Häuser in Island mit einem so prachtvollen Portal wie das Hauptgebäude der Universität. Bríet genoss den Blick von den Treppenstufen der hufeisenförmigen Auffahrt. Sie hätte alles für ein Auto gegeben. Aber das war bei ihrem schäbigen Studentendarlehen ja nicht drin – den Geizhals, der die zugrunde liegenden Lebenshaltungskosten berechnet hatte, hätte sie gern einmal kennen gelernt. Wenn sie doch nur bald ihr Studium beenden und einen Job finden würde. Historiker gehörten natürlich nicht gerade zu den Besserverdienern; unter finanziellen Gesichtspunkten hatte sie auf das völlig falsche Pferd gesetzt. Bríet konnte es kaum erwarten, sich einen solventen Versorger zu angeln, so wie ihre ältere Schwester, die einen Rechtsanwalt geheiratet hatte. Er arbeitete bei einer großen Bank, verdiente ein Heidengeld und ihre Schwester lebte in Saus und Braus. Die beiden bauten gerade ein riesengroßes Haus oben in Vatnsendi und ihre Schwester, Politikwissenschaftlerin, arbeitete halbtags in einem Ministerium und verbrachte den Rest des Tages mit Shoppen. Bríet lehnte sich an Halldórs Schulter. Er sah wirklich gut aus, war ein netter Kerl und Ärzte hatten schließlich sehr gute Aussichten.

»Woran denkst du gerade?«, fragte er und warf den frisch geformten Schneeball in die Ferne.

»Ach, ich weiß nicht«, antwortete Bríet betrübt. »Vor allem an Hugi.«

Halldór verfolgte den Schneeball mit den Augen – er machte einen hohen Bogen und landete dann direkt neben der Statue von

Sæmundur und dem Seehund. »Er war Zauberer«, sagte Halldór. »Wusstest du das?«

»Wer?«, fragte Bríet irritiert. »Hugi?«

»Nein, Sæmundur, der Gelehrte.«

»Ach der. Ja, klar weiß ich das.« Bríet zog eine Schachtel Zigaretten aus ihrer Handtasche. »Möchtest du eine? Deine Marke.« Sie reichte ihm das weiße Päckchen und grinste.

Halldór schaute auf das Päckchen und grinste zurück. »Nein danke. Ich hab selbst.« Er nahm eine seiner eigenen Zigaretten und gab ihnen beiden Feuer. Dabei lehnte er sich vor, sodass Bríet ihren Kopf von seiner Schulter nehmen musste. »Das ist echt eine Scheißsituation.«

»Du sagst es.« Bríet wusste nicht genau, was sie weiter sagen sollte. Sie wollte nicht, dass Halldór einen Fehler machte, der sie beide in Schwierigkeiten brächte. Aber sie wollte ihm auch zeigen, dass sie verständnisvoller und aufrichtiger war als Marta María.

»Ich hab eigentlich von diesem ganzen Blödsinn die Schnauze voll.« Er stierte geradeaus und dachte kurz nach, bevor er weiterredete. »Andere Studenten sind ganz, ganz anders als wir.«

»Ich weiß«, sagte Bríet.

»Was mich am meisten nervt, ist, dass andere Studenten – die nicht ständig durch die Stadt tingeln und einen draufmachen wie wir – auch nicht unglücklicher mit ihrem Leben sind. Die sind sogar zufriedener.«

Bríet witterte ihre Chance. Sie legte Halldór den Arm um die Schulter und neigte ihren Kopf zu seinem. »Ich hab genau dasselbe gedacht. Wir sind zu weit gegangen; wenn Andri und die anderen so weitermachen wollen, dann ohne mich. Ich werde mich zusammenreißen, im Studium und sonst auch. Es macht einfach keinen Spaß mehr.« Sie vermied es, Marta Marías Namen zu nennen.

»Komisch – das sehe ich auch so.« Er schaute sie an und lächelte. »Wir beide sind so verschieden.«

Bríet küsste ihn sanft auf die Stirn. »Wir passen gut zusammen. Zum Teufel mit den anderen.«

»Bis auf Hugi«, sagte Halldór und sein Lächeln verschwand so schnell, wie es gekommen war.

»Nein, er natürlich nicht«, beeilte sie sich zu sagen. »Ich denke ständig an ihn – wie es ihm wohl gehen mag?«

»Schrecklich. Ich halte das nicht mehr aus.«

»Was denn?«

Halldór wollte aufstehen. »Ich gebe dieser Rechtsanwältin noch ein paar Tage, dann gehe ich zur Polizei. Scheißegal, was passiert.«

Verdammt. Bríet versuchte verzweifelt, sich etwas einfallen zu lassen, um Halldór wieder zur Vernunft zu bringen – in diesem Moment hätte sie Marta María liebend gern das Feld überlassen. »Dóri, du hast Harald doch nicht umgebracht, oder? Du warst doch die ganze Zeit im Kaffibrennslan, nicht wahr?«

Er stand auf und schaute sie an, alles andere als zärtlich. »Ja, ich war im Kaffibrennslan. Und wo warst du?« Er stapfte los.

Bríet reagierte. Sie sprang schnell auf und sagte hastig: »Ich hab das nicht so gemeint, entschuldige. Ich meine bloß – warum willst du denn zur Polizei gehen?«

Halldór drehte sich abrupt um. »Weißt du – ich verstehe eigentlich nicht, warum ihr beide, Marta María und du, total dagegen seid. Der Tag der Abrechnung kommt immer. Vergiss das nicht.« Er stolzierte davon.

Bríet wusste nicht, was sie davon halten sollte. Sie holte ihr Handy heraus und wählte eine Nummer.

Laura Amaning steuerte auf den Flur im Árnagarður zu, wo Gloria gerade den Teppichboden saugte. Laura hatte den ganzen Morgen nicht unter vier Augen mit ihr sprechen können. Jetzt ergriff sie die Gelegenheit. »Gloria, ich muss dich was fragen«, sagte sie in ihrer Muttersprache.

Gloria schaute überrascht auf. »Was denn? Ich mache alles so, wie du es mir gezeigt hast.«

Laura winkte ab. »Es geht nicht ums Putzen. Ich möchte dich

fragen, ob dir an dem Mordwochenende im Studentenzimmer etwas Ungewöhnliches aufgefallen ist. Du hast doch da geputzt. Bevor die Leiche gefunden wurde.«

Glorias dunkle Augen weiteten sich. »Ich hab's euch doch gesagt – und der Polizei auch. Da war nichts.«

Sie log. Laura schaute sie ernst an. »Gloria. Sag mir die Wahrheit. Du weißt, dass es eine Sünde ist zu lügen. Gott weiß, was du dort gesehen hast. Willst du ihn auch anlügen, wenn du am Ende vor ihm stehst?« Laura packte das Mädchen an der Schulter und zwang sie, ihr in die Augen schauen. »Es ist alles in Ordnung. Du konntest nichts von dem Mord wissen. An dem Wochenende hat niemand die Druckerkammer betreten. Was hast du gesehen?«

Eine Träne rann Gloria über die Wange. Laura ließ sich davon nicht beirren, zumal das Mädchen nicht zum ersten Mal bei der Arbeit weinte. »Gloria. Wisch dir das Gesicht ab. Sag es mir! Ich hab Blutspuren am Fenstergriff gefunden. Was war da drinnen?«

Aus einer Träne wurden zwei, dann drei und dann ein ganzer Wasserfall. Plötzlich stieß Gloria schluchzend hervor: »Ich wusste doch nicht, ich wusste doch nicht ...«

»Ich weiß, Gloria. Wie hättest du es wissen können?« Sie strich dem Mädchen die Tränen von der Wange. »Was hast du da drinnen gefunden?«

»Blut«, entgegnete das Mädchen und schaute Laura angsterfüllt an. »Es war keine richtige Blutlache. Nur ein bisschen Blut. Jemand hatte versucht, es wegzuwischen. Ich hab es erst gemerkt, als ich es schon mit dem Lappen abgewischt hatte. Ich hab nicht weiter drüber nachgedacht – ich konnte doch nicht ahnen ... du weißt schon.«

Laura atmete auf. Blutspuren – das war alles. Das würde Gloria nicht in Schwierigkeiten bringen. Laura hatte den Lappen mit dem Blut vom Fenster aufbewahrt und würde ihn Tryggvi und der Polizei übergeben. Die würden schon herausfinden, von wem das Blut stammte. Laura hatte keinen Zweifel daran, dass der Mord im Studentenzimmer begangen worden war. »Gloria, mach dir keine Sorgen. Das ist nebensächlich. Du musst nur eine neue Aussage machen – sag einfach die Wahrheit, dass du dir nicht über die Wichtigkeit dieser Information im Klaren warst.« Sie lächelte, merkte aber zu ihrer Verwunderung, dass das Mädchen immer noch weinte.

»Da ist noch was«, sagte sie unter Schluchzen.

»Noch was?«, fragte Laura verwundert. »Was denn?«

»Ich hab an dem Morgen noch was dort gefunden. In der Schublade mit den Messern. Ich zeig's dir«, sagte Gloria weinend. »Ich hab's aufbewahrt. Komm mit.«

Laura folgte Gloria zu einer Putzkammer im ersten Stock. Dort stieg Gloria in Tränen aufgelöst auf einen kleinen Hocker und reckte sich zum obersten Regal. Sie reichte Laura einen kleinen, in ein Handtuch gewickelten Gegenstand und hörte endlich auf zu weinen. »Ich hab ihn aufbewahrt, weil ich wusste, dass da was nicht stimmt. Und als die Leiche gefunden wurde, hab ich begriffen, was es damit auf sich hat, und furchtbare Angst bekommen. Meine Fingerabdrücke sind da drauf und die Polizei glaubt sicher, ich hätte ... – Aber ich hab ihn nicht umgebracht!«

Laura schlug das Handtuch vorsichtig auseinander. Sie schrie auf und bekreuzigte sich. In diesem Moment brach Gloria erneut in Tränen aus.

Guðrún, oder Gurra, wie ihre Freunde sie nannten, nahm all ihre Kraft zusammen und verdrängte das Verlangen, an ihren Nägeln zu kauen. Sie hatte schon vor so langer Zeit damit aufgehört, dass sie sich kaum daran erinnern konnte, ob es vor oder nach der Heirat mit Alli gewesen war. Gurra musterte ihre gepflegten Hände. Sie dachte kurz darüber nach, sich die Nägel zu lackieren, nur um den Lack wieder abkratzen zu können, sobald er hart geworden war. Stattdessen stand sie auf und ging in die Küche. Es war Samstag und sie würde etwas Leckeres kochen. Alli arbeitete jeden Tag außer sonntags, daher konnte er sich nur an den Samstagabenden ein bisschen entspannen. Gurra schaute auf die Uhr –

es war noch zu früh, um mit dem Kochen zu beginnen. Sie seufzte. Alles war sauber und frisch geputzt. Aber sie musste sich eine Beschäftigung suchen, wenn sie nicht verrückt werden wollte. Etwas, das sie von dieser nagenden Angst ablenken würde. Sie dachte daran, wie schlecht sie sich gefühlt hatte, als die Polizei mit einem Durchsuchungsbefehl für die Wohnung in der oberen Etage bei ihr geklopft hatte. Und dann war gar nichts passiert. Unglaublich, aber wahr. Ihre Sorgen waren vollkommen unbegründet gewesen und sie hatte sich wieder beruhigen können. Bis vor kurzem.

Warum mischten sich diese Leute in die Sache ein? War die Polizei mit dem Ermittlungsergebnis nicht zufrieden? Warum musste das Ganze wieder aufgewirbelt werden? Gurra stöhnte laut. Was hatte sie sich nur dabei gedacht? Auch wenn Alli todlangweilig war und das Interesse an ihrer Ehe schon längst verloren hatte, hieß das nicht, dass sie ihn verlieren wollte. Sie bürdete sich sogar einiges auf, um ihn zu halten. Sie war schließlich schon 43, zu alt für den Singlemarkt.

Wie dumm sie gewesen war. Mit dem Mieter zu schlafen. Zumal schon wesentlich attraktivere Männer in der Wohnung gelebt hatten als dieser höchst sonderbare Deutsche. Sie war völlig kopflos gewesen – und es war öfter als einmal und öfter als zweimal passiert. Der Sex mit ihm war gut gewesen – das ließ sich nicht leugnen. Irgendwie aufregend, wahrscheinlich, weil sie genau wusste, dass sie etwas Verbotenes tat. Außerdem war Harald viel, viel jünger als ihr Mann und wesentlich ausdauernder. Wenn sein Körper nur nicht durch diese ganzen Narben und Ringe und Stacheln entstellt gewesen wäre.

Gurra holte tief Luft. Wodurch könnten sie es herauskriegen? Niemand wusste davon, zumindest hatte sie niemandem ein Sterbenswörtchen erzählt. Ein letzter Funke von Vernunft hatte sie davon abgehalten, vor ihrer besten Freundin mit dem Seitensprung zu prahlen. Und auch Harald hatte bestimmt nicht darüber gesprochen. Er hatte es nicht nötig, mit so etwas anzugeben –

in seiner Wohnung gaben sich die jungen Frauen die Klinke in die Hand, hauptsächlich zwei Mädchen, eine große Rothaarige und eine kleine Blonde. Die Polizei wusste davon nichts; Gurra hatte mehrmals kurz mit den Beamten gesprochen und die hatten weder mit Worten noch mit Gesten durchblicken lassen, dass sie das Verhältnis zwischen Harald und ihr für etwas anderes hielten als für ein Mietverhältnis. Am Ende war es allerdings auch nichts anderes mehr gewesen. Harald hatte ihr mitgeteilt, er habe keine Lust mehr, er habe wichtigere Dinge zu tun. Beim Gedanken daran verzog sie das Gesicht. Sie hatte diejenige sein wollen, die Schluss macht. Man musste ihm jedoch zugute halten, dass er sich ausgesprochen nett bedankt hatte. Trotzdem hatte sie die Fassung verloren. Gurra errötete bei dem Gedanken. Wie lächerlich und primitiv von ihr. Die Sache hatte sie nur deswegen so aufgeregt, weil sie gewusst hatte, was dahintersteckte, er es ihr aber verschwiegen hatte. Harald hatte nämlich eine Freundin. Gurra hatte sie in der Woche vor dem Mord mehrmals die Wohnung betreten und verlassen sehen. Ein anderes Mädchen, das, wenn Gurra nicht alles täuschte, vorher noch nie bei Harald gewesen war. Sie hatten Deutsch miteinander gesprochen; Isländerinnen waren ihm vielleicht nicht gut genug, wenn's darauf ankam. Aber am meisten ärgerte sie sich über Haralds Doppelmoral; sie konnte ihren Ehemann betrügen, aber er war sich zu fein, seine kleine Freundin zu hintergehen.

Aber es war nun mal aus und vorbei, jetzt kam es darauf an, sich nicht mit Dingen zu belasten, die wahrscheinlich eh nie ans Licht kommen würden. Gurra ging in die Waschküche. Es war schon lange her, seit sie hier aufgeräumt hatte. Die Waschküche lag am Flur und man gelangte sowohl aus ihrer Wohnung als auch aus Haralds Diele hinein. Gurra schloss auf und betrat den Raum. Doch, hier konnte man sich eine Weile beschäftigen. Es gab sogar noch Pfotenabdrücke der Drogenspürhunde. Zum Glück war in der Waschküche nichts gefunden worden – Gurra wusste nicht, ob Alli und sie auf eine schwarze Liste gekommen wären, wenn man in der Gemeinschaftswaschküche Drogen gefunden hätte. Mit Drogen hatte Gurra nie zu tun gehabt. Jedenfalls hatte die Polizei nichts gefunden – die Hunde hatten überall herumgeschnüffelt und einer der Beamten hatte aus Neugier in den Trockner und die Waschmaschine geschaut. Mehr hatten sie nicht kontrolliert.

Gurra öffnete den Schrank und holte einen Schrubber und einen Eimer heraus. Als sie den Eimer nach vorn zog, kam ein Karton zum Vorschein. Normalerweise war der Schrank bis auf die Putzutensilien beider Wohnungen leer. Sie zog den Karton vorsichtig heraus. Er musste von Harald sein. Sie versuchte, sich daran zu erinnern, wann sie zuletzt in der Waschküche den Boden geputzt hatte. Guter Gott – es war genau an dem Tag gewesen, als Harald mit ihr Schluss gemacht hatte. Er war reingekommen, um Klamotten in die Waschmaschine zu schmeißen. Als sie ihm signalisiert hatte – damit auch keine Missverständnisse aufkamen –, dass sie nicht abgeneigt wäre, verkündete er lächelnd, es sei an der Zeit, die Sache zu beenden. Er musste den Karton kurz vor dem Mord in den Schrank gestellt haben. Warum nur? Er hatte den Platz, den sie ihm in der Abstellkammer angeboten hatte, nie in Anspruch genommen. Vielleicht wollte er vor seiner neuen Freundin etwas verstecken, hatte es in die Kiste getan und diese in den Schrank gestopft. In Anbetracht seines Äußeren und seiner merkwürdigen Wohnungseinrichtung war es nur schwer vorstellbar, dass er etwas zu verbergen hatte. Ihr Herz setzte einen Moment aus. Es sei denn, er hatte seine sexuellen Abenteuer heimlich gefilmt und nicht gewollt, dass das Mädchen dahinterkam. Es gab wohl kaum etwas Abstoßenderes, als zu erfahren, dass man schon bald in die Sammlung eingereiht würde. Gurra stützte ihren Kopf in die Hände. Vielleicht war sie selbst auf einem Video oder einem Foto verewigt. Reglos stand sie da und starrte den Karton an. Sie musste ihn öffnen. Unbedingt. Den Karton öffnen und sich vergewissern, dass nichts darin war, was ihr Geheimnis enthüllen könnte.

Gurra bückte sich und öffnete den Pappdeckel. Sie starrte in den Karton. Keine Fotos – keine Videos. Stattdessen Küchenhandtücher, die um irgendwelche, vermutlich zerbrechlichen Gegenstände gewickelt waren, außerdem einige Dokumente in Plastikhüllen. Gurra fiel ein Stein vom Herzen. Sie griff nach einem Dokument – es war ein uralter, gewiss wertvoller Brief. Da sie den Text nicht richtig lesen konnte, klemmte sie sich den Brief unter den Arm, um ihn später genauer zu untersuchen. Sie blätterte durch die übrigen Papiere und sah zu ihrer großen Erleichterung, dass sie nichts mit Sex oder Haralds Privatleben zu tun hatten. Eines der Dokumente machte sie neugierig. Es war ziemlich unleserlich, irgendein Gekritzel mit roter Tinte, und das Papier – falls es sich überhaupt um Papier handelte – war dick, dunkel und wachsartig. Der Text war höchst merkwürdig und unten auf dem Blatt war eine Rune oder irgendein Symbol. Der Text war mit zwei Namen unterschrieben, beide schwer zu entziffern, aber Haralds Unterschrift erkannte sie aus dem Mietvertrag. Sie legte das Blatt wieder in den Karton. Seltsam.

Gurra schob die Dokumente beiseite, um an die zerbrechlichen, in Küchentücher gewickelten Gegenstände ganz unten in dem Karton zu gelangen. Sie griff nach einem Bündel und hob es vorsichtig heraus. Es war leicht, so als wären die Tücher leer. Sie öffnete es achtsam und starrte entsetzt auf den Inhalt. Dann stieß sie einen Schrei aus, zerknitterte dabei den alten Brief, den sie in der Hand hielt und warf das Küchentuch weg. In Panik rannte Gurra aus der Waschküche und warf die Tür ins Schloss.

Gunnar nahm den Hörer und wählte die Durchwahl von María, der Leiterin des Árni-Magnússon-Instituts. Es wäre nicht ungewöhnlich, sie noch in ihrem Büro anzutreffen, obwohl Samstag war. Eine große Ausstellung stand bevor und in Anbetracht der Hektik bei der letzten Ausstellung dieser Größenordnung stand wahrscheinlich das gesamte Institut Kopf. »Hallo Maria, hier ist Gunnar.« Er bemühte sich, seine Stimme autoritär klingen zu lassen – die Stimme eines Mannes, der alles im Griff hatte.

»Ach, du bist es.« Der kurzen Antwort nach zu schließen, war ihm dies gründlich misslungen. »Ich wollte dich auch gerade anrufen. Irgendwelche Neuigkeiten?«

»Ja und nein«, antworte Gunnar zögernd. »Ich bin kurz davor, den Brief zu finden, glaube ich.«

»Da bin ich aber erleichtert, dass du *glaubst*, ihn zu finden«, sagte sie ironisch.

Gunnar hütete sich davor, einen Streit vom Zaun zu brechen. »Ich habe hier im Haus überall gesucht und Kontakt mit Bevollmächtigen von Haralds Familie aufgenommen. Sie suchen in seiner Wohnung. Der Brief muss dort sein – davon bin ich überzeugt.«

»Meinst du vielleicht, du *glaubst*, du bist davon überzeugt?«

»Hör zu, ich hab nur angerufen, um dich zu informieren – deine Spitzfindigkeiten kannst du dir sparen«, entgegnete Gunnar, obwohl er am liebsten aufgelegt hätte.

»Schon gut, entschuldige. Wir haben hier sehr viel zu tun wegen der Ausstellung. Ich bin ein bisschen gestresst. Nimm das nicht so ernst«, sagte María mit wesentlich freundlicherer Stimme. Dann fügte sie im selben Ton wie vorher hinzu: »Aber ich stehe zu meinem Wort, Gunnar. Du hast nur noch ein paar Tage Zeit, um den Brief zu finden. Ich kann nicht wegen deines Studenten irgendetwas geheim halten.«

Gunnar überlegte, wie viele Tage »ein paar« waren. Kaum mehr als fünf, wahrscheinlich eher drei. Aus Angst, sie könne die Frist verkürzen, wollte er sie nicht zu einer konkreteren Angabe drängen. »Das ist mir klar – ich melde mich, sobald es etwas Neues gibt.«

Sie verabschiedeten sich wortkarg. Gunnar stützte sich auf die Ellbogen und vergrub sein Gesicht in den Händen. Er musste den Brief finden. Sonst wäre er vermutlich seinen Job los. Es war undenkbar, einen Institutsleiter des Diebstahls von Unterlagen einer ausländischen Bibliothek zu bezichtigen. Er spürte, wie Hass in ihm hochkochte. Dieser verfluchte Harald Guntlieb. Bevor er auf der Bildfläche erschienen war, hatte Gunnar sogar mit dem Gedanken gespielt, sich für die Position des Rektors zu bewerben. Jetzt sehnte er sich nur danach, dass sein Leben wieder in geregelten Bahnen verlief. Mehr nicht. Es klopfte an der Tür.

Gunnar erhob sich und rief: »Herein.«

»Guten Tag, darf ich dich kurz stören?« Es war Tryggvi, der Hausmeister. Er kam ins Zimmer und schloss die Tür hinter sich. Ruhig trat er an Gunnars Schreibtisch, lehnte aber den angebotenen Stuhl ab. Er streckte seinen Arm aus und öffnete die Hand. »Eine der Putzfrauen hat das im Studentenzimmer gefunden.«

Gunnar griff nach dem kleinen Metallstern. Er betrachtete ihn von allen Seiten und schaute Tryggvi dann fragend an. »Was ist das? Das kann nicht viel wert sein.«

Der Hausmeister räusperte sich. »Ich glaube, der Stern stammt von den Schuhen dieses toten Studenten. Die Putzfrau hat ihn vor ein paar Tagen gefunden, mir aber erst jetzt davon erzählt.« Gunnar schaute ihn verständnislos an. »Na und? Ich verstehe nicht ganz.«

»Da war noch was. An einem Fenster hat sie getrocknetes Blut entdeckt.« Tryggvi schaute Gunnar in die Augen und wartete auf eine Reaktion.

»Blut? Aber er ist doch erwürgt worden«, entgegnete Gunnar erstaunt. »Das ist vielleicht irgendein älteres Blut.«

Tryggvi zuckte die Achseln. »Ich weiß es nicht. Ich wollte dir das Sternchen nur geben – du kannst selbst entscheiden, was du damit machst.« Er wollte sich gerade umdrehen und gehen, hielt dann aber inne. »Er wurde natürlich mehr als nur erwürgt.«

Gunnar spürte, wie sich ihm beim Gedanken an die schreckliche Entstellung der Leiche der Magen umdrehte. »Ach ja, stimmt.« Ratlos starrte er das Sternchen an. Als Tryggvi wieder das Wort ergriff, schaute Gunnar auf.

»Ich bin sicher, dass der Stern von den Schuhen stammt, die Harald anhatte, als er ermordet wurde. Aber ich hab natürlich keine Ahnung, ob er schon vorher abgefallen ist.«

»Tja«, murmelte Gunnar. Er biss die Zähne zusammen, schaute Tryggvi entschlossen an, stand auf und sagte: »Danke, selbst wenn die Sache vielleicht keine Rolle spielt, war es richtig, mich darüber zu informieren.«

Der Hausmeister nickte bedächtig. »Da ist noch was«, sagte er dann und holte ein zusammengefaltetes Handtuch aus seiner Tasche. »Die Frau, die damals das Studentenzimmer geputzt hat, hat Blutspuren auf dem Fußboden entdeckt. Jemand hatte versucht, sie wegzuwischen. Und sie hat das hier gefunden.« Er reichte Gunnar das Handtuch. »Ich glaube, wir sollten die Polizei informieren.« Daraufhin bedankte er sich und ging hinaus. Gunnar setzte sich wieder, glotzte das Sternchen an und überlegte, was er tun sollte. War die Sache wichtig? Würde ein Anruf bei der Polizei alles wieder aufwühlen und den Fall erneut lostreten? Das durfte nicht passieren. Das durfte einfach nicht passieren, jetzt, wo sich die Wogen gerade wieder geglättet hatten. Aber da war natürlich noch dieser verdammte Brief. Gunnar stöhnte und legte den Stern beiseite. Er würde bis Montag warten. Er schlug das Handtuch auseinander. Es dauerte einen Moment, bis Gunnar begriff, was dieser unauffällige Gegenstand mit der Sache zu tun hatte. Als es ihm klar wurde, konnte er gerade noch die Hand vor den Mund schlagen, bevor er einen Schrei ausstieß. Er nahm das Telefon und wählte 112. Das konnte nicht bis Montag warten.

26. KAPITEL

Die Fahrt nach Rangá war traumhaft. Das gute Wetter hatte sich gehalten, Schnee bedeckte die Landschaft und es war windstill und klar. Dóra saß höchst zufrieden auf dem Beifahrersitz des neu gemieteten Jeeps und betrachtete die Umgebung. Ihre Bitte an Matthias, den Gebirgskamm langsam hinunterzufahren, schmückte sie mit endlosen Geschichten von Verkehrsunfällen aus, was zur Folge hatte, dass sie sich nur im Schneckentempo vorwärts bewegten. Dóra zählte schon lange nicht mehr die Autos, die sie überholt hatten. Stattdessen nutzte sie die Zeit, um einen der beiden Ordner der Polizei mit den vollständigen Ermittlungsunterlagen durchzublättern. Dabei stieß sie auf die Beschreibung des T-Shirts, das man in Hugis Schrank gefunden hatte. »Hören Sie sich das mal an!«, rief sie empört.

Matthias erschrak und der Wagen kam leicht ins Rutschen. »Was denn?«

»Das T-Shirt«, sagte Dóra aufgeregt und tippte energisch mit dem Finger auf die aufgeschlagene Seite. »Das T-Shirt ist dasselbe wie das von den Fotos von der Zungenoperation. 100 % Silicon. Steht vorne drauf.«

»Na und?«, fragte Matthias verständnislos.

»Auf den Fotos war ein T-Shirt zu erkennen, auf dem *100* und *ilic* oder so was stand. Hier steht, dass das T-Shirt aus Hugis Schrank den Aufdruck *100 % Silicon* trägt. Das Blut muss von der Operation stammen.« Zufrieden schlug Dóra den Ordner zu.

»Hugi wird sich schon noch daran erinnern«, sagte Matthias.

»Man bespritzt seine Klamotten ja schließlich nicht tagtäglich mit dem Blut anderer Leute.«

»Wir vielleicht nicht«, entgegnete Dóra. »Wissen Sie noch, dass Hugi behauptet hat, man hätte ihm das T-Shirt gar nicht gezeigt? Vielleicht konnte er sich wirklich nicht daran erinnern.«

»Vielleicht«, sagte Matthias. Sie fuhren eine Weile schweigend weiter. Als sie die Brücke über die Ytri Rangá nach Hella passierten, sagte Matthias plötzlich: »Sie kommen morgen.«

»Sie? Wer?«

»Amelia Guntlieb und ihre Tochter Elisa«, sagte Matthias. Sein Blick wich nicht von der Straße.

»Was? Sie kommen?«, fragte Dóra irritiert. »Warum?«

»Sie hatten Recht. Haralds Schwester war kurz vor dem Mord bei ihm. Sie möchte mit uns sprechen – ich habe ihre Mutter so verstanden, dass Harald seiner Schwester erzählt hat, woran er gerade arbeitete. Selbstverständlich nicht in allen Einzelheiten.«

»Tja«, sagte Dóra. »Ich verstehe ja, dass die Schwester kommt, aber warum die Mutter? Will sie uns überwachen, wenn wir mit ihrer Tochter sprechen?«

»Nein. Sie kommt, um sich mit Ihnen zu unterhalten. Unter vier Augen. Von Mutter zu Mutter – das waren ihre Worte. Sie wussten doch, dass Frau Guntlieb mit Ihnen sprechen möchte. Dachten Sie, das Gespräch würde am Telefon stattfinden?«

»Ja, eigentlich schon. Von Mutter zu Mutter? Sollen wir Bücher über Erziehungsfragen austauschen?« Dóra hatte nicht die geringste Lust, diese Frau zu treffen.

Matthias zuckte mit den Schultern. »Was weiß denn ich – ich bin keine Mutter.«

»Oh, Mann«, stieß Dóra hervor und sank in ihren Sitz. Sie dachte kurz nach, bevor sie vorsichtig weiterredete. »Diese Schwester – könnte sie irgendwie in die Sache verstrickt sein?«

»Nein. Ausgeschlossen.«

»Darf ich fragen, warum das ausgeschlossen ist?«

»Weil es ausgeschlossen ist. Elisa ist nicht so. Außerdem hat sie gesagt, dass sie freitags wieder zurück nach Hause geflogen ist, von Keflavík nach Frankfurt.«

»Und das genügt Ihnen? Dass sie das behauptet?«, fragte Dóra, überrascht, wie leichtgläubig er war.

Matthias warf Dóra einen kurzen Blick zu und schaute dann wieder auf die Straße. »Nicht ganz. Ich habe es natürlich überprüfen lassen und glauben Sie mir, sie war wirklich in der Maschine.«

Dóra wusste nicht, was sie darauf sagen sollte. Am Ende beschloss sie, sich weitere Bemerkungen zu sparen, bis sie das Mädchen getroffen und mit ihm gesprochen hatte. Vielleicht hatte Matthias ja Recht. Gut möglich, dass die Schwester als Mörderin nicht in Frage kam. Dóra sah ein Schild mit der Aufschrift »Hótel Rangá«. »Dort«, Dóra zeigte Matthias einen Abzweig nach rechts, der zum Hotel führte. Sie folgten dem Weg in Richtung Fluss und auf die Anhöhe zu einem großen Blockhaus.

»Wissen Sie, dass ich seit zwei Jahren nicht mehr im Hotel übernachtet habe?«, sagte sie, während sie mit ihrem Reiseköfferchen auf das Gebäude zuging. »Seit meiner Scheidung.«

»Sie machen Witze«, entgegnete Matthias und nahm seine Tasche.

»Nein, ich schwöre es«, sagte Dóra. »Es war ein letzter Versuch, unsere Ehe zu retten. Vor zwei Jahren haben wir einen Wochenendtrip nach Paris gemacht. Seitdem war ich nicht mehr im Ausland oder in einem Hotel. Seltsam.«

»Der Trip nach Paris hat also keine Wunder bewirkt?«, fragte Matthias und hielt ihr die Tür auf.

Dóra schnaubte. »Nicht direkt. Da waren wir nun, um einen letzten Versuch zu unternehmen, unsere Beziehung zu retten, und anstatt bei einem Glas Wein über unsere Probleme zu sprechen, bat er mich andauernd, Fotos von ihm vor irgendwelchen Sehenswürdigkeiten zu machen.«

Direkt hinter der Eingangstür des Hotels stießen sie auf einen riesigen Eisbären – er stand auf den Hinterbeinen, mit weit aufgerissenen Augen, angriffsbereit. Matthias trat zu ihm und stellte sich in Positur. »Machen Sie doch mal ein Foto. Bitte!«

Dóra schnitt eine Grimasse und ging zur Rezeption. Hinter dem Computer saß eine ältere Frau in einem dunklen Kostüm und einer weißen Bluse. Sie lächelte Dóra entgegen. Dóra sagte ihr, sie habe zwei Zimmer reserviert, und nannte ihre Namen. Die Frau tippte etwas in den Computer, holte zwei Schlüssel und erklärte ihnen, wo die Zimmer waren. Dóra wollte gerade ihren Koffer nehmen und losgehen, als sie auf die Idee kam, die Frau zu fragen, ob sie sich an Harald erinnern konnte. Vielleicht hatte er nach einem Weg oder nach Informationen gefragt, die Matthias und sie auf die richtige Spur führen würden. »Ein Bekannter von uns ist im Herbst hier abgestiegen, er heißt Harald Guntlieb. Du erinnerst dich nicht zufällig an ihn?«

Die Frau schaute Dóra geduldig an, so als sei sie selbst die dümmsten Fragen gewöhnt. »Nein, an diesen Namen kann ich mich leider nicht erinnern«, antwortete sie höflich.

»Könntest du mal nachschlagen? Er war Deutscher, mit allen möglichen Piercings im Gesicht.« Dóra versuchte zu lächeln und so zu tun, als sei die Sache ganz alltäglich.

»Ich kann's versuchen. Wie buchstabiert man den Namen?«, fragte die Frau und drehte sich wieder zum Bildschirm.

Dóra buchstabierte und wartete dann, während die Frau Informationen über Haralds Reservierung abrief. Auf dem Bildschirm öffnete sich ein Fenster nach dem anderem. »Hier ist es«, sagte die Frau endlich. »Harald Guntlieb, zwei Zimmer für zwei Nächte. Der andere Gast war Harry Potter. Kommt das hin?« Die Frau ließ sich von dem zweiten Namen nicht im Geringsten irritieren.

Dóra bejahte. »Kannst du dich an die beiden erinnern?«, fragte sie erwartungsvoll.

Die Frau betrachtete den Monitor und schüttelte den Kopf. »Nein, leider nicht. Ich habe zu der Zeit gar nicht gearbeitet. Ich war im Ausland. Wenn man in dieser Branche arbeitet, ist es schwierig, im Sommer Urlaub zu nehmen«, sagte sie entschuldigend, so als habe Dóra sie der Faulheit bezichtigt. Die Frau blickte wieder auf den Bildschirm. »Vielleicht erinnert sich der Barmann an ihn. Ólafur, wird Óli genannt, der war auf jeden Fall hier. Er arbeitet heute Abend.«

Dóra bedankte sich bei der Frau und sie gingen zu ihren Zimmern. Als sie fast um die Ecke des Flurs verschwunden waren, rief die Frau ihnen hinterher: »Ich kann hier sehen, dass er sich an der Rezeption eine Taschenlampe geliehen hat.«

Dóra drehte sich um. »Eine Taschenlampe?«, fragte sie. »Steht da auch, wozu?«

»Nein«, antwortete die Frau. »Es ist nur ein Vermerk, um sicherzugehen, dass er sie beim Auschecken zurückgibt.«

»Kannst du sehen, ob das nachts war?«, fragte Dóra. Vielleicht hatte Harald auf dem Vorplatz etwas verloren und wollte danach suchen.

»Nein, er hat die Taschenlampe bei einem Kollegen von der Tagesschicht geliehen«, antwortete die Frau. »Nur aus reiner Neugier – ist das nicht der Name des ausländischen Studenten, der in der Universität ermordet wurde?«

Dóra bejahte und bedankte sich bei der Frau für ihre Hilfe. Dann gingen Matthias und sie zu ihren direkt nebeneinanderliegenden Zimmern.

»Sollen wir uns eine halbe Stunde ausruhen?«, fragte Dóra, als sie ihr gut ausgestattetes Zimmer sah. Das große Bett war verführerisch und weckte in ihr sofort den Wunsch, sich einen Moment hinzulegen – die Bettdecke war groß und weich und das Laken frisch gebügelt. So etwas wurde einem schließlich nicht jeden Tag geboten. Dóras eigenes Bett war abends meistens immer noch unordentlich, weil sie sich morgens so beeilen musste.

»Ja, so eilig haben wir's ja nicht«, antwortete Matthias, dem es offenbar ähnlich ging, »klopfen Sie einfach bei mir, wenn Sie fertig sind. Sie sind jederzeit in meinem Zimmer willkommen.« Er blinzelte ihr zu und schloss die Tür hinter sich, bevor Dóra antworten konnte.

Nachdem sie ihre Jacke ausgezogen, ihren Reisekoffer ausgepackt und das Badezimmer und die Minibar inspiziert hatte, ließ sie sich rücklings aufs Bett fallen. Dort lag sie, Arme und Beine weit von sich gestreckt, und genoss den Augenblick – der jedoch nicht lange anhielt, denn aus ihrer Handtasche ertönte ein Klingelton. Stöhnend erhob sie sich und holte ihr Handy. »Hallo.«

»Hi Mama!«, erklang eine muntere Stimme.

»Hallo Liebes«, sagte Dóra. Sie musste lächeln, als sie Sóleys Stimme hörte. »Was machst du gerade?«

»Oh«, sagte sie, weniger fröhlich als zuvor. »Wir fahren gleich zum Stall.« Dann flüsterte Sóley so leise, dass Dóra kaum ein Wort verstehen konnte, zumal ihre Tochter den Mund ganz dicht an den Hörer hielt. »Ich hab überhaupt keine Lust. Diese Pferde sind böse.«

»Ach komm schon!«, sagte Dóra. Sie versuchte, ihrer Tochter Mut zuzusprechen. »Sie sind nicht böse, Pferde sind sogar sehr lieb. Es wird bestimmt schön – ihr habt doch gutes Wetter, oder?«

»Gylfi hat auch keine Lust«, flüsterte Sóley. »Er sagt, Pferde sind out.«

»Erzähl mir mal was Schönes, was habt ihr denn heute gemacht?«, fragte Dóra, da sie wusste, dass sie nicht die richtige Person war, um eine Lanze für Pferde zu brechen.

Die Laune ihrer Tochter besserte sich. »Wir haben Eis bekommen und ich durfte Zeichentrickfilme ansehen. War super. Hör mal, Gylfi will mit dir sprechen.«

Bevor Dóra sich von ihrer Tochter verabschieden konnte, war ihr Sohn am Apparat. »Hi«, sagte er dumpf.

»Hallo, mein Schatz«, entgegnete Dóra, »Wie geht's dir?«

»Schrecklich.« Gylfi versuchte gar nicht erst zu flüstern; Dóra hatte sogar den Eindruck, dass er extra laut sprach.

»Oh, ist es wegen der Pferde?«, fragte sie.

»Auch. Es ist einfach alles.« Nach einer kurzen Pause fügte er hinzu: »Ich muss dir was erzählen, wenn du morgen nach Hause kommst.«

»Natürlich, mein Schatz«, antwortete Dóra. Sie wusste nicht, ob sie sich darüber freuen sollte, dass er sich ihr endlich öffnen wollte, oder ob sie Angst davor hatte. »Ich freue mich darauf, euch morgen Abend zu sehen.« Sie verabschiedeten sich und Dóra machte einen erneuten Versuch, ein Nickerchen zu halten – ohne Erfolg. Schließlich stand sie auf und stellte sich unter die heiße Dusche.

Während sich Dóra mit den dicken, schneeweißen Handtüchern abtrocknete, fiel ihr Blick auf einen Prospekt mit den wichtigsten Sehenswürdigkeiten in der Umgebung. Sie suchte darin nach Orten, die Harald interessiert haben könnten. Es gab zwar viel zu sehen, aber das Wenigste schien eine Verbindung zu dem Fall zu haben. Einige Orte weckten jedoch Dóras Aufmerksamkeit. Eine ganze Seite war Skálholt gewidmet. Dieser Ort hatte Harald natürlich wegen der Bischöfe interessiert: Jón Arason in Hólar und Brynjólfur Sveinsson in Skálholt. Zwei weitere Sehenswürdigkeiten schienen Dóra in Frage zu kommen: der Berg Hekla sowie einige Höhlen aus der Zeit der Papar, die Ægisíða-Höhlen in der Nähe des Städtchens Hella. Sie hatte noch nie zuvor von den Höhlen gehört. Dóra überlegte, ob der Ort Hella nach diesen Höhlen benannt war. Sie markierte die Seiten mit den Beschreibungen der drei Orte. Dann zog sie sich schnell an: warme, dicke, wenn auch etwas unbequeme Kleidung. Falls sie in den Höhlen umhertapern würden, wäre es sicher von Vorteil, gut ausgerüstet zu sein. Im Geiste sah sie Matthias in Lackschuhen vor sich, wie er durch das Geröll stolperte. Aus reiner Schadenfreude beschloss sie, ihm erst von den Höhlen zu erzählen, wenn sie sich schon ein Stück vom Hotel entfernt hätten. Sie band ihr Haar zu einem Pferdeschwanz, zog den Daunenanorak über und verließ das Zimmer. Dann klopfte Dóra leicht an Matthias' Zimmertür. Ihr Knöchel hatte sich kaum von der Tür gelöst, da öffnete er schon. Dóra musterte Matthias' Aufmachung und grinste breit. »Schicker Anzug«, kommentierte sie voller Vorfreude. »Und elegante Schuhe.« Aus frisch poliertem Leder, hatten zweifellos ein Vermögen gekostet. Dóra verdrängte ihr schlechtes Gewissen, weil sie ihn nicht vorwarnte. Er besaß bestimmt eine Unmenge von Schuhen.

»Das ist kein Anzug«, gab Matthias halb beleidigt zurück. »Das ist ein Jackett mit einer separaten Hose. Da gibt es einen Unterschied. Anscheinend wissen Sie das nicht.«

»Oh, Verzeihung, Mister Kate Moss«, sagte Dóra, mit ihrem Gewissen und der drohenden Misshandlung der Schuhe nun wieder vollkommen im Reinen.

Matthias ließ ihr das letzte Wort, schloss die Tür und rasselte mit den Autoschlüsseln. »Also dann, wohin soll's gehen?«

Dóra schaute auf die Uhr in ihrem Handy. »Es ist jetzt kurz vor vier. Am besten wir beginnen in Skálholt und dann schauen wir mal.«

»Alles klar, Frau Reiseleiterin«, sagte Matthias, während er nachdenklich ihre Aufmachung musterte. »Ist Ihnen bekannt, dass es hier im Hotel ein ausgezeichnetes Restaurant gibt? Wir müssen nicht auf die Jagd gehen.«

»Ha, ha«, entgegnete Dóra. »Ich sehe lieber lächerlich aus und friere nicht, als dass ich die ganze Zeit versuche, cool zu wirken.«

Als sie in Skálholt ankamen, dämmerte es. Sie eilten in die offen stehende Kirche und stießen auf einen jungen Mann, der sie herzlich grüßte und fragte, ob er ihnen helfen könne. Sie erklärten ihm, sie hofften, jemanden anzutreffen, der vor einiger Zeit ihrem Bekannten begegnet sei. Sie beschrieben Haralds Äußeres.

»Hören Sie«, rief der junge Mann, als Dóra gerade dabei war, die Piercings in Haralds rechter Augenbraue zu beschreiben. »Meinen Sie den ermordeten Studenten? Den hab ich getroffen!«

»Erinnern Sie sich vielleicht daran, was ihn hergeführt hat?«, fragte Dóra mit breitem Lächeln.

»Lassen Sie mal sehen – wenn mich nicht alles täuscht, wollte er etwas über Jón Arason und dessen Hinrichtung wissen. Ja, und über Brynjólfur Sveinsson.« Er schaute die beiden an und fügte hastig hinzu: »Das ist nichts Ungewöhnliches – wir haben viele Besucher, die diese Geschichten kennen und mehr darüber wissen möchten. Selbstverständlich haben sie eine gewisse Anziehungskraft, obwohl sie grauenhaft und traurig sind. Die Leute staunen beispielsweise darüber, dass Jón Arason mit sieben Schlägen geköpft wurde; sein Kopf wurde im Grunde zertrümmert.«

»Ging es dem Studenten nur um die Bischöfe im Allgemeinen?«, fragte Dóra. »Oder interessierte er sich in diesem Zusammenhang für etwas Spezielles?«

Der junge Mann wendete sich an Matthias. »Ich weiß nicht, wie viel Sie über die Geschichte von Jón Arason wissen.«

Matthias merkte, dass er angesprochen wurde, und entgegnete: »Ich weiß ungefähr genauso viel über ihn wie über seine Mutter. Nämlich gar nichts.«

»Ach so.« Der junge Mann konnte seine Empörung nicht verbergen. »Um es kurz zu machen: Jón Arason war der letzte katholische Bischof in Island, er residierte ab 1524 in Hólar im Hjaltadalur, und Skálholt war zeitweise ebenfalls seine Diözese. 1550 wurde er hier in Skálholt geköpft. Dies geschah im Zuge eines Beschlusses des dänischen Königs, Christian III., aus dem Jahr 1537. Er ordnete an, den Katholizismus in Island, wie in den anderen dänischen Herrschaftsgebieten, abzuschaffen. Jón Arason wollte dies verhindern und stritt mit den Anhängern der Reformation, aber es war alles umsonst und er endete auf dem Schafott. Die Hinrichtung ist ziemlich speziell, da er zwei Wochen vorher bis zur nächsten Thing-Versammlung für unantastbar erklärt worden war. Erst dann hätte ein Urteil über ihn und seine beiden Söhne gefällt werden müssen. Sie wurden ebenfalls hingerichtet.«

Matthias runzelte die Stirn. »Seine Söhne? Er war doch katholischer Bischof. Wieso hatte er Söhne?«

Der junge Mann lächelte. »Island war eine Art Sonderfall – ich weiß nicht, wie es dazu gekommen war –, aber Pfarrer, Küster und Bischöfe durften Gefährtinnen haben. Sie durften sogar mit einer Frau einen Gütervertrag eingehen, der einem Ehevertrag fast gleichgestellt war. Wenn sie Kinder bekamen, zahlten sie eine Geldbuße, und alle waren glücklich und zufrieden.«

»Das ist ja praktisch«, sagte Matthias mit verwundertem Gesichtsaudruck.

»Sehr«, war die amüsierte Antwort. »Ihr Bekannter Harald schien diese Geschichte gut zu kennen; er muss sie ausgiebig studiert haben. Das war jetzt natürlich nur ein Schnelldurchlauf. Aber es führt mich endlich zu ihrer Frage.« Er schaute Dóra an, die ihre Frage schon längst vergessen hatte, aber versuchte, es sich nicht anmerken zu lassen. »Ihr Bekannter interessierte sich bei unserem Gespräch besonders für eine Sache: die erste Druckerpresse, die Jón Arason im Jahr 1534 nach Island brachte und die in Hólar in Betrieb genommen wurde. Und für die Texte, die dort gedruckt wurden.«

»Und?«, fragte Dóra. »Was wurde dort gedruckt?«

»Eine gute Frage«, antwortete der junge Mann. »Eigentlich weiß man so gut wie nichts darüber. In einigen Quellen ist von einem Jahrbuch für Priester die Rede, eine Art Handbuch mit einem Messkalender, Psalmen und Ähnlichem. Außerdem wurden irgendwann die vier Evangelien aus dem Neuen Testament gedruckt. Anderes ist, soweit ich weiß, aus der Zeit von Bischof Jón nicht überliefert. Ihr Bekannter stellte allerdings recht ungewöhnliche Fragen – zum Beispiel, ob Jón Arason nicht möglicherweise ein damals sehr beliebtes Buch hatte herausgeben wollen. Ich dachte, er meinte die Bibel, aber er lachte mich nur aus. Ich hab seinen Humor wohl nicht richtig verstanden.«

»Nein, das kann ich mir vorstellen«, entgegnete Matthias und warf Dóra einen Blick zu. »Malleus?« Sie hatte genau dasselbe gedacht. *Malleus Maleficarum* war neben der Bibel das meistgedruckte Buch der damaligen Zeit. Vielleicht wollte Harald herausfinden, ob es in Island gedruckt worden war. Ein solches Exemplar wäre natürlich sehr wertvoll, zumal es für einen leidenschaftlichen Sammler wie Harald einen hohen Sammlerwert hatte.

»Und was wollte er über Brynjólfur Sveinsson wissen?«, fragte Dóra.

»Das war ein bisschen sonderbar«, antwortete der junge Mann. »Erst wollte er nur sein Grab sehen – was nicht möglich ist, da es nie gefunden wurde.«

Dóra fiel ihm ins Wort. »Nie gefunden? Wurde er nicht hier begraben?«

»Doch, schon, aber er wurde auf eigenen Wunsch außerhalb der Kirche neben seiner Frau und seinen Kindern begraben. Es gibt eine Beschreibung der Grabstelle, aber sie wurde noch nicht ausgehoben. Er wollte in ungeweihter Erde ruhen.«

»Ist das nicht eigenartig?«, fragte Dóra.

»Ja, allerdings. Die Grabstelle wurde später markiert, mit einer Holzbefestigung, die dreißig Jahre lang standhielt. Dann verfiel sie und wurde nicht wieder aufgebaut. Im Grunde weiß niemand, warum er sich nicht unter dem Kirchenboden begraben ließ, wie es damals Sitte war. Man sagt, er habe bei der Grablegung eines Priesters der Skálholt-Kirche gesehen, wie eng es dort unten geworden sei. Wahrscheinlich wollte er diese Sitte abschaffen.«

»Und tat er das?«, fragte Matthias. »Wurde sie abgeschafft?«

»Nein, nein, keinesfalls. Vielleicht gab es aber auch einen anderen Grund. Brynjólfur war ein gebrochener Mann, als er starb. Verständlicherweise – dieser bemerkenswerte Mann starb ganz allein, seine gesamte Familie war tot und er hatte keine lebenden Nachkommen. Dieses Schicksal berührt die meisten.«

»Aber Sie sagten doch«, wandte Dóra ein, »Harald habe zunächst nur Brynjólfurs Grab sehen wollen – und dann?«

»Ja, genau. Als ich merkte, wie enttäuscht er wegen des Grabes war, sprach ich mit ihm über Brynjólfur im Allgemeinen. Ich hab ihm den Keller mit der archäologischen Sammlung gezeigt, dann die Ausgrabungsstätte. Wir kamen auf Brynjólfurs Handschriften zu sprechen – wissen Sie, dass er eine große Sammlung mit isländischen und ausländischen Handschriften besaß?« Dóra und Matthias schüttelten die Köpfe. »Wissen Sie, dass er dem dänischen König Friedrich einige der bemerkenswertesten Pergamente des Landes überließ? Ihr Bekannter war ganz aufgeregt, als ich ihm von den Handschriften erzählte, und wollte wissen, was nach Brynjólfurs Tod mit ihnen geschehen war. Ich konnte ihm nichts Genaues darüber sagen, wusste aber, dass er dem Sohn des damaligen Landvogts in Bessastaðir, einem Dänen namens Johann Klein, die ausländischen Bücher übergab. Die isländischen Bücher teilte er zwischen seiner Kusine Helga und seiner Schwägerin Sigríður auf. Ein Teil der ausländischen Bücher kam wohl abhanden; jedenfalls fehlten einige, als Johann Klein aus Bessastaðir herkam, um sie abzuholen. Man glaubt, die Leute von Skálholt hätten einen Teil der Bücher versteckt, damit sie nicht nach Dänemark gelangten. Diese Bücher und Handschriften sind nie gefunden worden. Man weiß noch nicht mal genau, um welche Art Schriften es sich handelte.«

»Wo könnte man sie denn versteckt haben?«, fragte Dóra und schaute sich um.

Der junge Mann lächelte. »Hier drinnen jedenfalls nicht. Dieses Gebäude ist von 1956. Die alte Kirche, die Brynjólfur in den Jahren 1650 und 1651 bauen ließ, fiel 1784 einem Erdbeben zum Opfer.«

»Aber hat man nicht versucht, die Bücher zu finden?«

»Wir haben noch nicht mal die Grabstätte von Brynjólfur und seiner Familie gefunden, obwohl es eine Ortsbeschreibung gibt. Er starb 1675. Es ist völlig abwegig, nach Büchern zu suchen, die vielleicht damals hier vergraben wurden. Es ist auch nicht genau überliefert, was mit den vererbten Büchern geschah. Árni Magnússon fand angeblich einige von ihnen, als er Ende des 17. Jahrhunderts begann, Handschriften zu sammeln. Ein paar Bücher sind an Brynjólfurs Monogramm zu erkennen.«

»BS?«, fragte Dóra, nur um etwas zum Gespräch beizutragen.

»Nein. LL«, antwortete der junge Mann und lächelte.

»LL?«

»Loricatus Lupus – lateinisch für ›geharnischter Wolf‹ oder auf

Isländisch: Brynjólfur.« Er lächelte Dóra zu, die instinktiv mit den Fingern schnippte – Loricatus Lupus stand auf Haralds Notizzettel. Falls dieses Gekritzel etwas mit dem Mord zu tun hatte, waren sie ganz gewiss auf der richtigen Spur.

Kurz darauf war das Gespräch beendet. Matthias und Dóra bedankten sich für die Auskünfte und verabschiedeten sich. Bevor Matthias den Motor anließ, drehte er sich zu Dóra und sagte: »Loricatus Lupus, tja. Sollen wir warten, bis alle weg sind, und dann die ganze Gegend umgraben?«

»Ja, unbedingt«, entgegnete Dóra grinsend. »Fangen wir auf dem Friedhof an.«

»Okay, die Schaufel nehmen Sie – immerhin tragen Sie die passende Kleidung fürs Graben. Ich leuchte Ihnen mit den Autoscheinwerfern.«

Sie ließen Skálholt hinter sich. »Ich weiß, wohin wir als Nächstes fahren«, sagte Dóra unschuldig. »In der Nähe von Hella gibt es ein paar Höhlen, angeblich von den Papar. Vielleicht entdecken wir dort etwas, das Haralds Interesse an diesen Einsiedlermönchen erklärt. Mein Gefühl sagt mir, dass er sich die Taschenlampe ausgeliehen hat, um sich in den Höhlen umzusehen.«

Matthias zuckte die Achseln. »Die sind bestimmt einen Blick wert – haben wir eine Taschenlampe?«

»Wir halten an der Tankstelle und besorgen uns eine.«

Als sie in Hella ankamen, war es stockdunkel. Sie fuhren zur Tankstelle und kauften zwei Taschenlampen. Auf ihre Frage nach den Höhlen verwies sie der Tankwart an das Hótel Mosfell. Da es nur einen Katzensprung entfernt war, gingen sie zu Fuß. Ein sympathischer, älterer Mann kam mit ihnen hinaus und zeigte ihnen die Höhlen, deren Umrisse sich jenseits der Nationalstraße auf der gegenüberliegenden Seite des Flusses abzeichneten. Er erklärte ihnen auch den besten Fußweg, da man mit dem Auto nicht bis an die Höhlen heranfahren konnte. Nachdem sie sich herzlich bei ihm bedankt hatten, gingen sie wieder zum Auto und fuhren über die Brücke bis zu der Stelle, an der sie nach Aussage des Mannes den Wagen parken sollten. Zu Dóras großer Freude mussten sie ein kurzes Stück über eine Wiese laufen, die zu einem Bauernhof gehörte. Matthias rutschte unentwegt mit seinen glatten Schuhsohlen aus, fing sich aber jedes Mal wieder, indem er wild mit den Armen wedelte. Als sie den Rand der Senke, die zu den Höhlen führte, erreicht hatten, war Dóra in bester Laune.

»Da«, sagte sie und zeigte geradeaus. Sie schaute ihn mit gespielter Sorge an. »Glauben Sie, Sie schaffen es ohne Probleme den Hang hinunter?«

Matthias schnitt eine Grimasse und bemühte sich, männlich zu erscheinen. Anschließend tippelte er wie ein neunzigjähriger Greis den Abhang hinunter, während Dóra wie ein junges Reh nach unten hüpfte. Dort angekommen, genoss sie den Anblick und rief ihm hämisch zu: »Beeilen Sie sich!« Matthias ignorierte sie. Schließlich kam er heil unten an.

»Was für eine Hektik«, sagte er und schaltete seine Taschenlampe ein. »Sind Sie so ungeduldig, weil Sie es nicht erwarten können, mit mir essen zu gehen?«

Dóra knipste ihre Taschenlampe ebenfalls ein und richtete den Lichtstrahl auf Matthias' Gesicht. »Nicht unbedingt. Kommen Sie.« Sie drehte sich auf dem Fuß um und betrat die erste Höhle. »Wow, wie haben die das bloß hingekriegt?«, sagte sie verdutzt und ließ den Lichtstrahl durch den riesigen Raum wandern. Die Papar mussten die Höhlen mit primitiven Werkzeugen in den Sandstein gehauen haben.

»Wozu sollten die Höhlen eigentlich gut sein?«, fragte Matthias.

»In erster Linie Schutzunterkünfte«, tönte eine unbekannte Stimme vom Höhleneingang.

Dóra stieß einen spitzen Schrei aus und ließ ihre Taschenlampe fallen. Sie rollte über den unebenen Höhlenboden und der Lichtschein wirbelte über die gegenüberliegende Wand. »Oh Gott, hab ich mich erschreckt«, sagte Dóra und bückte sich nach der

Lampe. »Wir haben nicht damit gerechnet, hier jemanden zu treffen.«

»Entschuldigung, ich wollte euch keinen Schreck einjagen«, sagte der Mann, der schon recht betagt wirkte. »Aber jetzt sind wir ja quitt«, fügte er hinzu. »Ich hab mich schon lange nicht mehr so erschreckt, wie bei deinem Geschrei eben. Ich habe einen Anruf vom Hótel Mosfell bekommen und die haben mir erzählt, dass Touristen zu den Höhlen unterwegs sind. Ich dachte, ihr hättet vielleicht Interesse an einer Führung. Ich heiße Grímur, mir gehört das umliegende Land. Die Höhlen sind ein Teil davon.«

»Ja, gern«, sagte Dóra überrascht. Diese Ländereien waren nicht zu verachten. »Wir hätten sehr gern eine Führung – wir wissen nur wenig über diese Gegend.«

Der Mann betrat die Höhle und begann zu erklären. Er sprach Isländisch und Dóra übersetzte das Wichtigste für Matthias. Unter anderem zeigte Grímur ihnen, wie die Lagerstätten an den Wänden hergestellt worden waren, außerdem einen Entlüftungsschacht, der durch die Decke gehauen worden war, um Luft hinein- und Rauch hinauszulassen, und einen Altar mit einem Kreuz, das die Papar in die Wand gemeißelt hatten. »Aha«, sagte Dóra beeindruckt. »Das ist ja wirklich beachtlich.«

»Ja, das ist es«, sagte der Mann mit verschmitztem Gesichtsausdruck. »Dieses Land war nicht leicht zu besiedeln, das steht fest. Man musste eine Menge durchmachen, um sich eine Behausung zu schaffen.«

»Da hast du Recht.« Dóra schaute sich noch einmal mit Hilfe der Taschenlampe um. »Wurden die Höhlen erforscht? Ich meine, könnten sich hier irgendwelche Schätze verbergen?«

»Schätze?« Der Mann war überrascht. Dann lachte er auf. »Meine Liebe, die Höhle wurde bis 1950 als Stall benutzt. Hier ist kaum etwas zu finden. Es müsste schon verdammt gut versteckt sein.«

»Hm«, sagte Dóra enttäuscht. »Die ganze Gegend wurde also untersucht?«

»Nein, das hab ich nicht gesagt«, antwortete der Mann. »Meines Wissens gab es nur einmal eine Ausgrabung in meinen Höhlen.«

»Wann war das?«, fragte Dóra. »Kürzlich?«

Der Mann lachte. »Nein, das kann man wohl kaum als kürzlich bezeichnen. Ich weiß nicht mehr genau, wann es war, aber es ist schon ein paar Jahre her. Wie nicht anders zu erwarten, kam nicht viel bei der Sache herum. Es wurden Reste von Tierknochen gefunden und ein Loch, das wohl zum Kochen verwendet wurde.« Er zeigte auf eine Ausbuchtung in der Erde, unweit des Altars.

Dóra fragte den Mann am Ende, ob er etwas von Haralds Besuch in den Höhlen mitbekommen habe. Die Beschreibung von Harald sagte dem Mann nichts, aber er betonte, das bedeute nicht unbedingt, dass er nicht da gewesen sei – die Höhlen seien nicht eingezäunt und es gelangten leicht Leute hinein, ohne dass die Bewohner des Hofes davon etwas merkten.

»Ziehen Sie sich was anderes an, Crocodile Dundee«, sagte Matthias, als sie wieder beim Hotel waren. »Ich bin in der glücklichen Lage, nur meinen Mantel ausziehen zu müssen und direkt an die Bar gehen zu können. So hole ich die Zeit wieder heraus, die ich an diesem Hang vergeudet habe.«

Dóra schmollte, eilte aber dennoch ins Hotel, um sich umzuziehen. Sie zog eine schicke Hose und eine schlichte, weiße Bluse an, wusch sich das Gesicht und trug ein wenig Lippenstift auf. Man konnte sich ruhig ein bisschen zurechtmachen, wenn man zum Essen eingeladen wurde.

An der Bar stand Matthias, bereits im Gespräch mit dem Barmann – hoffentlich dieser Óli. Matthias lächelte ihr entgegen, offensichtlich erfreut über ihre Verwandlung.

»Schick«, sagte er kurz und bündig. »Das ist Óli. Er hat mir von Harald und Harry Potter erzählt, er kann sich gut an die beiden erinnern. Tranken jede Menge und waren anders als die anderen Gäste.«

»Das ist vorsichtig ausgedrückt«, sagte Óli und fragte Dóra, was sie trinken wolle.

»Ein Glas Weißwein, bitte.« Sie fragte Óli, was er mit »anders« gemeint habe.

»Ach, nur so«, entgegnete er. »Sie haben sich einen Tequila nach dem anderen hinter die Binde gekippt, einen auf Luftgitarre gemacht und so – das wird uns hier nur selten geboten. Und dann das Aussehen von diesem Harald. Die anderen Gäste haben nur mit offenen Mündern dagesessen und die beiden angeglotzt. Außerdem haben sie gequalmt wie die Schlote, ich musste sie ununterbrochen mit Zigarren versorgen.«

Dóra schaute sich in der gemütlichen, unter einer Dachschräge gelegenen Bar um. An diesem Ort war Luftgitarre wirklich nicht gerade das Erste, was einem in den Sinn kam, eher Luftgeige, falls es so etwas gab. Sie drehte sich wieder zu Óli. »Harry Potter – wissen Sie, wie er wirklich hieß?«

Der Barmann grinste. »Er hieß Dóri. Im Laufe des Abends wurden sie viel zu betrunken, um sich noch daran zu erinnern, dass er eigentlich Harry Potter heißen sollte. Am Anfang haben sie das allerdings ziemlich konsequent durchgezogen.«

Mehr war aus Óli, dem Barmann, nicht herauszubekommen. Dóra und Matthias setzten sich in ein großes Ledersofa, stießen an und unterhielten sich über die Ereignisse des Tages. Eine Bedienung kam mit den Speisekarten und nachdem sie bestellt hatten, nahm Matthias einen weiteren Drink. Sehr zu ihrer Verwunderung war Dóras Glas ebenfalls leer und sie hatte nichts gegen ein zweites einzuwenden. Nach dem Essen gingen sie wieder in die Bar und nach dem dritten Glas Cointreau war Dóra kurz davor, für Matthias und den Barmann Óli ein Luftgitarrensolo aufs Parkett zu legen. Stattdessen lehnte sie sich an Matthias' Schulter.

27. KAPITEL

Dóra erwachte mit pochenden Adern, so als ob ihr Gehirn versuchte, aus ihrem Schädel zu entfliehen. Sie legte sich die Hand auf die Stirn und stöhnte. Ausgerechnet Cointreau. Eigentlich sollte sie wissen, dass Likör der lateinische Ausdruck für Kater ist. Sie atmete tief ein und drehte sich auf die Seite. Dabei stieß ihr Kopf gegen etwas Warmes. Entsetzt riss sie die Augen auf. In ihrem Bett lag ein Mann. Sie blickte auf Matthias' Rücken. Oder Ólis? In Gedanken spulte sie die Ereignisse des gestrigen Abends ab und seufzte dann erleichtert. Immerhin hatte sie die richtige Wahl getroffen. Der Nebel in ihrem Kopf machte es nicht gerade leichter, einen Ausweg zu finden – wie konnte sie sich unbemerkt, ohne Matthias zu wecken, aus dem Staub machen? Und was noch schwieriger war: Wie sollte sie sich verhalten? Sollte sie so tun, als wäre nichts geschehen? Vielleicht erinnerte er sich nicht mehr daran? Das war die Lösung: Hinausschleichen, ihn anschließend treffen und hoffen, dass er viermal so viel getrunken hatte wie sie.

Der Plan zerbröselte, als Matthias sich plötzlich umdrehte und sie anlächelte. »Guten Morgen«, sagte er mit rauchiger Stimme. »Wie geht's dir?«

Dóra zog die Bettdecke hoch bis zum Kinn. Unter der Decke war sie nackt. Wenn sie jetzt einen Wunsch freihätte, dann wollte sie vollständig bekleidet sein. Sie gab ein schwer verständliches Röcheln von sich, bis ihre Stimmbänder wieder funktionierten. »Nur eine Sache. Damit wir uns einig sind, weißt du.« Matthias schaute sie verständnislos an, ließ sie aber weiterreden. »Das mit gestern Abend, das war nicht ich, sondern der Alkohol. Du hast mit einer Cointreau-Flasche geschlafen – nicht mit mir.«

»Aha«, sagte Matthias und stützte sich auf den Ellbogen. »Diese Alkoholflaschen überraschen einen immer wieder. Ich wusste gar nicht, dass sie zu so etwas in der Lage sind. Du hast sogar meine Schuhe angehimmelt. Wolltest unbedingt, dass ich sie anbehalte.«

Dóra errötete. Sie überlegte, wie sie ihre Sittsamkeit weiter verteidigen könnte, aber ihr fiel nichts ein. Nach und nach drangen die Ereignisse des gestrigen Abends wieder in ihr Gedächtnis und sie musste sich eingestehen, dass sie es nicht bedauerte. »Ich weiß auch nicht, was mit mir passiert ist«, sagte sie und wurde wieder rot.

»Warum bist du denn so nervös?«, fragte Matthias und legte seinen Kopf auf ihr Kissen.

»Ich mache so was eben nicht – das ist alles. Ich bin Mutter von zwei Kindern und du bist Ausländer.«

»Da du Mutter von zwei Kindern bist, sollte dir das Ganze ja nicht unbekannt sein.« Er grinste. »Es ist wohl überall ungefähr gleich, nehme ich an.«

Dóras Gesicht wurde noch röter. Ihre Panik verstärkte sich, als ihr auf einmal Amelia Guntlieb einfiel. »Wirst du den Guntliebs davon erzählen?«

Matthias lehnte den Kopf zurück und prustete los. Als sein Gelächter nachgelassen hatte, schaute er sie an und sagte ruhig: »Selbstverständlich. In meinem Vertrag gibt es eine Klausel, die mich dazu verpflichtet, jeweils zum Monatsende einen Bericht über mein Sexualleben abzugeben.«

Als er merkte, dass Dóra wegen seines Witzes verunsichert war, fügte er hinzu: »Natürlich nicht; wie kommst du denn auf so was?«

»Ich weiß nicht – ich möchte nur nicht, dass die Leute denken, ich würde es darauf anlegen, mit meinen Kollegen zu schlafen. So was hab ich noch nie gemacht.« In Anbetracht der Tatsache, dass sie mit dem betagten Bragi, der nervigen Bella und dem tugendhaften Þór zusammenarbeitete, war diese Erklärung eigentlich überflüssig.

»Das hab ich nie gedacht«, sagte Matthias. »Ich bin davon ausgegangen, dass du in diesem Moment einfach mit mir schlafen wolltest – du konntest meinem Sexappeal eben nicht widerstehen.« Er schaute sie neckisch an.

Dóra verdrehte die Augen. »Ich hab einen tierischen Kater. Ich kann noch nicht wieder klar denken.«

Matthias erhob sich. »Ich habe Alka-Seltzer. Ich gebe dir ein Glas, dann fühlst du dich sofort besser.«

Bevor Dóra »nein« schreien konnte – ihr war klar, dass er ebenso wenig bekleidet war wie sie –, war Matthias schon aufgestanden und ins Bad gegangen. Splitterfasernackt. Warum haben Männer so viel weniger Schamgefühl als Frauen?, dachte Dóra. Eine andere Erkenntnis verdrängte ihre Grübeleien – er war verdammt gut gebaut! Bei Licht betrachtet, war die Sache vielleicht gar nicht so dumm gewesen. Sie hörte, wie im Badezimmer das Wasser aus dem Hahn floss, und schloss wieder die Augen.

Dóra öffnete ihre Augen erst wieder, als sie spürte, wie Matthias unter die Bettdecke kroch. Er hielt ein Glas mit sprudelndem Wasser in der Hand und Dóra riss sich zusammen – sie richtete sich auf und trank das Glas in einem Zug aus. Dann ließ sie sich wieder ins Kissen fallen und wartete darauf, dass das mulmige Gefühl vorüberging. Nachdem sie ein paar Minuten so dagelegen hatte, spürte sie durch die Bettdecke ein Piksen in ihrer Schulter. Sie schlug die Augen auf.

»Hör mal.« Matthias drehte ihr den Kopf zu. »Was hältst du davon?«

»Wovon?«, fragte Dóra unschuldig. Es ging ihr jetzt schon viel besser.

»Was hältst du davon, deine Meinung zu überdenken, dass es ein Fehler war?« Er lächelte ihr zu. »Wenn du darauf bestehst, ziehe ich auch die schicken Schuhe an.«

Dóra wurde vom Brausen des fließenden Wassers aus der Dusche geweckt. Sie sprang auf wie eine Feder und schmiss sich hüpfend in ihre Klamotten. Sie fand die zweite Socke nicht und nahm die restlichen Sachen in die Hand. Dann rief sie ins Badezimmer, sie träfen sich beim Frühstück. Erleichtert schloss sie ihre Zimmertür hinter sich.

Nachdem Dóra lange und heiß geduscht hatte, fühlte sie sich körperlich und seelisch gestärkt. Bevor sie ihr Zimmer wieder verließ, holte sie ihr Handy und wählte die Nummer ihrer Freundin Laufey.

»Weißt du, wie spät es ist?«, antwortete Laufey verschlafen.

Dóra ging nicht darauf ein, zumal es kurz vor zehn war. »Mein Gott, rate mal, was passiert ist«, sagte sie atemlos.

»Äh, da du so aufgeregt klingst und zu einer derart unchristlichen Zeit anrufst, muss es etwas wahnsinnig Wichtiges sein.« Darauf folgte ein Gähnen.

»Ich hab mit einem Mann geschlafen!« Die Reaktion ließ nicht lange auf sich warten. Laufey war bei der Neuigkeit offenbar aufgesprungen, denn als Dóra den Satz gerade beendet hatte, ertönte ein schreckliches Gepolter.

»Autsch! Nun sag schon – wer? Wer ist es?«

»Matthias, der Deutsche. Alles andere erzähle ich dir später; ich treffe ihn gleich zum Frühstück. Wir sind in einem Hotel.«

»In einem Hotel? Man darf dich wirklich nicht aus den Augen lassen!«

»Wir reden später miteinander – ich hab ein bisschen Bammel. Ich muss ihm irgendwie verständlich machen, dass das Ganze nur ein Zufall war und dass ich keine Beziehung möchte.«

Vom anderen Ende der Leitung erklang brüllendes Gelächter. »Hallo? Wo bist du denn in der letzten Zeit gewesen? Hast du zu viel *Teletubbies* geguckt? Die wenigsten Single-Männer in diesem Alter sind auf der Suche nach einer komplizierten Beziehung. Mach dir keine Gedanken, Süße.«

Dóra verabschiedete sich, ein wenig enttäuscht über diese

Neuigkeit, die sie eigentlich hätte erfreuen sollen. Sie beeilte sich, in den Speisesaal zu kommen, nachdem sie ihr Bettzeug ein bisschen in Unordnung gebracht hatte. Das Hotelpersonal sollte sie schließlich nicht für ein Flittchen halten. Matthias saß an einem kleinen Tisch am Fenster des Speisesaals und nippte an seinem Kaffee. Dóra stellte fest, wie gut er aussah, was sie sich vorher nicht eingestanden hatte. Er hatte kantige, sehr attraktive Gesichtszüge. Ein kräftiger Kiefer, große Zähne, ein gut geformtes Kinn und tiefe Augenhöhlen. Das musste sie von ihren Urmüttern aus grauer Vorzeit geerbt haben – sie fand Äußerlichkeiten anziehend, die auf eine gewisse Härte und Zähigkeit schließen ließen; der perfekte Jäger. Dóra nahm Platz. »Uff, jetzt habe ich aber Hunger«, sagte sie, um das Eis zu brechen.

Matthias goss aus einer Edelstahlkanne Kaffee in ihre Tasse. »Du hast eine Socke bei mir vergessen. Es war keine Wollsocke – unglaublich, aber wahr.«

Ihre Gestik ließ nicht erkennen, dass sich die beiden näher standen als beim gestrigen Abendessen, bis Matthias wie beiläufig seine Hand auf Dóras Hand legte und ihr verschwörerisch zublinzelte. Dann zog er sie wieder weg und frühstückte weiter. Nachdem sie sich satt gegessen hatten, ging jeder in sein eigenes Zimmer zum Packen.

Während Dóra an der Rezeption auf Matthias wartete, klingelte ihr Handy. Es war Gylfi. »Hallo mein Schatz«, sagte sie und versuchte, möglichst natürlich zu klingen.

»Hi.« Gylfis Stimme war tief und es dauerte einen Moment, bis er sein Anliegen vortrug. »Äh, ich wollte dir doch was erzählen – wo bist du?«

»Ich bin im Hótel Rangá. Ich hab am Wochenende gearbeitet. Bist du schon zu Hause?«

»Ja.« Wieder eine Pause. »Wann kommst du zurück?«

Dóra schaute auf die Uhr. Es war kurz vor elf. »Tja, ich denke, ich bin vor ein Uhr zurück.«

»Okay. Wir sehen uns.«

»Warum bist du nicht mehr bei deinem Vater? Und wo ist deine Schwester?«, sagte Dóra schnell, bevor er auflegen konnte.

»Sie ist noch bei ihm. Ich bin schon gegangen.«

»Du bist gegangen? Warum? Hattet ihr Streit?«

»Kann man so nennen«, antwortete er. »Er hat angefangen.«

»Warum denn?« Dóra war sprachlos. Hannes hatte eine außerordentliche Begabung, Konflikten aus dem Weg zu gehen. Bisher war er gut mit seinem Sohn ausgekommen, auch wenn Gylfi ihn nicht besonders unterhaltsam fand.

Gylfi stöhnte. »Er wollte was mit mir besprechen und als ich dachte, er würde mich verstehen, hab ich ihm eine bestimmte Sache erzählt und er ist völlig ausgerastet. Ich schwöre es, er ist an die Decke gegangen und hat sich fast überschlagen. Ich hatte keine Lust, mir das anzuhören. Ich dachte echt, er versteht mich.«

Dóras Gedanken wirbelten durcheinander. Ihr war klar, dass Gylfis Beschreibung der Reaktion seines Vaters übertrieben war. Was war eigentlich passiert? Dóra bedauerte es zutiefst, Hannes bedrängt zu haben, mit dem Jungen zu sprechen – das hatte die Sache offensichtlich nur verschlimmert. »Gylfi, mein Schatz, was hat deinen Vater denn so wütend gemacht? Ist es das, was du mit mir besprechen wolltest?«

»Ja.« Keine weiteren Erklärungen. Sie musste wohl oder übel auf die Lösung des Rätsels warten, bis sie sich trafen.

»Hör zu, ich bin schon unterwegs. Ich bin nicht so cholerisch und es sollte uns gelingen, die Sache in Ruhe zu besprechen. Geh nicht weg.«

»Du musst vor ein Uhr hier sein. Wir müssen Leute treffen.«

Leute? Leute? War er einer Sekte beigetreten? Dóra spürte ein Stechen in der Brust. »Gylfi – du wirst niemanden treffen, bevor ich zu Hause bin. Verstanden?«

»Sei vor ein Uhr hier«, entgegnete er. »Papa ist auch dabei.« Er verabschiedete sich und legte auf.

Dóras schlug das Herz bis zum Hals. Sie musste ihre ganze Kraft zusammennehmen, um nicht loszuschreien. Zitternd wählte sie Hannes' Mobilnummer, aber sein Handy hatte entweder keinen Empfang oder war ausgeschaltet. Dóra starrte auf das Telefon. Hannes würde sein Handy niemals ausschalten – er hatte es immer auf dem Nachttisch liegen, falls ihn jemand mitten in der Nacht erreichen wollte. Selbst seine Reittouren plante er nach dem Telefonnetz. Dóra versuchte es auf dem Festnetzanschluss, aber niemand ging ran. Was konnte der Junge bloß gemacht haben? Hatte er angefangen zu rauchen? Unwahrscheinlich. War er drogensüchtig und musste eine Therapie machen? Nein, unmöglich. Das wäre ihr aufgefallen. War er schwul? Wollte er mit ihnen zu einem Treffen des Vereins der Lesben und Schwulen? Dann wäre Hannes bestimmt nicht so ausgerastet, denn tolerant war er, das musste man ihm lassen. Außerdem hatte sie das Gefühl gehabt, Gylfi sei in das Mädchen verliebt, dessen Namen sie sich nicht merken konnte. Nein, das war es nicht. Alle möglichen Ideen schossen ihr durch den Kopf, eine abwegiger als die andere. Que sera sera. Sie stand auf und hielt im Flur Ausschau nach Matthias. Er stand im Türrahmen seines Zimmers und mühte sich damit ab, seine Tasche hinauszubugsieren.

Als er es geschafft hatte, fasste Dóra ihn am Arm und zog ihn mit sich.

»Was ist los?«, fragte er irritiert, während sie ihn durch die Eingangstür schob.

»Bei mir zu Hause ist was passiert und ich muss ganz, ganz schnell heimfahren.«

Er nahm sie beim Wort, schmiss ohne weitere Fragen die Taschen ins Auto und setzte sich hinters Steuer. Sie fuhren auf direktem Weg nach Reykjavík, über Hella, Selfoss und Hveragerði. Matthias sagte nicht viel. Erst als sie den Gebirgskamm erreicht hatten, fragte er, ob er etwas für sie tun könne. Dóra erklärte ihm, dass es um ihren Sohn ging, der ihr etwas sagen musste. An der Skihütte lagen sie gut in der Zeit und bei der kleinen Kaffeestube immer noch. Am Rauðavatn platzte ein Reifen.

»Verdammt noch mal«, fluchte Matthias. Er umklammerte das

Lenkrad, um nicht die Kontrolle über den Wagen zu verlieren. Dann drosselte er das Tempo und hielt am Straßenrand.

»Oh nein, oh nein«, jammerte Dóra. Sie schaute auf die Uhr. Fünf vor halb eins. Wenn es ihnen gelänge, den Reifen schnell zu wechseln, wären sie um kurz vor eins zu Hause in Seltjarnarnes.

»Dieses blöde Ding«, brummelte Matthias, während er sich damit abplagte, den Ersatzreifen aus dem Kofferraum zu zerren. Nachdem er es endlich geschafft hatte, konzentrierten sich Dóra und Matthias auf den Wagenheber und wechselten gemeinsam den Reifen. Als sie fertig waren, nahm Matthias den kaputten Reifen und warf ihn in hohem Bogen in den Kofferraum, wo er auf Dóras Reiseköfferchen landete. Es war ihr vollkommen gleichgültig. Die Zeit raste. Sie hasteten ins Auto und Matthias schoss los.

»Warte hier«, sagte Dóra, als sie in die Einfahrt zu ihrem Haus bogen. Sie rannte zum Haus. Im Laufen zog sie ihren Schlüssel hervor. Sie klingelte mit der linken Hand, um Gylfi wissen zu lassen, dass sie da sei, steckte mit der rechten Hand den Schlüssel ins Türschloss und öffnete. »Gylfi«, rief sie keuchend.

»Hi Mama.« Sóley kam ihr entgegengelaufen, ein einziger Sonnenschein. Falls etwas passiert war, hatte sie davon überhaupt nichts mitbekommen.

»Hallo mein Engel. Wo ist dein Bruder?« Dóra drängte sich an Sóley vorbei und schaute sich nach ihrem Sohn um.

»Er ist weggegangen. Ich hab einen Zettel für dich«, erklärte Sóley und zog einen Schnipsel aus ihrer Hosentasche.

Dóra riss ihr den Zettel aus der Hand. Während sie ihn auseinanderfaltete, fragte sie: »Wann ist er gegangen? Und wohin?«

»Er ist eben erst gegangen. Vor einer Stunde.« Sóley kannte sich noch nicht richtig mit der Uhr aus. Gylfi hätte demzufolge vor einer Sekunde oder vor zwei Wochen das Haus verlassen haben können. »Er ist dahin gegangen, es steht da drauf.« Ihr kleiner Finger zeigte auf den Zettel, so als wolle sie einer Verwechslung mit anderen Papierschnipseln zuvorkommen.

»Komm mit.« Die Adresse war in Seltjarnarnes, nicht weit entfernt. »Wir machen mit dem Onkel eine Autofahrt.« Sie stopfte Sóley in Gylfis Daunenjacke, zwängte sie in ihre Gummistiefel und schob sie aus dem Haus. Dóra riss die Hintertür des Jeeps auf und half ihrer Tochter mit schnellen Handbewegungen hinein. Dann sprang sie selbst auf den Beifahrersitz und bat Matthias, loszufahren. »Matthias, das ist meine Tochter Sóley. Sie spricht nur Isländisch. Sóley, das ist Matthias. Er kann kein Isländisch, aber ihr werdet bestimmt gute Freunde.«

Matthias drehte sich gemächlich um und lächelte dem kleinen Mädchen zu. »Süß wie die Mama«, sagte er und steuerte den Wagen Dóras wilden Gebärden folgend um eine Ecke. »Auch modisch derselbe Geschmack.«

»Hier – und dann rechts. Ich suche die Nummer 45«, erklärte Dóra, immer noch nervös. Kurz darauf kam das Haus ins Blickfeld. Das musste es sein, denn sie sahen Gylfi über den Eingangspfad auf das Haus zulaufen. »Da, da«, rief Dóra außer Atem und zeigte auf ihren Sohn. Matthias gab Gas und parkte dann auf dem Gehsteig vor dem Haus – die Einfahrt war bereits besetzt. Dóra kannte das Auto; es gehörte Hannes. Dóra stieß die Tür auf, sobald der Wagen zum Halten gekommen war. »Sóley, du wartest hier mit dem lieben Matthias.«

Gylfi drehte sich erst um, nachdem seine Mutter mehrmals seinen Namen gerufen hatte. Nun stand er mit hängenden Schultern an der Haustür und betätigte die Türklingel. »Hi«, sagte er bedrückt.

»Ich hab mich verspätet«, entschuldigte sich Dóra keuchend. Sie legte ihrem Sohn die Hand auf die Schulter. »Was ist eigentlich los, Liebling? Wer wohnt denn hier?«

Gylfi schaute sie an. Sein Gesichtsausdruck zeugte von absoluter Verzweiflung. »Sigga ist schwanger. Sie ist erst in der zehnten Klasse. Ich bin der Vater. Hier wohnen ihre Eltern.«

Als er seinen Satz beendet hatte, ging die Haustür auf. Dóra erstarrte. Aus irgendwelchen Gründen konnte sie ihren Blick nicht von dem iPod lösen, der um den Hals ihres Sohnes baumelte, vielleicht, weil sie ihn gerade zufällig angeschaut hatte, als die Welt zusammengebrochen war. Wenn der Mann, der die Tür geöffnet hatte, nicht dunkelrot vor Wut gewesen wäre, hätte er bestimmt über ihren dämlichen Gesichtsausdruck gelacht. »Hallo«, sagte der Mann mittleren Alters zu ihr, blickte dann zu Gylfi, kniff voller Verachtung die Augen zusammen und sagte: »Grüß dich.« In diesen beiden Worten verbarg sich jedoch alles andere als gute Wünsche. Zwischen den Zeilen war zu lesen: *Geh zum Teufel; du hast die junge, unschuldige Tochter eines ehrbaren Mannes verführt.*

Aus alter Gewohnheit siegte die Höflichkeit und Dóra versuchte zu lächeln. »Grüß dich, ich heiße Dóra. Gylfis Mutter.«

Der Mann schnaubte, bat sie aber dennoch hinein. Unter den wachsamen Augen des Mannes zogen sie ihre Schuhe aus. Der Mann baute sich bedrohlich im Türrahmen des Flurs auf.

»Vielen Dank«, sagte Dóra zur Luft, als sie an dem Mann vorbeiging. Sie umfasste die Schultern ihres Sohnes mit beiden Händen und führte ihn so vor sich her – falls der Mann zum Angriff übergehen würde. Sie kamen geradewegs in ein großes, offenes Wohnzimmer, in dem sich drei Personen befanden; Hannes, den Dóra an seinem Hinterkopf erkannte, eine Frau in Dóras Alter, die sich erhob, als sie sich näherten, und ein junges Mädchen, das auf einem Stuhl saß und niedergeschlagen den Kopf hängen ließ.

»Ach, da seid ihr ja endlich.« Die Frau schrie fast mit schriller Stimme. Guter Gott, lass das Kind meine tiefe Altstimme erben, bat Dóra lautlos. Sie versuchte erneut, ein Lächeln herauszupressen. Ihre Hände wichen nicht von den Schultern ihres Sohnes.

»Hannes«, sagte Dóra und sah zu ihrem Ex-Mann. Sie versuchte, ihm zu signalisieren, er möge seine Pflicht tun und ihr erlauben, sich in Luft aufzulösen. Stattdessen schaute er sie streng an. »Grüß dich, Sigga«, sagte Dóra so freundlich wie möglich zu dem jungen Mädchen, das daraufhin aufschaute. Ihre Augen waren verweint und zwei große, schwere Tränen schimmerten in den Augenwinkeln.

Gylfi löste sich endlich aus Dóras Griff und ging zu ihr. »Sigga!«, ächzte er, offenbar gerührt, seine Geliebte so mitgenommen zu sehen.

»Oh, wie großartig!«, krähte Siggas Mutter. »Romeo und Julia. Ich kotz gleich.«

Dóra drehte sich blitzschnell zu ihr. Wut kochte in ihr hoch. Diese beiden Jugendlichen hatten einen Riesenfehler begangen und die Frau besaß die Frechheit, ihr Schicksal zu verspotten, obwohl es sich um ihre eigene Tochter handelte. Dóra verlor nicht oft die Nerven, aber es kam vor. »Entschuldige bitte, aber das Ganze ist schon schwierig genug – mach es nicht durch deinen Sarkasmus noch schlimmer.« Hannes sprang auf die Füße und Dóra spürte, wie er sie aufs Sofa zog, ohne dass sie dagegen protestieren konnte. Die Frau rang nach Luft – ihre Augen blitzten vor Wut.

»Daher hat dein Sohn also seine Manieren«, bemerkte sie und setzte sich, mit geradem Rücken wie eine Ballerina. Ihr Mann zog es vor, stehen zu bleiben, und von seiner Position mitten im Zimmer überragte er die anderen wie ein riesiger Eiszapfen.

»Mama!«, stieß Sigga schluchzend hervor. »Hör doch auf!« Dóra fand das Mädchen, ihre zukünftige Schwiegertochter, sofort sympathisch.

»Was soll dieses verdammte Theater«, tönte der Eiszapfen. »Wenn wir nicht in der Lage sind, wie kultivierte Menschen darüber zu sprechen, können wir es gleich bleiben lassen.«

Hannes streckte sich. »Das sehe ich genauso. Versuchen wir, sachlich zu bleiben.«

Die Frau schnaubte erneut.

»Ja«, begann Hannes ernst, »ich sollte vielleicht sagen, dass mich das alles sehr traurig macht und ich mich im Namen meiner Familie für das Verhalten meines Sohnes und den Schmerz, den er euch bereitet hat, von ganzem Herzen entschuldigen möchte.«

Dóra atmete tief ein, um Hannes' Worte zu verarbeiten und ihn nicht auf der Stelle umzubringen. Dann wendete sie sich ihm seelenruhig zu. »Erstens, nur damit das klar ist, sind wir keine Familie. Ich, mein Sohn und meine Tochter sind eine Familie. Du bist ein bedauernswerter Wochenendvater, der, anders als die meisten anderen, nicht hinter seinem eigenen Sohn steht, wenn's drauf ankommt.« Sie löste ihren Blick von Hannes und merkte, wie die anderen sie anstarrten. Das Gesicht ihres Sohnes drückte Stolz aus. Sie wiederholte noch einmal: »Nur, damit das klar ist.«

Hannes holte neben ihr tief Luft, schaffte es aber nicht, etwas zu sagen, da ihm die andere Mutter zuvorkam. »Wie passend. Ich möchte die Gelegenheit ergreifen und dich darauf hinweisen, dass dein Sprössling, euer oder von mir aus dein Sohn, schon sehr bald ...« Die schauspielerischen Fähigkeiten waren in dieser Familie offenbar breit gestreut. Die Frau verlieh ihren Worten eine dramatische Betonung, indem sie mit einer übertriebenen Geste auf Gylfi zeigte, »... schon sehr bald genauso ein bedauernswerter Wochenendvater sein wird wie dein Ex-Mann.«

»Nein!«, ertönte ein Schrei. Es war Gylfi. Selbstbewusst redete er weiter: »Ich ... ich meine, wir ... wir bleiben zusammen. Wir mieten uns eine Wohnung und ziehen das Kind groß.«

Dóra war plötzlich zum Lachen zumute. Gylfi mietete sich eine Wohnung! Er wusste offensichtlich nicht, dass das meiste, was er für selbstverständlich hielt – Heizung, Strom, Fernsehen, Wasser, Müllabfuhr – Geld kostete. Aus Angst, ihrem Sohn den Mut zu nehmen, mischte sie sich nicht in das Gespräch ein. Wenn er der Meinung war, er würde eine Wohnung mieten, dann war das eben so.

»Ja!«, piepste Sigga. »Wir können das – ich bin fast sechzehn.«

»Das ist doch Vergewaltigung!«, schrie die Frau. »Natürlich. Sie ist noch nicht mal sechzehn! Das ist Missbrauch Minderjähriger!« Sie richtete ihren Blick auf Gylfi und schrie außer sich: »Vergewaltiger!«

Dóra war nicht ganz klar, wie dies zu einer Lösung führen

sollte. Sie wendete sich an Sigga. »Wie weit bist du denn, Schatz?«

»Ich weiß es nicht – vielleicht im dritten Monat. Jedenfalls hatte ich seit drei Monaten keine Periode mehr.« Ihr Vater errötete bis in die Haarwurzeln.

Gylfi war vor sechs Wochen sechzehn geworden. Nicht, dass das etwas ändern würde. »Ich möchte darauf hinweisen, dass in einem Fall wie diesem gesetzlich ein Alter von vierzehn verankert ist, nicht sechzehn. Zudem war mein Sohn selbst noch keine sechzehn, als das Kind gezeugt wurde, und im Gesetz steht nichts über das Geschlecht, wenn es um sexuelle Übergriffe geht.«

»Was soll dieses dumme Geschwätz«, blaffte der Vater. »Als ob eine Frau einen Mann vergewaltigen könnte! Geschweige denn ein Kind, wie im Fall meiner Tochter.«

»Und meines Sohnes«, entgegnete Dóra. »Von Schuljahren ist im Gesetz nicht die Rede, das kann ich beschwören.«

Er verzog das Gesicht. »Diese verdammten Schwuchteln im Parlament.«

»Ihr seid doch verrückt!«, tönte Sigga. »Das ist mein Kind. Ich bin schwanger und bekomme einen dicken Bauch und hässliche Brüste und kann nicht mehr ausgehen.« Weiter kam sie nicht, denn sie brach in Tränen aus.

Gylfi versuchte, sie auf eine Weise zu trösten, die er vermutlich für sehr romantisch hielt. Mit bewegter Stimme sagte er, sodass es alle hören konnten: »Das ist mir ganz egal – und wenn du einen richtig dicken Bauch und hängende Titten bekommst. Ich verlass dich nicht und geh mit keiner anderen aus. Ich liebe dich von allen Mädchen am meisten.«

Sigga heulte nur noch lauter, während die Erwachsenen Gylfi mit offenen Mündern anstarrten. Irgendwie öffnete ihnen diese alberne Liebeserklärung die Augen dafür, dass Mutter Natur entschieden hatte – sie waren Kinder, die ein Kind erwarteten, und wer die Schuld daran trug, war nebensächlich.

Dóra stand auf. »Also wisst ihr – ich habe je keine Ahnung,

welcher Schlaumeier auf die Idee gekommen ist, dass wir uns treffen.« Sie drehte sich zu Hannes. »Ihr könnt gern mit Gylfis Vater sprechen, bis in die tiefe Nacht hinein, wenn nötig. Aber mir reicht's jetzt.« Sie drehte sich auf dem Absatz um, musste sich aber noch einmal zu der Sofagruppe wenden, als ihr einfiel, dass sie ihren Sohn in Sicherheit bringen sollte. »Gylfi, komm mit!« Ihre abschließenden Worte richtete Dóra an die arme Sigga, die immer noch den Kopf hängen ließ und weinte. »Sigga, euer Kind ist jederzeit bei mir willkommen – und ihr beide auch, wenn ihr zusammenwohnen wollt. Auf Wiedersehen.«

Dóra ging völlig ermattet mit Gylfi im Schlepptau hinaus. Sie knallten die Haustür hinter sich zu und gingen zu dem Mietwagen, der glücklicherweise immer noch am selben Platz stand. Wortlos setzten sich Dóra noch vorn und Gylfi nach hinten neben seine Schwester. »Hannes-ar-dóttir«, buchstabierte Sóley gerade konzentriert.

»Fahr los«, sagte Dóra und fasst sich an die Stirn. Sie schaute Matthias an, froh, dass ihre Kinder kein Deutsch verstanden. »Rate mal, was passiert ist. Ich bin ein bisschen im Wert gefallen. Du hast mit einer Großmutter geschlafen.«

Dóra hatte nicht erwartet, dass Matthias laut auflachen würde. »Ich muss schon sagen, isländische Großmütter sind ziemlich anders als deutsche.« Er warf einen Blick auf Gylfi, der auf dem Rücksitz hockte, seines Lebens und seiner Zukunft nicht mehr sicher. In diesem Moment war seine Mutter, die allen die Meinung gegeigt hatte, weil sie immer noch nicht ganz nüchtern war, sein einziger Haltepunkt. »Hallo, Dóras Sohn, ich heiße Matthias.« Matthias blinzelte Dóra zu. Diese drehte sich zum Rücksitz, bereit, ihrem Sohn nun ihrerseits reinen Wein einzuschenken. Sie würde ihm sagen, dass Matthias mehr als nur ihr Freund und Arbeitskollege war. Als ihr Blick auf den iPod fiel, der immer noch am Hals ihres Sohnes baumelte, änderte sie jedoch ihre Meinung.

»Gylfi, das ist Matthias, wir arbeiten zusammen. Ich habe ihn zum Essen eingeladen. Wir sprechen in aller Ruhe miteinander, wenn er gegangen ist.« Sie schluckte den Kloß hinunter, der plötzlich in ihrem Hals steckte. Sie wurde Oma, mit 36. Jesus, Maria und Heiliger Geist und alle anderen Heiligen, die ihr gerade nicht einfielen – lasst das Kind gesund und das Leben seiner Eltern trotz dieses Fehltritts ein einziger Tanz auf Rosen sein. Sie unterdrückte die Tränen, die ungebeten aufkamen. Eine verschlüsselte Botschaft und weitere Signale, die sie hätte deuten können, strömten plötzlich auf sie ein. *Ich will nicht mit Gylfi allein zu Hause sein – er hüpft immer auf seinem Bett rum und ächzt ...*

»Dóra.« Matthias riss sie aus ihren Gedanken. »Ich habe eben einen Anruf aus dem Hexereimuseum bekommen. Wir wissen jetzt, warum Haralds Leiche so entstellt wurde.«

28. KAPITEL

Dóra wollte die Einladung zum Essen auf keinen Fall rückgängig machen. Zerstreut und planlos warf sie irgendwelche Lebensmittel aus dem Schrank und aus der Tiefkühltruhe in einen Topf.

»Guten Appetit«, rief sie mit gekünstelt fröhlicher Stimme. Matthias saß bereits am Küchentisch und verfolgte mit großen Augen, wie eine Schüssel nach der anderen auf dem Tisch erschien. Als alles aufgetragen war, bestand die Mahlzeit aus Erbsen, Pommes Frites, Reis, Couscous, Suppe, Marmelade und Fladenbrot.

»Köstlich«, sagte er höflich, als alle am Tisch saßen und er die Dosenerbsen zu sich heranzog.

Dóra ließ ihren Blick über den Tisch schweifen und stöhnte. »Das Hauptgericht fehlt«, sagte sie resigniert. »Ich wusste, dass irgendetwas nicht stimmt.« Dóra musste etwas ausfindig machen, um zu retten, was noch zu retten war – tiefgefrorene Lasagne, Pasta, Fleisch oder Fisch. Allerdings wusste sie, dass nichts im Haus war – sie hatte noch einkaufen wollen, war aber völlig durcheinander gebracht worden. Matthias griff nach ihrem Arm und zog sie auf ihren Stuhl zurück.

»Ist schon in Ordnung. Das ist zwar ein unkonventionelles Abendessen, aber die Uhrzeit ist ja auch ziemlich seltsam, also passt es schon.« Er lächelte den Kindern zu, die in dem Mischmasch auf ihren Tellern herumstocherten.

Dóra schaute auf die Uhr. Es war kurz vor drei – sie stand völlig neben sich. Sie versuchte zu lächeln. »Ich stehe noch halb unter

Schock, vielleicht geht es mir ja in einem Jahr besser. Dann lade ich dich noch mal zum Essen ein.«

»Nein, nein, das ist nicht nötig. Lieber lade ich dich in ein Restaurant ein«, entgegnete Matthias und steckte sich ein Stück Fladenbrot in den Mund. »Ganz ausgezeichnet«, kommentierte er grinsend.

Keiner aß seinen Teller leer und der Mülleimer füllte sich am Ende der Mahlzeit mit Resten. Sóley wollte rausgehen und ihre Freundin Kristína treffen, was Dóra ihr ohne Einwände erlaubte. Gylfi verschwand in seinem Zimmer, angeblich um im Internet zu surfen. Dóra hoffte inständig, dass er sich keine Seiten über Babypflege anschauen würde. Wenn er schwarz auf weiß lesen würde, worauf er sich da einließ, würde ihn der Mut bestimmt wieder verlassen. Als sie allein waren, setzten sich Dóra und Matthias mit einem Kaffee ins Wohnzimmer.

»Tja«, sagte er verlegen. »Unter diesen Umständen werde ich nicht lange bleiben. Müssen sich Großmütter nicht nach dem Essen hinlegen?«

Dóra schnaubte. »Diese Großmutter würde einen Gin-Tonic bevorzugen.« Sie gab sich jedoch mit einem Schluck Kaffee zufrieden. »Aber wir wissen ja beide, wohin das führen kann, daher verzichte ich im Moment lieber drauf.« Sie lächelte ihm zu und ihre Wangen überzogen sich mit einer leichten Röte. »Aber ich würde gern hören, was der Mann aus dem Hexereimuseum gesagt hat.« Sie lehnte sich im Sofa zurück und zog die Füße hoch.

Matthias holte einen Zettel hervor und faltete ihn auf dem Sofatisch auseinander. »Þorgrímur hat angerufen. Er hat mit diesem Páll gesprochen, der angeblich alles weiß. Kurz gesagt, Páll konnte alles nur Denkbare über diese Zauberrune herunterleiern – und weißt du auch, warum?«

Dóra schüttelte den Kopf. Sie sah, dass Matthias mit einer euphorischeren Reaktion gerechnet hatte, und sagte: »Keine Ahnung. Weil er ein Genie ist?«

»Nein. Oder doch, kann schon sein, dass er ein Genie ist. Aber er wusste alles über die magische Rune, weil ihm noch sehr gut in Erinnerung war, wie unglaublich spannend Harald seine Ausführungen gefunden hatte.«

»Harald hat sich also speziell nach diesem Symbol erkundigt?«, fragte Dóra.

»Ja und nein. Ursprünglich setzte er sich wegen magischer Runen im Allgemeinen mit Páll in Verbindung und wollte Informationen über Symbole haben, die nirgendwo verzeichnet sind. Dann fragte er Páll nach dem isländischen Zauberbuch aus der Ausstellung. Páll erklärte ihm die wichtigsten Zauberformeln aus dem Buch. Er sagte, eine Formel hätte Harald ganz besonders interessiert – eine recht dunkle Formel, die aber thematisch trotzdem zu den Liebeszaubern zählt. Sie war auf der Seite in der Ausstellung. Rate mal, um welchen Zauber es sich handelt.«

»Du schneidest einem Toten die Augen heraus und machst etwas mit ihnen?«, sagte Dóra erwartungsvoll.

»Nein, leider nicht, aber das spielt auch eine Rolle. Wenn ich den Mann richtig verstanden habe, dient der Zauber dazu, die Liebe einer Frau zu gewinnen. Dazu muss man eine Grube graben, über die die Frau steigen soll. In die Grube gießt man Schlangenblut, schreibt ihren Namen und zeichnet ein paar magische Runen. Am Ende sagt man eine Beschwörungsformel auf – einen Vers, und zwar genau denselben, der in dem Brief an Haralds Mutter stand.« Matthias lächelte selbstzufrieden.

»Das Gedicht!«, rief Dóra aus.

»Genau«, entgegnete Matthias. »Aber das ist noch nicht alles. Páll erzählte, Harald habe sich wahnsinnig für diesen Liebeszauber interessiert und alles Mögliche darüber wissen wollen: ob sich der Zauber ausschließlich auf eine Geliebte bezieht oder auch auf andere Arten von Liebe, ob das Loch unbedingt in einen Erdboden gegraben werden muss und so weiter. Daraus entwickelte sich ein Gespräch über die Rune auf dem Seitenrand neben der Zauberformel.« Matthias machte eine Pause.

»Und?«, fragte Dóra ungeduldig.

»Diese Rune ist unbekannt, ähnelt aber einer nordischen Zauberrune für eine Rachebeschwörung. Nur eine kleine Linie ist anders. Diese nordische Rune steht in einer Handschrift, aber die dazugehörige Beschwörung ist nicht vollständig. Da steht nur, was man tun muss, und die erste Zeile der Beschwörungsformel: ICH SCHAU DICH AN – derselbe Anfang wie in dem Liebeszauber. Der Besitzer des Buches hat die Rune neben den Liebeszauber geschrieben, weil sie für beide Beschwörungsformeln anwendbar sein soll. Das Buch ist wahrscheinlich von vier Männern geschrieben worden, drei Isländern und einem Dänen. Páll erzählte, diese nordische Zauberformel sei wesentlich dunkler als andere Formeln und ihr Ursprung unbekannt. Der Text in der Handschrift ist dänisch. Sie ist in Privatbesitz und soll aus dem späten 16. Jahrhundert stammen, während das isländische Zauberbuch etwa 1650 geschrieben wurde.«

»Warum ist diese Rune dunkler als andere?«, fragte Dóra.

»Páll meint, sie sei verwendet worden, um jemandem Schaden zuzufügen. Wenn man sie sich nach seinem Tod in den Körper ritzen lässt, kann man einen Menschen heimsuchen, der einen im Leben enttäuscht hat. Man kann ihn aus dem Grab heraus beobachten und ihn dazu bringen, sein früheres Verhalten zu bereuen. Diese Reue führt die Person am Ende ins Verderben. Und – zur Durchführung der Formel benötigt man Körperteile. Du kannst dir bestimmt denken, welche.«

»Augen«, sagte Dóra mit fester Überzeugung.

Matthias nickte. »Aber warte noch. Harald war total aufgeregt, als Páll ihm von der Formel erzählt hat, und wollte eine genaue Anweisung haben, wie man sie ausführen muss. Páll hat ihm das alles am Telefon erklärt und ihm dann eine Kopie des Zauberbuchs und der Handschrift geschickt.«

»Ja. Und?«, murmelte Dóra ungeduldig.

»Es funktioniert so: Derjenige, der sich rächen möchte, muss einen Vertrag mit einer zweiten Person abschließen, die den Zauber nach seinem Tod ausführt. So ähnlich wie bei der Leichenhose.

Die beiden müssen die Rune gemeinsam auf ein Stück Pergament schreiben. Und zwar mit ihrem eigenen Blut, vermischt mit dem Blut eines Raben. Man braucht mehr als nur ein paar Tropfen, denn unter die Rune muss man schreiben, dass X verspricht, den Zauber für Y durchzuführen, und dann müssen X und Y das Ganze mit ihrer Unterschrift besiegeln.« Matthias nahm einen Schluck Kaffee. »Jetzt kommt die Hauptsache. Wenn Y stirbt, muss X die Rune in die Leiche ritzen, ihr eine größere Menge Blut entnehmen und – sehr appetitlich – die Augen herausschneiden.«

»Igitt«, sagte Dóra und schüttelte sich. »Warum ist es denn nicht genug, mit Blut zu schreiben?«

Matthias grinste. »Die Rune muss in die Leiche geritzt werden, um den Verstorbenen daran zu erinnern, dass seine Augen auf eigenen Wunsch entfernt werden. Sonst kommt er aus dem Grab und sucht nach ihnen – und wahrscheinlich auch nach seinem Freund, um ihn umzubringen. Mit dem Blut aus der Leiche muss die dazugehörige Beschwörungsformel geschrieben werden, ebenfalls mit dem Blut eines Raben vermischt.«

»Das Sperlingsblut!«, fiel ihm Dóra ins Wort. »Der Rabe ist der größte Sperlingsvogel Islands.«

»Tja, diesmal muss allerdings nicht das Blut des lebenden Vertragspartners hinzugefügt werden. Die Augen werden in das Pergament mit der Beschwörungsformel gewickelt und der Person übergeben, an der man sich rächen will. Von diesem Zeitpunkt an ist sie ausgeliefert. Der Tote verfolgt sie und erinnert sie ständig an ihre Missetaten, bis sie immer schwächer wird und einen schrecklichen Tod stirbt.«

»Und das ist die Beschwörungsformel, die Haralds Mutter per Post bekommen hat«, sagte Dóra betrübt. Das war ja wirklich widerwärtig. Warum hatte Harald seine Mutter so sehr gehasst? Was hatte die Frau ihm angetan? Vielleicht hatte er sich das alles ja auch nur eingebildet; vielleicht war er einfach verrückt und machte seine Mutter für seine Probleme verantwortlich. »Warte mal – hat sie auch die Augen zugeschickt bekommen?«

»Nein«, sagte Matthias. »Die waren nicht dabei. Ich hab keine Ahnung, wieso. Vielleicht gingen sie verloren oder waren kaputt; ich weiß es nicht.«

Dóra saß eine Weile grübelnd da. »Halldór, der Medizinstudent. Natürlich hat er die Leiche so zugerichtet«, sagte sie. »Er hat Harald umgebracht.«

»Sieht ganz so aus«, entgegnete Matthias. »Es sei denn, Harald hat sich selbst umgebracht und Halldór hat den Rest erledigt.«

»Wie soll denn das gehen?«, fragte Dóra. »Harald wurde erwürgt.«

»Vielleicht bei diesen Würgespielen? Wir können das jedenfalls nicht ausschließen. Es kann auch jemand anders den Vertrag mit Harald abgeschlossen haben. Die Studenten haben ja alle gleich scheinheilig getan, als wir ihnen die magische Rune gezeigt haben. Genau genommen käme auch Hugi in Frage.«

»Wir müssen unbedingt noch mal mit Halldór sprechen. Oder am besten mit allen. Wer weiß, ob wir sie noch einmal dazu überreden können.«

Matthias lächelte Dóra zu. »Jedenfalls sind wir nicht völlig auf dem falschen Dampfer. Wir sind ein gutes Stück vorangekommen. Das Einzige, was noch unklar ist, ist die Sache mit dem Geld. Was ist damit passiert?«

Dóra zuckte die Achseln. »Vielleicht hat Harald die dunkle Handschrift damit gekauft. Das würde mich nicht wundern.«

Matthias dachte eine Weile über ihre Worte nach. »Kann sein. Ich bezweifle es aber. Die Handschrift ist im Besitz der Königlich Norwegischen Bibliothek. Das ist auch der Grund, warum die Polizei nichts über die Rune herausgefunden hat. Sie ist kaum bekannt, eigentlich kennt sie hierzulande niemand, außer eben Páll, der im Ausland ist. Deshalb wurde er nie dazu befragt.«

»Aber vielleicht hat Harald das Geld ins Land geholt, weil er diesem Páll das Zauberbuch abkaufen wollte, ist dann aber wegen des Geldes von einem seiner angeblichen Freunde ermordet worden. Sie könnten doch das Geld gestohlen haben, oder? Es wurden schon für kleinere Summen Morde begangen.«

Matthias stimmte ihr zu. Er schaute auf die Uhr und sah Dóra nachdenklich an. »Die Maschine aus Frankfurt ist um halb vier gelandet.«

»Verdammt«, rutschte es Dóra heraus. »Ich kann jetzt nicht mit Frau Guntlieb sprechen, es geht einfach nicht. Wenn sie mich nach meinen eigenen Kindern fragt, was soll ich denn dann sagen? *Ja, liebe Frau Guntlieb, mein Sohn ist außerordentlich frühreif – habe ich Ihnen schon erzählt, dass er Vater wird?*«

»Glaub mir, sie interessiert sich nicht für deine Kinder«, sagte Matthias ruhig.

»Es ist auch nicht gerade leichter, über ihren Sohn zu reden. Wie kann ich ihr ins Gesicht schauen und ihr erzählen, dass Harald einen Pakt mit dem Teufel geschlossen hat, um ihr das Leben zur Hölle zu machen und sie am Ende ins Grab zu bringen?« Dóra suchte Matthias' Blick in der Hoffnung auf eine erbauliche Antwort.

»Ich überbringe ihr die Neuigkeiten, mach dir keine Sorgen. Du kommst trotzdem nicht darum herum, mit ihr zu reden. Wenn nicht heute, dann morgen. Die Frau hat den langen Weg auf sich genommen, um mit dir zu sprechen, das weißt du doch. Als sie mir gesagt hat, sie will dich persönlich kennen lernen, klang ihre Stimme viel entspannter als je zuvor. Du brauchst keine Angst zu haben.«

In Dóras Ohren klangen seine Worte nicht sehr überzeugend. »Rufen sie uns an oder wie soll das vonstatten gehen?«

»Sie rufen an, wenn sie im Hotel sind.« Er schaute auf die Uhr. »Wahrscheinlich bald. Ich kann aber auch anrufen, wenn du möchtest.«

Uff. Wer die Wahl hat, hat die Qual. Dóra konnte sich nicht entscheiden. »Ja, ruf an«, sagte sie plötzlich, nur um im nächsten Moment hinzuzufügen: »Nein, tu's nicht!«

Bevor sie ihre Meinung noch einmal ändern konnte, klingelte

Matthias' Handy. Dóra stöhnte, als er das Telefon in die Hand nahm, sie anschaute und sagte: »Das sind sie.« Er drückte auf die Antworttaste. »Hallo, hier ist Matthias.«

Dóra konnte nicht viel verstehen, hörte nur den fernen Klang einer Stimme am anderen Ende der Leitung. Das Gespräch wirkte sehr oberflächlich: »Wie war der Flug?« »Wie bedauerlich.« »Ihr habt doch den Namen des Hotels, nicht wahr?« und so weiter. Das Telefonat endete mit Matthias Worten: »Bis später. Auf Wiederhören.« Er schaute zu Dóra und lächelte. »Du hast Glück, alte Großmutter.«

»Wieso?«, fragte Dóra gespannt. »Ist sie nicht mitgekommen?«

»Doch, sie ist mitgekommen. Aber sie hat Migräne und möchte das Treffen mit dir auf morgen verschieben. Das war Elisa; sie sind mit dem Taxi unterwegs zum Hótel Borg. Elisa möchte uns in einer halben Stunde dort treffen.«

29. KAPITEL

Die junge Frau sah ihrer Mutter überhaupt nicht ähnlich, war aber ebenso attraktiv. Sie hatte den dunklen Teint ihres Vaters geerbt, und ihr gesamtes Erscheinungsbild war dezent: das lange, glatte Haar zum Zopf gebunden, elegante, schwarze Hose und schwarze Seidenbluse. Der einzige sichtbare Schmuck war ein Diamantring am Ringfinger ihrer rechten Hand, derselbe Ring, den Dóra auf dem Küchenfoto gesehen hatte. Elisa war sehr schlank und als Dóra ihr die Hand schüttelte, kam sie ihr fast zerbrechlich vor. Matthias wurde überschwänglich begrüßt; Elisa umarmte ihn und sie gaben sich Küsschen auf die Wange.

»Wie geht es dir?«, fragte er, nachdem er Elisa wieder aus seiner Umarmung freigegeben hatte. Dóra fiel auf, dass er sie nicht siezte, was in Anbetracht seiner Position als Angestellter der Familie zu erwarten gewesen wäre. Matthias stand diesen Leuten offenbar näher oder hatte eine höhere Position in der Firma, als sie gedacht hatte.

Elisa zuckte mit den Schultern und lächelte schwach. »Nicht besonders«, sagte sie. »Die letzte Zeit war nicht leicht.« Sie wendete sich an Dóra. »Ich wäre schon viel früher gekommen, wenn ich gewusst hätte, dass Sie mit mir sprechen wollen. Ich bin gar nicht auf die Idee gekommen, dass mein Besuch bei Harald wichtig sein könnte.«

Dóra fand diese Einstellung sonderbar; schließlich hatte der Besuch kurz vor dem Mord stattgefunden. Aber sie sagte nur: »Jetzt sind Sie ja da.«

»Ja, als Matthias anrief, hab ich sofort ein Flugticket gekauft. Ich möchte Ihnen helfen«, erklärte sie und es klang überzeugend. Dann fügte sie hinzu: »Und meine Mutter auch.«

»Gut«, sagte Matthias unnötig laut. Vielleicht fürchtete er, Dóra könnte etwas Unpassendes sagen.

»Sollen wir uns setzen?«, fragte Elisa. »Darf ich Sie zu einem Kaffee oder einem Glas Wein einladen?« Dóra hatte beschlossen, in Zukunft auf Alkohol zu verzichten, und nahm eine Tasse Kaffee. Matthias und Elisa bestellten Weißwein.

»Also dann«, sagte Matthias und ließ sich in seinen Sessel sinken. »Was kannst du uns über den Besuch erzählen?«

»Sollen wir nicht auf den Wein warten? Ich glaube, den brauche ich jetzt«, entgegnete Elisa und schaute Matthias fragend an.

»Aber selbstverständlich«, antwortete er, beugte sich vor und drückte ihren Arm, der auf der Sofalehne ruhte.

Elisa schaute Dóra entschuldigend an. »Ich kann das nicht genau erklären, aber es fällt mir wirklich schwer, über diesen Besuch zu sprechen. Ich hab damals die ganze Zeit nur über mich geredet. Wenn ich gewusst hätte, dass ich Harald nie wieder sehen würde, hätte ich ihm gesagt, wie viel er mir bedeutet.« Sie biss sich auf die Unterlippe. »Aber ich hab's nicht getan und jetzt ist es zu spät.«

Die Bedienung kam mit den Getränken und sie stießen an. Dóra nippte an ihrem Kaffee und beobachtete die beiden beim Leeren ihrer Weingläser. Sie würde bei der nächsten Gelegenheit wieder mit dem Trinken anfangen, wollte aber jetzt im Nachhinein keinen Wein mehr bestellen.

»Am besten erzähle ich Ihnen, warum ich Harald besucht habe«, erklärte Elisa, nachdem sie ihr Glas abgestellt hatte. Dóra und Matthias nickten. »Wie du weißt, Matthias, habe ich zurzeit große Probleme mit meinen Eltern. Sie möchten, dass ich Betriebswirtschaft studiere und dann in der Bank anfange. Harald war der Einzige, der mir immer gesagt hat, ich soll tun, wozu ich Lust habe – Cello spielen.«

»Ich verstehe«, sagte Dóra, obwohl sie eigentlich gar nichts verstand.

»Harald hat gesagt, ich soll mich nicht um Papa und Mama scheren und weiterspielen. Es gäbe an jeder Ecke irgendwelche Deppen mit Krawatte, die eine Bank leiten könnten, aber die wenigsten hätten die Begabung, ein Instrument so meisterhaft zu beherrschen.« Sie beeilte sich, hinzuzufügen: »Er hat ›Deppen mit Krawatte‹ gesagt, nicht ich.«

»Darf ich fragen, wofür Sie sich entschieden haben?«, fragte Dóra neugierig.

»Weiterzuspielen«, entgegnete Elisa mit verbitterter Stimme. »Und trotzdem habe ich mich für Betriebswirtschaft eingeschrieben und fange bald mit dem Studium an.«

»Dann ist dein Vater bestimmt glücklich«, bemerkte Matthias.

»Ja, vor allem erleichtert. In unserer Familie ist man selten wirklich glücklich. Und momentan schon gar nicht.«

»Elisa, wir haben E-Mails von Harald und eurem Vater gesehen. Die beiden haben sich anscheinend nicht besonders gut verstanden.« Dóra verstummte, fügte dann aber hinzu: »Außerdem haben wir triftige Gründe, anzunehmen, dass Haralds Verhältnis zu eurer Mutter alles andere als harmonisch war.«

Elisa trank ihr Glas leer, bevor sie antwortete. Sie schaute Dóra direkt in die Augen. »Harald war der beste Bruder, den man sich denken kann. Auch wenn er anders war als die meisten anderen Leute, besonders zum Schluss.« Sie streckte ihre Zungenspitze heraus und machte eine Handbewegung, um Haralds gespaltene Zunge anzudeuten. »Aber ich bin immer stolz auf ihn gewesen. Er war ein toller Mensch, und zwar nicht nur mir gegenüber. Er hat unsere Schwester auf Händen getragen; niemand konnte besser mit Behinderten umgehen als er.« Traurig betrachtete sie das auf dem Tisch stehende Weinglas. »Mama und Papa, sie ... Ich weiß nicht, wie ich es sagen soll ... sie waren immer ungerecht zu ihm. Meine ersten Erinnerungen an meine Eltern sind voller Umarmungen, Liebe und Fürsorge, aber Harald kam darin nicht vor. Sie schienen ihn ... ja, sie schienen ihn nicht ausstehen zu können.« Hastig berichtigte sie sich selbst. »Sie waren nie wirklich böse zu ihm oder so. Sie haben ihn einfach nicht geliebt. Ich weiß nicht, warum, falls es überhaupt einen Grund gibt.«

Dóra versuchte sich nicht anmerken zu lassen, wie unsympathisch ihr die Guntliebs waren. Sie musste den Mörder dieses armen Jungen finden. Auf einmal war Dóra auf das Treffen mit Haralds Mutter gespannt. »Ja«, sagte sie, um die Stille zu durchbrechen. »Sprechen wir am besten über Ihren Besuch bei Ihrem Bruder.«

Elisa lächelte erleichtert. »Wir haben nichts Besonderes unternommen, waren nur in der Blauen Lagune und haben eine heiße Quelle besichtigt. Ansonsten sind wir durch die Stadt gelaufen oder waren zu Hause, haben DVDs geguckt, gekocht oder uns erholt.«

Dóra fiel es schwer, sich Harald in der Blauen Lagune vorzustellen. »Welche Filme haben Sie sich denn angeschaut?«, fragte sie neugierig.

Elisa lächelte. »König der Löwen, auch wenn's unglaubwürdig klingt.«

Matthias warf Dóra einen Blick zu und fragte Elisa: »Hat Harald dir erzählt, womit er sich gerade beschäftigte?«

Elisa sah nachdenklich aus. »Nicht viel. Er war gut drauf und fühlte sich offenbar sehr wohl in Island. Ich hab ihn zumindest selten so fröhlich gesehen. Vielleicht, weil er so weit von Mama und Papa weg war. Oder wegen eines Buches, das er gefunden hatte.«

»Ein Buch?«, fragten Dóra und Matthias gleichzeitig. »Was für ein Buch?«, sagte Matthias noch einmal.

Elisa wunderte sich über diese Reaktion. »Dieses alte Buch. *Malleus Maleficarum*. War es nicht in seiner Wohnung?«

»Keine Ahnung. Ich weiß noch nicht mal, welches Buch du meinst«, sagte Matthias. »Hat er es dir gezeigt?«

Elisa schüttelte den Kopf. »Nein, er hatte es noch nicht.« Plötzlich verstummte sie. »Vielleicht wurde er ermordet, kurz bevor er es bekommen sollte.«

»Weißt du, ob er es irgendwo abholen wollte?«, fragte Matthias. »Hat er darüber was gesagt?«

»Nein«, antwortete Elisa. »Ich hab aber auch nicht danach gefragt – hätte ich das tun sollen?«

»Es ändert nichts«, entgegnete Matthias. »Aber hat er dir über dieses Buch etwas erzählt?«

Elisas Gesichtsausdruck hellte sich auf. »Ja. Eine ziemlich tolle Geschichte. Wartet mal, wie war das noch gleich?« Sie dachte kurz nach, bevor sie weitersprach. »Du erinnerst dich doch bestimmt an die alten Briefe von Großvater?« Sie wendete sich an Matthias, der zustimmend nickte – die Briefe aus Innsbruck in dem Lederfutteral. »Harald war wie Großvater. Die Briefe haben ihn fasziniert, er hat sie immer wieder gelesen. Harald war davon überzeugt, dass der Verfasser der Briefe Kramer etwas Schreckliches angetan hatte, um seine Frau zu rächen.« Sie blickte zu Dóra. »Sie wissen doch, wer Kramer war, oder?«

Dóra nickte.

»Harald hat sich in den Kopf gesetzt, herauszufinden, was damals passiert ist. Ich versuchte, ihm zu erklären, dass es unmöglich ist, nach fünfhundert Jahren etwas darüber auszugraben. Aber er war anderer Meinung. Die Kirche war ja in die Sache verwickelt und dort hat man viele Dokumente aufbewahrt. Harald gab jedenfalls nicht auf, hat sogar Geschichte studiert, um Zugang zu verschiedenen Schriftensammlungen zu bekommen, und durch die Sammlung seines Großvaters stand ihm natürlich reichlich Anschauungsmaterial zur Verfügung.«

»Er hat sich also gut mit seinem Großvater verstanden?«, fragte Dóra, obwohl sie wusste, dass die Antwort positiv ausfallen würde.

»Aber ja«, sagte Elisa. »Harald war oft bei ihm, sogar noch, als er schon im Krankenhaus war und im Sterben lag. Er war der absolute Lieblingsenkel unseres Großvaters. Sie konnten sich stundenlang mit dem Thema Hexenverbrennungen beschäftigen.«

»Und sein Studium, hat ihn das weitergebracht?«, fragte Dóra. »Hat er etwas entdeckt?«

»Ja«, antwortete Elisa. »Über die Uni in Berlin bekam er Zugang zur Bibliothek des Vatikans. Er ist nach seinem zweiten Studienjahr nach Rom gefahren und fast den ganzen Sommer da geblieben. Er hat ein Dokument gefunden, in dem Kramer von einem geplanten zweiten Angriff auf die Hexen von Innsbruck berichtet. Kramer behauptet darin, die Hexen hätten ihm ein Exemplar eines Buches gestohlen, an dem er gerade schrieb. Dieses Exemplar sei ihm äußerst wichtig, darin stünden Anweisungen, wie man Zauberformeln widerrufen und Hexen überführen könne. Daher wolle er das Buch um jeden Preis zurückhaben. Es ist nicht bekannt, ob Kramer noch einmal nach Innsbruck zurückkehrte. Harald war total aufgeregt und glaubte, den wertvollen Gegenstand gefunden zu haben, der Kramer weggenommen und zur Hölle geschickt werden sollte: ein Exemplar des *Hexenhammers*, die älteste Ausgabe dieses weltberühmten Buches, angeblich verziert und von Hand geschrieben.«

»Aber hat nicht der Dieb das Manuskript zur Hölle geschickt? So wurde es doch beschrieben, oder?«, fragte Dóra. »Dann muss es verbrannt worden sein.«

Elisa lächelte. »Im letzten Brief an den Bischof von Brixen war von einem Boten die Rede, der den Weg zur Hölle auf sich nehmen würde. Für diese Reise wurde die Hilfe der Kirche erbeten. Das Buch wurde also nicht verbrannt, jedenfalls nicht sofort.«

Dóra hob die Augenbrauen. »Ein Bote auf dem Weg zur Hölle? Klar. Klingt ja wie die natürlichste Sache der Welt.«

Matthias grinste. »Stimmt.« Er nahm einen Schluck Wein.

»Damals war das nicht so abwegig«, erklärte Elisa ernst. »Die Hölle wurde als realer Ort im Inneren der Erde angesehen. Und es gab einen Zugang, der sich in Island befinden sollte. Auf irgendeinem Vulkan, ich kann mich nicht an den Namen erinnern.«

»Hekla«, beeilte sich Dóra zu sagen, bevor Matthias versuchen würde, das Wort auszusprechen. Das war also der Grund – deshalb war Harald nach Island gekommen. Er hatte die Hölle gesucht. Und genau das waren die Worte gewesen, die er Hugi zugeflüstert hatte.

»Ja, genau«, sagte Elisa. »Dort sollte das Manuskript hingebracht werden. Jedenfalls glaubte Harald das. Er hat nach Quellen über die Reise dieses Boten gesucht und einen Hinweis darüber in den Kirchenannalen von Kiel aus dem Jahr 1486 gefunden. Da ist von einem Mann die Rede, der mit einem Brief des Bischofs von Brixen mit der Bitte um Unterkunft und Unterstützung auf dem Weg nach Island nach Kiel kam. Er sei zu Pferd gekommen und habe etwas bei sich gehabt, das er wie seinen Augapfel hütete, etwas Schwarzes, Dunkles. Ihm wurde das Sakrament verweigert, da er das Päckchen nicht aus der Hand geben wollte und damit die Kirche nicht betreten durfte. Der Mann verbrachte zwei Nächte in Kiel und setzte dann seinen Weg in den hohen Norden fort.«

»Und? Hat Harald etwas über den Ausgang dieser Reise herausbekommen?«, fragte Matthias.

»Nein«, antwortete Elisa. »Jedenfalls nicht direkt. Harald kam nach Island, nachdem er die Spur durch halb Europa verfolgt hatte. Das war am Anfang wohl ziemlich schwierig, aber irgendwann stieß er auf einen alten dänischen Brief, in dem von einem jungen Mann die Rede ist, der auf irgendeinem Bischofssitz, ich weiß nicht mehr, wo, an Masern starb. Und dieser Mann war auf dem Weg nach Island. Er kam nachts auf dem Bischofssitz an, schwer krank und in schlechter Verfassung, und starb wenige Tage später. Vor seinem Tod bat er jedoch den Bischof darum, das Päckchen nach Island bringen und in den Krater der Hekla werfen zu lassen – mit dem Segen des Bischofs von Brixen. Ein paar Jahre später forderte der dänische Bischof die katholische Kirche in Island in einem Brief auf, die Sache zu Ende zu bringen. Er werde das Päckchen einem Mann mitgeben, der auf dem Weg nach Island sei, um im Namen des Papstes für den Bau der Peterskirche in Rom Ablassbriefe zu verkaufen.«

»Und wurde das Manuskript denn nun in den Krater der Hekla geworfen?«, fragte Matthias.

»Harald hielt das für unwahrscheinlich, da es niemand wagte, den Berg zu besteigen, zumal es ein paar Jahre später einen Vulkanausbruch gab. Dadurch wurden dann endgültig alle abgeschreckt, die es vielleicht vorgehabt hatten.«

»Aber wo ist das Buch denn aufgetaucht?«, fragte Matthias.

»Auf einem Bischofssitz, irgendwas mit S, glaube ich.«

»In Skálholt?«, fragte Dóra.

»Ja, kann sein«, antwortete Elisa.

»In Skálholt wurde nie eine Handschrift des *Hexenhammers* gefunden«, erklärte Dóra und trank einen Schluck Kaffee.

»Harald glaubte, die Handschrift sei bis zum Eintreffen der ersten Druckpresse dort geblieben und dann zu einem anderen Bischofssitz gebracht worden. Irgendein Ort mit P.«

»Hólar«, sagte Dóra, obwohl das nicht mit P anfing.

»Ich weiß es nicht mehr«, sagte Elisa. »Kann schon sein.«

»Wahrscheinlich hat irgendjemand das Päckchen geöffnet. Aber was ist dann mit dem Buch geschehen? Es ist nie veröffentlicht worden, oder?«, fragte Matthias Dóra.

»Nein«, antwortete sie. »Nicht, dass ich wüsste.«

»Ja«, sagte Elisa. »Harald hat entdeckt, dass das Buch nie aus Skálholt weggebracht worden war. Er hat es in dieser Gegend gefunden. Er sagte, man habe es versteckt, damit es nicht außer Landes gebracht werden konnte.«

»Und wo war es?«, fragte Dóra.

Elisa trank einen Schluck Wein. »Ich weiß es nicht. Harald wollte es mir nicht sagen. Er wollte mir den Rest der Geschichte erst erzählen, wenn er das Buch in der Hand hat.«

Dóra und Matthias konnten ihre Enttäuschung nicht verbergen. »Haben Sie nicht weiter danach gefragt? Hat er nichts durchblicken lassen?«, fragte Dóra ungeduldig.

»Nein, es war schon sehr spät und er hat sich so über die Sache gefreut, dass ich ihm die Spannung nicht kaputtmachen wollte.« Elisa lächelte zerknirscht. »Am nächsten Tag haben wir uns dann über andere Dinge unterhalten. Glauben Sie, dass es etwas mit dem Mord zu tun hat?«

»Ich weiß es wirklich nicht«, sagte Dóra enttäuscht. Auf einmal fiel ihr Mal ein. Vielleicht kannte Elisa Haralds E-Mail-Freund. Dieser Mal verfügte vielleicht über wichtige Informationen. »Elisa, kennen Sie einen gewissen Mal?«

Elisa lächelte. »Mal, ja, ja. Ich weiß, wer Mal ist. Er heißt Malcolm und sie haben sich in Rom kennen gelernt. Mal ist auch Historiker. Er hat mich kürzlich angerufen und mir erzählt, er hätte eine seltsame E-Mail von Harald aus Island bekommen. Ich habe ihm gesagt, dass Harald ermordet wurde.«

»Glaubst du, er weiß etwas über die Geschichte?«, fragte Matthias. »Kannst du uns mit ihm in Kontakt bringen?«

»Nein, er weiß nichts«, antwortete Elisa. »Er hat mich nämlich wegen des Buches gelöchert. Harald hatte ihm gegenüber etwas durchblicken lassen, ihm aber keine Details erzählt. Malcolm hatte das Ganze immer für Quatsch gehalten und wollte deshalb unbedingt wissen, wie die ganze Geschichte zusammenhing.«

Dóras Handy klingelte. Es war die Polizei.

Dóra wechselte ein paar Worte mit einem Beamten, legte das Handy beiseite und schaute Matthias an. »Der Medizinstudent Halldór ist wegen des Mordes an Harald festgenommen worden. Er möchte mich als Verteidigerin.«

30. KAPITEL

Dóra saß auf der Polizeiwache und zerbrach sich den Kopf darüber, ob man ihr die Berufszulassung wegen groben Missbrauchs ihrer Stellung und unvereinbarer Interessenkonflikte entziehen konnte. Einerseits arbeitete sie für die Angehörigen des Ermordeten und andererseits wollte sie den Verdächtigen verteidigen. Sie hatte in aller Eile ein Taxi bestellt. Matthias war bei Elisa geblieben. Er wollte Frau Guntlieb die Neuigkeit überbringen und ihr den plötzlichen Entschluss erklären. Wahrscheinlich würde er ihr sagen, dass Dóra auf diese Weise die Möglichkeit bekäme, mit dem Mörder persönlich zu sprechen und Antworten auf die ungeklärten Fragen zu erhalten. Na dann, viel Glück, dachte Dóra. Sie beneidete Matthias überhaupt nicht. Während eines Migräneanfalls war niemand besonders verständnisvoll.

»Guten Tag. Er ist so weit.« Ein Polizeibeamter war zu Dóra getreten, ohne dass sie es bemerkt hatte.

»Ja, vielen Dank«, sagte Dóra und stand auf. »Kann ich Halldór allein treffen?«

»Ja, er hat schon eine Aussage gemacht. Da wollte er noch keinen Anwalt haben. Es war ziemlich unangenehm – wir sind es nicht gewöhnt, jemanden, der eines so schwerwiegenden Verbrechens bezichtigt wird, ohne Anwalt zu verhören. Aber er bestand darauf und wir konnten nichts dagegen tun. Erst nach seiner Aussage fragte er nach einem Anwalt, und zwar nach dir.«

»Ist Markús Helgason da? Könnte ich ihn kurz sprechen, bevor ich Halldór treffe?«, fragte sie höflich.

Der Polizist brachte sie zu seinem Kollegen.

Dóra begrüßte Markús, der mit der Manchester-United-Tasse vor sich in seinem Büro saß. »Ich möchte dich nicht lange stören, nur kurz mit dir sprechen, bevor ich Halldór treffe.«

»Kein Problem«, sagte Markús. Seine Stimme klang nicht übermäßig begeistert.

»Du erinnerst dich doch bestimmt daran, dass ich für die Guntliebs arbeite?« Der Polizeibeamte nickte abwesend. »Ich bin in einer prekären Lage – ich sitze zwischen zwei Stühlen.«

»Ja, unbestreitbar. Genau aus diesem Grund haben wir Halldór nachdrücklich davon abgeraten, sich von dir verteidigen zu lassen. Aber er ließ nicht mit sich reden. Du bist für ihn eine Art Robin Hood. Er hat den Mord nicht gestanden. Er glaubt wohl, du könntest ihm aus der Klemme helfen.« Markús grinste fies. Dóra ließ sich von seiner Bemerkung nicht beirren. »Ihr glaubt also, dass er schuldig ist?«

»Aber ja«, sagte Markús. »Wir haben Beweise für seine Mittäterschaft. Handfeste Beweise. Die beiden Freunde haben es gemeinsam getan. Zufälligerweise kamen sie am selben Tag aus zwei verschiedenen Richtungen. Ich hatte schon immer ein Faible für Zufälle.« Er lächelte.

»Und wann ist das ans Licht gekommen?«, fragte Dóra.

»Gestern, gegen Abend. Wir haben Anrufe von zwei Personen bekommen, die mit dem Ermordeten in Verbindung standen. Beide haben Informationen geliefert, die Halldórs Schuld bezeugen und Aufschluss über den Tatort geben.«

»Welche Informationen waren das, wenn ich fragen darf?«

»Es spielt sowieso keine Rolle, ob du es jetzt oder später erfährst. Bei Harald wurde ein Karton mit allen möglichen abartigen Dingen gefunden, in der gemeinsamen Waschküche. Darunter war auch ein Stück Leder mit einem Ver...«

»Einem Vertrag über die Augen«, schnitt ihm Dóra seelenruhig das Wort ab. »Der ist mir bekannt.«

Die Wangen des Polizisten röteten sich. »Und du bist nicht zufällig auf die Idee gekommen, dich mit uns in Verbindung zu setzen? Gibt es vielleicht sonst noch was Wichtiges, das du uns bis jetzt verheimlicht hast?«

Dóra ließ die zweite Frage außer Acht und beschränkte sich auf die erste. »Unter uns gesagt, Matthias und ich sind erst heute darauf gekommen, und es war auch nur eine Vermutung. Wir hatten im Gegensatz zu euch keine Beweise in der Hand.«

»Trotzdem hättet ihr uns informieren sollen«, sagte Markús, immer noch erregt.

»Das hätten wir selbstverständlich getan«, entgegnete Dóra, ebenfalls erregt. »Heute ist Sonntag – wir hätten dich nicht wegen eines vagen Verdachts an deinem freien Tag belästigt. Wir hätten dich morgen kontaktiert.« Sie schenkte ihm ihr lieblichstes Lächeln.

»Das sagst du jetzt. Ich hoffe, es stimmt auch.« Er schaute sie so an, als würde er ihr kein Wort glauben.

»Welche anderen abartigen Dinge wurden denn noch gefunden?«, fragte Dóra.

»Zwei Finger, eine Hand, ein Fuß und ein zerquetschtes Ohr.« Er schien erwartet zu haben, dass sie davon ebenfalls gewusst hatte. Ihr Gesichtsausdruck zeugte vom Gegenteil. »Wahrscheinlich von unterschiedlichen Personen.« Er wartete auf ihre Reaktion.

»Was?« Dóra war entsetzt. Sie wusste nur von dem Finger, den Gunnar erwähnt hatte. Der Finger, der im Árnagarður gefunden worden war, aber nicht mit Harald in Verbindung gebracht werden konnte. Was hatte das zu bedeuten? »Willst du mir damit sagen, es handelt sich um einen Serienmörder? Der die Körperteile seiner Opfer sammelt?«

»Darüber können wir derzeit noch nichts sagen. Dein Mandant behauptet, nichts davon zu wissen. Aber er lügt. Ich weiß, wann jemand lügt.«

»Aber welche Beweise habt ihr denn? Nur den von Halldór unterschriebenen Vertrag?«

»Ja«, antwortete Markús. »Außerdem lag ein Metallsternchen von den Schuhen, die Harald an dem Mordabend trug, unter der Türschwelle des Studentenzimmers im Árnagarður. Das lässt darauf schließen, dass die Leiche durch die Tür geschleift wurde. Halldór hatte natürlich Zugang zu diesem Raum. Der Mord muss dort passiert sein. Am selben Ort wurde auch ein Teelöffel gefunden. Blutverschmiert. Wir haben ihn auf Fingerabdrücke untersuchen lassen und Halldórs Fingerabdrücke sind drauf. Das Blut an dem Löffel stammt von Harald; die ersten Untersuchungen weisen zumindest darauf hin.«

»Ein blutverschmierter Teelöffel«, sagte Dóra verwundert. »Was hat der eurer Meinung nach mit der Sache zu tun?«

Markús antwortete nicht direkt. »Der Hausmeister, der auch die Putzfrauen beaufsichtigt, hat ihn einem Professor gegeben, und der hat uns dann umgehend benachrichtigt.« Markús schaute Dóra ungehalten an. »Dieser Mann hat im Gegensatz zu dir nicht bis Montag gewartet.«

»Aber ein blutverschmierter Teelöffel. Ich verstehe nicht ganz, was er mit der Sache zu tun hat und warum er erst jetzt gefunden wurde. Nach dem Fund der Leiche wurde doch das ganze Gebäude durchsucht, oder?«

»Mit dem Teelöffel wurden der Leiche höchstwahrscheinlich die Augen ausgestochen. Was die Hausdurchsuchung betrifft ...« Als Markús zögerte, wusste Dóra, dass sie einen wunden Punkt getroffen hatte. »Selbstverständlich wurde das Gebäude durchsucht. Zum jetzigen Stand der Ermittlungen ist unklar, wie der Löffel dabei übersehen werden konnte. Das wird sich noch herausstellen.«

»Ihr habt also einen Vertrag und einen blutverschmierten Teelöffel.« Dóra beobachtete, wie Markús auf seinem Stuhl herumrutschte. Das konnte noch nicht alles sein. »Ich finde, ehrlich gesagt, das beweist nicht unbedingt Halldórs Schuld. Er hat ein Alibi, wenn mich nicht alles täuscht.«

»Der Kellner aus dem Kaffibrennslan?«, sagte Markús spöttisch. »Mit dem müssen wir noch genauer sprechen. Fall bloß nicht in Ohnmacht, falls seine Aussage ins Wanken kommt.« Er schaute sie hochmütig an. »Wir haben noch weitere Beweise gegen deinen Mandanten. Zwei, um genau zu sein.«

Dóra hob die Augenbrauen. »Zwei?«

»Ja, oder besser gesagt – ein Paar. Wurde bei der Durchsuchung von Halldórs Wohnung heute Morgen gefunden. Ich bezweifle nicht, dass das sogar Haralds Mutter überzeugen wird.« Markús' Gesichtsausdruck war so selbstgefällig, dass Dóra am liebsten gegähnt und sich verabschiedet hätte, ohne ihn weiter danach zu fragen. Aber ihre Neugier siegte.

»Was war's, Markús?«

»Haralds Augen.«

31. KAPITEL

Dóra schaute Halldór schweigend an. Er saß ihr mit hängendem Kopf gegenüber und hatte noch kein einziges Wort gesagt, seit sie ins Verhörzimmer geführt worden war. Als sie sich gesetzt hatte, hatte er zwar aufgeschaut, aber dann sofort weiter ein Loch in den Boden gestarrt. »Halldór«, sagte Dóra ziemlich verärgert. »Ich habe noch andere Dinge zu tun. Wenn du nicht mit mir sprechen willst, ist das hier Zeitverschwendung.«

Er schaute auf. »Ich will 'ne Zigarette.«

»Das geht nicht«, sagte Dóra. »Hier ist Rauchverbot. Wenn du hergekommen bist, um zu rauchen, dann kommst du zehn Jahre zu spät.«

Er nickte matt.

»Du weißt, dass du in einer miesen Lage bist. Einer sehr miesen sogar.«

»Ich hab ihn nicht umgebracht«, sagte Halldór und schaute ihr ohne mit der Wimper zu zucken in die Augen. Als sie nichts erwiderte, begann er, an einem Loch in seinem Hosenbein herumzuzupfen – es war bestimmt schon von Anfang an in der Hose gewesen und hatte ihren Preis verdoppelt.

»Eins muss klar sein, bevor wir uns weiter unterhalten.« Dóra wartete, bis sie Halldórs ungeteilte Aufmerksamkeit hatte. Erst dann sprach sie weiter. »Ich arbeite für Haralds Familie. Deine Interessen und die Interessen der Guntliebs stimmen nicht unbedingt überein. Besonders jetzt. Ich rate dir daher, sobald wie möglich einen anderen Anwalt zu nehmen. Ich kann dich nur jetzt und hier treffen, mehr nicht. Aber ich kann dir jemanden empfehlen.«

Halldór kniff die Augen zusammen und dachte nach. »Geh nicht. Ich will mit dir sprechen. Die Bullen glauben mir nicht.«

»Vielleicht glauben sie dir ja nicht, weil du lügst?«, fragte Dóra trocken.

»Ich lüge nicht. Nicht, wenn es um die Hauptsache geht«, antwortete Halldór trotzig.

»Du bestimmst also, was Hauptsache und was Nebensache ist?«

Sein Gesicht verzerrte sich vor Wut. »Du weißt genau, was ich meine. Die Hauptsache ist, dass ich ihn nicht umgebracht habe.«

»Und die Nebensache? Was ist das?«, fragte Dóra.

»Nichts Besonderes«, sagte er und ließ den Kopf hängen.

»Wenn ich dir in irgendeiner Form behilflich sein soll, dann verlange ich eins«, erklärte Dóra und beugte sich über den mächtigen Tisch, der zwischen ihnen stand. »Lüg mich nicht an. Ich weiß, wann jemand lügt.« Sie hoffte, genauso überzeugend zu klingen wie der Polizeibeamte.

Halldór nickte, immer noch sauer. »Gut – aber es bleibt unter uns, okay?«

»Auf gewisse Weise«, sagte Dóra. »Wie gesagt, ich werde dich vor Gericht nicht verteidigen. Daher kannst du mir alles Mögliche erzählen – bis auf die Verbrechen, die du in Zukunft noch begehen möchtest. Die kannst du für dich behalten.« Sie lächelte ihm zu.

»Ich habe nicht vor, irgendwelche Verbrechen zu begehen«, sagte er ernst. »Versprichst du, dass alles andere unter uns bleibt?«

»Je nachdem, was die Polizei erfährt, könnte das deine Lage sogar verbessern. Du steckst dermaßen in der Klemme, schlimmer kann's nicht mehr kommen. Aber wenn es dir damit bessergeht, dann vereinbaren wir eben, nur über die Dinge zu sprechen, die deine Position verbessern könnten. Zufrieden?«

»Okay«, sagt er misstrauisch. Dann fügte er barsch hinzu: »Also frag schon.«

»Haralds Augen. Sie wurden bei dir gefunden. Was steckt dahinter?«

Halldórs Hände begannen zu zittern. Er kratzte sich nervös am linken Handrücken. Dóra wartete ruhig, bis er sich entschieden hatte, ob er ihr die Wahrheit sagen wollte. Wenn nicht, würde sie gehen.

»Ich ... ich ...«

»Wir wissen beide, wer du bist«, sagte Dóra ungeduldig. »Antworte mir oder ich bin weg.«

»Ich konnte sie nicht mitschicken«, stieß er hastig hervor. »Ich hab mich nicht getraut. Sie hatten die Leiche gefunden und ich hatte Angst, dass die Augen bei der Post auftauchen würden. Ich wollte es später machen, wenn sich die Aufregung wieder gelegt hätte. Ich schrieb mit dem Blut die Beschwörungsformel und warf den Brief direkt am Sonntag ein. In einen Briefkasten in der Stadt.« Am Ende dieses Geständnisses atmete er tief ein und kniff dann die Lippen zusammen.

»Es ging also um den Vertrag?«, fragte Dóra. »Wolltest du wirklich diesen bescheuerten Vertrag über den Rachezauber einhalten?«

Halldór schaute sie wütend an. »Ja. Ich hab geschworen, es zu tun. Für Harald. Es war ihm so wichtig«, erklärte er mit gerötetem Gesicht. »Seine Mutter war abscheulich.«

»Ist dir klar, dass das völlig verrückt ist?«, fragte Dóra fassungslos. »Wie bist du nur auf die Idee gekommen?«

»Nur so«, war die lapidare Antwort. »Aber ich hab ihn nicht umgebracht.«

»Moment mal, so weit sind wir noch nicht«, sagte Dóra entnervt. »Du hast also seine Augen entfernt, hab ich das richtig verstanden?«

Halldór nickte beschämt.

»Und sie mit nach Hause genommen?«

Er nickte wieder.

»Wo, wenn ich fragen darf, hast du sie aufbewahrt?«

»In der Tiefkühltruhe. In einem Brot. Ich hab sie in ein Brot gestopft und das Brot in die Tiefkühltruhe gelegt.«

Dóra lehnte sich zurück. »Natürlich. In ein Brot. Wohin auch sonst.« Sie riss sich zusammen und versuchte, das Bild aus ihrem Kopf zu verdrängen. »Wie konntest du das überhaupt tun? Die Sache an sich, meine ich.«

Halldór zuckte mit den Schultern. »Das war kein Problem. Ich hab einen Teelöffel benutzt. Es war schwieriger, das Symbol in die Leiche zu ritzen. Das war heftig. Mir wurde ziemlich übel. Ich musste öfter ans Fenster und frische Luft schnappen.«

»Kein Problem, sagst du«, murmelte Dóra ratlos. »Sorry, ich erlaube mir, das zu bezweifeln.«

Er sah sie scharf an. »Ich hab schon viel abstoßendere Dinge gesehen. Und viel ekelhaftere Dinge getan. Was glaubst du, wie es sich anfühlt, seinem Freund die Zunge zu spalten?«

Dóra konnte es sich nicht vorstellen, bezweifelte jedoch, dass es genauso abstoßend war, wie seinem Freund die Augen mit einem Teelöffel auszustechen. In Zukunft würde sie ihren Kaffee mit einem Esslöffel umrühren. »Wie auch immer, es war bestimmt nicht angenehm.«

»Natürlich nicht«, sagte Halldór laut. »Wir waren total dicht, hab ich dir doch gesagt.«

»Wir?«, fragte Dóra erstaunt. »Hast du es nicht allein gemacht?«

Halldór wartete einen Moment mit der Antwort. Er zupfte ein bisschen an dem Loch in seiner Hose herum und kratzte sich wieder am Handrücken. Dóra musste ihre Frage wiederholen. »Nein, ich war nicht allein. Wir waren alle da; ich, Marta María, Bríet, Andri und Brjánn. Wir kamen aus der Stadt, wollten weiter feiern. Marta hatte Lust, noch was zu nehmen, und Bríet erzählte, dass Harald ein paar Ecstasy-Pillen im Studentenzimmer deponiert hatte.«

»Und Hugi, war der nicht dabei?«

»Nein. Hugi hab ich an dem Abend gar nicht getroffen. Er hatte mit Harald die Party verlassen und wurde nicht mehr gesehen. Genauso wenig wie Harald. Jedenfalls nicht lebendig.«

»Ihr seid also zum Árnagarður gegangen?«, fragte Dóra verwundert. »Wie seid ihr denn reingekommen? Das System hat nichts aufgezeichnet.«

»Das System war nicht eingeschaltet – ich hab den Eindruck, dass es das eigentlich nie ist. Wer interessiert sich schon dafür, wer zuletzt das Haus verlassen hat?«

»Þorbjörn Ólafsson, bei dem Harald seine Masterarbeit schreiben wollte, beteuert, dass er das System eingeschaltet hat«, sagte Dóra. »Er ist sich ganz sicher.«

»Es war aber nicht eingeschaltet, als wir reingingen. Haralds Mörder muss es ausgeschaltet haben.«

»Aber die Tür war trotzdem abgeschlossen und man braucht eine Zugangskarte, um ins Haus zu gelangen«, sagte Dóra. »Es wird alles mit einem Computer aufgezeichnet und demzufolge hat niemand das Haus betreten.« Bei den Unterlagen der Polizei gab es einen Ausdruck aus dem Sicherheitssystem. Dóra hatte ihn mit eigenen Augen gesehen.

»Wir sind durch ein offenes Fenster auf der Rückseite des Hauses geklettert. Es steht immer offen – da hat irgendein Penner sein Büro, der immer vergisst, das Fenster zuzumachen. Sagt jedenfalls Bríet. Sie wusste davon. Wir sind auch durch das Fenster wieder raus«

»Und dann?«, fragte Dóra. »Lag Harald da und schlief seinen Rausch aus? Oder war er tot? Was denn nun?«

»Ich hab dir doch schon gesagt, dass ich ihn nicht umgebracht habe. Er schlief nicht. Er lag im Studentenzimmer. Auf dem Fußboden. Tot. Mausetot. Blau im Gesicht mit raushängender Zunge. Jeder konnte sehen, dass er erstickt war.« Ein leichtes Kratzen in Halldórs Stimme gab zu erkennen, dass er nicht ganz so cool war, wie er erscheinen wollte.

»Könnte er beim Sex erstickt sein? Habt ihr irgendwas entwendet, das darauf hindeuten könnte?«, fragte Dóra.

»Nein. Nichts. Er hatte nichts um den Hals – da waren nur diese hässlichen Quetschungen.«

Dóra ließ die Neuigkeiten sacken. Falls er sie von vorn bis hinten belog, war er ein verdammt guter Lügner. »Wie spät war es eigentlich?«

»So gegen fünf. Vielleicht halb sechs. Oder sechs. Ich weiß es nicht. Ich war gegen vier in der Kneipe. Wie lange wir da geblieben sind, weiß ich nicht mehr genau. Wir haben nicht auf die Uhrzeit geachtet.«

Dóra atmete tief ein. »Und dann? Hast du die Augen entfernt und die anderen standen daneben oder was? Und wie kam Harald in die Druckerkammer?«

»Natürlich hab ich es nicht gleich gemacht. Wir standen erst mal wie gelähmt um ihn rum. Wussten nicht, was wir tun sollten. Marta María hatte einen hysterischen Anfall und das geht bei ihr nicht so schnell vorüber. Wir waren schockiert und total durcheinander, betrunken und bekifft. Bríet fing auf einmal an, über den Vertrag zu sprechen, hing an meinem Hals und sagte, ich müsse ihn besiegeln, sonst würde Harald mich heimsuchen. Wir hatten den Vertrag auf einem unserer Treffen in Anwesenheit der anderen unterschrieben, nur um ein bisschen anzugeben, aber Harald nahm die Sache todernst. Hugi war der Einzige, der nichts von dem Vertrag wusste. Harald meinte, Hugi würde die Magie nicht ernst genug nehmen.«

»Ging es in dem Vertrag nur um den Rachezauber?«, fragte Dóra.

»Ja – jedenfalls in dem schriftlichen«, antwortete Halldór. »Wir haben noch einen zweiten geschlossen, der war ähnlich. Ein Liebeszauber zur Unterstützung der Beschwörungsformel. Er sollte die Liebe von Haralds Mutter im Nachhinein erwecken und es ihr noch unerträglicher machen, von Harald heimgesucht zu werden. Dieser Vertrag war nur mündlich. Ich sollte neben Haralds Grab eine Grube schaufeln und ein paar magische Runen und den Namen seiner Mutter hineinschreiben. Dann sollte ich Schlangenblut in die Grube gießen. Harald hatte sogar eine Schlange dafür gekauft. Er gab sie mir eine Woche vor seinem Tod und ich hab das Viech immer noch. Es macht mich wahnsinnig. Man muss es mit lebenden Hamstern füttern und ich könnte jedes Mal kotzen.«

Harald hatte also die Hamster gekauft, um die Schlange zu füttern. Klar. »Aber dann hat Harald ja damit gerechnet, zu sterben?«, fragte Dóra verwundert.

Halldór zuckte die Achseln und ging nicht weiter darauf ein. »Ich hab nur das getan, was ich tun musste. Marta María und Bríet mussten sich übergeben. Dann meinte Andri, wir sollten Harald aus dem Raum bringen, sonst würde der Verdacht auf uns fallen. Wir waren ja diejenigen, die den Raum am meisten genutzt haben. Wir haben Harald in die Kammer gezerrt. Da haben wir ihn dann aufgerichtet, weil auf dem Fußboden nicht genug Platz war, um ihn hinzulegen. Es war ein ziemliches Hin und Her. Dann sind wir abgehauen und zu Andri gegangen. Er wohnt in der Nähe der Weststadt. Marta María hat die ganze Zeit gekotzt, bis zum Morgen. Wir anderen saßen nur wie festgefroren im Wohnzimmer, bis wir eingeschlafen sind.«

»Woher hattet ihr das Rabenblut?«

Halldórs Gesicht nahm einen verschämten Ausdruck an. »Harald und ich haben ihn abgeschossen. Draußen beim Leuchtturm. Es gab keine andere Möglichkeit. Wir waren im Tierpark und in allen Zoogeschäften und haben gefragt, ob uns jemand einen Raben schenkt oder verkauft. Aber es hat nicht geklappt. Wir brauchten das Blut doch für den Vertrag.«

»Woher hattet ihr die Waffe?«

»Ich hab meinem Vater ein Gewehr geklaut. Er ist Jäger. Hat nichts davon gemerkt.«

Dóra wusste nicht, was sie sagen sollte. Dann erinnerte sie sich an den Karton mit den Körperteilen. »Halldór«, sagte sie ruhig.

»Was ist mit den Körperteilen, die bei Harald zu Hause gefunden wurden? Hattet ihr etwas damit zu tun oder gehörten die Harald?« Irgendwie war es unpassend, in diesem Zusammenhang von *gehören* zu sprechen, aber so war es nun mal.

Halldór hustete und rieb sich die Nase mit dem Handrücken. »Äh, ach das«, sagte er dümmlich. »Die sind nicht von Leichen, falls du das glaubst.«

»Glauben? Ich glaube gar nichts«, entgegnete Dóra wütend. »Man muss ja wohl mit allem Möglichen rechnen. Du kannst mir auch erzählen, ihr hättet Särge ausgegraben – mich wundert gar nichts mehr.«

Halldór fiel ihr ins Wort. »Das ist nur so'n Krempel von der Arbeit. Hätte ich wegschmeißen sollen.«

Dóra lachte spöttisch auf. »Das bezweifle ich allerdings. Krempel, der weggeschmissen werden sollte!« Sie machte eine Geste, wie wenn sie etwas in die Hand nehmen und missbilligend anschauen würde. »Benimm dich nicht wie ein Idiot und sag mir, was es damit auf sich hatte.«

Halldór saß mit dunkelrotem Gesicht da und starrte Dóra an. »Wenn die Bullen das untersuchen, werden sie feststellen, dass es verletzte Körperteile waren, die amputiert werden mussten. Zu meinem Job gehört es, solche Dinge zu verbrennen. Stattdessen hab ich sie mit nach Hause genommen.«

»Ich glaube, du solltest lieber sagen, dein ehemaliger Job, mein Freund. Ich bezweifle, dass du dort noch eine einzige Schicht übernehmen wirst.« Dóra versuchte, die zahlreichen Gedanken und Fragen in ihrem Kopf zu ordnen. »Wie kann man einen Fuß und einen Finger und was auch immer es sonst noch war aufbewahren? Verschimmelt Menschenfleisch nicht? Oder hast du es auch in der Tiefkühltruhe aufbewahrt?«

»Nein, ich hab's gebacken«, antwortete Halldór, als gäbe es nichts Normaleres auf der Welt.

Dóra lachte nervös auf. »Du hast Körperteile gebacken. Oh Gott, ich kann nur sagen, dein armer Verteidiger.«

»Ich hab sie nicht richtig gebacken«, entgegnete Halldór aufgebracht. »Ich hab sie bei niedriger Hitze im Ofen getrocknet. Dann verderben sie nicht. Oder zumindest nicht so schnell. Außerdem heißt es verwesen und nicht verschimmeln.« Er lehnte sich wütend in seinem Stuhl zurück. »Wir brauchten die Sachen für die Zauberformeln – dadurch wurde das Ganze viel wirksamer.«

»Und der Finger, der im Árnagarður gefunden wurde? Gehörte der auch zu deinem Backsortiment?«

»Er war der Erste. Ich wollte Bríet damit ärgern und hab ihn in ihre Kapuze gesteckt. Ich dachte, sie würde sich erschrecken, wenn er ihr ins Gesicht fällt, aber der Finger ist einfach aus der Kapuze gerollt, ohne dass sie es bemerkt hat. Danach hab ich keinen Blödsinn mehr mit Körperteilen gemacht, weil es uns wirklich in Teufels Küche hätte bringen können.«

Dóra saß da und ließ die Dinge auf sich wirken. Sie hatte genug von diesen Abscheulichkeiten und wechselte das Thema. »Warum hast du uns belogen, als wir dich nach den Reisen nach Strandir und ins Hótel Rangá gefragt haben? Wir wissen, dass du mit Harald da warst.«

Halldór schaute zu Boden. »Ich wollte nicht, dass ihr mich mit dem Hexereimuseum in Verbindung bringt. Harald ist da auf die Idee mit der Zauberformel in unserem Vertrag gekommen. Ansonsten ist nichts Besonderes passiert. Ich hab draußen auf einer Bank gewartet, während Harald mit der Museumsaufsicht gesprochen hat. Sie haben sich wohl ganz gut verstanden, haben sich herzlich die Hand geschüttelt, als wir wieder gingen. Ich hatte einen tierischen Kater und es ging mir total beschissen, deshalb wollte ich nicht reingehen. Ein zahmer Rabe hat mir Gesellschaft geleistet.«

»Habt ihr euch auf dem Rückflug nicht über das Museum unterhalten?«, fragte Dóra.

»Nee, der Pilot war ja dabei.«

»Und im Hotel Rangá? Was wollte Harald da?«, fragte Dóra. »Ich weiß, dass du dabei warst.«

Halldór errötete. »Ich weiß nicht, was er da wollte. Jedenfalls war er nicht zum Angeln da. Mehr weiß ich nicht. Wir haben im Hotel übernachtet und Harald ist in der Gegend rumgefahren. Ich bin im Zimmer geblieben und hab gelernt.«

»Warum hast du ihn nicht begleitet?«, fragte Dóra.

»Das wollte er nicht«, antwortete Halldór. »Er hat mich mitgenommen, weil ich ihm erzählt hatte, dass ich in einem Fach total hinterherhänge; er wollte mich mit meinen Büchern das ganze Wochenende einschließen, an einem Ort, an dem sowieso nichts los wäre. Und das hat er auch gemacht, also nicht wortwörtlich, aber er wollte mich nicht mitnehmen. Ich weiß nicht genau, wohin er gefahren ist, aber es ist ja ganz in der Nähe von Skálholt.«

»Ihr müsst doch auch irgendwas zusammen gemacht haben, habt ihr euch nicht unterhalten?«, fragte Dóra.

»Doch, wir haben uns natürlich abends getroffen, zusammen gegessen und sind anschließend in die Bar gegangen«, sagte Halldór und grinste sie an. »Da haben wir uns dann über alles Mögliche unterhalten, verstehst du?«

»Und warum hast du behauptet, nichts über diese Reise zu wissen?«, fragte Dóra verwundert. »Und warum um Himmels Willen hast du dich als Harry Potter eingecheckt?«

»Nur so«, sagte Halldór nervös. »Harald hat mich mit diesem Namen eingecheckt, er fand es lustig, Leuten Spitznamen zu geben, und diesmal war ich eben an der Reihe.«

»Ich glaube, die Polizei hat sich leider doch nicht geirrt. Hugi hat Harald umgebracht und ihr habt den Rest erledigt, ohne euch Gedanken darüber zu machen. Vielleicht war Hugi schon wieder zu Hause, kann gut sein. Ihr seid doch nicht ganz dicht und Hugi ist offenbar auch nicht ganz richtig im Kopf und hat Harald einfach so umgebracht. Das versteht wohl niemand, außer ihm selbst.«

»Nein!« Halldór klang nicht mehr wütend, sondern verzweifelt. »Hugi hat Harald nicht umgebracht – auf keinen Fall!«

»In seinem Schrank wurde ein T-Shirt mit Haralds Blut gefunden. Hugi konnte nicht erklären, wie es dahin gekommen ist. Die Polizei nimmt an, dass Hugi damit Haralds Blut aufgewischt hat.« Dóra schaute Halldór an. »Es ist dasselbe T-Shirt, das irgendjemand bei Haralds Zungenoperation anhatte. Es trägt die Aufschrift 100 % Silicon. Kennst du das?«

Halldór nickte eifrig. »Hugi hatte es an. Er hat sich mit Blut bespritzt und das T-Shirt ausgezogen. Ich hab damit nach der OP den Boden abgewischt.« Er schaute Dóra beschämt an. »Ich hab es Hugi nicht erzählt. Ich hab das T-Shirt einfach in seinen Schrank geschmissen. Hugi hat Harald nicht umgebracht.«

»Wer denn sonst, mein Freund?«, fragte Dóra. »Irgendjemand muss es schließlich gewesen sein und ich gehe davon aus, dass Hugi dafür verurteilt wird, so wie du und deine Freunde für Leichenschändung, wenn nicht gar Schlimmeres, verurteilt werden.«

»Bríet«, sagte Halldór plötzlich. »Ich glaube, Bríet hat ihn umgebracht.«

Dóra überlegte. Bríet. Die kleine Blonde mit dem großen Busen. »Warum glaubst du das?«, fragte sie ruhig.

»Einfach so«, antwortete Halldór zögernd.

»Nein, sag's mir. Du musst doch irgendeine Idee haben. Warum ausgerechnet sie?«, fragte Dóra nachdrücklich.

»Darum. Sie verschwand, als wir in der Kneipe in der Stadt waren. Sie hat behauptet, sie hätte uns verloren, aber wir haben uns nicht von der Stelle bewegt – die meisten von uns jedenfalls nicht.«

»Das reicht nicht«, sagte Dóra. Sie hatte keine Lust, ihn zu fragen, warum er das nicht der Polizei erzählt hatte. Laut der Zeugenaussagen der Studenten waren sie alle die ganze Zeit zusammen gewesen.

»Der Teelöffel«, sagte Halldór leise. »Sie sollte den Teelöffel verschwinden lassen, hat es aber nicht getan. Sie kann doch nicht so blöd sein und ihn einfach in die Schublade gelegt haben, wo die Bullen ihn dann finden – das kann ich mir einfach nicht vorstellen. Marta María hat sich um das Messer gekümmert und das ist weg. Aber dieser Teelöffel taucht auf einmal auf. Das kommt mir komisch vor.«

»Warum sollte sie ihn im Nachhinein wieder in die Schublade geschmuggelt haben? Klingt nicht sehr logisch.«

»Sie wollte mich in Schwierigkeiten bringen. Sie hat den Löffel nie mit bloßen Händen angefasst, so wie ich. Sie trug Handschuhe. Sie ist sauer auf mich, weil ich nicht mehr mit ihr zusammen sein will. Ich weiß auch nicht.« Halldór rutschte auf seinem Stuhl herum. »An diesem Abend hat sie sich irgendwie merkwürdig verhalten. Als wir die Leiche entdeckt haben, war sie die Einzige, die nicht geschrien und geheult hat. Sie war ganz ruhig. Hat Harald nur angeschaut und kein Wort gesagt, während wir anderen total ausgerastet sind. Kein Wort, erst als sie mich an den Vertrag erinnert hat. Sie wollte mir die Sache in die Schuhe schieben. Frag doch die anderen, wenn du mir nicht glaubst.« Er beugte sich vor und griff über den Tisch nach Dóras Arm. »Sie wusste von dem Fenster – vielleicht war sie früher am Abend schon mal durch dieses Fenster rausgeklettert, was weiß denn ich?! Sie war sauer auf Harald, weil er in der Woche davor nicht mit ihr sprechen wollte, genauso wenig wie mit den anderen, aber egal. Vielleicht hat sie sich mit ihm getroffen und er sich ihr gegenüber blöd verhalten. Irgendwas halt! Glaub mir, ich hab viel darüber nachgedacht und ich weiß, was ich sage. Überprüf das – rede mit ihr, tu's wenigstens für mich.«

Dóra machte ihren Arm frei. »Leute reagieren unterschiedlich auf Schocksituationen – vielleicht gehört sie zu denjenigen, die gefasst reagieren. Ich möchte nicht mit ihr sprechen. Erzähl das der Polizei.«

»Wenn du mir nicht glaubst, dass sie verrückt ist, dann sprich mit der Uni. Sie und Harald haben zusammen an einer Hausarbeit gesessen und es endete im Chaos. Du musst nur nachfragen.« Er starrte sie flehend an.

»Welche Hausarbeit?«, fragte Dóra langsam. Vielleicht gab es doch eine Verbindung zu Haralds Forschungen.

»Es ging darum, zeitgenössische Quellen über den Bischof Brynjólfur Sveinsson in verschiedenen Sammlungen zu recherchieren und aufzulisten. Bríet hatte sich in den Kopf gesetzt, dass irgendwelche Dokumente geklaut worden sein mussten. Es gab einen fürchterlichen Aufstand. Am Ende stellte sich die Sache als Unsinn heraus. Sie ist total verrückt, ich hab es nur erst jetzt gemerkt. Sprich mit der Uni – das kannst du doch wenigstens tun.«

»Bei welchem Dozenten war das?«, fragte Dóra, bedauerte es aber sofort wieder. Sie hatte begonnen, seine vollkommen unhaltbare Theorie zu stützen.

»Ich weiß es nicht – bestimmt bei diesem Þorbjörn. In der Uni wissen sie es. Geh hin und frag. Bitte, mach es, ich verspreche dir, dass du es nicht bereuen wirst.«

Sie stand auf. »Bis bald, Bäckergeselle. Wenn du willst, besorge ich dir einen Rechtsanwalt.«

Er schüttelte den Kopf und starrte vor sich hin. »Ich dachte, du würdest das verstehen – du wolltest Hugi helfen und ich hab geglaubt, du würdest mir auch helfen.«

Sofort tat er Dóra leid. Mütterliche Gefühle machten sich breit. Oder waren es großmütterliche? »Wer hat denn gesagt, dass ich dir nicht helfen will?«, sagte sie. »Wir werden sehen, was ich herausfinde. Aber ich werde dich unter keinen Umständen verteidigen, mein Freund. Obwohl ich mir die Beweisführung anhören werde. Die möchte ich um keinen Preis verpassen.«

Halldór schaute auf und lächelte dumpf. Dóra klopfte an die Tür und ließ sich hinausbringen. Lange würde es nicht mehr dauern. Das spürte sie.

12. DEZEMBER
2005

32. KAPITEL

Dóra schlug mit dem Bleistift einen Takt auf die Schreibtischkante. Matthias beobachtete sie schweigend. »Ich hab gehört, die Jungs von den Rolling Stones suchen noch eine Oma fürs Schlagzeug«, sagte er.

Dóra hörte auf, gegen den Tisch zu schlagen, und legte den Bleistift beiseite. »Sehr witzig. Es hilft mir beim Nachdenken.«

»Nachdenken? Warum musst du denn jetzt nachdenken?« Am Tag zuvor hatte Dóra Matthias von Halldórs verzweifeltem Versuch, den Verdacht auf Bríet zu lenken, berichtet. Matthias hatte nicht viel von dieser Theorie gehalten. Dóra fand sie auch unrealistisch, aber nachdem sie die ganze Nacht wach gelegen und sich den Kopf darüber zerbrochen hatte, war sie nicht mehr ganz so sicher. Matthias redete weiter: »Es konzentriert sich jetzt alles nur noch auf ein paar offene Fragen. Glaub mir, wenn sich die Polizei diesen Halldór vorknöpft, wird das Geld auftauchen und sogar das Manuskript, falls es überhaupt existiert.«

Er schaute aus dem Fenster. »Lass uns lieber rausgehen und uns ein spätes Frühstück genehmigen.« Matthias war gerade erst in Dóras Büro eingetroffen; er hatte verschlafen.

»Das geht nicht. Heute ist ein Gastronomiefeiertag«, log Dóra. »Sie öffnen erst mittags.« Matthias stöhnte. »Du wirst es schon überleben – vorne liegen Kekse«, sagte sie, griff nach dem Telefonhörer und rief Bella an. »Bella, könntest du uns bitte die Packung Kekse bringen, die neben der Kaffeemaschine liegt?« Das Nein lag schon in der Luft, deshalb fügte Dóra rasch hinzu: »Sie sind für Matthias, nicht für mich. Danke.« Dann wendete sie sich wieder an Matthias. »Glaubst du nicht, wir sollten das, was Halldór über Bríet gesagt hat, überprüfen? Vielleicht ist ja doch was dran.«

Matthias lehnte den Kopf zurück und starrte einen Moment in die Luft. Dann antwortete er: »Dir ist doch wohl klar, dass Halldór in der Zwickmühle sitzt?« Dóra nickte. »Wir haben weder etwas gesehen noch etwas gehört, das darauf hindeuten würde, dass Bríet in die Sache verwickelt ist, bis auf die Tatsache, dass sie ein bisschen durchgeknallt ist und an merkwürdigen Zeremonien mit gebackenen Körperteilen teilnimmt.«

»Vielleicht haben wir einfach etwas übersehen«, sagte Dóra wenig überzeugend.

»Was denn zum Beispiel?«, fragte Matthias. »Tut mir leid, Dóra, sieht so aus, als ob Hugi Harald wirklich umgebracht und sein Kumpel den Rest erledigt hat. Fragt sich nur, ob sie die Sache gemeinsam geplant und sich das Geld unter den Nagel gerissen haben. Wahrscheinlich haben sie Harald irgendeine Lügengeschichte über das Manuskript aufgetischt und so getan, als wüssten sie, wo es zu finden ist. Du musst zugeben, dass Halldór verunsichert war, als wir ihn nach seiner Hilfe bei den Übersetzungen gefragt haben und er sich irgendeinen Blödsinn zurechtgelegt hat. Vielleicht haben die beiden so getan, als wollten sie das Manuskript kaufen, und dann das Geld eingesackt. Als es zur Übergabe des Manuskripts kommen sollte, sahen sie keinen anderen Ausweg, als Harald zum Schweigen zu bringen. Halldórs Geschichte mit dem T-Shirt ist wahrscheinlich erfunden.«

»Aber …« Im selben Moment stürmte Bella ohne anzuklopfen mit den Keksen ins Zimmer. Sie hatte sie ordentlich auf einem Teller drapiert und hielt eine Tasse Kaffee in der Hand. Nur eine Tasse. Dóra wusste instinktiv, dass Bella, wären die Kekse für Dóra bestimmt gewesen, die ungeöffnete Packung durch den Türspalt geschleudert und dabei auf ihren Kopf gezielt hätte.

»Herzlichen Dank«, sagte Matthias, als er Kekse und Kaffee

entgegennahm. »Manche Leute verstehen einfach nicht, wie wichtig ein gutes Frühstück ist.« Er nickte in Dóras Richtung und blinzelte Bella zu. Bella warf Dóra einen Blick zu, runzelte die Stirn, lächelte Matthias verführerisch an und ging hinaus.

»Du hast ihr zugeblinzelt«, sagte Dóra verdutzt.

Matthias blinzelte Dóra zweimal zu. »Ich hab dir zweimal zugeblinzelt. Zufrieden?« Schwungvoll steckte er sich einen Keks in den Mund.

Dóra verdrehte die Augen. »Pass bloß auf; Bella ist Single und ich erzähle ihr gern, in welchem Hotel du wohnst.« Dóras Handy klingelte.

»Guten Tag, ist da Dóra Guðmundsdóttir?«, fragte eine Frauenstimme, die Dóra bekannt vorkam.

»Ja, guten Tag.«

»Hier ist Guðrún, Haralds Vermieterin«, sagte die Frau.

»Ach ja, grüß dich.« Dóra kritzelte den Namen der Frau auf einen Zettel, machte dahinter zwei Fragezeichen und zeigte ihn Matthias.

»Ich weiß nicht, ob ich bei dir richtig bin, aber ich habe ja deine Visitenkarte und ... Tja, und ich hab ja hier am Wochenende diesen Karton von Harald gefunden, mit allen möglichen Sachen.« Die Frau verstummte.

»Ich ... ich weiß, was drin war«, sagte Dóra, um die Frau davor zu bewahren, ihr die gebackenen Körperteile beschreiben zu müssen.

»Ach ja?« Die Erleichterung in Guðrúns Stimme war unüberhörbar. »Ich hab mich natürlich furchtbar erschreckt und jetzt erst gemerkt, dass ich noch ein Dokument in der Hand hielt, als ich aus der Waschküche lief.«

»Und das hast du immer noch?« Dóra bemühte sich, der Frau auf die Sprünge zu helfen.

»Ja, genau. Ich hatte es in der Hand, als ich rauslief, um die Polizei anzurufen, und ich hab es gerade erst neben dem Telefon in der Küche wiedergefunden.«

»Ist es ein Dokument, das Harald gehörte?«

»Tja, das weiß ich nicht. Es ist ein alter Brief. Uralt. Mir ist wieder eingefallen, dass ihr nach so einem gesucht habt und ich dachte, es wäre vielleicht besser, ihn euch anstatt der Polizei zu geben.« Dóra hörte, wie die Frau tief Luft holte, bevor sie weitersprach. »Sie haben ja jetzt genug zu tun. Ich kann mir nicht vorstellen, dass das was mit der Sache zu tun hat.«

Dóra kritzelte auf den Zettel: *Alter Brief??* Matthias hob die Augenbrauen und nahm noch einen Keks. Dóra sagte in den Hörer: »Wir würden zumindest gern einen Blick darauf werfen. Können wir gleich bei dir vorbeikommen?«

»Äh, ja. Ich bin zu Hause. Aber es gibt ein Problem.« Die Frau verstummte.

»Was denn?«, fragte Dóra behutsam.

»Ich fürchte, ich habe den Brief in der Eile ziemlich zerknittert. Ich stand unter Schock. Aber er ist nicht ganz kaputt.« Sie beeilte sich, hinzuzufügen: »Eigentlich hab ich der Polizei deshalb nichts von dem Brief erzählt. Ich wollte nicht, dass sie eine große Sache daraus machen, dass ich ihn kaputtgemacht habe. Ich hoffe, du verstehst, wie das passieren konnte.«

»Kein Problem. Wir kommen.« Dóra legte auf und erhob sich. »Du musst die Kekse mitnehmen; wir sind schon unterwegs. Wir haben wahrscheinlich den Brief aus Dänemark gefunden.«

Matthias nahm zwei Kekse und trank einen letzten Schluck Kaffee. »Der Brief, den der Professor gesucht hat?«

»Ja, hoffentlich.« Dóra hängte sich ihre Handtasche über die Schulter und ging zur Tür. »Wenn das wirklich dieser Brief ist, können wir ihn Gunnar zurückgeben und vielleicht etwas über die Geschichte mit Bríet aus ihm herausbekommen.« Sie lächelte Matthias siegesgewiss zu. »Und selbst wenn es ein anderer Brief ist, können wir so tun, als wäre es der richtige.«

»Willst du den armen Mann etwa an der Nase herumführen?«, fragte Matthias. »Das ist aber wirklich nicht nett von dir – du weißt doch, was der arme Kerl schon alles durchgemacht hat.«

Dóra drehte sich auf dem Weg durch den Flur noch einmal um und lächelte ihm zu. »Wir können nur herausfinden, ob es der richtige Brief ist, wenn wir ihn Gunnar zeigen. Er wird wahrscheinlich so froh sein, dass er alles für uns tun wird. Zwei oder drei Fragen über diese Bríet werden ihm schon nicht schaden.«

Dóras Lächeln verschwand, als sie mit dem Brief vor sich an Guðrúns Küchentisch saß. Gunnar wäre bestimmt nicht sehr erfreut, den Brief in diesem Zustand zurückzubekommen. Er würde sich nichts sehnlicher wünschen, als dass der Brief verschwunden geblieben wäre. »Sind Sie sicher, dass er nicht schon zerrissen war, als Sie ihn aus dem Karton geholt haben?«, fragte Dóra, wobei sie versuchte, das dicke Papier vorsichtig zu glätten, ohne das halb abgetrennte Stück ganz abzureißen.

Die Frau schaute beschämt auf das Papier. »Ganz sicher. Er war heil. Ich muss ihn in der Aufregung zerrissen haben. Ich war nicht ganz bei mir.« Sie lächelte entschuldigend. »Man kann ihn bestimmt wieder zusammenkleben, oder? Und dann wieder glatt bügeln?«

»Ja, ja. Ganz bestimmt«, entgegnete Dóra, obwohl sie fürchtete, dass es nicht ganz so leicht wäre, das Dokument wieder in seinen ursprünglichen Zustand zurückzuversetzen. »Vielen Dank, dass Sie sich mit uns in Verbindung gesetzt haben. Das war richtig – es ist wahrscheinlich das Dokument, nach dem wir suchen, und es hat im Grunde nichts mit den polizeilichen Ermittlungen zu tun. Wir werden es seinem rechtmäßigen Besitzer zurückgeben.«

»Gut, je früher ich alles loswerde, das mich an Harald und diesen ganzen Ärger erinnert, desto besser. Die Zeit nach dem Mord war nicht gerade angenehm für mich und meinen Mann. Und ich bestehe darauf, dass Sie seiner Familie ausrichten, dass die Wohnung so schnell wie möglich geräumt werden soll. Je eher das passiert, desto eher werde ich über die Sache hinwegkommen.« Sie legte ihre schlanken Hände flach auf den Küchentisch und starrte ihre beringten Finger an. »Nicht, dass ich mit Harald nicht gut ausgekommen wäre. Verstehen Sie mich bitte nicht falsch.«

»Nein, nein«, sagte Dóra freundlich. »Ich kann mir gut vorstellen, dass das alles sehr unangenehm war.« Sie machte eine kleine Pause. »Ich würde Sie gern noch fragen, ob Sie Haralds Freunde kennen gelernt haben? Haben Sie sie gesehen oder gehört?«

»Soll das ein Witz sein?«, fragte die Frau und klang auf einmal gar nicht mehr freundlich. »Sie gehört? Sie hätten ebenso gut bei mir in der Wohnung sein können, so ein Lärm war da manchmal.«

»Welche Art Lärm?«, fragte Dóra vorsichtig. »Streit? Geschrei?«

Die Frau schnaubte. »Vor allem laute Musik. Falls man das Musik nennen kann. Und manchmal rumpelte es die ganze Zeit, so als würden sie stampfen oder hüpfen. Und dann dieses Jaulen und Rufen und Heulen – ich hatte den Eindruck, die Wohnung an einen Zirkus vermietet zu haben.«

»Warum haben Sie Harald nicht gekündigt?«, fragte Matthias, der sich bis jetzt nicht eingemischt hatte. »Im Mietvertrag steht doch, dass bei Missachtung der Hausordnung gekündigt werden kann.«

Die Frau wurde rot. Dóra war nicht klar, wieso. »Ich hab mich gut mit ihm verstanden, das wird wohl der Grund sein. Er bezahlte pünktlich seine Miete und war in allen anderen Dingen ein vorbildlicher Mieter.«

»Es waren also vor allem seine Freunde für diesen Lärm verantwortlich?«, fragte Dóra.

»Ja, so kann man es vielleicht sagen«, erklärte die Frau.

»Haben Sie etwas von einem Streit oder einer Auseinandersetzung zwischen Harald und seinen Freunden mitbekommen?«, fragte Dóra.

»Nein, kann ich nicht sagen. Die Polizei hat mich das auch gefragt. Ich kann mich nur an einen wütenden Wortwechsel zwischen Harald und einem Mädchen in der Waschküche erinnern.

Ich hab natürlich nicht weiter darauf geachtet, war mit den Weihnachtsbäckereien beschäftigt. Ich war nicht mit ihnen im selben Raum; hab es nur so im Vorbeigehen gehört.« Ihre Wangen überzogen sich schon wieder mit einer leichten Röte. Sie hatte ihnen vorher ungebeten die Waschküche gezeigt und ihnen erklärt, wie und wo sie den Karton gefunden hatte. Der Raum ging vom Flur ab und es war undenkbar, dass sie *zufällig* dort vorbeigegangen war, es sei denn, sie wäre von draußen gekommen. Die Frau hatte offenbar gelauscht. Dóra versuchte, ihr die Möglichkeit zu geben, zu erzählen, was sie gehört hatte – ohne zugeben zu müssen, dass sie ihr Ohr an die Tür gelegt hatte.

»Oh«, stöhnte sie voller Anteilnahme. »Ich hab auch schon mal in einer Wohnung mit einer Tür zur gemeinsamen Waschküche gewohnt, wo man alles mitanhören musste. Man konnte fast jedes Wort verstehen. Ich fand das wirklich unangenehm.«

»Ja«, sagte die Frau zögernd. »Harald war ja meistens allein in der Waschküche – zum Glück. Ich weiß nicht, ob dieses Mädchen ihm bei der Wäsche half oder ob sie ihn nur nach unten begleitet hat, aber sie waren jedenfalls ziemlich erregt. Es ging um eine verschwundene Urkunde, wenn ich mich recht erinnere. Vielleicht war es ja diese hier.« Die Frau wies mit dem Kinn auf den alten Brief. »Harald bat das Mädchen, die Sache auf sich beruhen zu lassen; zuerst ganz ruhig, aber als sie eine Erklärung von ihm verlangte, warum er nicht hinter ihr stünde, regte er sich furchtbar auf. Sie wiederholte die ganze Zeit, es könnte sie in ihrem Studium voranbringen – was auch immer das bedeuten sollte. Mehr hab ich nicht gehört, ich bin ja wie gesagt auch nur vorbeigegangen.«

»Haben Sie die Stimme des Mädchens erkannt? Könnte es das kleine blonde Mädchen aus Haralds Clique gewesen sein?«, fragte Dóra erwartungsvoll.

»Nein, ich hab sie nicht erkannt«, sagte die Frau, jetzt wieder unfreundlicher. »Es kamen vor allem zwei hierher, eine große Rothaarige und eine, auf die Ihre Beschreibung passt. Sie sahen beide aus wie Nutten auf dem Weg zum Schlachtfeld – mit Kriegsbemalung und unförmiger Tarnkleidung. Beide wirklich unattraktiv und unfreundlich. Ich glaube, sie haben mich noch nicht mal gegrüßt, obwohl wir uns oft begegnet sind. Ich hätte ihre Stimmen nie erkannt.«

Obwohl Dóra der Frau zustimmte, dass Bríet und Marta María unfreundlich waren, fand sie die Mädchen keinesfalls unattraktiv. Sie wurde das Gefühl nicht los, dass die Frau in Harald verliebt gewesen war und ihr seine Freundinnen nicht gepasst hatten. Es geschahen ja die merkwürdigsten Dinge. Dóra versuchte, sich nichts anmerken zu lassen. »Na ja, es spielt ja sowieso keine Rolle. Das hat bestimmt nichts mit dem Fall zu tun.« Sie stand auf und nahm den Brief. »Vielen Dank noch mal, und Ihr Anliegen wegen der Wohnung werde ich weitergeben.«

Matthias stand ebenfalls auf und gab der Frau die Hand. Sie schaute ihn lächelnd an und er lächelte automatisch zurück. »Suchen Sie nicht zufällig eine Wohnung?«, fragte sie und legte dabei liebenswürdig ihre linke Hand auf Matthias' Hand.

»Ja, äh nein, ich werde in der nächsten Zeit nicht nach Island ziehen«, sagte er verwirrt und versuchte, einen Grund zu finden, seine Hand wegzuziehen.

»Du könntest bestimmt auch jederzeit bei Bella wohnen«, sagte Dóra und grinste. Matthias warf ihr einen vernichtenden Blick zu, der sich ein wenig milderte, als die Frau seine Hand wieder freigab.

»Gib du ihm den Brief«, bat Dóra und versuchte, Matthias den großen Umschlag in die Hand zu drücken. Die Frau hatte den Brief in den Umschlag gesteckt, um weitere Beschädigungen zu vermeiden. Falls da überhaupt noch etwas zu retten war.

»Kommt nicht in Frage«, sagte Matthias und verschränkte die Arme. »Das war deine Idee. Ich werde nur dabeisitzen und euch beobachten – vielleicht reiche ich dem Mann ein Taschentuch, falls er beim Anblick des Fetzens in Tränen ausbricht.«

»Das letzte Mal habe ich mich so gefühlt, als ich gerade den Führerschein hatte und gegen den Wagen unseres Nachbarn gefahren bin«, erklärte Dóra. »Und ich hab den Brief ja noch nicht mal zerrissen.«

»Aber du überbringst die schlechte Nachricht«, konterte Matthias und schaute auf die Uhr. »Wann kommt er denn endlich? Ich muss mir noch was zu essen besorgen, bevor du Amelia triffst. Geht dieser Gastronomiefeiertag wirklich nur bis mittags?«

»Es wird nicht lange dauern, mach dir keine Sorgen. Du bekommst sehr bald was zu essen.« Vom anderen Ende des Flurs hörte Dóra Schritte und schaute auf. Gunnar kam schnellen Schrittes auf sie zu. Er hielt einen Stapel Papiere in der Hand und schien überrascht zu sein, sie zu sehen.

»Ich grüße Sie«, sagte er und angelte geschickt seinen Büroschlüssel aus der Jackentasche. »Sind Sie wegen mir hier?«

Matthias und Dóra erhoben sich. »Ja, guten Tag«, sagte Dóra. Sie wedelte mit dem Umschlag. »Wir möchten Sie fragen, ob dieser Brief, der am Wochenende gefunden wurde, derjenige ist, den Sie suchen.«

Gunnar strahlte auf. »Was sagen Sie da?«, sagte er, während er seine Bürotür öffnete. »Hereinspaziert. Was für erfreuliche Neuigkeiten!« Er ging zu seinem Schreibtisch und legte den Papierstapel ab. Dann setzte er sich und bot ihnen an, Platz zu nehmen. »Wo wurde er denn gefunden?«

Dóra setzte sich und legte den Umschlag auf den Tisch. »Bei Harald zu Hause, in einem Karton mit anderen Sachen. Ich muss sie vorwarnen, der Brief ist in keinem guten Zustand.« Sie lächelte entschuldigend. »Die Finderin hatte einen Schock.«

»Einen Schock?«, fragte Gunnar verständnislos. Er nahm den Umschlag und öffnete ihn vorsichtig. Langsam und ruhig zog er den Brief heraus. Als sein Zustand nicht mehr zu übersehen war, verlor Gunnar die Fassung. »Was zum Teufel ist denn damit passiert?« Er legte den Brief vor sich auf den Tisch und starrte ihn an.

»Ähm, die Frau hat auch ein paar Dinge gefunden, die sie ein bisschen aus dem Gleichgewicht gebracht haben«, sagte Dóra. »Nicht unbegründet, kann ich Ihnen versichern. Wir sollen Ihnen ausrichten, dass es ihr sehr leidtut und sie hofft, es lässt sich wieder richten.« Sie lächelte entschuldigend.

Gunnar sagte nichts. Er starrte regungslos den Brief an. Auf einmal fing er an zu lachen. Ein ziemlich unangenehmes Lachen. »Mein Gott«, ächzte er, als der Lachanfall nachließ. »María wird mich in der Luft zerreißen.« Sein Oberkörper schwankte leicht. Er strich über den Brief, hob ihn hoch und musterte ihn. »Es ist wirklich der Richtige, darüber sollte man sich ja vielleicht freuen.« Er kicherte.

»María«, sagte Dóra. »Wer ist María?«

»Die Direktorin des Árni Magnússon Instituts«, entgegnete Gunnar mit erstickter Stimme. »Sie hat sich wegen des verschwundenen Briefes sehr aufgeregt.«

»Vielleicht können Sie ihr von der Frau, die den Brief gefunden hat, ausrichten, es täte ihr furchtbar leid.«

Gunnar blickte von dem Brief zu Dóra. Seinem Gesichtsausdruck nach zu schließen, würde das nicht viel ändern. »Ja, mache ich.«

»Ich wollte die Gelegenheit nutzen, Gunnar, und Sie nach einer Studentin aus ihrer Fakultät fragen: Bríet, eine Freundin von Harald.«

Gunnar sah sie scharf an. »Was ist mit ihr?«

»Wir haben gehört, dass die beiden einen Streit hatten. Im Zusammenhang mit einer gemeinsamen Hausarbeit über Brynjólfur Sveinsson. Sie sind wegen eines verschwundenen Dokuments aneinandergeraten. Wissen Sie etwas darüber?« Dóra bemerkte, dass hinter Gunnar an der Wand ein Gemälde des besagten Brynjólfur hing. »Ist er das nicht?« Sie zeigte auf das Bild.

Gunnar schwieg nachdenklich. Er drehte sich nicht nach dem Bild um. »Das ist nicht Brynjólfur Sveinsson; das ist mein Urgroßvater, nach dem ich benannt bin. Pastor Gunnar Harðarson.

Er trägt sein Priesterornat, kein Bischofsgewand aus dem 17. Jahrhundert.«

Dóra errötete leicht und beschloss, doch nicht nach einem weiteren gerahmten Fotos an der Wand zu fragen – einem Foto von Gunnar und dem Bauern aus Hella, den Matthias und sie in der Höhle getroffen hatten. Ihre Beschämung heiterte Gunnar ein wenig auf. Er beugte sich über die Tischkante und sagte spitz: »Sie gehören zu den unangenehmsten Gästen, die ich je hatte.«

Dóra erstarrte. »Tut mir leid. Ich möchte Sie trotzdem bitten, ein bisschen Geduld mit uns zu haben – wir versuchen nur, ein paar offene Fragen zu klären, und die Sache mit Bríet ist eine davon. Wenn Sie nicht mit uns darüber sprechen möchten, können Sie uns ja den Namen des Dozenten oder Professors geben, der die Hausarbeit betreut hat.«

»Nein, nein. Ich meinte nur, Sie steuern jedes Mal zielstrebig auf heikle interne Angelegenheiten zu. Diese Geschichte gehört auch dazu.«

»Aha?«, sagte Dóra interessiert. »Ich dachte, die Geschichte sei lediglich für diese Bríet heikel. Wir haben gehört, dass sie sich ziemlich sonderbar verhalten hat, und deshalb fragen wir auch danach.«

»Bríet, ja. Stimmt genau, äußerst merkwürdig. Eigentlich haben wir es Harald zu verdanken, dass sie wieder zur Raison kam, bevor sie die Fakultät in eine sehr missliche Lage bringen konnte.« Gunnar löste seinen Krawattenknoten ein wenig.

»Aber worum ging es denn genau?«, fragte Dóra und musterte Gunnars Krawattennadel. Sie erinnerte sie an etwas.

Gunnar schielte ebenfalls auf seine Krawatte, verunsichert durch Dóras Blick. Sicherheitshalber strich er mit der Hand über die Krawatte, für den unwahrscheinlichen Fall, dass sich Krümel darauf befinden sollten. Dabei ritzte er sich an der scharfen Kante der Krawattennadel und zuckte zurück. »Wenn ich mich recht erinnere, beschlossen Harald und Bríet, eine Liste aller bekannten Quellen über Brynjólfur Sveinsson anzulegen. Die Aufgabe gehörte zu einem ihrer Seminare. Ich glaube, es war Haralds Idee, nicht Bríets. Sie hat sich ihm nur angeschlossen; sie hat sich bei den Hausarbeiten immer an andere drangehängt.«

»Hing das Thema irgendwie mit Haralds Masterarbeit zusammen?«, fragte Dóra. Wahrscheinlich wollte Harald untersuchen, ob Brynjólfur die Urschrift des *Malleus Maleficarum* besessen hatte.

»Nein, keineswegs«, antwortete Gunnar. »Anstatt die Seminararbeiten für die Vorbereitung seiner Masterarbeit zu nutzen, hat er sich mit allem Möglichen beschäftigt, sich in Themen vertieft, die zum Teil rein gar nichts mit der Hexenverfolgung zu tun hatten. Das galt allerdings nicht für Brynjólfur – er lebte im 17. Jahrhundert, wie Sie wissen.«

»Haben Sie diese Hausarbeit betreut?«, fragte Dóra.

»Nein, ich glaube, es war Þorbjörn Ólafsson. Ich kann es nachschlagen, wenn Sie möchten.« Gunnar deutete auf den Computer auf seinem Tisch.

Dóra lehnte dankend ab. »Nein, das ist wahrscheinlich nicht nötig. Wenn Sie uns nur erzählen würden, was passiert ist. Das reicht uns im Moment. Wir sind etwas in Eile.«

Gunnar schaute auf seine Uhr. »Geht mir genauso – ich muss María den Brief bringen.« Seinem Gesichtsausdruck nach zu schließen, hielt sich seine Vorfreude in Grenzen. »Die beiden gingen also in die wichtigsten städtischen Museen wie das Isländische Nationalarchiv, die Handschriftensammlung der Nationalbibliothek und weitere Institute, um alle Dokumente und Briefe aufzulisten, in denen der Bischof erwähnt wird. Soweit ich weiß, kamen sie gut voran, bis Bríet entdeckt zu haben glaubte, dass ein Brief aus dem Isländischen Nationalarchiv verschwunden war.«

»Wäre das nicht durchaus denkbar?«, fragte Dóra und warf einen Blick auf den Papierfetzen auf dem Tisch. »Ich meine, es wäre ja nicht das erste Mal.«

»Das kann durchaus sein, aber in diesem Fall handelte es sich lediglich um Schlamperei bei der Registrierung. Es ist zwar unklar, was mit dem Brief passiert ist, aber Bríet hat jemanden des Diebstahls bezichtigt, der in diesem Zusammenhang über jeglichen Verdacht erhaben ist.«

»Wen denn?«, fragte Dóra.

»Er sitzt vor Ihnen«, antwortete Gunnar und schwieg. Er schaute die beiden abwechselnd an. Sein Blick sollte sie wohl davon überzeugen, dass seine Unschuld nicht in Zweifel zu ziehen war.

»Ich verstehe«, sagte Dóra, schaute Gunnar fest an und fügte hinzu: »Entschuldigen Sie, wenn ich das frage, aber wie kam sie auf die Idee?«

»Wie schon gesagt, es gab Fehler bei der Registrierung. Demnach hätte ich den Brief als Letzter ausgeliehen, aber ich habe ihn nie angefasst. Entweder hat jemand meinen Namen verwendet oder die Einträge sind durcheinandergeraten. Brynjólfur Sveinsson interessiert mich nicht im Geringsten und ich wäre nie auf die Idee gekommen, Dokumente über ihn zu untersuchen. Noch verheerender war, dass das Mädchen versucht hat, die Situation auszunutzen: Sie hat mir doch glatt erklärt, sie würde schweigen, wenn ich ihr meine helfende Hand reichen würde; so hat sie es ausgedrückt. Ich habe mit Harald darüber gesprochen und er versprach, sie von dieser Dummheit abzubringen. Dann habe ich die Kollegen im Nationalarchiv kontaktiert und die Sache untersuchen lassen. Ich lasse mich doch nicht von irgendeinem Gör erpressen. Leider ließ sich der Fehler nicht ausfindig machen. Es war schon zu lange her, zehn Jahre oder so. Am Ende haben sie zugegeben, dass es sich um einen Fehler ihrerseits handelte, der Brief sei wahrscheinlich zusammen mit einem anderen Dokument abgelegt worden und würde früher oder später wieder auftauchen. Bríet war so schlau, die Sache auf sich beruhen zu lassen.«

»Was für ein Brief war das denn eigentlich?«, fragte Dóra. »Worum ging es darin, meine ich?«

»Der Brief stammt aus dem Jahr 1702 und war von einem Priester in Skálholt an den Handschriftensammler Árni Magnússon geschrieben worden. Es handelt sich um die Antwort auf Árnis Anfrage bezüglich eines Teils der ausländischen Handschriften aus dem Besitz von Brynjólfur Sveinsson, der 1675 verstorben war.«

»Und weiter?«, fragte Dóra. »Nichts über versteckte Handschriften, die man aus Skálholt wegschaffen wollte?«

Gunnar schaute sie konzentriert an. »Warum fragen Sie, obwohl Sie die Antwort schon wissen?«

»Was meinen Sie?«, entgegnete Dóra verwundert. »Ich weiß nichts weiter über diesen Brief, nur das, was Sie gerade erzählt haben.« Ihre Augen wanderten wieder zu Gunnars Krawattennadel. Was zum Teufel störte sie an dieser Nadel? Und worauf wollte der Mann hinaus?

»Was für ein wundersamer Zufall«, sagte Gunnar unwirsch. Er war offenbar der Meinung, Dóra wüsste mehr, als tatsächlich der Fall war. »Wir können dieses Versteckspiel ewig weiterspielen, wenn Sie möchten. In dem Brief gibt es eine Stelle, die man nie richtig deuten konnte, ein unverständlicher Abschnitt über einen wertvollen Gegenstand für einen dänischen Beamten, der beim alten Kreuz aufbewahrt sei. Die meisten glauben, dass damit das heilige Kreuz in der Kirche von Kaldaðarnes gemeint ist. Es wurde in der Reformation aufgrund des Reliquienverbots entfernt.«

»Sie wissen sehr viel über diesen Brief«, bemerkte Matthias, der bisher geschwiegen hatte. »Wenn man bedenkt, dass Sie ihn nie gesehen haben.«

»Selbstverständlich habe ich mich schlau gemacht, als diese Anschuldigungen gegen mich erhoben wurden«, entgegnete Gunnar gereizt. »Der Brief ist unter Historikern sehr bekannt und viele haben interessante Aufsätze über ihn geschrieben.«

Dóra starrte immer noch diskret auf Gunnars ungewöhnliche Krawattennadel, ziemlich ungleichmäßig geformt, offenbar aus Silber. »Woher haben Sie diese Nadel?«, fragte sie unvermittelt und zeigte auf die blaue, diagonal gestreifte Krawatte.

Gunnar und Matthias sahen sie verwundert an. Gunnar nahm die Krawatte und betrachtete die Nadel. Dann ließ er sie wieder los und wendete sich an Dóra. »Ich muss gestehen, ich weiß wirklich nicht, in welche Richtung sich unsere Unterredung bewegt. Aber wenn Sie es unbedingt wissen möchten, ich habe sie zu meinem fünfzigsten Geburtstag geschenkt bekommen.« Er stand auf. »Ich glaube, unser Gespräch ist hiermit beendet. Ich habe wirklich kein Interesse daran, mit Ihnen über meine Kleidung zu diskutieren. Ich habe ein unangenehmes Treffen mit der Direktorin des Árni-Magnússon-Instituts vor mir und keine Zeit mehr für diese Albernheiten. Ich wünsche Ihnen alles Gute für Ihre Untersuchungen und rate Ihnen, sich an die Gegenwart zu halten. Die Vergangenheit hat nichts mit dem Mord an Harald zu tun.«

Er folgte ihnen zur Tür.

33. KAPITEL

Matthias schaute Dóra kopfschüttelnd an. Sie standen im Eingangsbereich des Árnagarður. »Damit hattest du ja wirklich durchschlagenden Erfolg.«

»Hast du die Nadel nicht gesehen?«, fragte Dóra angespannt. »Es war ein Schwert. Die Krawattennadel bestand aus einem Plättchen mit einem silbernen Schwert und steckte quer auf der Krawatte. Hast du das nicht gesehen?«

»Doch, na und?«, erwiderte Matthias.

»Erinnerst du dich nicht an die Fotos von Haralds Hals? Der Abdruck, der so aussah wie ein Dolch oder ein Kreuz?« Was hatte der Arzt noch mal gesagt? *Es hat am ehesten die Form eines kleinen Dolches – er scheint auf etwas Scharfkantigem befestigt gewesen zu sein. Die Haut wurde durch den Druck eingerissen.*

»Ja, ja«, antwortete Matthias. »Ich weiß, worauf du hinauswillst. Aber da wäre ich mir nicht so sicher. Die Fotos waren nicht besonders scharf, Dóra.« Er stöhnte. »Der Mann ist Historiker. Das Wikingerschwert auf der Nadel hat mit seinem Forschungsgebiet zu tun, mit der Landnahme. Ich würde da nicht so viel hineininterpretieren. Ich finde, der Abdruck auf dem Foto ähnelte eher einem Kreuz.« Er lächelte. »Vielleicht wurde Harald von einem verrückten Priester umgebracht.«

Dóra war hin- und hergerissen. Sie holte ihr Handy heraus. »Ich muss mit dieser Bríet sprechen. Da stimmt irgendwas nicht.«

Matthias schüttelte den Kopf, aber Dóra ließ sich nicht von der Idee abbringen. Bríet antwortete nach dem vierten Klingeln, sehr schlecht gelaunt. Nachdem Dóra sie über Halldórs Verhaftung informiert hatte, wurde das Mädchen ein bisschen zugänglicher und willigte ein, sie in einer Viertelstunde im Delí neben dem Studentenbuchladen zu treffen. Bevor Matthias Einwände erheben konnte, erzählte ihm Dóra, dass er dort etwas zu essen bekommen könnte, woraufhin er klein beigab. Als Bríet auftauchte, verschlang Matthias gerade eine Pizza.

»Was hat Halldór der Polizei erzählt?«, fragte sie mit zittriger Stimme, während sie sich an den Tisch setzte.

»Nichts«, antwortete Dóra. »Noch nicht. Allerdings hat er mir einiges über die Mordnacht und eure Beteiligung an den Ereignissen erzählt. Würde mich nicht wundern, wenn er bald noch mehr Leuten davon erzählt. Er glaubt, du hättest Harald umgebracht.«

Bríets Gesicht wurde kreideweiß. »Ich? Ich hab ihn nicht umgebracht.«

»Er behauptet, du hättest die Gruppe in jener Nacht verlassen und dich merkwürdig benommen, als ihr die Leiche gefunden habt – untypisch für dich.«

Bríet sperrte den Mund auf und saß eine Weile gaffend da. Dann fing sie an zu reden. »Ich war nur zwanzig Minuten weg – höchstens. Und ich war total schockiert, als wir die Leiche gefunden haben. Ich konnte überhaupt nicht mehr klar denken. Geschweige denn sprechen.«

»Wohin bist du denn gegangen?«, fragte Matthias.

Bríet lächelte ihm zweideutig zu. »Ich? Ich war mit einem alten Bekannten auf dem Klo. Er kann das bezeugen.«

»Zwanzig Minuten lang?«, fragte Matthias.

»Ja. Und? Wollt ihr wissen, was wir gemacht haben?«

»Nein«, griff Dóra ein. »Wir können es uns vorstellen.«

»Was wollt ihr eigentlich von mir? Ich hab Harald nicht umgebracht. Ich hab nur neben Halldór gestanden, als er mit der Leiche zugange war. Andri sitzt in der Klemme, wenn Halldór den Bullen davon erzählt. Er hat ihm geholfen. Ich hab Harald nicht angerührt.« Bríet versuchte, sich Mut zuzusprechen, was ihr aber nicht allzu gut gelang.

»Ich möchte dich nach der Hausarbeit über Bischof Brynjólfur fragen, an der du zusammen mit Harald gearbeitet hast. Und nach dem verschwundenen Brief«, sagte Dóra. »Halldór hat erzählt, Harald und du hättet euch deshalb gestritten. Stimmt das?«

Bríet schaute Dóra verständnislos an. »Dieser Mist? Was hat das mit dem Fall zu tun?«

»Ich weiß es nicht, deshalb frage ich ja«, antwortete Dóra.

»Harald hat sich echt unmöglich verhalten«, sagte Bríet unvermittelt. »Ich hatte Gunnar an der Angel. Er hat am ganzen Körper gezittert, als ich ihm gesagt hab, dass ich weiß, dass er den Brief aus dem Nationalarchiv gestohlen hat. Er hat es ganz bestimmt getan, egal, was die anderen sagen.«

»Inwiefern hat sich Harald unmöglich verhalten?«, fragte Matthias.

»Zuerst fand er die Sache witzig und hat mich angestachelt, Gunnar auf die Schliche zu kommen. Nachdem der Alte mich rausgeschmissen hatte, haben wir uns sogar heimlich in sein Büro geschlichen, um nach dem Brief zu suchen. Das war alles sehr merkwürdig. Als wir im Büro waren, änderte Harald auf einmal seine Meinung. Er fand irgendeinen alten Aufsatz über die Papar und bekam einen totalen Höhenflug.«

»Wie meinst du das?«, fragte Dóra.

Bríet zuckte die Achseln. »Es war ein Aufsatz von Gunnar, er lag in einem der Schränke. Harald fand ihn und wollte von mir wissen, was unter den Fotos stünde. Er war total interessiert an zwei Fotos. Eins war von einem Kreuz und das andere von irgendeiner blöden Grube. Und dann wollte er alles über die Zeichnung wissen. Ich war völlig gestresst, weil ich Angst hatte, dass Gunnar uns überraschen könnte. Ich wollte nichts für Harald übersetzen. Am Ende stopfte er den Aufsatz in seine Tasche und wir machten uns aus dem Staub.«

»Was hat er genau gesagt? Kannst du dich daran erinnern?«, fragte Dóra.

»Nicht richtig. Wir gingen ins Studentenzimmer und er wollte von mir wissen, was das für eine Grube auf dem Bild war. Es war eine Feuerstelle in einer Höhle. Das Kreuz war auch auf dem Bild. Es war in die Wand gehauen. Eine Art Altar.«

»Und die Zeichnung?«, fragte Matthias. »Was war da drauf?«

»Das war eine Skizze von der Höhle mit Markierungen. Soweit ich mich erinnern kann, war eine Markierung bei dem Kreuz, eine bei einem Loch in der Decke, ich glaube, es war ein Rauchabzug – und dann war da noch ein drittes Zeichen neben der Grube, der angeblichen Feuerstelle.« Bríet schaute Matthias an. »Harald zeigte total aufgeregt auf das dritte Zeichen und fragte mich, ob ich mir vorstellen könnte, dass die Mönche auf dem Altar gekocht hätten. Ich hatte keine Ahnung. Dann fragte er, ob es nicht viel sinnvoller sei, die Feuerstelle unter dem Rauchabzug zu bauen. Auf der Zeichnung war das ganz anders. Die Feuerstelle befand sich neben dem Altar und der Rauchabzug beim Eingang. Das Ganze war völlig uninteressant und es sah Harald überhaupt nicht ähnlich, sich wegen so was aufzuregen.«

»Was geschah dann?«, fragte Matthias.

»Er hat mit Gunnar gesprochen. Und mir verboten, mich weiter mit dem Brief zu beschäftigen.« Sie schaute die beiden aufgebracht an. »Obwohl er es ja gewesen war, der mich am Anfang angestachelt hatte, Gunnar unter Druck zu setzten – dieser blöde Gastbucht, so nannte er ihn.«

»Gastbucht?«, stieß Dóra hervor. Hatte das nicht auf Haralds Notizzettel gestanden? Gastbucht? Es handelte sich gar nicht um das Gästebuch des Kreuzes, wie sie gedacht hatte – es war kein Kreuz, sondern ein kleines t. Gastbucht war die wortwörtliche deutsche Übersetzung des Namens Gestvík.

Dóra und Matthias eilten direkt zurück zum Árnagarður. Im Laufen rief Dóra bei der Polizei an und berichtete Markús von ihrem

Verdacht gegen Gunnar. Markús war nicht sehr angetan. Nach einigen Überzeugungsversuchen willigte er ein, die Kontobewegungen des Professors überprüfen zu lassen.

Gunnars Büro war leer. Anstatt draußen zu warten, setzten sich Dóra und Matthias einfach hinein. Gunnar musste noch bei der Besprechung mit der Direktorin sein.

Matthias schaute auf die Uhr. »Er muss gleich zurück sein.«

Im selben Moment ging die Tür auf und Gunnar trat ein.

Als er die beiden erblickte, erstarrte er. »Wer hat Sie hier reingelassen?«

»Niemand. Es war offen«, antwortete Dóra seelenruhig.

Gunnar stolzierte zu seinem Schreibtisch. »Ich dachte, wir hätten uns eben erst verabschiedet.« Er setzte sich auf seinen Stuhl und schaute sie entrüstet an. »Ich bin nicht in bester Stimmung. María war nicht gerade begeistert, den Brief in diesem schlimmen Zustand zurückzubekommen.«

»Wir wollen Sie nicht lange aufhalten«, erklärte Matthias. »Wir konnten die Sache eben nicht richtig zu Ende bringen.«

»Was?«, blaffte Gunnar. »Ich finde nicht, dass wir noch etwas zu besprechen haben.«

»Wir würden Sie aber gern noch nach ein paar ungeklärten Kleinigkeiten fragen«, sagte Dóra.

Gunnar lehnte den Kopf zurück und starrte in die Luft. Er stöhnte vernehmlich, bevor er sie wieder anschaute. »Na gut. Was möchten Sie wissen?«

Dóra blickte erst zu Matthias, dann zu Gunnar. »Das alte Kreuz, von dem in dem Brief an Árni Magnússon die Rede ist – könnte es sich dabei um das Kreuz in der Papar-Höhle in der Nähe von Hella handeln? Sie müssten sich in dieser Epoche doch perfekt auskennen, nicht wahr? Das Kreuz befand sich schon vor der eigentlichen Landnahmezeit in Island.«

Gunnar wurde dunkelrot. »Was soll ich darüber wissen?«, stieß er hervor.

Dóra zuckte mit den Schultern. »Ich glaube, Sie wissen alles darüber. Auf dem Foto da, das sind doch Sie und der Bauer, dem das Land mit den Höhlen gehört?« Sie zeigte auf das gerahmte Foto an der Wand. »Die Höhlen der Papar.«

»Ja, richtig. Ich verstehe den Zusammenhang nicht ganz«, sagte Gunnar. »Sie stellen mir merkwürdige Fragen und interessieren sich auf einmal für Geschichte. Wenn Sie sich an der Uni einschreiben möchten – vorne im Empfang liegen die Antragsformulare.«

Dóra ließ sich nicht von seinen Worten beirren. »Ich glaube, Sie wissen ganz genau, wie das zusammenhängt. Sie waren bei dem Erasmus-Treffen, das an dem Mordabend bis Mitternacht gedauert hat.« Als Gunnar nicht antwortete, fügte sie hinzu: »Haben Sie Harald an diesem Abend getroffen?«

»Was soll denn der Unsinn? Ich habe wiederholt bei der Polizei Aussagen zu Haralds verfrühtem Ableben gemacht. Ich war in der unglücklichen Lage, die Leiche zu finden, dafür kann ich nichts. Deshalb gehen Sie jetzt besser.« Zitternd zeigte er auf die Tür.

»Ich bin sicher, dass die Polizei die Protokolle noch einmal durchgehen wird, jetzt, wo klar ist, wie die Schändung der Leiche zustande gekommen ist«, sagte Dóra und lächelte Gunnar spöttisch an.

»Was meinen Sie?«, fragte Gunnar bebend.

»Die Polizei hat denjenigen ausfindig gemacht, der die Augen herausgeschnitten und die Rune in die Leiche geritzt hat. Ihr Schock beim Anblick der Leiche ist keine Versicherung mehr dafür, dass die Polizei Sie weiterhin mit Seidenhandschuhen anpacken wird. Nach der Aussage dieses Mannes sieht die Sache nämlich ganz anders aus.«

Gunnar rang nach Atem. »Sie hatten es doch eilig. Ich auch. Ich will Sie nicht länger aufhalten. Lassen wir es gut sein.«

»Sie haben ihn mit der Krawatte erwürgt«, sagte Dóra weiter. »Ihre Krawattennadel wird es beweisen.« Sie erhob sich. »Das Motiv wird schon noch ans Licht kommen, es spielt im Moment keine Rolle. Sie haben ihn umgebracht. Nicht Hugi, nicht Halldór und schon gar nicht Bríet. Sondern Sie.« Sie schaute ihm ins Gesicht und war zwischen Abscheu und Mitgefühl hin- und hergerissen. Gunnar bebte. Matthias stand langsam auf und schob Dóra ruhig mit der Hand rückwärts in Richtung Tür. Er befürchtete anscheinend, Gunnar könne mit erhobener Krawatte über den Schreibtisch springen und Dóra erwürgen.

»Sind Sie vollkommen verrückt geworden?«, fragte Gunnar und glotzte Dóra an. Er stand umständlich auf. »Wie kommen Sie darauf? Ich rate Ihnen, sich Hilfe zu suchen, und zwar so bald wie möglich.«

»Das ist kein Unsinn – Sie haben ihn ermordet. Wir haben verschiedene Beweise dafür. Glauben Sie mir. Wenn die Polizei die in die Hände bekommt und Sie verhört, werden Sie sich nur schwerlich herausreden können.«

»Das ist ausgeschlossen, ich habe ihn nicht ermordet.« Gunnar schaute Matthias nach Unterstützung suchend an.

»Die Polizei möchte sich vielleicht anhören, wie Sie es abstreiten – wir jedoch nicht.« Matthias verzog keine Miene. »Die Fakultät wird sicherlich bei der weiteren Untersuchung behilflich sein. Bei einer Hausdurchsuchung tauchen bestimmt noch andere Hinweise auf, falls die Krawattennadel nicht ausreichen sollte.«

Dóras Handy klingelte. Sie ließ Gunnar während des kurzen Telefonats nicht aus den Augen. Nervös verfolgte er das Gespräch, ohne den Zusammenhang zu verstehen. Dóra steckte das Handy wieder in ihre Tasche. »Das war die Polizei, Gunnar.«

»Und?«, frage er. Sein Adamsapfel hüpfte auf und nieder.

»Sie bitten mich, auf die Wache zu kommen. Sie haben bemerkenswerte Bewegungen auf Ihrem Konto festgestellt und möchten, dass Matthias und ich unseren Verdacht näher erläutern. Sieht ganz so aus, als hätte die Polizei es auf Sie abgesehen.« Sie verstummte und schaute ihn an.

Gunnar blickte ratlos von einem zum anderen. Dann nahm er

seine Krawatte in die Hand und starrte auf die Nadel. Mehrmals öffnete er den Mund, als wolle er etwas sagen. Schließlich ließ er niedergeschlagen den Kopf hängen. »Suchen Sie das Geld?«, fragte er stotternd. »Ich hab nicht viel davon ausgegeben.« Er schaute die beiden an, aber sie reagierten nicht. »Ich hab auch das Buch, möchte es aber ungern aus der Hand geben. Es gehört mir. Ich hab's gefunden.« Er legte verzweifelt seine Hand auf die Stirn. »Ich besitze sonst nichts Einzigartiges, Unschätzbares. Harald besaß alles, zumindest genug Geld. Warum konnte er nicht etwas anderes begehren?«

»Gunnar, ich glaube, wir sollten die Polizei anrufen«, sagte Dóra mit leiser, schmeichelnder Stimme. »Sie müssen uns nicht mehr erzählen – sparen Sie ihre Kräfte.« Sie sah, wie Matthias sein Handy herausholte. »Hundertzwölf«, sagte sie zu ihm. Gunnar beachtete sie nicht weiter. Matthias ging ein paar Schritte zur Seite, um zu telefonieren.

»Während des Verhörs habe ich die ganze Zeit damit gerechnet, dass die Polizei mich des Mordes bezichtigt. Ich war davon überzeugt, dass sie mir etwas vorspielen, so tun, als wüssten sie nicht, dass ich ihn umgebracht habe. Dann stellte sich heraus, dass sie mich noch nicht mal in Verdacht hatten.« Er schaute auf und lächelte matt. »Ich hätte ihnen dieses Entsetzen, das mich ergriff, als mir die Leiche in die Arme fiel, unmöglich vorgaukeln können. Als ich die Leiche zum letzten Mal gesehen hatte, lag sie noch auf dem Fußboden im Studentenzimmer. Einen Moment lang dachte ich, Harald sei von den Toten wiederauferstanden, um sich an mir zu rächen. Sie müssen mir glauben, dass ich nichts mit den Augen gemacht habe. Ich hab ihn nur erwürgt.«

»Das genügt ja auch«, sagte Dóra. »Aber warum? Weil er Ihnen das Manuskript des *Hexenhammers* abkaufen wollte? Hatten Sie es?«

Gunnar nickte. »Ich hatte es in der Höhle gefunden. Während eines Forschungsaufenthaltes hatte ich mich mit den Papar beschäftigt. Der Bauer erlaubte mir, Ausgrabungen zu machen. Ich wollte Überreste finden, Beweise, dass die Papar diese Höhlen gebaut hatten. Sie waren vorher noch nie erforscht worden – das ist jetzt zwanzig Jahre her. Bis dahin war nur ein anderer Teil der Ægisíða-Höhlen untersucht worden. Bis zur Mitte des letzten Jahrhunderts wurde in den Höhlen ja noch Vieh untergebracht. Aber anstatt menschliche Überreste aus der Zeit vor der Landnahme zu finden, entdeckte ich ein kleines Kästchen. Es war beim Altar vergraben. Darin befanden sich dieses Manuskript und noch ein paar andere Dinge. Eine handgeschriebene dänische Bibel, ein Psalmenbuch und zwei außerordentlich schöne, naturwissenschaftliche norwegische Bücher.« Er schaute Dóra tief in die Augen. »Ich konnte nicht widerstehen. Ich hab das Kästchen mit ins Auto genommen, bevor der Bauer mich überraschen und jemandem davon erzählen konnte. Nach und nach wurde mir klar, was für Schätze ich in der Hand hielt. Sie stammten aus dem Besitz von Skálholt. Zwei der Bücher waren mit Brynjólfurs Monogramm gekennzeichnet – LL. Erst als Harald auftauchte, bekam ich eine Erklärung für diese merkwürdige Ausgabe des *Hexenhammers.*«

»Und hat Harald davon erfahren?«, fragte Dóra. »Sie müssen es mir nicht erzählen, wenn Sie nicht wollen.«

Gunnar beachtete sie gar nicht. »Narrenglück«, sagte er. »Ich würde es allerdings eher als Unglück bezeichnen. Harald kam nur nach Island, um nach diesem Manuskript zu suchen. Er vertiefte sich in alle möglichen Quellen, bis er einen Hinweis fand, den er für richtig hielt. Er war davon überzeugt, dass Jón Arason das Manuskript drucken wollte und versteckt hatte, als er an Macht verlor. Damals war mir überhaupt nicht klar, worauf Harald hinauswollte. Aber ich habe ihm keine Steine in den Weg gelegt. Er fuhr nach Skálholt, um die Gegend um den Hinrichtungsort zu untersuchen. Dort stieß er rein zufällig auf die richtige Spur – er erfuhr von Brynjólfurs Handschriftensammlung. Danach hat er alles über den Bischof gelesen, in der Hoffnung, etwas über den Verbleib der verschwundenen Handschriften zu erfahren. Erst als er zu mir kam, nachdem Bríet die Sache mit dem Brief aus dem Nationalarchiv herausbekommen hatte …«

Er schaute zu Boden, dann wieder zu Dóra. »Natürlich habe ich den Brief behalten, nachdem mir bewusst geworden war, was ich da gefunden hatte. Ich befürchtete, er könne andere zu der Höhle führen – jemand hätte bezüglich des heiligen Kreuzes denselben Schluss ziehen können wie Sie. Das war ein schlimmer Fehler. Bríet machte keine Probleme mehr, aber dann kam Harald. Er hatte den Inhalt des Briefes herausbekommen. Er kam direkt zum Thema, sagte, er wüsste, dass ich Kramers *Hexenhammer* gefunden hätte, und dass er ihn haben wolle. Er hatte einen Aufsatz über die Papar-Höhlen aus meinem Büro entwendet – ein alter Aufsatz, den ich am Ende meines Forschungsurlaubs schreiben musste. Er war in einer Zeitschrift erschienen, die nicht mehr herausgegeben wird und auch nicht sehr verbreitet war. Ich war so dumm gewesen, ein Foto von der Grube, in der ich das Kästchen gefunden hatte, abbilden zu lassen. Ich hatte damals behauptet, es handele sich um eine alte Kochstelle. Niemand hatte diese Schlussfolgerung in Zweifel gezogen – ich glaube, es hat sowieso niemand den Aufsatz gelesen. Harald hat einfach nur zwei und zwei zusammengezählt. Und ich dachte, die Putzfrauen hätten den Aufsatz gestohlen.«

Gunnar schwieg einen Moment. »Er wollte den *Hexenhammer.* Die anderen Bücher waren ihm egal, aber er musste dieses Buch haben. Dann wollte er es mir abkaufen. Er nannte eine unglaubliche Summe, viel mehr Geld, als ich jemals auf dem Schwarzmarkt dafür bekommen hätte. Anstatt es abzulehnen und ihn rauszuschmeißen, ließ ich mich darauf ein. Das Geld war verlockend. Zu dem Zeitpunkt wusste ich noch nicht, wie bedeutsam das Manuskript wirklich war. Harald hat mir erst die ganze Geschichte erzählt, nachdem er mir das Geld gegeben hatte. Daraufhin habe ich meine Meinung geändert. Aber das konnte ich ihm natürlich nicht sagen.« Gunnar ächzte. »Sie verstehen das vielleicht nicht, aber wenn man sich sein ganzes Leben lang mit Geschichte beschäftigt hat, begeistert man sich instinktiv für historische Zeugnisse. Ich hatte eine einzigartige Kostbarkeit in den Händen. Völlig einzigartig.«

»Sie haben Harald also umgebracht, um das Manuskript behalten zu können. Haben Sie nicht versucht, ihm das Geld zurückzugeben und ihn dazu zu bringen, die Sache rückgängig zu machen?«, fragte Dóra. »Er hätte vielleicht lieber ohne das Buch weitergelebt, anstatt zu sterben.«

Gunnar lachte kraftlos. »Natürlich hab ich das versucht. Er hat mich ausgelacht und gesagt, ich könne froh sein, es mit ihm zu tun zu haben und nicht mit den Behörden. Er würde nicht zögern, mich zu verpfeifen, wenn ich ihn betrügen würde.« Gunnar stöhnte. »Ich hab ihn gesehen. Er radelte über die Suðurgata, als ich mit dem Auto nach Hause fuhr. Ich drehte um und erreichte ihn vorm Eingang. Er schmiss das Fahrrad auf die Seite und wir gingen zusammen ins Haus. Seine Hand war voller Blut; er hatte Nasenbluten gehabt. Ekelhaft.« Er schloss die Augen. »Harald benutzte seinen Schlüssel und sein Passwort. Er war betrunken und stand unter Drogen. Ich versuchte noch einmal, mit ihm zu reden, bat ihn um Verständnis. Er hat mich nur ausgelacht. Ich folge ihm ins Studentenzimmer. Er kramte in einem Schrank herum, holte eine kleine, weiße Pille heraus und schluckte sie runter. Danach verhielt er sich noch komischer. Er ließ sich in einen Sessel fallen, drehte mir den Rücken zu und wollte sich von mir die Schultern massieren lassen. Ich dachte, er sei verrückt geworden. Jetzt weiß ich, dass Ecstasy das Bedürfnis nach körperlicher Berührung verstärkt. Ich trat zu ihm und wollte zuerst tun, was er verlangte, um ihn zu besänftigen. Aber dann packte mich dieser Hass. Bevor ich es selbst begreifen konnte, hatte ich meine Krawatte ausgezogen und ihm um den Hals gelegt. Ich zog sie zu. Er schlug um sich. Dann passierte nichts mehr. Er war tot. Glitt langsam und still vom Stuhl auf den Fußboden. Dann bin ich gegangen.« Gunnar schaute Dóra an und wartete auf ihre Reaktion. Er schien Matthias vollkommen vergessen zu haben.

Der Lärm der Sirenen drang durchs Fenster und wurde immer lauter. »Sie kommen, um Sie zu holen«, sagte Dóra.

Gunnar schaute zum Fenster. »Ich wollte doch Rektor werden«, sagte er ernüchtert.

»Das können Sie wohl vergessen.«

13. DEZEMBER 2005

EPILOG

Amelia Guntlieb starrte auf die Tischplatte, stumm wie ein Fisch. Dóra vermutete, dass sie sich nicht traute, etwas zu sagen. An ihrer Stelle wäre Dóra auch schweigsam gewesen. Matthias hatte gerade den Stand der Dinge erläutert. Viel mehr würde wohl nicht mehr ans Licht kommen. Dóra bewunderte Matthias dafür, wie es ihm gelang, die verletzenden Dinge abzuschwächen. Dennoch war die Geschichte widerwärtig und schwer zu ertragen – sogar für Dóra, die schon alle Seiten kannte.

»Der *Hexenhammer* und die anderen Bücher, die Gunnar in der Höhle ausgegraben hat, wurden gefunden«, sagte Matthias ruhig. »Auch das Geld. Er hatte nur einen Bruchteil davon ausgegeben. Das Geld lag in einem Schließfach bei der Bank.«

Nachdem die Polizei Gunnar am Tag zuvor festgenommen hatte, waren Dóra und Matthias verhört worden, sodass aus ihrem gemeinsamen Abendessen nichts mehr wurde. Als die Polizei sie endlich gehenließ, wollte Dóra Amelia Guntlieb nicht mehr treffen. Stattdessen war sie nach Hause gefahren. Bevor sie sich mit Gylfi zusammengesetzt hatte, um über das Kind zu reden, hatte sie lange mit Laufey telefoniert. Diese hatte ihr geraten, dem Jungen eine konkrete Aufgabe zu geben, damit er sich besser in seine neue Rolle einfinden könnte. Sie könnte ihn beispielsweise anspornen, sich mögliche Namen für das Kind zu überlegen.

Jetzt saßen sie in dem menschenleeren Café im Rathaus. Elisa hatte bei Matthias' Ausführungen ein wenig geweint, aber ihre

Mutter war wie versteinert. Sie starrte abwechselnd vor sich hin und auf die Tischplatte. Jetzt blickte sie auf und holte tief Luft. Niemand sagte etwas. Alle warteten darauf, dass sie etwas sagen, weinen oder auf andere Weise ihre Gefühle zum Ausdruck bringen würde. Aber nichts geschah. Frau Guntlieb schaute niemanden an, sondern richtete ihren Blick auf die große Glasfront zum See und beobachtete die träge umherschwimmenden Enten und Gänse. Der Wind kräuselte die Wasseroberfläche und die Vögel wippten gemächlich in den Wellen auf und ab. Auf einmal kam eine Möwe herangesaust und landete mitten in der zerstreuten Gruppe. »Elisa, sollen wir uns das Islandmodell anschauen?«, fragte Matthias unvermittelt. »Da hinten.« Elisa nickte matt. Sie standen auf und gingen in den großen Saal neben dem Café. Dóra und Haralds Mutter blieben allein zurück.

Die Frau schien überhaupt nicht wahrgenommen zu haben, dass die beiden gegangen waren. Dóra räusperte sich höflich; keine Reaktion. Sie wartete eine Weile, bis sie spürte, dass sie zu eindringlicheren Mitteln greifen musste. »Ich habe nicht viel Erfahrung mit solchen Situationen und es fällt mir schwer, die richtigen Worte zu finden. Ich möchte nur, dass Sie wissen, dass Sie und Ihre Familie meine ganze Anteilnahme haben.«

Die Frau schnaubte. »Ich habe keine Anteilnahme verdient – nicht von Ihnen und auch sonst von niemandem.« Sie richtete ihren Blick auf Dóra. Erst sah sie erzürnt aus, schien sich dann aber zu entspannen. »Entschuldigen Sie. Ich bin nicht ganz bei mir.« Sie legte ihre Hände auf den Tisch und fingerte an ihren Ringen herum. »Ich weiß nicht, warum ich das Bedürfnis habe, mit Ihnen zu sprechen. Vielleicht, weil ich Sie nie wieder sehen werde. Vielleicht, weil ich mich rechtfertigen möchte.«

»Sie müssen mir das nicht erklären«, sagte Dóra. »Ich bin ein moderner Mensch und weiß, dass es oft andere Ursachen gibt, als man auf den ersten Blick annimmt.«

Die Frau lächelte müde. Sie war sehr sorgfältig geschminkt. Das Alter hatte zwar seine Spuren hinterlassen, aber sie war immer noch attraktiv. Ihre Schönheit war nach und nach einer gewissen Würde gewichen. Ihre Kleidung verstärkte diesen Eindruck noch. Dóra vermutete, dass das schwarze Kostüm und der Mantel mehr gekostet hatten, als sie in einem ganzen Jahr für Kleidung ausgab. »Harald war ein wunderbares Kind«, sagte die Frau entrückt. »Als er geboren wurde, waren wir überglücklich. Bernd kam zuerst; als er ungefähr zwei war, bekamen wir diesen wundervollen kleinen Jungen. Die nächsten Jahre bis zu Amelias Geburt waren himmlisch. Es lief alles so gut.«

»Sie war krank, nicht war?«, fragte Dóra. »War sie von Geburt an krank?«

Amelia Guntliebs Lächeln verschwand so schnell, wie es gekommen war. »Nein. Sie war nicht von Geburt an krank. Sie war vollkommen gesund. Sie sah genauso aus wie ich, als ich klein war. Sie war wundervoll, wie alle meine Kinder – sie schlief viel und schrie nur ganz selten. Wundervolle Babys.« Dóra nickte nur, da sie nicht wusste, welcher Kommentar in dieser Situation angemessen war. In Frau Guntliebs Augen bildeten sich Tränen. »Harald ...« Ihr brach die Stimme. Sie machte eine Pause und versuchte, sich wieder in den Griff zu bekommen. Mit einer raschen Handbewegung wischte sie die Tränen weg. »Ich habe außer mit meinem Mann und unserem Arzt noch nie mit jemandem darüber gesprochen.«

»Das alles ist nicht leicht«, sagte Dóra, obwohl sie nicht die geringste Ahnung davon hatte.»Harald war eifersüchtig und gleichzeitig unheimlich stolz auf seine kleine Schwester. Er war über drei Jahre lang mein Nesthäkchen gewesen und es fiel ihm schwer, das neue Familienmitglied zu akzeptieren. Wir nahmen das nicht ernst, dachten, es ginge vorüber.« Jetzt rannen ihr Tränen über die Wangen. »Er ließ sie fallen, ließ sie auf den Boden fallen.« Sie verstummte und beobachtete wieder die Vögel.

»Er ließ das Baby auf den Boden fallen?«, fragte Dóra und versuchte, gefasst zu bleiben. Ein Schauer lief ihr über den Rücken.

»Sie war vier Monate und schlief in ihrer Wiege. Wir waren gerade vom Einkaufen zurückgekommen. Ich zog meinen Mantel aus und als ich mich umdrehte, stand Harald da und hielt sie im Arm. Nicht richtig im Arm. Er hielt sie wie ein Stofftier. Sie wachte natürlich auf und fing an zu weinen. Er schimpfte mit ihr und schüttelte sie. Ich rannte los, aber es war schon zu spät. Er schaute mich nur an und lachte. Dann ließ er sie fallen. Sie prallte auf die Fliesen.« Die Tränen strömten ihr übers Gesicht und hinterließen glänzende Striemen. »Ich konnte das Bild nie aus meinem Gedächtnis tilgen. Immer, wenn ich Harald anschaute, sah ich wieder diesen Gesichtsausdruck, den er hatte, als er sie fallen ließ.« Die Frau verstummte, sammelte sich und redete dann weiter. »Sie hatte einen Schädelbruch, fiel im Krankenhaus ins Koma und bekam eine Hirnhautentzündung. Sie war nie wieder dieselbe. Mein kleiner Engel.«

»Wurden Sie nicht verdächtigt, das Kind misshandelt zu haben? Hierzulande hätte man das untersucht.«

Amelias Gesichtsausdruck nach zu schließen, hielt sie Dóra für nicht ganz zurechnungsfähig. »So etwas mussten wir nicht über uns ergehen lassen. Unser Hausarzt unterstützte uns und die Ärzte, bei denen sie in Behandlung war, zeigten viel Verständnis. Harald wurde zu einem Psychologen geschickt, aber das hat nichts gebracht. Es gab keine Anzeichen für seelische Probleme. Er war einfach ein kleiner, eifersüchtiger Junge, der einen furchtbaren Fehler gemacht hatte.«

Dóra bezweifelte, dass sich dieses Ereignis als natürliche, kindliche Verhaltensweise einordnen ließ. Aber was wusste sie schon davon? »War sich Harald dessen bewusst oder hat er es mit der Zeit vergessen?«, fragte sie.

»Ich weiß es nicht. Ich habe nie mit ihm darüber gesprochen. Ich glaube schon, dass es ihm bewusst war – er war immer sehr lieb zu Amelia, bis sie endlich ihren Frieden fand und starb. Ich hatte immer das Gefühl, er versuchte es wieder gutzumachen.«

»Ihre Beziehung war also die ganzen Jahre davon überschattet?«, fragte Dóra.

»Es war keine Beziehung. Ich konnte ihn nicht anschauen und seine Anwesenheit nicht ertragen. Ich ging ihm einfach aus dem Weg. Sein Vater auch. Harald tat sich am Anfang schwer damit, er verstand nicht, warum seine Mama ihn nicht länger bei sich haben wollte. Dann gewöhnte er sich daran.« Sie hatte aufgehört zu weinen und ihr Gesicht hatte sich verhärtet. »Ich hätte ihm natürlich verzeihen müssen – aber ich konnte es einfach nicht. Vielleicht hätte ich psychologische Hilfe in Anspruch nehmen sollen, vielleicht wäre dann alles anders gekommen und Harald hätte sich anders entwickelt.«

»Wie war er denn?«, fragte Dóra und dachte an die Worte seiner Schwester. »Elisa sprach nur lobend von ihm.«

»Er war auf der Suche«, sagte die Frau. »So kann man es beschreiben. Er versuchte immer, die Zuneigung seines Vaters zu bekommen – was ihm nie gelang. Bei mir hat er viel früher aufgegeben. Zum Glück war ihm sein Großvater wohlgesinnt. Aber als er starb, verlor Harald den Boden unter den Füßen. Er studierte zu der Zeit in Berlin und begann mit Drogen zu experimentieren. Er spielte mit dem Tod. Einer seiner Freunde starb dabei. Dadurch sind wir dahintergekommen.«

»Haben Sie nicht versucht, irgendwie Zugang zu ihm zu finden?«, fragte Dóra, obwohl sie die Antwort schon wusste.

»Nein«, entgegnete die Frau kurz angebunden. »Harald hatte ein übersteigertes Interesse an allem entwickelt, was mit Hexerei zu tun hat, wie sein Großvater. Als Amelia starb, ging er zur Bundeswehr. Wir haben nicht versucht, ihn aufzuhalten. Diese Entscheidung stellte sich als fataler Fehler heraus – ich möchte nicht darüber sprechen, aber er musste schon nach einem Jahr seinen Dienst quittieren. Er hatte genug Geld von seinem Großvater geerbt und wir sahen ihn damals nicht oft. Als er beschloss, hierher zu gehen, nahm er Kontakt zu uns auf. Er rief an, um es uns mitzuteilen.«

Dóra schaute die Frau nachdenklich an. »Wenn Sie Verständnis suchen, sind Sie bei mir an der falschen Adresse. Aber ich habe

Mitleid mit Ihnen. Ich weiß nicht, wie ich mich selbst verhalten hätte – vielleicht genauso. Ich hoffe nicht.«

»Ich wäre so gern in der Lage gewesen, meine Beziehung zu Harald noch einmal ganz neu aufzubauen. Aber jetzt ist es zu spät und ich muss damit leben.«

»Sie dürfen nicht glauben, dass es mir Spaß macht, Sie noch mehr zu verletzten, aber ich muss Sie darauf hinweisen, dass Ihr Verhalten auch Einfluss auf andere hat. Ein junger Mann sitzt im Gefängnis, ein Medizinstudent und Freund von Harald. Ihn hat die Bekanntschaft mit Harald ins Unglück gestürzt.«

Die Frau schaute aus dem Fenster. »Was wird aus ihm?«

Dóra zuckte die Achseln. »Er wird voraussichtlich verurteilt, weil er den Fund der Leiche nicht angezeigt hat – und wegen Leichenschändung. Dafür wird er eine Weile ins Gefängnis müssen. Er wird sein Medizinstudium bestimmt nicht wieder aufnehmen können. Ich glaube, dass er die anderen aus der Clique deckt – wer weiß. Und ich vermute, dass Harald ihn in seinem Testament berücksichtigt hat. Das ist immerhin ein kleiner Trost.«

»War er Ihrer Meinung nach ein guter Freund von Harald?«, fragte die Frau und schaute Dóra an.

»Ja, ich glaube schon. Er hat zumindest sein Versprechen eingelöst – wie abstoßend das auch gewesen sein mag. Ihr Sohn hat sich seine Freunde nicht nach den üblichen Normen ausgesucht.«

»Ich kümmere mich um ihn«, sagte die Frau leise. »Das ist das Mindeste, was ich tun kann. Er kann im Ausland Medizin studieren.« Sie spreizte die Finger und ballte ihre Hände zu Fäusten, als habe sie Gelenkschmerzen. »Es geht mir besser, wenn ich etwas tun kann. Die Depressionen sind dann nicht mehr so schlimm.«

»Matthias kann sich darum kümmern, falls Sie es ernst meinen.« Dóra wollte aufstehen. »Ist sonst noch was?«, sagte sie und hoffte, es wäre nicht so. Sie hatte genug.

Amelia nahm ihre Handtasche von der Stuhllehne, stand auf und knöpfte ihren Mantel zu. Dann reichte sie Dóra die Hand. »Ich danke Ihnen«, sagte sie ehrlich. »Bitte schicken Sie uns die

Rechnung – sie wird umgehend bezahlt.« Sie verabschiedeten sich und Dóra ging mit schnellen Schritten in Richtung Ausgang. Sie konnte es kaum erwarten, an die frische Luft zu kommen.

Auf dem Weg zum Ausgang passierte sie den Saal mit dem großen Islandmodell. Sie schaute hinunter zu Matthias und Elisa, die in aller Ruhe um die Reliefkarte wanderten. Matthias blickte auf, als er sie aus dem Augenwinkel sah. Er fasste Elisa am Arm, zeigte auf Dóra, sagte ein paar Worte und eilte dann die Treppe hinauf.

»Wie war's?«, fragte er Dóra, als sie an dem Gedicht von Tómas Guðmundsson im Fenster der Eingangshalle vorbeikamen.

»Gut ... schlecht«. Ich weiß es wirklich nicht.«

»Du schuldest mir noch ein Mittagessen«, sagte er und hielt ihr die Tür auf. »Aber da ich ein ehrlicher Mensch bin und keinen Hunger habe, wäre ich auch zu etwas anderem bereit.«

»Was denn zum Beispiel?«, fragte Dóra, obwohl sie genau wusste, worauf er hinauswollte.

Sie gingen ins Hótel Borg.

Zwei Stunden später schlüpfte Dóra heimlich aus dem Bett und zog sich an. Matthias rührte sich nicht. Auf dem kleinen Schreibtisch fand sie einen Stift und einen Zettel, schrieb ihm einen kurzen Abschiedsgruß und legte den Zettel auf den Nachttisch.

Dóra verließ das Zimmer, ohne Matthias zu wecken. Sie beeilte sich und ging in Richtung Skólavörðustígur, um ihr Auto mit der schwungvollen Aufschrift *Bibbis Autowerkstatt* zu holen. Sie hatte es sich verdient, für den Rest des Tages frei zu nehmen.

In ihrer Jackentasche klingelte das Handy. Sie ging ran.

»Hi, Mama«, sagte ihr Sohn fröhlich.

»Hallo, mein Schatz«, antwortete Dóra. »Wie geht's? Bist du schon zu Hause?«

»Ja, Sigga ist auch hier«, antwortete er ein bisschen verlegen. »Wir überlegen uns gerade ... – weißt du, ob Pepsi ein Mädchen- oder ein Jungenname ist?«